天上宮闕

陳祈安——著

❖推薦序❖

首先，我必須感謝作者的邀請，忝為一位只是在大學中文教學擔任二十多年教書匠的我，要為這本小說書寫序言實有些忐忑，深怕誤讀了祈安的初登場，然而，當心思細膩的他前來邀約我書寫序言時，我欣然同意！當閱讀完近二十萬字的作品後，其作品中所呈現的創作理念、構思、人物的刻畫及情節的安排，處處都有令人驚喜之處，這讓曾為祈安老師的我深感與有榮焉。

以古代歷史為背景的宮門小說或戲劇，這二十年來，像是韓劇「女人天下」、「大長今」以及中劇「甄環傳」、「如懿傳」等，都膾炙人口頗為台灣讀者所知的作品。此類型小說，透過類似古典小說《金瓶梅》、《紅樓夢》等「以家喻國」的模式，反映現實社會的人性，猶如真實世界的浮世繪。祈安的這部《天上宮闕》，也因襲了此類世情小說與歷史宮門小說的模式與特點，作品以架空的時代背景，透過小說人物的人性刻畫、精彩的情節鋪陳，呈獻作者心中所要傳達的人性光輝與價值。此外，雖為架空的時代，但作者頗為用心的歷史考證也足見其文學與歷史功力的呈現。對於讀者而言，整部小說綱舉目張，情節緊湊流暢，讀來一氣呵成，頗為痛快。

小說家透過作品創造了一個個美麗的烏托邦，作者們創造了猶如現今所謂的「多重宇宙」、「平行時空」一般，讀者在閱讀作品時，跟著作者斟字酌句的情節安排以及小說中的人物情緒起伏，閱讀過程彷彿身歷其境，並進一步折服於作者所欲傳達的理念。這部《天上宮闕》，除具有傳統古典作品的大團圓結局外以及符合宮廷小說的套路外，而女主角俞芷若的遭遇也有如坎伯在《千面英雄》中英雄必然要經歷的「英雄歷程」一般，透過對於問題的解決、歷險進而得到成長，這樣的樸陳，的確也給予讀者在面對自身現實世界的抉擇啟發！雖然，《天上宮闕》是祈安的初出茅廬之作，作品內容、結構上也仍有可更臻成熟的空間，但基本上已經是一部成熟的小說作品。因此，本人也在此誠摯且慎重推薦此部小說，相信每位讀者在閱讀完小說後，都會有各自如人飲水的不同體會且餘韻無窮！最後，期待作者能筆耕不輟，持續有新的作品，本人也將引頸企盼……。

中國文學博士　蕭旭府

❖ 作者序 ❖

親愛的讀者您好，謝謝您願意閱讀這本小說，這本書是我人生中第一次出版的著作，全文的背景「大寧帝國」是個虛構王朝，後宮妃嬪制度改編自唐代，前朝官員體制則沿用於清代（若是您在閱讀時對於某些特殊官名、位份有疑慮，最後一頁有附上簡介供您參考。）為了增加故事的臨場感，本書採用第一、三人稱夾雜的方式撰寫，建議您在閱讀的時候可以把自己當作是書中的女主角——俞芷若，並透過場景的轉換與上帝視角欣賞角色之間的互動。

本書書名「天上宮闕」起自於北宋蘇軾所寫的〈水調歌頭〉，原意指的是月亮，然而我在撰寫此書時，將日月星辰都考慮了進去，在這篇故事中，會依劇情需要而有不同的天氣描寫，季節變化也十分鮮明。為了貼近史實，書中部分用詞可能和您以前看過的後宮劇有些許不同，例如：影視中的妃嬪常以「臣妾」自稱，但是在中國文字的涵義中，這個詞是用來稱呼賤役的男女，天子妻妾以此自稱實屬不妥，最常見的自稱應為「妾身」，此外「本宮」也只有宮殿中的主位妃嬪可以自稱，也只有他們才能被稱為「娘娘」，其餘妃嬪對上只能自稱為「妾身」，宮女也只能尊稱他們為「主子」，服飾也會隨著位份高低而有所不同。

感謝馬偕醫學院的蕭旭府老師願意推薦此書並為此作序，最後特別感謝我的高中數資班同學陳品瑜為我設計封面，有任何建議或疑慮請不吝賜教。

作者　陳祈安

目錄

❖ 第一章 初入宮闈 ❖

「青菜蘿蔔喔！」「糖葫蘆喔！」城裡傳來熱鬧的叫賣聲，在當今皇上嚴恆的治理之下，大寧帝國可謂四海昇平、外邦臣服，百姓安居樂業，然而，由於皇上年已二十五，至今仍膝下無子，後宮也僅有五位妃嬪，故慶和十五年春天，皇上下詔文武百官，凡在京五品以上官員，皆須派一位子女參與大選，以充後宮。

身為朝廷刑部尚書的獨生女，我心中也知道，參加大選一事，由不得我拒絕了。

過不久，府上的丫鬟小香匆匆走進我的房間，說道：「小姐，大人叫您去前廳一趟呢。」不必猜想，該面對的還是要面對。

「芷若，想必你也聽說了當今皇上的旨意，為父的對不起你，只能請你委屈一下，參加今年的大選。」

「孩兒明白，既是皇上的旨意，孩兒也不願給父親添麻煩，我會去參加選秀的，落選後孩兒便立刻回府，好好照顧娘。」

眼角一瞥，我看見母親正坐在角落默默地流淚。

「若兒，你千萬別勉強自己，為娘的幫不了你什麼，只願你快快回家來。」母親哽咽地說著。

「孩兒必定快快回來，還請母親在家稍待幾日。」

能被皇上相中，享受一輩子榮華富貴，不知是多少女子的心之所向，但我可沒這個心思，畢竟宮裡規矩多，府裡雖不是家財萬貫，但也算是小康，比起成為天子妃嬪，還是當個尋常百姓自在些。

三天後，初選的日子到了，數百名女子站在宮門外等待，教引姑姑走了出來：「後宮大選一直是宮中的大事，還請各位注意自身的儀態，不該聽的就不要聽，少說點話，當心惹禍上身。」聽完這般話，每個人頓時都安靜了下來，不敢碎動半步。

等了一個時辰，終於聽到太監高聲喊著：「從一品刑部尚書嫡女，年十七，秀女俞芷若覲見！」

雖是來過過場而已，但這還是我第一次面見皇上，仍然有些緊張。

進到大殿，看著座上身穿龍袍的年輕男子，想必他就是皇上了，而坐在他身旁，穿著一襲華麗的衣裳，身上掛滿奇珍異寶的女人，應該是當今的皇后。

「民女拜見皇上，拜見皇后。」我趕緊跪在地上。

「抬起頭吧！」皇后說道。

我抬起頭，看見皇上的臉早已充滿倦容。也對，看了這麼多女子，想必他也乏了，但不知為何，過了幾秒後，皇上突然緊緊注視著我，我感受到有幾秒鐘的時間，空氣凝結了，皇上看著我發楞。

「皇上，怎麼了嗎？」皇后看著皇上久久未開口，便出聲提醒一下。

「嗯……沒事，留牌子。」皇上頓時回過神來，小聲地說。

「秀女俞芷若，留牌子。」一旁的太監高聲復誦了一遍。

「謝皇上。」嘴中雖然正經地道謝，但我也沒想到自己會通過初選，算了，畢竟還有複選，八九不離十會被刷掉，我也沒多想，便退出殿外了。

依照往例，通過初選的秀女必須在宮中住一夜，參加明早的複選。

傍晚，我和幾個秀女圍在一桌吃晚膳，擺在桌上的雖說不是什麼山珍海味，但也比平凡人家好上許多了，看著大家都安靜地吃著飯，我也不想多說什麼話，畢竟明天複選完就能回家了，不需要在這裡結交什麼朋友。

吃完飯後，我回到太監分配的寢居，看了一下話本，便安穩地睡著了。

隔天一早，宮裡沉重的鐘聲叫醒了我，我快速地洗漱，換好衣服，走出寢居，等待今日的複選，這時我聽見隔壁的寢居傳來細細的哭聲，我走上前去，看著一個身姿頎長的女生跪在地上哭著。

「完了，怎麼辦？」女生啜泣著，眼淚把她臉上的妝都弄花了。

「妳怎麼了？」我湊近她身旁問了問。

「我才剛出門，就不小心滑了一跤，裙子就被身旁的樹枝劃破了一個大洞，這下該怎麼辦？我只有這套衣服，待會該怎麼上殿見皇上啊？穿著這身破衣服，不要說落選了，恐怕還會因衣冠不整被拉下去杖責呢，嗚嗚嗚……」女生一把鼻涕一把眼淚對著我說。

「裙子先脫下來給我，你先躺回床上躲一下。」

「啊……好。」那女生疑惑地看著我，便將裙子交給我然後回床上了。

看她這樣子也怪可憐的，反正之後也不會再遇見她了，我就幫她一次吧，我拿出小縫紉包，從小母親便常常教我刺繡、縫衣裳，對我而言，補個裙子只不過是雕蟲小技，三兩下便縫好了。

「給你，你的裙子已經補好了。」我把裙子交到她手上。

「謝謝你！謝謝你！」這女孩彷彿得了大禮似的，彎著腰頻頻向我道謝。

「沒什麼，快走吧，教引姑姑已經在門外催人了。」

我倆快速入隊，一群秀女隨著教引姑姑往大殿的方向走去。

「各位聽好了，今日複選將會決定你們之後的去留，通過複選便是皇上的妃嬪了，記得待會進去之後，乖乖回答皇上的話就是了，注意禮節，可別頂撞了皇上。」

複選開始之後，走出殿外的人各有不同神情，有的喜出望外；有的垂頭喪氣；有的卻面無表情，大家都懷著不同心思往外走了。

「下一個！從一品刑部尚書嫡女，年十七，秀女俞芷若覲見！」太監依舊用高亢的嗓音喊著。

走進殿內，皇上和皇后仍端坐高位，但不同於昨日的是，皇后身旁還坐著一個中年婦女，從她身穿的衣服也能看出這個人並非等閒之輩。

「民女拜見皇上，拜見皇后。」我依舊如昨日向皇上行了大禮，但心中卻比昨天輕鬆多了。

「快抬起頭吧。」皇上的表情和昨天截然不同，他手拿扇子，微笑看著我。

「你就是俞尚書家的千金，可有什麼擅長的才藝？」

「回皇上，民女對於琴藝略懂一二。」

「拿琴來。」皇上一吩咐，身旁的太監們便抬來一張古琴。

「你試試看吧。」皇上示意著。

我彈著爹爹教過我的〈平沙落雁〉，細長的手指撥動著琴弦，宮內迴盪著悠揚琴聲。

「民女獻醜了。」演奏完，我恭敬向皇上回話。

「好！這首曲子可謂餘音繞樑，三日不絕。」我並沒有想過皇上會給我這樣的評價，畢竟這首曲子在城裡可說是耳熟能詳，但凡官家女子都會彈奏。

「在家可讀過什麼書？」皇上又問。

「回皇上，民女讀過〈論語〉、〈女戒〉。」通常朝中高官都會要求女兒讀這類的書，並不稀奇，我也說不上是倒背如流，不過是記得幾句名言而已。

「不僅多才多藝，也知書達禮，想必俞尚書平日把你調教得很好。留牌子！」

「秀女俞芷若，留牌子。」

天啊！怎麼可能？琴彈的比我更好的秀女可多著，我讀的書大家也讀過，皇上怎麼會留我的牌子？這下子該怎麼辦才好啊？娘聽到這個消息一定會嚇昏的，怎麼辦？我也不想入宮當嬪妃啊！

「還不快謝恩？」皇后看著我瞠目結舌的神情，便對我說道。

「民女……民女謝皇上隆恩。」發著呆的我突然被皇后的話喚回神，緊張地行了禮。

一回到家，我就看見父親和母親坐在前廳，連我的丫鬟小香也站在一旁。

「若兒，結果如何？」母親一看見我，便急忙問著，表情中透露著擔憂。

「芷若，皇上對你的反應如何？」父親也連忙問道。

「爹、娘，我……我入選了，皇上留了我的牌子。」此時我輕輕發抖著，眼睛看著地上。

「怎麼會發生這種事？若兒啊，你一走，為娘的該如何是好啊？誰不知道後宮是個人心險惡的地方？你要是發生什麼事，娘該怎麼辦啊？」母親落下眼淚，哭喊著。

「娘！我也不想入宮，我也想待在家裡陪著您啊！嗚嗚……」此時此刻，我再也無法克制自己的情緒，投進母親的懷抱中哭著。

「孩子的爹，你能否和皇上說一聲，讓若兒留下來啊？我不想讓若兒走啊！」母親向父親哭訴著，哭聲中蘊含著對女兒滿滿的不捨。

「這個……恐怕無法，畢竟皇上的聖旨是不得違抗的啊。」父親無奈地對母親說道。

「芷若，這兩日趕快收拾行囊吧，應該過不久，就會有宮人來傳旨了。」

「爹，我不想進宮，我想待在家裡當個普通的女子就好。」我轉過身哭著回話。

「若兒，爹也捨不得你走，但爹實在是愛莫能助啊！但你放心，當今的皇上神武英明，而且爹在朝廷上也有一定的份量，不會讓你白白受苦的。」此時父親也給了我一個擁抱，我好希望時間一直停留在此刻。

眼看事實已定，我只好回房收拾東西，我把這幾年爹和娘送給我的生日禮物裝在木盒裡準備帶進宮，至少還能夠睹物思人。

「小姐，奴婢也不想讓您走，您對我這麼好，我想服侍您一輩子。」

「小香，當時你也在場，你知道我不能抗旨，我走了以後，替我好好照顧娘，尤其是一到冬天他的身子就特別弱，一定要多注意，你答應我好嗎？」

「奴婢答應您，奴婢一定好好伺候夫人。」小香眼眶濕濕地答應了我的要求。

選秀後的第三天中午，府外傳來了馬蹄聲，全家人都待在門口，想必是宮裡派人來傳旨了。

「秀女俞芷若接旨！」一個矮矮的太監走進府內大聲喊著。

「民女接旨。」我跪在地上。

「俞氏芷若，柔嘉淑順，秉德溫恭，嫻雅端莊。故今冊爾為七品寶林，以充後宮，旨到日起，即刻入宮，不得有誤，欽此！」

「妾身接旨。」這是我人生中第一次看到聖旨。

「公公，依照我朝慣例，新入宮的妃嬪大多都會冊為九品采女，再高也頂多是八品御女而已，為何小女一進宮就是寶林了？」

「這……奴才也不是很清楚，只不過昨晚皇上和太后似乎為了新入宮的妃嬪而大吵一架。哎呀！奴才多嘴了，俞大人，您就當作沒聽見這話吧。」

「若兒，這一百兩你帶在身上，入宮後要打點的事情很多，千萬別得罪了人，娘不要你出風頭，只要你安安穩穩過日子便是。」母親紅著眼眶，塞了一個荷包到我手裡。

「俞寶林，咱們這就起程吧！」

我上馬車時，回頭望了爹娘一眼，坐在車上，心裡五味雜陳，我只知道，往後人不犯我，我不犯人，順其自然就是了。

沒多久，馬車就抵達了宮門外。

「俞寶林，我們到了，奴婢這就帶您進宮。」

宮裡的一切都比我想像中的華麗許多，隨處可見雕欄玉砌、巍峨宮闕，御花園裡一整排的櫻花樹大放異彩，許多宮女和小太監經過我身旁，在胡公公的帶領下，我走進了一間清幽的宮殿，裡面開滿五顏六色的珍奇花卉，再往深處走去，我抵達了自己的寢宮。

「俞寶林，這裡是玉瑤宮東偏殿。住在正殿主位的是溫妃，待會您可以去向他請個安。」

「快進來吧！」隨著胡公公拍了兩聲手，兩個年紀輕輕的女孩從殿外走進來，一個身穿粉色衣裳，身材嬌小，有一雙水汪汪的眼睛，另一個和我差不多高，身材纖細，身穿水藍色衣裳，皮膚白皙，臉上有顆淚痣。

「奴婢春桃給主子請安。」身材嬌小的女孩先開口。

「奴婢秋月給主子請安。」有淚痣的女孩接著說。

「俞寶林，這兩位便是伺候您的宮女了，那老奴就先告辭了。」胡公公對我陪笑著。

「多謝公公，這點錢您拿去買點涼的喝吧！」我掏出了一兩白銀給他。

「唉唷！主子，這怎麼好意思啊！」雖然嘴巴說得客氣，他還是快速把銀子接下了。

「還望公公以後多多提攜。」

「當然，您天生麗質，以您的資質一定能搏得皇上眼目的。」

送走了胡公公，我開始打量著寢居，房間左側有一張木頭大床，掛著淡紫色的床簾，室內放著幾支陶瓷花瓶，桃花木桌上擺著一張全新的琴，雖然整體面積不大，但家具也算應有盡有了。

「主子，您餓了吧，奴婢這就給您端午膳。」機靈的秋月從後房端出一道道菜，春桃則忙著擦拭桌子和泡茶。

「主子請慢用。」

我看了看餐桌，鮮蝦米糕、肉醬炒雞蛋、滷白菜、紅燒蹄膀、香菇雞湯，跟平常在家裡的吃食差不多，我也沒多想，拿起筷子夾了一片滷白菜送進口裡。嗯！不愧是御膳房的伙食，味道還真不錯。

此時我看著春桃和秋月兩人跪坐在一旁，便好奇問了他們：

「你們……不吃午餐嗎？」

「回主子，依照宮中規矩，奴婢必須等主子用完膳之後才能吃飯。」秋月謹慎地回我的話。

「不要緊的，你們坐過來，陪我一起吃吧。」

「主子，這樣不好吧。」秋月婉拒了我。

「是啊主子，胡公公總是教導我們該守規矩，認真伺候主子。」春桃也在旁附和。

「沒關係的，我胃口小，這麼多菜一個人也吃不完，最後還不是要倒掉，這樣豈不是浪費嗎？以後你們就和我一起吃飯吧，若胡公公責備你們，我來替你們說情。」

「那奴婢們就謝過主子了。」

經過我多次邀約，春桃和秋月總算是願意坐下來了，但從他們的臉上可以看出兩人都很緊張，正襟危坐，每個舉止皆是畢恭畢敬。

「放輕鬆點，吃飯時就是要開心的吃，不用這麼拘束。」

「主子，您人可真好，我在宮裡還沒聽說過有哪個奴婢能和自己服侍的嬪妃一同吃飯呢！」春桃說。

氣氛總算緩和起來，我們三人便像朋友一樣一同吃飯聊天，與他們聊過後才知道，春桃出身於農家，在她八歲那年，家鄉發了大水，農田全被淹沒了，父母親迫於生計，只好把他送入宮中。秋月的母親在生下她時，就因血崩過世了，她的父親原本是雲州的州判，但卻因利慾薰心，和雲州知州貪贓枉法，私自瓜分了朝廷撥給雲州的賑災銀，最後東窗事發，兩人皆被正法，家族男丁被迫充軍，女丁也被送進宮中淪為奴隸，或是分送給朝廷大官為家奴，當時她才十歲。聽著他們的出身，我感慨了起來，原來世上有這麼多人因著天災人禍，使他們的未來自小就沒有光明，這是身處京城的我從未想過的。

「以後你們可以安心，只管好好工作，我不會讓你們受委屈的。」

「主子，奴婢會一輩子忠心服侍您的。」

「奴婢也是。」

飯後，我向他們打聽了一些宮中消息，春桃告訴我，這次雀屏中選的除了我以外還有五個人，分別是住在芳蘭宮西偏殿的王御女——王詩詩；芳蘭宮東偏殿的莊采女——莊珮芸；與我同宮西偏殿的楊采女——楊巧萱；翠寧宮西偏殿的孫御女——孫盈欣；翠寧宮東偏殿的田采女——田茉莉。

未時，秋月提醒我去和溫妃打聲招呼，溫妃本來是當今皇上繼位前的太子側妃，皇上登基後正式被冊封為妃。

我走進玉瑤宮主殿，看見一名女子正繡著手帕，她有著一雙新月眉、淡胭紅，嘴唇還擦著粉色胭脂。

「妾身給溫妃娘娘請安。」我跪在地上，向她行了個大禮。

「快起來吧。」好溫柔的聲音，聽起來沒有絲毫的架勢。

「你就是俞寶林吧？果真如傳言般知書達禮。」

「荷花，快給俞寶林上茶。」荷花是溫妃宮中的宮女。

「妹妹今日才剛入宮，就特地過來找我，真是令人開心啊！玉瑤宮又多了一位妹妹，以後就不愁沒伴可以聊天了。」

聽完溫妃這話，我感到不解，剛才經過東側殿時，明明就有宮女走進去，這說明東側殿也住著一位妃嬪，難道溫妃和這位妃嬪關係不好？

「溫妃娘娘，敢問這玉瑤宮裡還有哪些娘娘呢？」

「除了西偏殿剛入宮的楊采女，東側殿還住著一個尹婕妤。」

「尹婕妤？」

「是啊，不過她身子骨不好，所以常待在自己的寢居。」

「妹妹，你剛入宮一定有很多事還不熟悉，雖然這後宮沒幾個妃嬪，但是還是存著不少心計的，所以姐姐提醒你，千萬別在剛入宮時就出風頭，俗話說樹大招風，免得有人眼紅便想加害於你，畢竟防人之心不可無，身為皇上的妃嬪，我們盡力伺候皇上便是。」聽完這話，我頓時毛骨悚然，看來後宮真如母親所言，並不是個單純的地方。

「這手帕就送給你當作見面禮吧。」她把剛才繡好的手帕遞給我。

「娘娘，妾身初入宮闈，怎麼好意思平白接受這禮物呢？」

「沒事，不過是條手帕，我庫房裡還多著呢，你就收下吧，日後有什麼問題，儘管來找姐姐便是。」

「那妾身就謝謝溫妃娘娘了，妾身先告退了。」我不好意思再婉拒溫妃的好意，便收下手帕離開了。

（我離開之後，溫妃宮中）

「娘娘，您幹嘛對那個俞寶林這麼好呢？她一進宮就被冊為寶林，想必皇上一定特別喜愛她，她說不定會與您爭寵呢。」

「荷花，多一個朋友不如少一個敵人，說不定再過幾年我們就得稱他一聲妃了，還有，我一向不和別人爭寵，這你不是不知道的，再說我看那俞寶林似乎也無甚心機，態度也挺謙和，好好和他相處便是了。」

「奴婢明白了。」荷花便退下了。

在回寢宮的路上，有個身穿淺綠色長袍的女生從遠處對我揮了揮手，看她身上的裝扮不太像是宮女，我走上前去，愈看愈覺得熟悉，好像在哪裡遇過她。

「你還記得我嗎？」

我沈默了一下。

「阿，是你！我想起來了。」我這才意識到，這女子就是當時裙子破掉的秀女，原來她也入選了。

「當初真是多虧了你，要不是你出手幫忙，還真不知道我現在的下場如何呢，實在是太感謝你了。」她還是像當初那樣，不斷地彎腰道謝。

「別客氣，還好你沒事，但沒想到我們竟然能同時入選，這緣份可真是不可思議。」

「就是說啊，太好了，有個認識的人，我們以後便可互相照應了。」

「嗯，以後還請你多多指教！」

「對了，只顧著說話，我都忘記自我介紹了，我叫楊巧萱。」

「我叫俞芷若，就住在東偏殿。」

「原來你叫芷若，你要不要到我的寢宮來？我娘替我準備了一些糕點，我們一起分著吃吧。」

「嗯……好吧。」看她這麼熱情，我也不好意思拂了她的面，再說天色也還早，與其回宮發呆，不如找個人聊聊。

走進楊巧萱的寢宮，我覺得不太對勁，明明都是住在偏殿，為什麼她宮內的擺設卻那麼簡陋？別說是琴了，就連支像樣的花瓶也沒有，但我怕她心裡不平衡，也就沒特別說什麼。

「吃吧，這裡有桂花糕和芝麻酥，很好吃的。」他拿起桂花糕嘗了一口。

我也吃了一口，桂花的香氣頓時在我口中散發出來，甜度也恰到好處，比我娘做的還美味。

「哇，這桂花糕好香，和市集賣的味道完全不同呢。」

「是啊，我母親特別愛作糕點，平時就在廚房忙來忙去的，我父親下朝回家，總是會先嘗嘗我娘做的點心。」

「你和你爹可真有口福呢。」

「就是啊，我父親總說吃了我娘做的菜，每天都能有精神好好斷案呢。」

「斷案？你父親在朝廷是當什麼官？」

「我父親是朝廷的大理寺卿，他的正義感很強，在他任內還解決了許多樁冤案，從小爹爹就教導我，要做一個正直的人。」楊巧萱自信滿滿地說著。

「芷若，那你的父親呢？他應該是朝中的名臣吧？」

「我父親是當今的刑部尚書。」

「刑部尚書？那可是個很大的官啊！在朝中一定是叱吒風雲的人物，怎麼感覺你並沒有很開心？」

「其實我不是自願成為妃嬪的，我家只有我一個獨生女，父親只好依照皇上的意思，派我出來選秀。」

「原來如此，其實我家裡還有一個姐姐，只是他說什麼也不肯去，我爹爹就只好派我來了。」楊巧萱一派輕鬆地說著。

「這樣你不生氣嗎？畢竟皇宮裡規矩這麼多，又不能隨意出入。」

「其實我也沒想過皇上會選中我，但被選上了也沒什麼不好，就當作是一次難得的機會，一切順其自然便是了。」看來她是個樂觀的人，心性也單純。

聊著聊著，裝桂花糕的盤子也空了，天色也漸漸暗了下來。

「明天還要去拜見太后和皇后，你今天早點休息吧。」我和巧萱道別後便回寢居了。

秋月和春桃早已準備好晚膳等著我，但我吃了幾口飯就放下了碗筷。

「主子，您身體不舒服嗎？怎麼吃這麼少？」春桃說。

「沒事，只是今天有點累了，我先回房休息一下。」我故作微笑回答她。

我不好意思說其實是自己下午吃了太多點心，所以晚餐吃不下了。

回房後，我坐在床上想著，不曉得娘今天晚上有沒有好好吃飯？不知道小香現在怎麼樣了？明天寫封信寄回家好了，正當我左思右想之際，秋月走進了我的房間。

「主子，曹公公來了，他已經在門口，說要見您呢。」

曹公公是皇宮的大內總管，也是皇上的御前太監，可說是平時最接近皇上的人。

「曹公公，真不好意思，讓您恭候多時了。」我趕緊往門口迎接他。

「俞寶林，今日有喜事呢，皇上翻了您的牌子，快隨奴婢沐浴去吧。」

「什麼？我才剛入宮，皇上就翻我的牌子？」我既是驚訝又疑惑。

「是啊，俞寶林，您剛入宮就被召侍寢，這在大寧帝國史上可是非常罕見的，快上轎吧，別讓皇上久等了。」我上了轎子，幾名侍衛也在一旁護著。

不一會兒，轎子落下，曹公公指了前面的門，示意要我進去。

一進門，映入眼簾的是一個大浴池，浴池旁的獅頭雕像不斷湧出熱水，水面上漂浮著滿滿的玫瑰花瓣，散發出淡淡清香，令人心曠神怡。我脫下衣裳下了浴池，回憶起小時候，母親牽著我的手帶我逛市集，每月母親總會定期買幾束玫瑰花，把花瓣乾燥後，做幾個香囊掛在我身上，母親會將剩下的花瓣加入砂糖，泡成花果茶給我喝，對我而言，玫瑰花的香味，便是母親的香味，我沉浸在這段回憶裡，不知不覺，幾個太監已經默默地幫我沐完浴，替我擦乾了身子，然後拿著一條厚棉被裹著我的身體，把我抬上轎子，從未有過如此經驗的我開始慌張了起來。

「公公，你們要把我抬去哪兒？我的衣服呢？」我驚慌失措地問。

「娘娘別擔心，這是我朝太祖爺定下的規矩，當初有位妃子在衣服裡藏了凶器，想對皇上不利，所以太祖爺規定嬪妃們侍寢時不能穿衣服，而是用棉被裹著。」一旁的太監仔細說明著。

就這樣，我被抬進了皇上的寢宮——養心殿。

「啟稟皇上，俞寶林到了。」曹公公說道。

「知道了，下去吧！」

寢殿很暗，但在燭光的照耀下，我仍能看見那明黃色的背影轉過身來。

「俞寶林，替朕寬衣吧。」

我生疏地替皇上寬了衣，動作雖慢，但皇上沒有一絲的不耐，反倒是微笑看著我，寬衣後，皇上輕輕將我放在龍榻上，自己也鑽進了被窩。我躺在床上，看著眼前的男人，他的肌膚是雪白的，眉宇間透露著威嚴卻又不失親切，杏眼中一雙黑色的瞳孔映著我的容貌，我的雙頰不自主地發紅，心跳愈來愈快，就在此時，皇上突然伸出雙手摟著我的胸部。

「皇……皇上，您……」我被這突如其來的舉止嚇著了，臉色顯得有些尷尬。

「對不起！是朕太急了。」皇上察覺我的反應，便鬆開了手，他似乎明白我的想法。

「俞寶林，陪朕躺一會吧。」皇上輕聲在我的耳邊說。

「皇上！時間到了！」一個時辰後，門外傳來了曹公公的聲音。

大寧帝國對於侍寢有很多的規矩，每逢初一、十五，皇上必須和皇后侍寢，這是為了維持皇后的尊榮與儀態，此外，除了皇后以外的所有妃嬪都有固定的侍寢時間，除非皇上特別答應，否則妃嬪是無法和皇上睡過夜的。

「今晚讓俞寶林留下來吧。」皇上對著站在門外的曹公公喊著。

聽皇上這麼一說，曹公公便離開了。

那一晚，皇上並沒有對我做什麼，我們兩人僅躺在龍榻上共享安眠。

（同一晚，芳蘭宮的主殿傳來東西被摔破的聲音）

「那個賤胚子！憑什麼？」麗妃氣憤地對著他的宮女們大吼。

麗妃也是皇帝年幼時的太子側妃，國色天香，不僅擅長音律，舞也跳得好，皇上非常喜歡她，可惜麗妃的家世並不顯赫，當時她的父親僅是從五品禮部員外郎，因此皇上登基後，封她為昭儀，不過麗妃和太后的交情非常好，太后便下了一道懿旨，提了她一級位份，因此得以成為妃，這幾年來，麗妃一直是皇上最寵的妃嬪，還授予她協理六宮的職權。

「可惡，不過是個尚書的女兒罷了，一入宮就被封了寶林，不僅第一晚就侍寢，甚至和皇上睡過夜了！這在我大寧國史上，可是史無前例啊！」說完，麗妃又拿起一盞茶杯摔在地上，她的宮女個個被嚇的六神無主，只能靜靜收拾滿地狼藉。

「啊，好痛。」此時一個小宮女在收拾茶杯碎片時不小心割傷了手，輕喊了一聲痛。

「啪！」還沒等小宮女回過神來，一個耳光就重重賞在她的右臉上。

「沒看到本宮正在氣頭上嗎？你一個小宮女喊什麼喊？來人，把她拉下去，杖責三十。」杖責三十下，對於一個弱女子來說，就算不死，也注定是半殘了。

「娘娘饒命啊！奴婢再也不敢了！娘娘饒命！奴婢再也不敢了！」幾個太監把小宮女拉了下去，小宮女的救命聲愈來愈遠，愈來愈小聲。

「主子，主子！」睡夢中，我似乎聽見春桃正喊著我的名字。

我睜開眼睛，看見春桃正坐在我旁邊。

「春桃，你怎麼在這？這裡不是養心殿嗎？」我睡眼惺忪地說著，還打了個大哈欠。

「主子您睡迷糊了，這裡是玉瑤宮，清晨時皇上便派人把您從養心殿送回來了。」

「嗯？還真的是我房間。」我環顧了四周，才發現自己確實在寢居裡。

「主子，已經卯時了，快點起床用早膳吧，待會您還得去拜見皇太后呢。」

的確，我睡迷糊了，都忘記今兒個一大早，所有新進妃嬪都要去給太后請安，虧我昨天還提醒過楊巧萱呢。我快速用完了早膳，秋月替我梳了個回心髻，我對著鏡子畫了粉黛，在臉頰擦上淡粉色的胭脂，輕輕在嘴唇上塗上口脂，梳裝完畢便換上衣服準備出門了，未料我才剛打開門，就看見楊巧萱衣冠楚楚站在門外。

「俞姐姐，您早啊！」楊巧萱嘴唇上揚，用著滑稽的聲音對我打招呼。

「痾……巧萱你怎麼站在這？」

「妹妹在外頭等著您一同去給太后請安呢，姐姐昨天傍晚還提醒過我呀。」楊巧萱仍用那奇怪的腔調說著。

「好了妹妹，別嘴貧了，咱們快走吧。」我也學著她的語氣說話。

秋月和春桃站在門口聽著我們說話，兩人早已笑得合不攏嘴。

我和巧萱走到中庭，看見溫妃和幾個妃嬪也聚在那，數了一數，除了溫妃以外，還有六個人，其中一個頭戴銀髮簪，還配上了一對東珠耳墜，看來是個高位分的。

「和各位妹妹介紹一下，這位是蘇婕妤。」

「妾身給蘇婕妤請安！」眾人說道。

蘇婕妤只是點了頭，沒多說什麼。

「哎呀！這位該不會就是傳說中的俞寶林吧？怎麼才第一天就差點遲到了？」突然有人開口，我隨著這個娃娃音看向了後方，是一個身穿橙色衣裳，脖子上還掛著一條金項鍊的女子，從項鍊的品質和她貴氣的聲音大概可以推斷出她應該是個富家千金。

「瞧瞧你那身衣服，一副窮酸樣，原本還以為俞寶林是個多秀美的人，今天看來也不過如此。」她繼續用那娃娃音的口吻戲謔著我。

「好了！王御女，這裡是後宮中庭，人來人往的，還是安靜點。」溫妃此時開口了。

王詩詩的父親是當今的戶部尚書，為人寬和，即使官居一品，在朝中待人也是客客氣氣的，這次選秀，皇上為了褒獎王尚書，特意冊封她的嫡女為八品御女，但她的女兒王詩詩卻是傲氣凌人。

聽到溫妃的話，王詩詩終於肯安靜下來，而蘇婕妤看到這畫面也是冷眼旁觀，看來她並不想摻和這事。

隨著溫妃的帶領，我們一群人來到了太后的居所——建章宮。

建章宮內擺滿著外國進貢的寶物，翡翠石、黑曜石、純金的鳳凰像、貂皮地毯……奇珍異寶不勝枚舉，坐在大廳主位的便是當今的皇太后，頭戴著金冠冕，掛著兩串珍珠項鍊，耳戴三顆東珠耳墜，手指戴著護甲套，身穿明黃色朝服，女掛上繡著一條龍，光是從服飾便可顯出其地位之尊榮。

「妾身領眾妃嬪向皇太后請安，皇太后萬福金安。」溫妃首先開口。

「妾身向皇太后請安，皇太后萬福金安。」我與眾妃嬪一同開口並行禮。

「起來吧。」太后的嗓音低沉，給人一種說不出的壓力。

「謝太后！」

「溫妃，辛苦你了，坐吧。」

「麗妃你也坐吧。」聽聞太后很寵麗妃，麗妃常常一大早便跑去找太后聊天，太后也免了麗妃的請安。

「尹婕妤人呢？」

「稟太后，尹婕妤依舊告病。」溫妃從從容容地回太后。

「罷了。」看來太后似乎對尹婕妤閉門不出這事也司空見慣了。

「我可先說明白了，以免日後有人喊冤，這裡是後宮，是侍奉皇上的地方，從現在起，你們不再是尋常百姓，任何事物都須按照後宮規定行事，若有人違背規矩，甚至以下犯上，我絕不輕饒！不管妳入宮時是什麼位份，都給我把那不該有的心思收起來，乖乖按照規矩過生活，位份自然會晉。再來，可別以為才剛入宮，受了皇上的恩典，侍了寢，就恃寵而驕。」恃寵而驕，太后刻意將這四個字唸的鏗鏘有力，很明顯是在影射我。

「好了，該說的都說了，溫妃，帶他們下去吧。」

「是，太后，妾身告退。」溫妃說。

「謝太后，妾身告退。」行完禮，我們便隨著溫妃離開建章宮。

「呼！終於結束了，太后可真嚴肅，我大氣都不敢喘一聲。」巧萱在我耳旁說道。

「是啊，看樣子我們以後都要謹慎過日子了。」

「就是啊，可別『恃寵而驕』了！」這嗲聲嗲氣的聲音，不用看也知道是王詩詩。

我並沒理會她的酸言酸語，俗話說得好，會叫的狗不咬人。

向太后請完安，還得去向皇后請安，這宮裡的規矩也太麻煩了，繞過了御花園，沿途還經過芳蘭宮、翠寧宮、內務府，終於抵達皇后住的坤寧宮。

坤寧宮比我住的玉瑤宮還大上好幾倍，內殿兩側立著帝雉的雕像，宮內的絳色地毯沿著走道鋪著直到宮門口。

眾人走進內殿，李皇后高座在三層階梯上的鳳椅，皇后梳了一個架子頭，一雙桃花眼閃閃動人，皮膚潔白無瑕，月牙唇上抹著紅色的口脂，身穿正紅色朝服，頭戴鳳冠，掛著三顆東珠耳墜，朝服上繡著兩隻鳳凰，兩隻鳳凰旁各繡一朵牡丹，皇后身旁站著兩名侍女，侍女搖著扇子，一切細節皆能突顯身為一國之后的雍容華貴。

「妾身領眾妃嬪向皇后請安，皇后娘娘聖安。」溫妃總是儀態端莊，說話也謹慎。

「妾身向皇后請安，皇后娘娘聖安。」眾人一同說著。

「平身吧。」皇后的聲音甜美，和太后大相逕庭。

「謝皇后娘娘。」

「諸位都是皇上從上百名官家女子中特揀出來的，在座各位都才剛入宮，難免有許多事情不熟悉，有問題可以隨時來找本宮，身為皇上的妃嬪，希望各位都能恪守禮儀，和睦相處，為皇上分憂。」

「妾身遵命。」

「溫妃，麗妃今天還是在太后那兒嗎？」

「回皇后娘娘，是的。」

「知道了，溫妃妹妹可以帶他們下去了。」看來皇后對於麗妃的所作所為也習以為常了。

「是，皇后，妾身告退。」溫妃微笑著並對皇后行了禮。

「謝皇后，妾身告退。」今天大家就像九官鳥一樣重複說著溫妃的話。

向太后、皇后請安過後，妃嬪便可按自己心意行動，我和楊巧萱便決定一同去御花園賞花、餵魚。

據宮人們描述，大寧帝國的御花園自太祖以來經歷過七次的修建，共分成清猗園和頤和園，清猗園裡除了珍奇花卉外，還有兩方鯉魚潭，東側建有凉山亭，除了可供妃嬪泡茶聚會，每年春末還會在亭裡舉辦花藝賽；頤和園則有一方蓮花池，池子正上方建一座白色石橋，西側有一區開放式座位，並設有舞臺，皇上都會在那裡舉辦宴會或是接待外國使臣。

御花園對面蓋了一座賞空閣，長六十五丈、寬五十丈、高八丈，共有五層，是世祖皇帝在位時為了觀賞夕陽與星空而建設的，前三層供美人以下的嬪妃使用，第四層只有婕妤以上的妃嬪才能進入，頂層只供皇上和皇后使用，每年七夕，皇宮都會放煙花慶祝，而妃嬪們則會上樓觀賞。

我和巧萱漫步在清漪園中，聽著黃鶯唱新曲，古人云：「幾處早鶯爭暖樹，誰家新燕啄春泥。」這句話便是最好的寫照，看著蝴蝶紛飛於花叢中，徐風輕撫我的臉頰，實在令人賞心悅目，我摘了幾朵蜀葵花坐在石階上。

「你摘這麼多花要做什麼啊？」

「你先轉過身去，等等你就知道了。」我故作玄虛。

待巧萱轉身，我從袖口拿出一條細繩，慢慢將繩子穿過每朵花瓣，最後打上了一個結，一圈粉色花環便做好了。

「好了，轉過來吧。」巧萱轉過身來看見這花環，雙眼頓時亮了起來，我將花環套在她的頭上，清秀的她配上這花環簡直美若天仙。

「好漂亮，芷若，你的手也太巧了。」她的話中充滿了欣喜。

「不錯吧，這是我娘教我的，她從小就喜歡教我做手工藝，花環、串珠、香囊、肥皂，這些我都會做。」

「那你也教教我好不好？」她的眼神充滿著期待，看她高興成這樣我也挺樂意。

「好啊，我告訴你，首先拿一條繩子，從這裡穿過去，再繞出來，然後把花……」我們在清漪園裡穿了一上午的花環。

（此時，建章宮）

「思卉，最近皇上有沒有去看妳啊？」

「姑母，皇上他已經很久沒來找我了。」皇后無奈地回著太后。

「思卉，妳身為皇后可得要好好把握機會才是。每月初一、十五，你不是都有侍寢嗎？」太后的語氣略帶責備。

「是……姑母，但我每個月也就這兩天的機會啊，平時皇上都獨寢，就算偶爾召人，召的也是麗妃，如今又來了一個，只怕接下來會更難了。」

「再過兩個月就是皇上的生辰了，妳可得好好籌備一番，至於麗妃那兒妳用不著擔心，倒是這個俞芷若，恐怕得想點法子對付他了。」

午時，春桃和秋月已為我預備好了午膳，巧萱說要來我的寢居和我一同吃飯，我便掏了點銀子給秋月，讓她去御膳房打點一下。

「主子，楊采女來了。」

「快請她進來吧。」

「芷若，你宮裡怎麼這麼香啊？」

「這是我請御膳房特別備的膳食，快坐下來一起吃吧，春桃，給楊采女上茶。」春桃沖了一壺碧羅春，殿內瀰漫著淡淡茶香。

我瞥見巧萱一直盯著桌上那鍋干貝鮑魚盅，似乎已經快耐不住了。

「楊妹妹，口水擦一下吧！都快流出來了。」我學著早上她對我說話的那聲調。

「我……我拿有，姐姐盡拿我打趣。」巧萱不甘示弱地回我。

「好啦，逗你的，快開動吧，涼了就不好吃了。」

聽到我說開動，巧萱便拿起勺子盛了一碗干貝鮑魚盅，我心中也暗自笑著，嘴巴說不要，身體卻很誠實呢。

「辛苦你們了，也坐下和我們一起吃吧！」我示意春桃和秋月同我們坐下，此時巧萱已把剛才盛的湯喝光了，手正添著白飯，嘴裡還夾著一塊鱸魚。

「吃慢點，沒有人會跟你搶。」

我也夾了一塊魚肉送入口中，品嘗來自大海的恩惠，此時我卻看見春桃和秋月遲遲未動筷。

「怎麼了？為什麼不吃呢？身體不舒服嗎？」

「這……主子，奴婢們不配吃這麼高級的飯菜。」秋月小聲地說著。

「昨天不是說了嗎？大家一起吃比較好吃嘛。」聽到秋月說的話，我不禁心疼起他們，皇宮裡習以為常的飯菜，不知是多少平民百姓從未奢望過的。

「奴婢謝過主子的好意了，不過奴婢怎麼有資格……」她仍推辭著，頭低低的，不敢注視著我。

「秋月，不論你以前經歷了什麼，我都不會因此覺得你不配，這世上沒有人是毫無價值的，現在你是我的宮女，我善待你是發自內心的，而且，如果你什麼都不吃，晚上哪來的力氣幹活呢？」我輕輕拍了拍她的肩膀，把碗筷遞給她。

「奴婢……奴婢謝主子，就是今生今世，奴婢也甘願替主子做牛做馬一輩子。」她終於接過碗筷，清澈的雙眼流下了兩行淚，不論是誰看了都為之不忍。

「奴婢也謝過主子！能服侍主子，是我的福份！」春桃也看向我，對我行了個大禮。

我微笑著，示意他們開動，兩人才終於放心地吃了起來。

「芷若，你人可真好。」

「人是互相的，投我以桃，報之以李。」我們四人開心地享用午膳，這是我入宮至今最快樂的時光。

❖第二章　人以群分❖

隔日，我再次回到清漪園，獨自一人坐在椅子上，思想著入宮後的點點滴滴，明明才三天，卻彷彿過了一個月如此漫長，一樣米養百樣人，宮中也是如此，有熱情的，有溫柔的，有嚴厲的，甚至還有閉門不出的。我想起溫妃昨天對我說的話，身居後宮確實該多留一份心思，免得在不知不覺中成了待宰的羔羊，不過，為何皇上第一天就要我侍寢呢？直到如今，我仍百思不得其解。

「在想什麼呢？」我身後突然傳來一男子的聲音。

我回頭一看，竟然是皇上！

「妾身給皇上請安！不知皇上駕到，還請皇上恕罪！」我驚惶失措地連忙跪下。

「沒事，不必多禮，快起來吧。」

「謝皇上恩典。」

「你剛入宮，可有什麼事不習慣嗎？」

「回皇上，承蒙皇上恩澤，妾身在宮中一切都好。」

「那就好，同朕在附近走走吧。」

「妾身遵旨。」

一路上，我都默默跟在皇上身後，不敢多說什麼，隨著皇上的腳步，我們在一片竹林裡停了下來，皇上看著眼前茂密的竹葉，沈思許久。

「皇上。」

「朕一時發愣了，走吧。」皇上回過神來。

「皇上喜愛竹嗎？」我隨口問了一下。

「朕只是懷念起竹葉酒的滋味。」

「皇上愛飲竹葉酒，叫宮人釀就是了，何必懷念呢？」

「這不一樣啊。」皇上輕聲嘆了口氣，似乎有什麼心事。

「走吧，我們去池子賞魚。」

我隨著皇上離開竹林，走到了鯉魚潭旁。

我看著池子裡的錦鯉，心中讚嘆了起來，雖說這並不是我第一次看錦鯉，不過像這樣色彩鮮明、花紋清楚的我還是第一次見到。

「俞寶林，你愛賞魚嗎？」

「回皇上，妾身府中也有一座小池塘，平日閒暇便和家中的丫鬟一同餵魚。」

「原來是這樣，下次有機會，陪朕來此餵魚吧，朕先回宮了。」

「妾身遵旨，妾身恭送皇上。」

（殊不知，在遠處有兩人正看著我們）

「你看那俞芷若，又在皇上身旁繞來繞去的。」說這話的是王詩詩。

「姐姐，您就別和他一般見識了，俗云：風水輪流轉，說不定皇上過陣子就看膩她了。」和王詩詩一同說話的，是同她住在芳蘭宮的的妃嬪——莊珮芸。

莊采女的個子不高，有著一張瓜子臉和一雙鳳眼，她的父親是工部郎中，雖說平常表現平平無奇，但在朝中並不站隊，獨善其身。

「我看著他就是不順眼，我爹爹可是戶部尚書，大寧國的土地、賦稅可都是我爹爹在管理的，憑什麼她的位份就比我高？平日總和那楊采女黏在一起，看似和藹，其實根本是在收買人心。」王詩詩的口中盡透露著他的妒忌與不滿。

「我也不太喜歡他，明眼人都看的出來皇上對她頗有好感，聽說她爹爹也是朝中高官，或許是靠著什麼門路才進宮的。」

隔天早上請安時，皇后提醒我們兩個月後就是皇上的生辰了，可以先準備好禮物，屆時在宴會上送給皇上。解散後，我和巧萱到清漪園賞花，正值仲春，正是百花齊放之時，紅橙黃綠紫，在御花園裡都能看到，其實我和巧萱並不是很懂花，也只認得幾種常見的植物。這時，我聽到花叢裡傳來有人說話的聲音，我和巧萱便靜悄悄地往花叢走去。

「這是桃金孃，這是三角梅以及風信子，疑？這裡還有紫藤，連報春花都有，實在是太棒了。」我和巧萱看著一個身穿粉色衣裳的女子蹲在花叢裡，口裡說著一些我們從沒聽過的花名，此時我往前走，腳卻不小心踩斷了一根地上的小樹枝，發出了聲響。

「是誰？」這名女子回過身來，她看著我和巧萱，放下了手中採摘的花朵。

「對不起，不小心打擾到你了，我們只是看著你蹲在花叢旁，還聽見你辨識著這麼多花草，覺得你好厲害，忍不住多聽了會。」我解釋著。

「你們也喜歡花嗎？」他的聲音很小，不仔細聽的話其實很難聽清楚。

「嗯，雖然不清楚花名，但我們很喜歡在花園裡賞景，你看，這是我昨天用蜀葵花編成的花圈。」楊巧萱嘴裡得意的說著，手上還拿著昨天我教他做的花環。

「那也給你們看我剛才做的。」說完，他從地上拿起一個小盆栽，盆栽裡插滿各種花，雖然顏色迥異，卻有著和諧的美。

「哇！這花盆是你剛才插的嗎？跟花市裡賣的有得比呢。」巧萱看著那盆花，眼睛閃爍著亮光，她就是這樣子，保有好奇心，看到新的東西都想學學看。

「你想學嗎？想學的話，要不要一起跟我回宮呢？我可以教你們。」被巧萱這樣誇讚，她也害羞地臉紅了，她看出楊巧萱的求知慾，心裡高興著自己終於找到了同好，便邀請了我們去他宮裡。

「這樣方便嗎？會不會打擾到你？」我還是禮貌性的問了一下。

「不會不會！一個人在宮中實在太孤單了，我正愁著找不到伴呢。」

「好吧，那我們就恭敬不如從命了。」

於是，我們兩人便隨著女子往他的宮裡走去。

路途中，楊巧萱看到了一顆開滿黃花的樹，便想伸手去摘。

「別碰它！」那女子突然喊了一聲，雖然聲音不宏亮，但跟剛才比起來還是大聲多了，巧萱聽完也順勢將手縮回去。

「那棵是黃金風林木，他的果實有毛，碰到的話手會發癢。」

「原來是這樣，真是多謝你了。」

「對了，我們還沒自我介紹呢，我是俞芷若，他是楊巧萱。」

「啊！妾身不知您就是俞寶林，給俞寶林請安了！」他說完正要蹲下，我便趕快扶他起來。

「妹妹，不必如此拘束。」

「這可不行，這是宮中禮數。」他雖然聲音小，但口氣卻相當堅持。

見她如此堅持，我也不好拒絕他。

「妾身姓田，名茉莉，向俞寶林請安。」

「好了，禮也行過了，可以帶我們去你宮裡了吧？」我微笑著回她。

「當然，請隨妾身來。」她拘謹地對我說。

我們到了田茉莉的寢殿——翠寧宮東偏殿。

茉莉的寢殿擺滿了花瓶和盆栽，就連澆花壺也有好幾個，才剛進宮幾天，就把寢宮打造成一座迷你御花園了。

「楓兒，快給俞寶林上茶，把我櫃裡的那壺鐵觀音拿出來。」她急忙對著婢女吩咐著。

「妹妹，不必如此大費周章，我喝一般的茶即可。」

「這怎麼行呢？妾身不過是采女，豈能怠慢呢？」

「茉莉，你就聽芷若姐姐的吧，她就是這樣子，不同於一般嬪妃，就連他宮中的宮女都能和他一起吃著鱸魚呢。」我還沒說什麼，楊巧萱倒是先開口了。

「是啊，茉莉，你就別這麼矜持了，別的嬪妃是怎麼想的我不知道，但我還是喜歡輕鬆一點的氛圍。」

「可是我的父親總是告誡我，進宮後一切都要講求禮節，尤其是對上位的嬪妃。」

田茉莉的父親是當今的翰林院侍讀學士，自翰林出身的他，比任何人都講究朝廷禮儀，自然是以最高標準指導茉莉的言行舉止。

「不然這麼做好了，在殿外你對我仍遵守禮儀，但在你我寢居內，就不必如此講究了，你覺得這樣好嗎？」

畢竟每個人都在不同的環境下生長，因此心裡注重的事物也不盡相同，我也必須給予尊重。

「那妾身就謝謝俞寶林了。」茉莉終於妥協了我的提議。

「現在，茉莉妹妹可以教我們插花了吧！」

「好啊，那我們先在盆內墊上一塊海綿，這塊海綿是插花專用的，在上面沾一些清水，然後手裡抓著花的莖，要注意插的時候，莖要直立在海綿上，配色的時候要注意，淺色的花應該……」

經過茉莉細心的指導，我和巧萱學到了許多植物的相關知識，還完成了漂亮的作品，做中學，學中做，茉莉也分享了許多自己的故事，包含她以前一個人逛花市結果迷路的經驗，還有帶狗散步卻忘記把狗牽回家的故事，她母親也是一個從小受儒家教育、品格良好的女子，從閒談的過程中，可以感受到茉莉雖然恪遵禮儀，但是個性卻有點迷迷糊糊的。

申時四刻，我和巧萱、茉莉提著御膳房送來的點心，往賞空閣的方向走去，打算邊賞美景邊喝下午茶，途中經過芳蘭宮，卻看見王詩詩和莊珮芸帶著他們的宮女，朝我們的方向走過來。

「真是冤家路窄，竟然在這裡遇見你們。」王詩詩剛開口就毫不留情。

「就是說啊，真是倒霉呢，好心情都被破壞了。」莊珮芸也在旁附和著。

「田茉莉、楊巧萱，你們見了我怎麼還不趕緊下跪請安呢？」王詩詩一副耀武揚威的神情。

「妾身田茉莉，向王御女請安！」

茉莉本就是循規蹈矩的人，他便快速地跪下了，然而楊巧萱可就不是這樣了，她看見王詩詩囂張跋扈的樣子，更是氣憤的不得了，根本不願向王詩詩下跪請安。

「楊巧萱，你怎麼不跪呢？」王詩詩趾高氣昂的樣子說著。

巧萱沒答話，左手緊握著拳頭，眼睛瞪著王詩詩。

「怎麼？不跪阿，白芍！」白芍是王詩詩的宮女。

「奴婢在。」

「把楊采女的身子壓下去，讓她跪下。」

「王御女，你也應該鬧夠了吧。」此時，一個陌生又清冷的聲音傳來，說話的是與茉莉同住翠寧宮的孫御女——孫盈欣。

「從遠處就聽到你的聲音了，不過是行個禮，有必要發這麼大的脾氣嗎？再說了，俞寶林也在場，她都沒叫你行禮了，你還敢在這裡放肆。」

「你……你少多管閒事！」

「怎麼？我也是御女，難不成我也要跟你下跪嗎？」孫盈欣冷冷的聲音令人不寒而慄。

「可惡……莊珮芸，我們走！」現在人數是四比二，畢竟寡不敵眾，王詩詩也只好作罷，跟著莊珮芸離開了。

「謝謝你，孫御女。」

「沒什麼，我先走了。」孫盈欣說完，便獨自往翠寧宮的方向走去了。

「這個孫御女還真瀟灑，就像舞台戲登場的俠客。」田茉莉看著孫御女的背影，露出崇拜的眼神。

「巧萱，你還好吧？」我問道。

「我要回去了！」巧萱仍餘怒未消。

「好吧，茉莉，我們今天先回去吧，巧萱，你也想要跟我們一起回宮吃點心嗎？」

「我肚子不餓了啦！」

「咕嚕……」

「看來有人的肚子很誠實喔。」我說道，茉莉則在旁憋著笑。

「好啦巧萱，我們一起回去吧，我請秋月去御膳房叫紅豆年糕。」

「好吧，誰叫芷若姐姐胃口小，我只好幫忙消化一點了。」

「好，姐姐先『謝謝』你幫忙了。」

「好了你們，我笑得肚子好痛，快走吧。」茉莉終於忍不住笑了起來。

回到宮中，我請春桃泡了綠茶，再加上御膳房特製的紅豆年糕，簡直是絕妙的搭配，看著巧萱吃得這麼開心，我總算是安心了下來。

「話說你們想好要送什麼給皇上了嗎？」巧萱嘴裡嚼著年糕說著。

「我想好了！但這是秘密。」茉莉回。

「我還沒想好耶，畢竟我也不知道皇上喜歡什麼。」我說。

「我也沒什麼頭緒，怎麼辦才好呢？不然去問問溫妃吧，他和皇上相處這麼多年了，一定曉得皇上的喜好。」巧萱說。

「好啊，溫妃待人親切，想必會很樂意幫你。」

「對了，剛才發生的那件事，大家心裡都不愉快，我想王詩詩不會輕易善罷甘休的，下次他再刁難你們就跟我說，別讓人家認為我們好欺負。」

「姐姐，你剛才為什麼不狠狠修理他一頓呢？當時你也在場，你可是寶林呢，教訓一個御女很簡單呀。」巧萱不解地問。

「要教訓她是不難，但是我不想像他一樣，仗著自己的位份去壓人，甚至是同她潑婦罵街。」

「那該怎麼辦呢？總不能讓她一直找我們碴吧？」茉莉也問。

「我們可是文明人，要贏，也要靠智慧和本事去贏。」

「那我們該怎麼做呢？」

「放心，我已經想好了，下次你們就知道了。」

（當晚，玉瑤宮主殿）

「妾身給溫妃娘娘請安。」

「楊妹妹請起，這麼晚了找本宮有什麼事嗎？」

「溫妃娘娘，再過不久就是皇上的生辰，妾身剛入宮，不知道皇上的喜好，姐姐同皇上相處較久，可否告訴妹妹呢？」

「巧萱，姐姐跟你說實話，姐姐認識皇上二十年了，也摸不透皇上的喜好，這二十幾年來，皇上什麼禮物都收過，什麼玉器、寶劍、字畫，他幾乎都是笑笑的收下了，所以，姐姐也無法告訴你皇上喜歡什麼。」

「這樣啊……連溫妃姐姐都不知道，那我該怎麼辦呢？」

「巧萱，姐姐雖然不能告訴你皇上喜歡什麼，但是能告訴你絕對不能送什麼。」溫妃的臉色嚴肅了起來。

「絕對不要送皇上酒。」

「酒？是什麼酒呢？」

「大概是四年前吧，蘇婕妤曾經在皇上的生辰宴會上送了一罈紹興酒，皇上氣得當場就把那罈酒給砸了，當時所有妃嬪、宮女、太監全都被嚇得魂飛魄散，而且自從那件事之後，蘇婕妤就再也沒有被晉位了，據我所知，除非是外邦使臣朝見設宴，皇上是不會喝酒的，但詳細原因是什麼，我就不知道了。」

「妹妹，除了酒以外，你送什麼都可以，只要你是認真準備的，皇上都會欣然收下。」
「好的！妹妹明白了，謝謝溫妃娘娘的提點。」
「不會，沒事就回去休息吧。」
「是，妾身告退。」
待楊巧萱離開後沒多久，王詩詩也來了。
「娘娘，王御女來了，說要見您呢。」荷花說。
「傳她進來吧。」
「娘娘，恕奴婢多嘴，這王御女您還是別見的好。」
「怎麼了，發生什麼事了？」
「奴婢今日去內務府拿月例，在路上就看見王御女逼楊采女跪下請安，楊采女不肯，她還想叫宮人把楊采女壓在地上呢，好在當時孫御女經過，她才罷休了。」
「好吧，你去告訴他，說我已經睡了，請他明天再來吧！」
「奴婢這就去。」
荷花便照著溫妃的吩咐，把王詩詩打發走了。

（當晚，養心殿）
「皇上，該翻牌子了。」曹公公拿起盤子，盤中的牌子上都寫著妃嬪的名字。
皇上看了一下，毫不猶豫地把俞寶林的牌子翻了過來。
「這……」曹公公看了牌子，口中吞吞吐吐的。

「怎麼了？快傳阿。」

「皇上，恕奴才多嘴了，您前天才翻過俞寶林的牌子，這宮裡的妃嬪都在議論，尤其是那麗妃……」

「住口！」皇上忽然動怒了。

「你下去吧！」

「是，皇上。」曹公公準備退下。

「等等，回來！」

「皇上還有什麼吩咐嗎？」

「派人帶些首飾給麗妃送去吧。還有，你親自去一趟玉瑤宮告訴俞寶林，明天巳時，朕要召見她，叫他去清漪園等朕。」

「奴才這就去辦。」

當晚麗妃拿到了不少賞賜，喜孜孜地看著寶物，整個人心花怒放。

隔天早上，我請安之後便直接回到寢宮，想再睡個回籠覺。

「春桃，我還有點睏，幫我把窗簾拉上，我再休息一下。」

「是，主子，如果待會田采女和楊采女來了呢？」

「那就請他們申時再來一趟吧，順便跟他們說我準備了點心，請他們到時候不用帶東西來了，等會你讓秋月帶點銀子去御膳房，叫御膳房準備一些桂花糕，楊采女愛這味。」

「奴婢明白了，還有，昨天晚上曹公公來過了，他說皇上今天要召見您，要您巳時在清漪園等著。」

「我知道了，你先下去吧。」

「奴婢告退。」

春桃才剛走，我便進入夢鄉，不知道是不是因為離家太久，我夢到自己站在家中客廳，爹爹牽著我的雙手，對著我流眼淚，似乎還對我說了一些話，我身旁還站著一個人，但我一直沒聽清爹爹說了什麼，也沒看見身旁人的面貌。

「主子，主子！快到巳時了，您該起來了。」春桃把我搖醒。

「還有，剛才楊采女他們來了，我照您吩咐的，請他們下午再來，但是他們看起來有點失望呢。」

「春桃，今天有點冷，幫我把那件銀狐披肩拿過來。」

「是，主子。」

我按照時間在清漪園等著皇上。

不久後，我看見皇上和曹公公走了過來。

「妾身給皇上請安，皇上萬歲萬歲萬萬歲。」

「不必多禮，快起來吧。」

「謝皇上。」

「俞寶林，以後看見朕，不必行如此大禮。」皇上微笑著把我從地上扶起來。

「皇上，這怎麼行呢！除了皇后以外，任何妃嬪見到皇上都必須行大禮的。」

「沒關係，你例外。」皇上看著我，真切地對我說。

「皇上！這恩典妾身不敢受，請皇上收回成命。」

「此話怎講？」

「回皇上，家父自小便教導妾身女子應有的德行，入宮之前，家父也再三叮囑過，一定要遵守皇室的規定，若皇上如此行，妾身便有負家父的教誨，是為不孝，其次，此舉恐怕會引起其他嬪妃非議，有損皇上聖名，是為不忠，因此妾身請皇上收回成命。」

「好，朕知道了，你是忠孝之女，全天下的朝臣若是都像你這般，我大寧國必可永保太平盛世，朕收回剛才的恩典。」

「曹公公。」

「奴才在。」

「替朕傳旨，刑部尚書俞振國，教子有方，為家父人臣楷模，自即日起，改任吏部尚書，掌文武百官升降遷調。」

「皇上，請收回成命。」我再次向皇上推辭。

「好了，就這樣定了，你別推辭了，再這樣朕可要生氣了。」皇上此時故作嚴肅地說著。

「是，那……妾身就代家父謝皇上恩典了。」

「皇上，恕奴才斗膽問一句，那原本的吏部尚書翁大人該怎麼辦呢？」

「這翁大人也年紀大了，就讓他以原品級致仕吧。」

「奴才明白了。」

「俞寶林，今日召見你，是有件事要你陪朕一同完成。」

「妾身聽皇上吩咐。」

「陪朕一起去餵魚吧。」皇上說完，便遞給我一包豆子。

我接下豆子，想起前幾天和皇上說過的話，沒想到只是隨口一說，皇上卻記在心裡，頓時，我覺得心中湧起一股暖流。

我和皇上站在池邊，愜意地灑著豆子。

「皇上您看，魚游過來了。」我興奮地說著。

「看我的。」皇上使出力氣，抓起一把豆子，拋得好遠好遠。

「皇上，您把豆子拋太遠了，這樣游過來的魚不就又得往回游了嗎？」

「朕疏忽了，看來在餵魚這方面，朕得拜你為師了。」皇上依舊笑著回我。

「皇上這樣說，妾身都不好意思了。」

「以後我們常來這裡餵魚，魚養胖了，朕的技術也純熟了。」

「那魚可要撐死了呢。」這是我第一次對皇上開玩笑。

「哈！撐死了，朕就請管事的再買一百隻。」

「俞寶林，你看在這座鯉魚潭，再建一個小瀑布如何？」

「這是個好點子呢，就如同傳說中的鯉魚躍龍門。」

「你覺得該設計成怎麼樣的款式？」

「妾身認為，應該要把那塊石頭移到……」

「主子！主子！不好了！」這時，我看見春桃急急忙忙地跑過來。

「奴婢拜見皇上，皇上萬歲萬歲萬萬歲！」春桃跑過來，先向皇上行了禮，但語氣卻十分急促。

「起身吧。」

「春桃，發生什麼事了？」從春桃的臉色看來，感覺大事不妙。

「主子，秋月現在正在御膳房外挨打呢！連衣服都被脫了，您快去救她啊！」春桃著急地說著。

「什麼?秋月被打了，為什麼?」

「主子您先別問了，快去救他啊!」春桃急的都快要哭出來。

「快帶路!」我吩咐春桃。

「曹公公，帶上幾名侍衛，隨我去御膳房。」

我和皇上急忙地趕到御膳房，距離不遠，我便看到秋月倒在地上，還有兩個人正對著他拳打腳踢。

「皇上駕到!」曹公公高聲地喊著。

御膳房外的幾名太監和宮女全都趕緊跪了下來。

「秋月!你沒事吧?」我跑到秋月身旁，看著她躺在地上，身上只剩一件抹胸，嘴角還流著血，臉頰兩側留著一大片深紅的巴掌印，身上到處都是傷。

「秋月!你快醒醒啊!秋月!」

「皇上!我拜託你，快點救救秋月吧!」我轉身跪在皇上面前，邊哭邊說著。

「來人，把他帶回俞寶林的寢宮，快去請太醫。」

幾個侍衛連忙趕上前去，背著秋月離開了。

「春桃，到底發生什麼事了?」

「主子，您出去後，我叫秋月去御膳房拿桂花糕，我等了半個時辰，秋月還沒回來，我便去御膳房找他，我去的時候，秋月就已經被旁邊這兩個宮女打了，這才慌張地跑去御花園找您呢。」

我看向旁邊兩個宮女，衣服有被扯過的痕跡，想必是秋月掙扎時留下來的。

「你們說，剛才發生什麼事了?」皇上開口了。

聽到皇上這麼一問，全場的人都鴉雀無聲。

「哎呀，你們聾了是不是，皇上在問你們話呢！」曹公公看大家都靜默不語，便開口訓斥了在場的太監和宮女。

「小李子，你快說說，這到底是怎麼回事？」曹公公對著一個名叫小李子的太監問道。

「回皇上，那名宮女來御膳房，說是要拿桂花糕，當時御膳房還沒準備好，他便在外面等著，一刻鐘後又有兩名宮女來了，就是俞寶林旁邊那兩個，他們稱自己是蘇婕妤的宮女，說蘇婕妤也要桂花糕，就插了那名宮女的隊，那個宮女說什麼也不肯，於是他們便把那個宮女推在地上打了一頓，然後還把她的外衣給扒了。」小李子的聲音顫抖著，吞吞吐吐地把事情緣由說出來了。

「哎呀！發生這麼大的事，你們怎麼都不來找我說呢？你們都是幹什麼吃的啊？」曹公公得知事情真相後也急了起來。

「就因為這樣？就因為一盤桂花糕，你們就把秋月打成這樣？」我又氣又難過地向那兩名宮女說著。

「皇上，這事您看？」曹公公轉頭問了皇上。

「來人！賜這兩名宮女上吊自盡。」

「曹公公，傳旨，蘇婕妤管教宮女無方，漠視法紀，降為美人，罰俸一年，禁足一月，俞寶林，隨朕去你殿裡看看。」

我們回到寢殿，看到秋月躺在床上，太醫正診著脈。

「太醫，秋月現在怎麼樣了？」

「回俞寶林，他沒什麼大礙，只是受了寒風發了點燒，身上也只有一些小傷，安靜調養個幾週就沒事了。」

聽到秋月沒有生命危險，我才如釋重負。

「皇上，謝謝您救了秋月。」我紅著眼眶看著皇上。

「不要緊的，這段期間需要什麼藥，直接去太醫院拿。如果宮裡人手不夠，去內務府挑幾個便是，以後再遇到這種事，你直接告訴朕，朕給你做主。」

「妾身謝皇上恩典。」

「俞寶林，朕先回去批奏摺了，有什麼事，吩咐一下曹公公。」

「是，妾身恭送皇上。」

（此時，蘇婕妤被貶的事傳到芳蘭宮西側殿）

「砰！」蘇婕妤握緊了拳頭拍了一聲桌子。

「哼！堂堂的婕妤竟然連寶林的隊伍都不能插，平日我插了尹婕妤的隊，皇上都沒說什麼，自從這狐媚子來了，宮裡便沒什麼好事。」

蘇婕妤是皇上十五歲時經過大選而入宮的，父親是禮部郎中，她起初只是個御女，這十年來，她戰戰兢兢服侍皇上，好不容易熬成了婕妤，如今卻因為芝麻小事就被降了位，心裡很不是滋味。

「我現在就去找麗妃姐姐，她可不會坐視不管。」

「主子，皇上要您在宮中禁足一個月，這時候出去，怕是落人口舌，豈不是又給那俞寶林一個機會了？」旁邊的小太監提醒著她。

「算了，想必這事麗妃大概也聽說了，她可不會縱容俞芷若一直鬧下去。」

「主子，今年皇上生辰，您可要好好把握呀。」小太監說道。

「這我也知道，不過皇上的心思難摸透，也不知道四年前發了什麼瘋，竟把那罈酒給砸了，這事我到現在還記得。」

「你到我庫裡拿二十兩銀子，去探探胡公公的口風，看皇上最近有沒有什麼特別中意的東西。」

「奴才這就去辦。」

下午，我待在寢宮照顧秋月，看著她的傷痕，不免鼻酸了起來，為了區區一盤桂花糕，她竟然連命都拼上了。

「主子，換我來吧，您已經在旁累了兩個時辰了。」春桃對我說。

「春桃，你說秋月變成這樣子是不是我害的？」

「當然不是，主子您別想太多了。」

「不過，奴婢在想……」春桃吱吱嗚嗚的，似乎想說什麼又不敢說。

「有什麼事就直接說吧。」

「主子，您聽完可別生氣，奴婢只是在想，經過這件事，蘇美人一定將您視為眼中釘，而且奴婢在外面打聽到，您那天侍寢時，麗妃的宮裡鬧的雞犬不寧，聽說還死了一個宮女。」

蘇美人會因這事跟我結仇，我並不意外，但我還不知道麗妃究竟是怎麼看我的，畢竟我也只會在建章宮請安時看見她。

「春桃，你在宮中這幾年當差，對麗妃了解嗎？」我問。

「回主子，麗妃原本是皇上當太子時的側妃，奴婢剛進宮時，麗妃並不受寵，但不知為什麼，這三年來，皇上突然開始寵愛麗妃了，還免了她的請安呢，其他的奴婢就不清楚了。」

「麗妃跟蘇美人的關係好嗎？我記得他們是住在同一宮的。」

「回主子，奴婢並沒有親眼看過他們兩人走在一起，但以前宮裡曾流傳過一個說法，說是蘇美人當時是受了麗妃的提攜，才能當到婕妤的，但是不是真的，奴婢就不確定了。」

如果春桃所言全都是事實，那麗妃和蘇美人很有可能會聯合起來報復我，這事可不得不防啊。不過，當今是敵暗我明，恐怕最近還是低調點好。

「春桃，這個月你先待在宮中，別再去外頭了，還有御膳房也別去了，這段期間我們忍耐一點，吃御膳房送來的東西就好。」為了保護春桃，我不得不這麼做。

「奴婢明白了。」

「你去廚房幫我燒點熱水吧，今兒天冷，我想泡泡手。」

我拿起創傷藥膏，親手替秋月的傷口上了藥，並撕了內務府昨天送來的綾羅綢緞，用來包紮她的傷，這似乎是我目前唯一能替她做的事，只要他能清醒，就是把月例銀子花光了也沒關係。

（此時，玉瑤宮主殿）

「娘娘，王御女又來了。」

「讓他進來吧。」

「妾身王詩詩，給溫妃娘娘請安，祝溫妃娘娘青春永駐。」王詩詩平日對人囂張跋扈，今天對溫妃倒是挺恭敬。

「妹妹快起身吧，今天怎麼來姐姐這了？」

「妹妹是有樣東西想要送給娘娘。」王詩詩說道。

「喔？是什麼東西？」

王詩詩此時從袖裡拿出了一個小木盒，打開盒子，裡面各裝著一顆璀璨的藍寶石和綠寶石。

「這寶石是家父託人送給我的，是來自西域的，但我認為溫妃姐姐戴上比較合適，姐姐待人和善，長得又漂亮，只有像姐姐這樣的人才配得上這寶石。」

「妹妹言重了，這寶物如此貴重，姐姐可不能收。」

「姐姐您太客氣了，這寶石的主人非您莫屬。」王詩詩把禮物塞在溫妃手中。

「倒是……妹妹有件事想請教姐姐。」

「什麼事？」

「姐姐知道皇上最喜歡什麼嗎？」

溫妃心想：看來又是為了皇上的生辰賀禮而來的。

「妹妹，不是姐姐不想告訴你，而是姐姐真的不知道。」溫妃微笑著回答。

「姐姐跟在皇上身邊這麼多年，一定是皇上的心上人，怎麼可能不知道呢，您就快告訴妹妹吧。」

「姐姐真的不知道，妹妹不如去問太后，太后可是皇上的母親，皇上喜歡什麼，太后一定知道。」

「姐姐真的不知道嗎？還是，妹妹宮裡還有不少首飾，待會再給姐姐送來。」

「不了，姐姐不習慣戴首飾。還是，妹妹去問問看俞寶林？俞寶林心地善良，這幾日也常和皇上相處，他應該很願意告訴妹妹的。」兩人你來我往的，就連平時有耐心的溫妃也被王詩詩問煩了。

溫妃這話明顯刺中了王詩詩心裡的痛處。

「好的……謝謝姐姐，妹妹會去請教俞寶林的，那妹妹先告退了。」王詩詩見溫妃什麼都不透露，反而搬出了俞芷若來，心裡很不是滋味，便默默地離開了。

「荷花，把這兩顆寶石拿去御花園埋了。」溫妃冷淡地說著。

「是，娘娘，這王御女也還真是不死心呢。」

「她爹爹是戶部尚書，家道殷實，也許他能用錢收買人心，但本宮可是不會被錢收買的。」

溫妃一向是個物欲很低的人，她對於王詩詩剛剛的行為非常不滿。

「對了，娘娘您聽說蘇婕妤的事了嗎？」

「蘇婕妤？她怎麼了？」

「今天中午，蘇婕妤的宮人把俞寶林的宮女給打傷了，現在人還躺在俞寶林宮中呢，皇上已經下旨，把蘇婕妤貶為美人了。」

溫妃一聽到此消息，臉色立刻沉了下來。

「荷花，把我櫃子裡的那罐金創藥膏拿出來。」

「娘娘，您哪裡受傷了？要不要宣太醫？」

「我沒事，你拿過來就是了。」

荷花從櫃子中取出藥膏，拿給溫妃。

「我有事要出去一下，有任何人來找我，一律都說我在休息，還有，這件事你不要再摻和了，也別再向任何人說。」

又過了半個時辰，我幫發燒的秋月敷上毛巾。

「主子……」秋月這時緩緩睜開雙眼，虛弱地叫著我。

「秋月，你終於醒了，現在感覺怎麼樣？有沒有想吃什麼東西？會不會冷？」

「春桃！水燒好了沒，快點提過來。」我對春桃喊著。

「主子我沒事，對不起，我把事情辦砸了，那桂花糕……」

「別再提什麼桂花糕了，都是我不好，讓妳受委屈了。」

「秋月，你終於醒了，你知不知道我有多擔心？」春桃看向秋月，蹲在床旁邊哭了起來。

「主子，我手臂上這個不是你的絲綢嗎？我怎麼能……」秋月看似準備從榻上坐起身。

「秋月，你先躺好。」我著急地讓他躺下。

「奴婢不能……」秋月依舊固執地想要起身。

「躺下！難道你連主子的話都不聽了嗎？」一行淚水流下來，沾濕了我的衣裳，這還是我第一次這麼大聲對秋月說話。

「主子，您別激動。」春桃連忙拿起手帕，擦拭著我的眼淚。

「秋月，你就好好休息吧！別讓主子操心了。」

「好，我休息。」秋月說完，便闔上了眼睛。

這時，外頭有人敲了我的宮門。

「主子，好像有人來了，奴婢去看看。」春桃說。

「如果是楊采女他們，就跟他們說我需要獨處一下。」

「是，奴婢明白了。」

沒多久，春桃回來了，身旁還帶著溫妃。

「主子，是溫妃娘娘來了。」

「芷若，是我叫春桃快讓我進來的，所以她沒有先通傳你。」

「溫妃姐姐，您有事的話叫妹妹過去您那就好了，外面這麼冷，何必特地趕來呢？」

「我猜你應該在照顧秋月，便直接來找你了，還有這一罐是金創藥，是用血竭和乳香製成的，抹在傷口上，不出三天便會痊癒了，快幫秋月塗上吧。」溫妃把藥膏遞給了我。

「還有，有件事情，我必須單獨跟你說。」溫妃向我使了個眼色。

「春桃，你先下去休息吧，有事我再叫你。」

「姐姐，發生了什麼事情嗎？怎麼這麼慎重啊？」

「芷若，你最近不管是吃的還是用的，記得都先檢查過一遍，宮人如果不夠，也不要再去內務府領人了，我直接派人幫你就好，還有最近少出門，尤其是芳蘭宮。」溫妃嚴肅地說著。

「芳蘭宮？為什麼？是因為蘇婕妤被貶嗎？」我試探性的問了問。

「芷若，我現在也沒辦法詳細告訴你，但是在這深宮中，確實有太多的計謀是你不曉得的，總之，這幾天，還是乖乖待在宮中的好。」

我聽了溫妃的話，這幾天除了請安之外，我都待在宮裡，也順便照顧秋月。

某天，楊巧萱和田茉莉來宮裡找我。

「姐姐，你最近怎麼都不和我們去御花園了啊？」茉莉問我。

「芷若最近一定是有事情在忙啦。」巧萱向茉莉說道。

「忙？宮裡這幾天沒什麼活動啊？」茉莉還是不解。

「是秋月的事啦！」巧萱對著茉莉的耳朵悄悄說道，她看茉莉完全忘記這件事了，又怕主動提起會讓我想起不好的回憶，便小聲地提醒茉莉。

「啊！對齁，芷若姐姐，秋月現在還好嗎？」茉莉直接問了我。

「哎！天啊。」楊巧萱頓時嘆了口氣，還翻了一個大白眼。

「你們別擔心，秋月現在已經沒事了。」

「巧萱，剛才還真是辛苦你了，但我沒事的。」我笑著對巧萱說道。

「春桃，今天御膳房不是送來了一盤棗泥酥嗎？拿出來吧。」

「主子，在這兒。」

「春桃，你也快坐下來一起吃啊。」這次竟然是楊巧萱先開口。

「巧萱妹妹可真厲害，都知道我接下來要說什麼了。」我微笑看著她。

「整個宮裡，還有誰會比我更了解你？」

「姐姐，既然秋月沒事了，明天你要不要和我們去頤和園？我們上次在那邊發現了幾隻兔子，本想著邀請你和我們去餵兔子呢，但上次來找你時，聽說你在睡覺。」茉莉說。

原來春桃那天說他們看起來很失望，是指這件事啊。

「痾……姐姐謝過你們的好意了，你們先自己去吧。」我尷尬地笑著。

「芷若姐姐，你是不是不想和我們一起玩了啊？」

「不是啦，其實是小時候我和娘去市集逛街時，看到有人在賣兔子，我當下覺得可愛，想伸手摸摸牠，結果卻被牠咬了一口，之後我就不太喜歡兔子了。」

「原來是這樣啊，姐姐早說嘛。」

「對了，姐姐可以拜託你們一件事嗎？」

「什麼事？」

「你們記不記得，御花園深處有一座竹林，你們可以幫我採幾片竹葉回來嗎？」

「好是好，不過姐姐要竹葉做什麼啊？」

「我要做生日禮物給皇上啊。」

「竹葉可以用來做什麼啊？」

「到時候你們就知道了。」

「就你最愛搞神秘了，好啦，我們會幫你摘的。」巧萱說。

「你們明天中午來找我下棋吧。」我提議。

「好啊，說到下棋我可不會輸喔！」

「茉莉，你這麼有自信啊？」

「當然，不如我們來打個賭唄。」田茉莉竟然向我下戰帖了。

「好呀，賭什麼？」

「如果我贏了，姐姐平常戴的那支桃花髮簪便歸我了。」

「那如果你輸了呢？」巧萱在一旁問道。

「那我就親自下廚給你們吃。」

「你做的菜好吃嗎？」巧萱倪著眼睛看向茉莉。

「不知道囉！」我也笑笑地打趣。

「你們聯合起來欺負我！」茉莉笑著對我們說。

三人便在笑聲中度過了一個愉快的下午。

❖第三章　前塵往事❖

（當晚，建章宮）

「思卉，今天是初一，你可得加把勁啊！」

「我明白了，姑母。」

「我們李氏一族的光榮，可都寄託在你這個皇后身上了。」

「姪兒明白。」

李皇后是太后的姪女，皇上五歲時，太后便替皇上指婚，讓他的姪女李思卉成為皇后，當今的麗妃、溫妃、尹婕妤都是太后在皇上五歲時就挑選的側妃、侍妾，十五歲時，皇上才隨自己的心意辦了選秀，蘇美人便是皇上親自挑選的。

晚上，皇后沐浴完便被抬進養心殿內。

「皇上，我來替您寬衣吧。」

「不用了，今晚朕還有摺子要批，你就先睡吧。」皇上埋頭在奏摺堆中，連頭都沒有抬起來。

「是。」皇后無奈的一個人躺在龍榻上。

這幾年來，皇后一直盡心伺候著皇上，皇上雖然表面上對他相敬如賓，但卻從來沒有真正的喜歡上他，這點皇后自己也明白，太后之所以指婚他為皇后，不過是想鞏固自己家族的勢力。若皇后誕下子嗣且被立為太子，身為太子的生母，便可再次為太子指婚，讓李家的族女成為太子妃，不斷循環下去。

（數月後，皇上的生辰到了）

每年一到這時候，後宮裡一片熱鬧，御膳房、內務府更是忙的不可開交，宮人敲著編鐘，戲班子也進宮表演。依照慣例，皇上仍在頤和園內設宴，今年皇上大擺宴席，桌上滿是山珍海味，並讓眾妃嬪、宮女、太監都來參加，我也帶著春桃赴宴。

「今日宴會大家不用拘束，盡情享受。」

「皇上，今年的宴會是妾身籌辦的，妾身請了京城裡最有名的戲班給皇上表演，還請宮內的舞姬以龍為主題，編了一首神龍舞，以此舞彰顯皇上尊貴的身份。」皇后說道。

於是，一連串的表演便揭開序幕，戲班子的表演實在有趣，伶人滑稽的口音配上詼諧的台詞，讓眾人都哈哈大笑，而今年獨有的神龍舞更是亮眼，舞姬們排成龍的隊形並揮舞著彩帶，透過位置的變換，從高處往下看，彷彿真的有一條龍活躍的跳動著，表演完畢，掌聲如雷貫耳的響起。

「好！曹公公，今年演出的戲班和舞姬通通有賞！」

聽到皇上的賞賜，宴會氣氛更加熱鬧了。

太后和皇上坐在高處看著表演，皇上十分滿意。

「皇上，今年的宴會能辦得這麼好，都是皇后的功勞，皇上應該好好褒獎一下，不如今晚皇上就和皇后共度良宵吧！」

「皇后籌辦宴席有功，賜翡翠手環一隻、玉珊瑚一座。」皇上當場褒獎了皇后，但並沒有說要讓皇后侍寢。

「妾身謝皇上隆恩。」

接著便是妃嬪的表演時段，許多妃嬪平日刻苦練習，就是為了在宴席當天搏得皇上歡心。

麗妃跳了一首〈霓裳舞衣曲〉，她穿著薄紗，揮舞著曼妙的身姿，熟練的動作配上古箏的演奏，成為全場的焦點，皇上賞了麗妃一株天山雪蓮。

莊采女則用木笛吹了一曲〈龍鳳吟〉，清脆的笛聲聽起來十分悅耳，亦是獲得了全場的掌聲，皇上賞了她一幅山水潑墨畫。

溫妃則用琵琶彈了一首〈塞上曲〉，纖細的玉手撥弄著細弦，技術精湛，皇上賞了她一件雪紡天絲裙。

至此，表演結束，到了最後一個活動，也是妃嬪們最關注的環節——敬獻賀禮。

皇后獻了一件金黃色的披風，「最近天寒，妾身親手織了一件披風獻給皇上。」皇上滿意地收下了。

麗妃獻了一株百年人蔘，「妾身獻上這株百年人蔘，願皇上福如東海，壽比南山。」皇上也是欣喜地收下。

溫妃獻了一幅畫，「皇上，這是妾身親手畫的〈江南春茶圖〉，在皇上英明的治理之下，上天降下甘霖，大寧百姓才能種出如此遼闊的茶園。」皇上欣慰地點了頭，內心非常感動。

「擬旨，溫妃克嫻於禮、貞靜持躬，賞加一年俸祿。」

「妾身謝皇上恩典。」

皇上此話一出，眾人莫不向溫妃投以羨慕的眼光。

尹婕妤獻了一本書，「皇上，這本是妾身手抄的〈百孝經〉，代表著皇上以孝治天下的仁政。」皇上點了頭並收下。

蘇美人獻了一座屏風，「這是妾身親手畫的屏風，屏風上的圖片是一隻老虎，表明皇上虎虎生風的氣勢。」皇上也點了頭收下。

孫御女獻上一帖書法，「皇上，這是妾身臨摹書聖王羲之的〈快雪晴時帖〉，希望皇上喜歡。」皇上微笑地收下。

王御女獻上了一盒金銀珠寶，「妾身獻上一盒珠寶，願皇上永保富貴安康。」皇上沒什麼表情，但還是收下了。

田采女獻上了一盆花，「皇上，這盆向日葵是妾身自己種的，向日葵永遠繞著太陽轉，說明大寧帝國在皇上的治理下如日中天。」皇上似乎很喜歡田采女的壽禮。

「此盆向日葵在田采女的照料下，盛開的如此瑰麗，曹公公，傳旨，田采女溫良賢淑、德才兼備，賞加俸祿半年。」

「妾身謝皇上恩典。」聽聞皇上的讚賞，田茉莉害羞地謝恩。

莊采女獻上一方硯台，「皇上，妾身準備了一方硯台，上方還印著一個壽字，恭賀皇上萬壽無疆。」皇上微笑地點了頭。

楊采女獻上一個陶杯，「這陶杯是妾身自己拉的，宮裡的師傅送進窯裡燒，外層的釉是妾身塗上的。陶杯能裝水，象徵皇上海納百川的寬容，請皇上收下。」曹公公接過陶杯，送到皇上手中。

「楊采女的壽禮，朕甚喜愛，先皇在世時總是提醒朕，要接納群臣的諫言，秉持虛懷若谷的心胸，如此國家才能長久不衰，曹公公，傳旨，楊采女溫婉嫻慧、人品淳厚，亦加賞俸祿半年。」

最後輪到我了，我走向宴會中央，並捧著一罐甕，「皇上，之前在御花園裡，您和妾身提過竹葉酒，妾身便採摘竹葉，用以釀酒，還望皇上收下。」

聽完我這一番話，原本熱鬧的場面突然安靜下來，幾個年資久的太監和宮女睜大眼睛看著我，皇上身旁的曹公公也低下頭了。

我心裡疑惑，怎麼了嗎？為什麼大家全都盯著我看，我有說錯什麼話嗎？

此時溫妃大驚失色，皇后則尷尬地瞧著皇上，而楊巧萱頓時才想起大事不妙，竟然忘記告訴我皇上討厭酒的事了，他根本沒料到那些御花園的竹葉是要用來釀酒的。

而麗妃和蘇美人兩人則是暗自竊笑著。

皇上看著我手中的酒，沉思了好一陣子。

曹公公眼看大事不妙，正準備叫宮人們趕快把宴會撤了。

「曹公公，立即擬旨。」此時皇上開口了。

蘇美人聽聞皇上準備下旨，更是得意了，便小聲向麗妃說：「看來這俞寶林在後宮的日子也走到頭了。」

「俞寶林蕙質蘭心，誠侍君側，朕心甚慰，擢升為才人，賜居玉瑤宮西側殿，以示嘉賞。」皇上此時看著我，露出了一抹微笑。

「妾身謝皇上聖恩，吾皇萬歲萬歲萬萬歲！」

皇上此言一出，全場轟動，溫妃此時不可置信地張著口看向皇上，楊巧萱則一臉瞢然，蘇美人更是氣的面紅耳赤，直接離席了。

「今天是朕的生辰，皇后和眾妃嬪的賀禮，朕都收下了，各府的宮女和太監也都辛苦了，今年的宴會，朕很高興。」皇上向在場的眾人勉勵著，臉上洋溢著愉悅的神情。

最後皇上吩咐皇后，代他向眾妃嬪敬酒，宴會便在一片祥和中落幕。

當晚，我回到宮裡，看見秋月正忙著收拾東西。

「秋月，你怎麼了？」

「主子，剛才胡公公來宮裡傳旨了，奴婢正準備把東西搬到西側殿呢，奴婢恭喜主子。」

「好，今晚你和春桃先把東西收拾好，明早我們再搬過去。」

「奴婢明白了。」

此時，曹公公又來了，身旁還領著一個小太監，小太監手上捧著一個木盤，上面還蓋著一層黃布。

「俞才人，今晚皇上傳您侍寢，這些東西是皇上賞給您的。」

曹公公拉開盤子上的布，裡頭裝著十個小金元寶，一對琉璃耳環，一串珍珠項鍊，還有一支銀色髮簪，髮簪上還立著一隻孔雀。

這還是我頭一次看見金元寶，因為爹爹平常給我的都是碎銀子。

「俞才人，快謝恩啊！」

「妾身謝皇上恩典。」聽了曹公公的提醒，我才回過神來謝恩。

「公公，這個金元寶您收下吧。」我拿起了一個金元寶給曹公公。

「奴才不敢！這是皇上御賜的寶物，是專賜給您的，奴才豈能拿呢。」曹公公婉拒了。

「這樣啊，那這包江南新產的茶葉便給您吧，這是爹爹託人送來的，我庫裡還有一包，您就收下吧。」我便拿了一包茶葉給他。

「那奴才就謝過俞才人了，俞才人快上轎吧，皇上正在養心殿等著您呢。」曹公公客氣地迎著我上了轎。

我依舊泡著玫瑰澡，太監則替我刷著身，有了上次的經驗，我也安心地被裹在棉被裡。

在前往養心殿路上，我聞著肌膚上的玫瑰花香，身子不知不覺地放鬆下來。

「公公，皇上特別喜歡玫瑰花嗎？」我隨口問了曹公公。

「奴才不清楚，但平常妃嬪侍寢前，泡的都是柑橘澡，只有您侍寢時，皇上才會吩咐內務府準備玫瑰花瓣。」

皇上這麼做有什麼用意嗎？我心裡好奇著，但也沒打算多問。

「皇上，俞才人來了！」

「知道了，今晚俞才人會在這過夜，屆時不必再來問了，你下去吧。」

「俞才人，快點替朕寬衣。」皇上對我說著，還露出溫暖的笑容。

「妾身遵命。」

在燭光的閃爍下，我一層一層地解開了皇上的衣裳，寢宮雖然昏暗，但我還是隱隱約約看到皇上桌上堆著滿滿的奏摺。自古以來，後宮不能干政，我也沒說什麼，只是突然覺得皇上其實也挺辛苦的。

「芷若，你親手釀的竹葉酒，很好喝。」

「只要皇上喜歡就好了。」

等等，是我聽錯了嗎？皇上剛才是不是叫了我的名字？

「朕捨不得一次喝光，你陪我共進一杯吧。」皇上把酒甕拿出來，斟了兩杯酒。

「皇上，您愛喝的話，妾身再釀給您喝。」我端起小酒杯，看著皇上十分滿足地飲著酒。

「好，你釀的竹葉酒，朕每天喝。」

「皇上，恕妾身每個月只能釀一壺給您。」

「哦？為什麼呢？」

「如果皇上每天都要喝，過不了多久，竹林的葉子可要全都被妾身摘光了呢。」

「那朕就派人把蜀州的竹子全部運過來。」皇上打趣說著。

「呵呵，那蜀州的森林豈不光禿禿了。」

我這麼說，其實是不願讓皇上喝太多酒，畢竟喝多了傷身子，但看皇上正沉浸在喜悅中，我也不想掃了皇上的興。

喝完酒，皇上便把我抱上了龍榻，我與皇上躺在床上對視著。

「芷若，你的身子好香啊，民間故事裡的花仙子，大概就是你了。」皇上靠近了我的身子，牽起我的手。

「皇上，您這樣叫妾身的名字，妾身會害臊的。」我紅著臉，輕聲向皇上說著。

「在朕的心中，你就是你，是朕的愛人，而不是什麼才人美人。」皇上的眼神是如此真切，他似乎真的把我當作愛妾了。

「皇上，您的手掌好溫暖。」

「朕答應你，總有一天，嗝……朕會在眾人面前，嗝……牽著你的手。」皇上一邊昏昏地說著，還打著嗝，臉還好紅。

「這……皇上，您喝醉了。」

說完，皇上還真的睡著了，床榻上的人如月光般溫柔，看見皇上終於能好好休息，我也閉上眼睛，在昏暗的寢宮中，在紅紅的燭光下，安穩入睡了。

卯時，雨停了，天也亮了，陽光透過窗子照醒了我，我起身，看見皇上正坐在桌前讀著書。

「你醒了啊？」

「皇上，您在讀什麼？」

「這本是翰林院新編的書，裡頭記載了父皇在位時的政績，待會朕要準備上朝了，朕晚點派人送你回去。」

「皇上，妾身幫您更衣吧。」

「也好。」

我幫皇上穿上龍袍，戴上皇冠，掛上朝珠，目送皇上朝著御極殿走去，隨後宮人便送我回玉瑤宮了。

我才剛回玉瑤宮，就看到一群宮女在我殿內進進出出的。

「秋月，這是怎麼回事？」

「回主子，今早奴婢把東西搬往側殿，溫妃娘娘看人手不足，就派她宮中的幾名宮女來幫忙了。」

聽到是溫妃的指令，我也安心下來。

此時，荷花來了。

「俞才人，溫妃娘娘請您過去一趟呢。」

「妾身給溫妃娘娘請安。」

「快坐吧。」

「娘娘召妾身來有什麼事嗎？」

「芷若，之前巧萱來宮裡問我皇上生辰賀禮的事，我便告訴她千萬不能送酒給皇上，巧萱沒有跟你說，我也不小心疏忽了，忘記提醒你。」

「皇上不愛喝酒嗎？」我更疑惑了，昨晚皇上喝得可開心了，都喝醉了呢。

「前幾年，蘇美人送了一罈酒給皇上，皇上很生氣，當場就把酒給砸了，之後也就沒人敢送酒給皇上了。」

「娘娘，那為什麼昨天皇上非但沒生氣，還晉了我的位？」

「這就是我最疑惑的地方了，照理說，皇上應該會不高興的，每年宴會時，皇上雖然也會賞些東西給嬪妃，就像皇上昨天加了我和巧萱的俸祿，但是在宴會上替妃嬪晉位，這還是頭一次呢。」

「芷若，昨晚皇上侍寢時，有沒有跟你說什麼？」

「這個……我不敢說，說了恐怕也沒人會信。」

「這兒沒外人，快說吧。」

「那您可千萬別跟任何人提及了……昨晚皇上跟我說，總有一天他要牽著我的手讓大家看，不過我覺得皇上只是隨口說說而已。」

溫妃心裡終於明白了什麼，但他卻不動聲色，表情也無任何波瀾。

「嗯，我知道了。」

「芷若，還記得我之前跟你說的嗎？現在你可是站在風口浪尖上了，自己多小心，看到蘇美人的話，能避就避，已經快午時了，你肚子應該也餓了，趕快回宮吃飯吧。」

「是，我會更謹慎的，妹妹先告退了。」

「嗯，回去吧。」

（我離開後沒多久，溫妃便去了尹婕妤宮中。）

尹婕妤，本名尹欣彤，是皇上以前的太子侍妾，皇上登基後便冊封她為婕妤，但她不太喜歡外出，反而習慣一個人待在宮裡，除了溫妃偶爾會來看看她以外，她幾乎不和其他妃嬪有所交集。

「欣彤，你最近還好嗎？」
「咳……還不就是老樣子。」一個瘦弱的女子，一臉憔悴地坐在宮裡。
「你還記得純妃嗎？」溫妃問。
「你是說，皇上當太子時，他老師的女兒嗎？」
「對，就是他。你不覺得他跟俞才人長得有點像嗎？個性也是。」
「是嗎？我倒是沒多注意，咳……那個俞才人怎麼了嗎？」
「當年紫香宮的事你也記得，我怕他們兩人可能又想要動手了。」
「什麼！咳……咳！」尹婕妤一激動，狂咳了起來。
「你還好吧？」溫妃拍了拍尹婕妤的背。
「咳……我沒事，這兩人到現在還是沒變啊？」
「要不要把實情告訴他？」溫妃問。
「哎！都過這麼多年了，就告訴她吧。當年要不是你，我恐怕還被蒙在鼓裡。」
「更重要的是，要護著他，不然這後宮永遠不安寧。」
「那我現在該怎麼做？」尹婕妤問。
「好好盯著這座玉瑤宮就好，馬腳遲早會露出來的。」
「我明白了。」

午時，在秋月和溫妃宮女的幫助下，我們終於把原本的家當都安置好了。
比起東偏殿，西側殿可是豪華多了，空間也更寬敞，門外有一塊小花圃，窗櫺的木頭上還有著華麗的花紋，臥房內多了一個柚木梳妝台，除了前廳和臥房，還多了一間琴閣。

「主子，這殿可真漂亮啊。」春桃說。

「這裡這麼大，以後你們打掃起來可就辛苦了。」

「主子，您現在是才人了，可以再多兩名宮女服侍您呢。」秋月跟我說。

「你們想讓其他宮女住進來嗎？如果不想的話，內務府派人來，我就不挑了。」

「主子，有我們兩個就夠了，您就別挑了吧。」春桃說道。

「主子自己決定就行了，奴婢唯命是從。」秋月說道。

這時，御膳房的人把午膳送來了。

我看著秋月一一把菜端上桌，晉為才人後，膳食也更高級了。蝦仁蒸蛋、蜜汁排骨、青椒鑲牛肉、涼拌黃瓜、蒜蓉豆腐、鹹蛋絲瓜、胡椒豬肚湯共六菜一湯，可謂色香味俱全，秋月替我倒了一杯茶，我才剛坐下，春桃便拿起筷子吃了起來。

「春桃，主子都還沒動筷，你怎麼就先吃了起來？」

「有什麼關係，芷若姐姐才不會計較呢，對吧？」春桃嘴裡嚼著飯跟我說話。

「春桃，你怎麼可以直接叫主子的名字呢？」秋月的口氣逐漸不悅。

「芷若姐姐，你不會介意吧？」

「秋月，你也快坐下吃吧，來，這碗給你。」我添了一碗飯給秋月。

眼看著春桃和秋月快要吵了起來，我便打了個圓場，但我明顯感受到，這頓飯局充滿著尷尬。

（同時，蘇美人宮中）

「你們全都給我滾出去！」蘇美人對著宮裡的太監和宮女吼著。

「姐姐，你說，這也太不公平了！當年皇上把我送的酒給砸了，俞芷若憑什麼就沒事，反倒被晉了位，皇上擺明是偏心嘛！」

「哼！我還不是一樣，自從他來之後，皇上就沒再傳我侍寢了。」麗妃說道。

「那俞芷若根本是禍國妖精。」

「妹妹，別生氣，姐姐已經想到好點子了，這回肯定讓那狐媚子吃不完兜著走。」

「姐姐想到了什麼，快說給我聽聽。」

「姐姐跟你說，到時候你先躺在床上，然後派個宮女……」

「這點子真好，這樣俞芷若就會被打入冷宮了。」聽完麗妃的計謀，蘇美人也笑了起來。

過幾天，我從庫房拿了些銀子，讓春桃去織造局買些薄紗，想自己織一件睡袍，秋月也在廚房清理小灶，我待在宮裡覺得無聊，便邀請了茉莉和巧萱來我這坐坐。

「姐姐，我們來找你了。」茉莉手上還端著棋盤。

「對騎，之前你對我下了戰帖，今天想開戰了嗎？」

「姐姐應該還記得我們的約定吧？」

「當然記得，我和巧萱一直等著吃你做的菜呢。」

「話可別說的太早，來吧。」茉莉先拿起黑子下了第一步。

「姐姐，你可別輸給她啊。」巧萱則在旁邊替我加油著。

（雙方你來我往，半個時辰後，我與茉莉陷入僵局。）

「姐姐，你的宮殿好漂亮呀，整個客廳變的好大。」巧萱四處打量著我的宮內。

「我寢室旁邊還有一間琴閣，你平常閒著的話隨時可以來彈。」

「姐姐，你宮裡有沒有點心啊？我嘴饞了。」

「廚房前的木櫃裡有一罐蜜餞。」我一邊說著，一邊下著棋。

「木櫃？哪裡啊？」

「在櫃子的右上角，找到了嗎？」

「找到了。咦？姐姐，你地上有件粉色的衣服耶。」

「那件應該是春桃的，你先放我床上。」

「姐姐，你的床也好大啊！我可以躺躺看嗎？」巧萱站在寢室前問著我。

「你躺吧，別弄髒了就好。」我轉過頭向她說道。

「好耶，我贏定了！」茉莉趁著我分心時，把我的白子吃掉了。

「啊！輸了，楊巧萱你給我出來！」我大聲嚷嚷著。

「姐姐，你贏了對不對？」楊巧萱這才走回我旁邊。

「都是你一直跟我說話，害我分心了。」此時巧萱看到茉莉笑嘻嘻的。

「痾……我……姐姐對不起。」楊巧萱把眼睛飄向一旁和我道歉。

「唉！算了，茉莉，你的棋藝可真高超。」

「我小時候常和我爺爺下棋。」

「對了，芷若姐姐，你應該沒忘記什麼吧？」茉莉得意地說著。

「姐姐沒忘，給妳吧。」我把髮上的桃花簪取了下來，交給茉莉。

「巧萱，我可要多謝你了。」茉莉笑著對巧萱說。

「痾……對了，芷若姐姐，你的抽屜沒關上，我幫你關緊了。」

「沒關上？奇怪了，我明明記得早上確實關緊了。」

「對了，姐姐，你是不是有很多桃花簪啊？」茉莉突然問了我。

「是有兩把沒錯，怎麼？你該不會還想再下一盤吧？」我張大眼睛問她。

「不是，是我昨天在路上看見春桃，她頭上也插著桃花簪呢！」

「春桃？我沒賞過桃花簪給她呀？應該是他自己的吧。」

「芷若姐姐，有些話我應該要和您說。」巧萱緩緩開口。

「怎麼了？突然這麼小聲。」

「你是不是……有點太放縱春桃了。」

「放縱？怎麼說？」

「昨天，我的宮女瀟瀟向我抱怨，說春桃最近一直炫耀自己的東西呢。」

「我知道了，改天我會和他說一下。」

傍晚，我在門口前的花圃澆水，聽見隔壁的東側殿傳來陣陣的嗚呼聲，持續了好久都沒停下來，東側殿裡住的是尹婕妤，我雖然沒同他說過話，但我還是不太放心，想過去瞧瞧，一推開宮門，我看見尹婕妤倒在地上，旁邊還有幾滴鮮血，我驚覺事態緊急，趕快叫了太醫，還請溫妃一同幫忙。

我和溫妃留在東側殿裡照顧他，一直到戌時，尹婕妤才終於清醒了。

「欣彤，你終於醒了，現在感覺怎麼樣？」溫妃問。

「沒事，就是老樣子，咳……你旁邊這位是？」

「這位就是我之前跟你提起的俞才人，好在她發現你倒在地上，還趕快請了太醫，否則後果不堪設想啊！」

「俞才人，謝謝你救了我一命。」

「對了，欣彤，剛好就我們三人在這，就把那件事告訴她吧。」

「也好，那姐姐你先跟他說吧。」

「芷若，接下來的事，你聽完就放在肚子裡爛掉了，如果傳出去，後宮會大亂的。」溫妃慎重地告訴我。

「你記得五年前的豫州鄉試案嗎？」

「那時我才十二歲，不記得了。」

「慶和十年，豫州舉行鄉試，卻發生了考生夾帶的弊案，當時尹婕妤的父親是朝廷的監察御史，便在朝堂上把這件事奏報給皇上，而那場鄉試的正副考官就是禮部郎中蘇大人，禮部員外郎梁大人。」

「蘇大人、梁大人，他們該不會就是……」

「你猜對了，這兩人就是蘇婕妤和麗妃的父親，事後，尹婕妤的父親因為舉發有功，升為左都御史，然而蘇婕妤的父親被罷官，而麗妃的父親則一直停在禮部員外郎任上，無法晉升。此事讓麗妃和蘇婕妤非常憤怒，他們便聯手，把氣出在尹婕妤身上。」

「他們對尹婕妤做了什麼？」

「當時，尹婕妤一個人住在紫香宮，他們兩人買通了尹婕妤的宮人，宮人趁著半夜尹婕妤睡著時，就放火燒了紫香宮。」

「放火燒宮？那尹婕妤不就……」我震驚，放火燒宮可是大罪。

「尹婕妤當時昏倒在寢宮，還好後來被幾名侍衛救了出來。可是尹婕妤卻因為吸了太多濃煙，所以肺臟受了傷，一直到現在，尹婕妤都還是常常咳嗽。」

「不過這件案子，你們是怎麼得知的呢？又是怎麼確定兇手是他們兩人呢？」我問。

「當年，我兄長結婚，皇上便讓我回鄉探親，咳……那時，我父親很高興地告訴我們全家，說自己升官了，也把鄉試舞弊案的經過說了出來，但是，咳……我父親並不知道他彈劾的兩人，是蘇婕妤和麗妃的父親。」尹婕妤說道。

「尹婕妤回宮後沒多久，宮殿就發生火災了，那是在七夕的前兩夜，每年七夕，妃嬪都會到賞空閣看煙花，而尹婕妤當天還躺在床上休養，但是我卻在賞空閣裡聽到了蘇婕妤和麗妃的談話。」

「他們說了什麼？」

「當晚蘇婕妤說：今年尹婕妤可賞不到煙花了，麗妃則回說：我們除不掉她的父親，但卻可以除掉他的女兒，可惜尹婕妤卻還活著。」

「那你們有把這件事告訴皇上嗎？」

「我們原本想找尹婕妤的宮人問個明白，不過卻遲了一步，當我們發現那兩名宮人時，他們已經溺死在井裡了，我猜他們是被麗妃滅口了，最後，皇上也把這件事當成意外，原本的紫香宮也被重新改建，成了現在的翠寧宮。」

「這件事過後，我便厭惡了後宮的鬥爭，咳……也不想再看見他們，所以就常常待在宮內了。」

「芷若，跟你說這件事，便是要告訴你，這兩人看來溫和，而且太后也寵著麗妃，但他們卻蛇蠍心腸，不可不防。」溫妃說道。

「咳……如果得罪了他們，還不知道他們又要搞出什麼把戲了。」

聽完溫妃說的話，我心裡忐忑不安，整夜輾轉難眠，我從沒想過平時待在太后身邊的麗妃會做出這種事。

隔天早上，我掛著一雙黑眼圈，向皇后請安。

「俞才人你怎麼了？昨晚沒睡好嗎？」

「回皇后娘娘，妾身只是最近宮裡事情有點多，所以身子比較累。」我找了一個理由敷衍過去。

「如果還是很不舒服，記得請太醫來看看。」

「妾身明白了，謝皇后娘娘關心。」

皇后讓大家解散後，我便打算回宮補個眠。不料，我突然一陣暈眩，不小心踩到了王詩詩的腳。

「啊！俞芷若，你幹嘛啊！」王詩詩大聲地對我吼著。

「王御女，對不起。」

「說對不起有什麼用，我天生細皮嫩肉，一不小心被你踩瘸了怎麼辦？」

「對不起，王御女，我一時頭昏沒注意到。」我再次向他鞠躬道歉。

「我不管，古人說：以牙還牙，以眼還眼。」

「王詩詩，俞才人都向你道歉了，你還想怎麼樣？」楊巧萱開口了，巧萱自從上次被王詩詩刁難後，就一直對她很反感。

「你只不過是一個采女，還輪不到你說話。」

「啊！」我的右腳突然一陣劇痛，王詩詩還真的用力踩了我一腳。

「王御女，你這是以下犯上，按照宮規，俞才人是可以處罰你的。」就連溫妃也看不下去，便開口了。

「姐姐，妹妹們偶爾有點爭執也是正常的，再說只不過是個御女，這種小事用得著你出馬嗎？」說話的是蘇美人。

「妹妹，姐姐只不過是想調停妹妹們的紛爭，這才出面的。」

「王御女，你此舉有失體統，本宮罰你回去把女戒抄十遍。」

聽到是溫妃的命令，王詩詩也不敢多說什麼，悻悻然地離開了。

「芷若，你腳還好吧？」

「姐姐，我沒事，回去冰敷一下就好。」

在溫妃的調解下，眾人也漸漸散去了。

（此時，養心殿）

「皇上，俞才人受傷了。」一名男子向皇上稟告。

「受傷？發生什麼事了？」

「俞才人和王御女起了紛爭，王御女便踩了他一腳。」

「王御女？你是說王尚書的女兒嗎？」

「是。」

「我知道了，飛準，好好護著她。」

「微臣遵命。」說完，那名男子便退下了。

飛準是皇上兒時的玩伴，武功高強，皇上便把他當作自己的眼線，宮裡許多的秘密，都是他報告給皇上的。

「啟稟皇上，戶部尚書王大人來了。」此時曹公公進來稟報。

「真是說人人到，讓他進來吧。」

「老臣叩見皇上。」王尚書年已五十五，滿頭白髮，這些年來他孜孜矻矻為朝廷辦事，不遺餘力。

「快快請起。」

「老臣不敢！老臣剛才聽聞了小女的放肆行為，一切都是老臣管教無方，都是老臣的錯，還請皇上責罰老臣，對小女從輕發落。」

「王尚書，快起來吧。」皇上把王尚書從地上扶起來，皇上對於像王從義這樣的能臣幹吏，一向都是以禮相待。

「您是兩朝元老，這幾年您替朕管理國庫、清查土地，可說是櫛風沐雨，朕怎麼會因為這點小事而責罰令嬡呢？」

「皇上，老臣就這麼一個女兒，從小便視她為掌上明珠，這才把她慣壞了，還請皇上海涵。」

「不要緊的，王尚書不必擔心這事，您趕快回去休息吧，下旬您還得替朕清點這個月的稅賦呢。」

「老臣蒙皇上厚恩，必定鞠躬盡瘁、死而後已，老臣這就先告退了。」

回寢宮的路途中，我經過內務府，從外面聽到幾名宮女嘰嘰喳喳的聲音。

「你們還記得昨天胡公公說，要再挑幾個宮女去俞才人那嗎？」

「是啊，我可要好好把握這個好機會。」

「我也是，聽說這俞才人家財萬貫，總是賞東西給人呢。」

「我還聽說她的宮女能坐下來和他一起吃大餐呢！」

「上次我看見那個春桃帶著一串珍珠項鍊，還喜孜孜地走在路上。」

「昨天春桃還請我跟菲兒吃點心呢。」

「俞才人的爹爹好像是朝中的一品大臣。」

「難怪她出手這麼闊綽。」

「你們不覺得那個俞才人是個軟柿子嗎?宮女想要什麼，她就給什麼。」

聽完，我總覺得心裡怪怪的，回到宮裡只看見秋月一個人在擦著桌子，我到臥房把身上的首飾全都卸下，當我拉開裝首飾的抽屜，發現我的那支桃花簪不見了，旁邊的珍珠項鏈似乎也少了幾顆珍珠，我頓時明白了什麼。

「秋月，你過來一下。」

「奴婢在，主子有什麼吩咐嗎？」

「秋月，我們庫房裡還剩多少銀子？」秋月做事一向細心，我便請他管理庫房。

「回主子，上禮拜有七百五十兩，現在有七百一十兩。」

「那你記得我這禮拜買了些什麼嗎？」

「回主子，前幾天楊采女他們過來時，主子便花了十兩請御膳房備了一桌菜，昨天您給奴婢二十兩去內務府買些絲綢，都放在庫房裡，除此之外就沒有其他支出了。」

「我明白了，你知道春桃現在人在哪兒嗎？」

「春桃出去了，他剛剛說主子吩咐他去御花園摘些花。」

「我知道了，你去御花園把春桃帶回來。」

不久後，秋月便帶著春桃回來了。

「秋月，辛苦你了，你先下去休息吧。」

「春桃，你知道我為什麼把你一個人留下來嗎？」

「奴婢不知。」春桃一派輕鬆地說。

「真的不知道？」春桃依舊搖搖頭。

「我問你，你最近有看到我的桃花簪嗎？」

「奴婢沒看到。」春桃似乎有些緊張。

「那我的那串珍珠項鏈呢？」

「就在您的抽屜裡，奴婢很確定。」她急忙地回答我。

「那上次我請你去織造局幫我買的薄紗呢？」

「奴婢去的時候……織造局的人說……薄紗缺了。」春桃的聲音越來越小。

「那庫裡的銀子呢？」我逐漸提高了音量。

「我……」春桃的頭愈來愈低，什麼話都說不出來了。

「唉！你明天就回內務府去吧，我再請胡公公安排別的差事給你。」

春桃一聽到我要把她送回內務府，便害怕地哭了起來。

「主子！都是奴婢的錯！桃花簪是奴婢拿的，買薄紗的銀子是被我花掉了，珍珠項鍊是奴婢弄壞的，庫房裡的錢也是奴婢偷的，奴婢知錯了！奴婢知錯了！主子原諒奴婢一次吧！奴婢真的再也不敢了。」

春桃把事實全說了出來，跪在我的腳邊大哭著。

「春桃，你知道我為什麼這麼生氣嗎？」

「因為奴婢花了您的銀子。」春桃流著眼淚看向我。

「我根本就不在乎那些銀子，我在乎的是你的行為，你還記得上次吃飯時秋月責備你的話嗎？」

「嗯。」

「最近你的態度越來越隨便了，總是一個人就先把飯吃了，衣服也都隨便亂扔在地上，你之前是不是還向楊采女的宮人炫耀你的東西，還請了其他宮女吃點心？今天還自己跑去御花園玩了。」

「而且你也知道，宮女是不能戴珍珠項鍊的，如果有人拿這事大做文章，說你漠視宮規，你該怎麼辦？如果其他妃嬪說我管教無方，我又該怎麼辦？春桃，你還記得你第一天見到我的時候是怎麼說的嗎？你說你要忠心耿耿服侍我，可是現在……你卻讓我好傷心。」

「主子！奴婢真的知錯了！是奴婢忘恩負義，辜負了主子的期待，奴婢以後就睡在廚房裡，每天跪在地上擦地板，也不吃主子的膳食了，所以您不要趕奴婢走，好不好？」

「你先起來。」我把春桃從地上扶起來，讓他坐在我的身旁。

「春桃，我一直把你和秋月當作自己的家人，怎麼可能會讓你們在我宮裡過著憋屈的生活呢？你們被欺負，我一定是第一個衝出來保護你們，逢年過節，我也讓你們和我一起慶祝，以後你想要什麼東西，就直接開口跟我說，只要那些東西是必要的，我一定會買給你，所以不要再隨便拿銀子了，好嗎？」

「奴婢謝謝主子，謝謝主子。」春桃趴在我的腿上哭了起來，看樣子她也意識到自己行為的嚴重性了，我也不忍再繼續苛責於他。

「眼淚擦一擦，跟我出去外面走一走。」

我帶著春桃去御花園，一路上牽著她的手，在陽光下，我再次看見她最真誠的笑容。

❖第四章 友口難言❖

隨著時間流逝，天氣愈來愈熱了，這天，我和茉莉、巧萱一起縫香包，春桃則去御花園摘了一些竹葉，準備幾天後拿來包粽子，秋月也在一旁整理我的書。

「春桃，記得留些竹葉給我，我好用來釀竹葉酒給皇上喝。」

「奴婢明白了。」

我們五人各自專注在自己手中的事情上，這樣的氛圍還真好，突然，外頭響起了一陣陣的聲響，是鑼和鈸的聲音。

「秋月，你去宮外瞧瞧，看是誰在做什麼。」

秋月走出去看了看，便急急忙忙地跑回來。

「主子，是皇上朝著我們宮的方向來了。」

我們五人便放下手邊的工作，趕緊到宮門口迎接聖駕。

「皇上駕到！」

皇上身旁還帶著幾名太監，他們抬著一箱又一箱的東西。

「妾身恭迎皇上。」

曹公一個手勢，幾個太監就把東西抬進了我宮內。

「平身，曹公公，宣旨吧。」

「奉天承運，皇帝詔曰：『皇恩浩蕩，光澤萬民，正直水楊蓊鬱之時，著賞俞才人水晶雕龍一座、綾羅十匹、白玉索子夔福磬一件、白銀五百兩，同慶端陽，佳節安愉，欽此。』」

「妾身謝皇上隆恩。」

「平身吧，你們三人剛才在做什麼呢？」皇上看見我和巧萱、茉莉同在一處，便問道。

「回皇上，妾身和俞才人剛才正在縫香囊。」巧萱回皇上。

「是嗎?那朕和你們一同做如何？」

「皇上，您乃天子，龍體尊貴，這些小事妾身們自己做就行了。」

「田茉莉，朕雖天子，然佳節期間與妃嬪同樂，豈不快哉？」

茉莉見皇上這麼說，便不再說話了。

「曹公公，你在殿外候著，俞才人，我們進去吧。」

皇上進到我宮裡，看了看周遭。

「俞才人，這宮裡的擺設你還滿意吧？」

「回皇上，這宮不僅豪華，也通風，妾身住得很舒適。」

「那就好。」

皇上坐在我旁邊，和我們一同繡著香包，但我看著皇上的動作，他似乎不太擅長這事，也對，畢竟是九五之尊，這輩子可能從來沒縫過東西。

「皇上，您這兒沒縫緊，這樣香料會漏出來的。」

「這……芷若，朕手拙不會縫呀，以前先生也沒教過我。」

「皇上，讓妾身教你可好？」

皇上點了頭，我便一步驟一步驟地教著，皇上跟著我的動作，有樣學樣，好不容易才做出一個普通的香囊，而且線頭還跑了出來。

「芷若，朕做好了，你看如何？」皇上拿著他的香包，期待地問我，像個大孩子一樣。

「皇上天資聰穎，一下子就學會了呢。」

說完，秋月便端著盤子走出來。

「皇上，請用茶。」

皇上淺嘗了一口。

「嗯，這茉莉花茶好香啊，既香醇又不苦澀，這茶是江南運來的吧？」皇上又喝了一口。

「皇上，這茉莉花是茉莉自己種的呢。」

「喔？這倒難得，田茉莉，上回你送了朕一盆向日葵，想不到你連茉莉花也種得這麼好，真是人如其名。」

「皇上過譽了。」茉莉害羞地紅著臉說道。

「朕在翠寧宮開一個花圃供你種花，朕每年從大內撥銀子給你，以後便用花茶招待外邦使臣。」

「真的嗎？妾身謝皇上恩典，妾身一定好好照顧花卉。」茉莉聽聞自己能有一座花圃可開心了，語氣盡是滿滿的愉悅。

「君無戲言，朕回去便立刻敕令工部。」

此時，曹公公走了進來。

「皇上，剛才養心殿宮人回報，說是河廣總督陳大人進京述職了，人在宮外等著呢。」

河廣總督不只手握兵權，還掌管著大寧國一部分的糧米產地，是朝廷的封疆大吏。

「朕知道了，立刻起駕回宮。」

「芷若，朕先走了，後天端午朕沒法來看你，有缺什麼，再跟曹公公說。」

皇上說完便回宮了，而茉莉還喜孜孜的沉浸在剛才皇上說的話。

「茉莉，恭喜你了。」我說。

「姐姐，皇上竟然賞識我種的花，今年探親，我一定要告訴我娘。」

「瞧你樂的，好好種吧，也許之後皇上連清漪園都賞給你了。」

「巧萱，幹了這麼久的針線活，你應該疲了吧？要不要吃綠豆糕，姐姐派人去御膳房叫。」

「不了，姐姐，我有點累想先回去了。」說完，巧萱便拿著自己剛縫的香包離開了。

「姐姐，那我也先回去了，我答應了楓兒要陪他下棋呢。」

「去吧，記得手下留情，人家可沒有桃花簪賞你。」

「知道了，我走啦！」

（此時，建章宮）

「滿月啊，你說，這皇上為了區區一個宮女，就貶了蘇婕妤，到底是為什麼？蘇婕妤可是皇上當年自己挑選的。」

「娘娘，聽說這宮女是跟著俞才人的。」

「又是她！怎麼每次都跟她有關？都過了這麼多年，皇上還是放不下嗎？」

滿月姑姑是伺候太后的宮女，侍奉太后長達三十年。

「滿月，門外好像有人，你去看一下。」

「太后，是王御女來了。」

「王御女，王尚書的獨生女？她來幹什麼？」

「她只說有東西要送給您，要不我把他打發走吧。」

「沒關係，就讓她進來吧。」

王詩詩進宮後，立馬就給太后行了大禮。

「妾身王詩詩，向太后娘娘請安，太后娘娘萬福金安。」

「平身吧，王御女今日來此有什麼事嗎？」太后面露慈祥地和王詩詩說話。

「回太后，妾身知道您為人慈悲，寬大為懷，故特別帶了一尊佛像，這是星雲寺的悟禪大師送給家父的，家父託人帶給妾身。妾身認為這尊佛像獻給太后更加合適，您身為大寧國太后，一向是出了名的寬仁，這尊佛像放在建章宮，想必佛祖也會很高興的。」王詩詩拿出了一尊小小的金製佛像。

「好好好！你倒是個有孝心的，令尊最近身體如何？」太后被王詩詩這番話捧得很開心。

「回太后娘娘，家父雖已過不惑之年，身體仍然硬朗。每天清晨都會起來運動呢。」

「今日你來這，哀家很高興，滿月，快給王御女上茶。」

「太后娘娘，妾身今日請安時看見您在捶著肩膀，是肩膀不舒服嗎？」

「哎呀，年紀大了，肩膀就常痠，脖子也不好使了。」

「太后您可還年輕呢，也許是最近忙了些肩膀才會酸，不如讓妾身來幫您揉揉肩吧！」

「這怎麼好意思呢，再說我這肩膀硬也不是一天兩天的事了。」

「沒關係，請太后讓妾身試試看吧。」

於是王詩詩便替太后按摩了肩膀，搥搥背。

「哎呀，好舒服啊！你的工夫可比滿月還好。」太后寬和地笑著。

「妾身哪敢和滿月姑姑比呢？」

「滿月，去把我房裡頭那塊青田石拿來給王御女。」
「妾身只要能在太后身邊孝敬您就知足了，不需要什麼禮物。」
「好，你有這份心，我就很高興了，以後常來建章宮，我看見你就心喜。」
「妾身全聽太后娘娘的吩咐。」
「現在也快午時了，不如你就留下來吃個飯吧。」
「多謝太后娘娘的好意，但妾身還必須回宮裡做事呢。」
「既然這樣，你下次再來吧。」
「是，妾身告退，太后請多保重。」
待王詩詩離開後，太后便和滿月姑姑談起話來。
「這王御女看來是個機靈的，而且她剛才什麼也沒有提，真是不簡單。」太后說道。
「是啊，不過她的意圖還是太明顯了。」
「也是，不過這王詩詩倒是可以拿來用用，畢竟皇上現在也不太理麗妃了，不如讓他來牽制一下俞芷若。」
「太后聖明，這王御女和俞才人可說是勢不兩立。」
「改天叫皇上來這吃飯吧，順便和她談談思卉的事。」
很快地，端午節到了，宮裡插滿艾草，還傳出陣陣粽香味。
「春桃，你把那些竹葉拿出來吧。秋月，食材準備好了嗎？」
「回主子，都準備好了。」

「主子，您為何要自己包粽子呢？直接吃御膳房送來的就好啦。」春桃不解地問我。

「以前端午節我都會和爹娘一起包粽子，還會去河旁看龍舟，突然懷念起那段時光了，現在雖然不能和家人一起過節，但還是可以自己包個粽子應應景，我還邀了巧萱和茉莉呢。」

這時，茉莉來了。

「姐姐，我在你宮外就聞到香味了。」

「快進來吧，這兒有艾饃饃，可以先吃點。」

我和茉莉便坐下來聊了幾句。

「茉莉，你那塊花圃怎麼樣了？」

「我昨天已經移植了幾株茉莉花、紅玫瑰、洋甘菊和薰衣草，再過不久就能開花了。」

「聽起來不錯，改天讓姐姐去參觀一下好不好？」

「當然沒問題，屆時再請姐姐喝茶。」茉莉開心地說著。

「主子，已經巳時四刻了，差不多該準備開始了。」秋月提醒了我。

「巧萱怎麼還沒來啊？」茉莉問。

「我去他宮裡看看，也許她是不小心忘了。」

我到了西偏殿外。

「巧萱！我來找你了。」我在殿外喊道，卻沒得到任何回應。

這時，巧萱的宮女瀟瀟走了出來。

「稟俞才人，我家主子今天病了，沒辦法去您那兒了。」

「病了，他還好嗎？有沒有請太醫來看看？」

「有，太醫說沒什麼大礙。」

聽完瀟瀟這麼說，我也只好自己先回宮了。

「姐姐，巧萱人呢？」

「她好像病了。」

「病了，怎麼會?我和她昨天還一起去餵兔子呢。」

「沒辦法了，我們先開始吧。」

於是茉莉便拿了竹葉開始包起粽子，春桃負責把粽子串起來。

中午，趁著秋月在蒸粽子時，我和茉莉一起立蛋。

「我立好了！」我很快就立上了。

「我的蛋怎麼這麼難立啊？」茉莉試了好幾次還是沒成功。

「加油，我繼續。」很快地我又立好了第二顆。

「姐姐，我也立好了，你看。」茉莉終於完成了，一顆蛋直挺挺立在地上。

「哎呦，不錯嘛。」

「等一下！」我突然覺得有什麼不對勁，我仔細看了看地上。

「妹妹，你也灑太多鹽了吧？」我用尷尬卻不失禮的笑容看著茉莉。

「呿，被發現了。」茉莉說完也笑了一下。

「你這不是立蛋，是在醃蛋。」

「主子，粽子好了，可以吃了。」秋月端上一盤香噴噴的粽子。

「嗯，好好吃。」茉莉邊吃邊說道。

「主子可包得真好。」秋月和春桃也開心吃著。

我咬了一口粽子，卻覺得怪怪的。

「這粽子怎麼回事啊？為什麼裡面都沒有餡料？」

「啊！怎麼辦？我忘記把料放進去了。」茉莉緊張地說著。

「蛤！我這輩子還是第一次吃到沒包餡的粽子。」我睜大眼睛說道。

不愧是茉莉的作風，竟然連包個粽子都會出糗，實在是很難想像那些美麗的花朵都是他栽培的。

「痾，那現在該怎麼辦才好？我包了好幾顆。」茉莉尷尬地問我。

「還能怎麼辦？拿去餵魚吧。」我無奈地搖著頭。

愉快的端午節，就在我們尷尬的微笑中度過了。

盛夏來臨，天氣逐漸悶熱，宮裡傳來陣陣蟬鳴，頤和園的蓮花盛開了，青蛙也不停地叫著，似乎在抱怨天空中毒辣的太陽，茉莉邀請我去他的宮中坐坐。

楓兒端上了一盤冰鎮西瓜，我倆大快朵頤，香甜又冰涼的滋味沁人心脾。

「茉莉，你身上這件衣服是新的嗎？」茉莉穿上了一套薄荷色的長袍，袍上還繡著一圈荷葉邊，綺羅纖縷見肌膚，半透明的長袍隱隱約約可以看見他白皙的身子。

「是啊，不過我不擅長織衣裳，所以就買了一匹葛布，再請織造局幫我做。」

「下次把布帶來給姐姐，我幫你織，你還能省點銀子。」

「姐姐人真好，每次都是你在幫我，姐姐有沒有想要的東西，我去買給你。」

「不用了，你還是把銀子留著吧，哪天搬了新宮殿，開銷可就大了。」

「我又不像姐姐，才剛入宮幾個月就能住在側殿，我恐怕還得等好幾年呢。」

「但你的宮也不差啊，綠意盎然的，看了就令人心曠神怡，而且皇上不是還賞了一塊花圃給你嗎？」

「是啊，姐姐要不要去看看，現在薰衣草開的正旺盛，你現在喝的茶就是我用薰衣草泡的。」

「好啊，帶我去瞧瞧吧。」

一塊肥沃的土地在茉莉的精心照顧下，開滿了五顏六色的芬芳，小蝴蝶繞著花朵飄呀飄，可不輸給御花園，尤其是那片淡紫色的薰衣草，不僅顏色優雅，又散發著淡淡的香氣。

「這片園子你打理得真好，皇上看了一定會很開心。」

「不瞞姐姐，皇上昨天才來這看過呢。」

「真的嗎？皇上有說什麼嗎？」

「皇上什麼都沒說，但皇上卻一直盯著那幾朵紅玫瑰，看了好久呢。」

「玫瑰代表愛情，該不會茉莉你……」我斜眼看著他，還露出一抹微笑。

「怎麼可能啊，姐姐說笑了，皇上的心上人可是姐姐你呢。」茉莉對我笑道。

「茉莉，姐姐問你，你是自願進宮的嗎？」我突然想起自己從沒問過茉莉進宮的原因。

「我……應該算是吧。」茉莉的語氣並不肯定。

「怎麼說呢？」

茉莉看著天空，什麼話也沒說，似乎在想些什麼。

「姐姐只是好奇問問，如果你不想講也沒關係。」看著茉莉的樣子，恐怕他進宮的原因並不單純，我也不便探人隱私。

「姐姐，你相信命運嗎？」

「嗯……要說不相信也不是，只是我覺得有些東西是可以靠自己去爭取的，怎麼突然問了這個問題？」

「這件事我只跟姐姐一個人說喔。」茉莉認真看著我。

「嗯！」

「大概在我六歲時，父母就已經幫我決定了婚姻，畢竟父母之命，媒妁之言，對象是我隔壁鄰居的孩子，他大我五歲。」

「怎麼？你不喜歡他嗎？」

「不，我們兩個自小便是青梅竹馬，他待我很好，而且人又聰明，七歲便會寫詩，十歲就能把四書背誦的琅琅上口，在我們家鄉是出了名的天才，他也不負眾望，十四歲就考上了秀才。」

「十四歲？他根本是神童了吧？我爹爹曾告訴我，考上秀才的平均年齡是二十四歲，他整整提前了十年耶。」

「兩年後，他十六歲，便去報考了鄉試，鄉親父老都很期待他上榜，成為大寧國史上最年輕的舉人。」

「結果呢？中了嗎？」

「結果他去考試的時候，考場發生了弊案，他左右兩旁的人都帶了小抄，然後他就被抓了。」

「怎麼會這樣？帶小抄的又不是他，怎麼會是他被抓呢？」

「閱卷官看了他的試題，他們認為十六歲的學子不可能寫出這麼好的文章，便一口咬定他作弊，我未婚夫再怎麼澄清，他們還是不相信。」

「這也太過分了！後來呢？」

「後來他就被發配到了荊古塔，當年冬天就在那裡病死了。」

「我未婚夫的父母因為承受不了這樣的打擊，過不久也去世了，隔年，我父親被皇上提拔，全家就從豫州搬來京城，皇上下旨選秀，父親便把我送進宮來了。」

豫州！那茉莉剛才說的那場舞弊案，就是溫妃和尹婕妤當時告訴我的舞弊案。

茉莉很冷靜地，在我面前揭開了他生命的傷疤，她彷彿已經快忘記此事了，又或者是看開了。

我抱緊了茉莉，眼角滴下了淚水。

我實在不敢告訴他，害死她未婚夫的，就是蘇美人和麗妃的父親。

（當晚，建章宮）

「兒臣給母后請安。」

「嚴恆，今天母后召你來，是想說我們母子兩人好久沒聚在一起吃飯了。」

「是兒臣最近疏忽了，還請母后見諒。」

「不要緊，你身為皇上，本來就日理萬機，今晚你能來看我，我就很欣慰了。」

「那母后先開動吧。」

皇上和太后吃著，太后便開啟了話題。

「嚴恆，最近朝廷上有發生什麼大事嗎？」

「今年河廣一帶水稻豐收，糧價穩定，想必天下百姓會安心不少。」

「那去年西南一帶的盜匪都捉拿了嗎？」

「兒臣上旬已經派冀國公領兵緝拿了，應該再過不久就會有消息了。」

「好，有你大舅領兵，我就放心了。」

「兒臣有問題想請教母后。」

「說吧。」

「今年秋天，狐國和月國的使臣要前來朝貢，母后要參加使臣接宴嗎？」

「今年不必了，恆兒，你已經長大了，很多事可以自己應付的，而且你年紀也到了，該生個子嗣了。」

「兒臣知道了，關於子嗣一事，母后就別操心了。」

「麗妃上次告訴我，你很久沒去看她了。」

「最近兒臣忙著處理朝政，很多時候便顧不到她了。」

「你可以把給其他人的時間分一點給麗妃和思卉啊。」

皇上聽的出太后似乎意有所指。

「兒臣知道了。」

「對了，你覺得那個王尚書的女兒怎麼樣？」

「兒臣對她沒有什麼特別的感覺。」

「這王御女心地善良，又很孝順，是個好女孩。母后想提攜他一下，讓她晉個寶林怎麼樣？」

「既然母后都已經開口了，那就讓她升為寶林吧。」

皇上對王詩詩其實不感興趣，當初之所以選上王詩詩，純粹是想給王尚書一個面子，才封了他八品御女。

幾天後，茉莉找了巧萱一起去御花園盪鞦韆。

「茉莉，你看我盪的這麼高，你也試試。」

「那麼高我不敢，你小心一點，可別摔了。」

此時，巧萱在鞦韆上，看到遠處有隻貓咪。

「茉莉，那兒有隻貓呢，我們去看看。」

「好哇，我也喜歡貓咪。」茉莉一向喜歡小動物。

「喵！」小貓咪在巧萱的腳旁蹭著，還叫了幾聲。

「牠好親人喔，好可愛。」巧萱摸了小貓咪的頭。

「我去把芷若姐姐找來，她一定會很喜歡。」

「不用了，他連兔子都怕，怎麼可能會喜歡貓呢。」巧萱冷淡地說。

「還是我們去找她下棋啊？」

「不了，你自己去吧。」巧萱一臉不開心的樣子引起了茉莉的注意。

「你怎麼了？身體不舒服嗎？」

「沒有啊。」

「那就一起走吧！」茉莉說完便拉起巧萱的手。

「我說了我不想去。」巧萱把手甩開了。

「為什麼？之前我們不是常常去她那兒嗎？你也很喜歡不是嗎？」

「那是之前……」巧萱嘟著嘴說著。

「芷若姐姐人很好啊，有什麼好吃好玩的，他從來都不會忘記我們。」

「是沒錯，不過我總覺得，她跟我們是不同世界的人。」

「不同世界的人，什麼意思啊？」

「你想想，明明都是一起進宮的，為什麼皇上就對他那麼好，上次我在她的宮裡看見一張全新的瑤琴，那一定是皇上賞的，但皇上卻從來沒賞過我任何東西，也沒和我講過幾句話。」巧萱難過地說著。

「皇上之前不是在生辰宴會上賞給你半年俸祿嗎？我也拿到了啊。」

「半年俸祿，我們采女一個月也就三十兩，半年也不過一百八十兩，縫香包那天你也在場啊，皇上隨便一給就是五百兩。」

「可是我覺得一百八十兩已經很多了啊，我一年也花不完呢。還是你有什麼想要買的，銀子不夠的話我可以給你啊。」

「不是這個問題，你不覺得在皇上眼中，我們就是個陪襯嗎？」

「所以，你是因為皇上不召你侍寢才生氣嗎？」

「也不是……」

「那到底是什麼？我也跟你一樣是采女，皇上也從來沒有召我侍侵過。」茉莉還是不明白巧萱在氣什麼。

「皇上不是還替妳建了一個花田嗎？還說要拿大內的銀子給你呢。」

「所以你也想要一個花田嗎？還是想拿銀子？」

「在皇上眼中我們根本就不重要，皇上只要俞芷若一個人就夠了！根本就不缺我們，你到底懂不懂？」巧萱的聲音愈來愈大。

說完，巧萱便一個人跑著離開御花園，剩下茉莉一臉錯愕地待著。

（三天後巳時，養心殿）

「皇上，這是今日大臣們送來的奏摺。」曹公公手上捧著堆積如山的奏摺。

「放這吧，唉！」

「皇上，您最近是不是太累了？」

「最近太多事情了，朕心煩。」

「要不皇上晚點再批奏摺？奴才讓人準備點涼的給您消消暑。」

「不用了，朝政本就煩瑣，朕已經習慣了，朕只是在想前幾日母后說的事。」

「皇上，恕奴才斗膽問一句，太后是不是又提及龍嗣的事情了？」

「是啊，你也知道這不是一天兩天的事情了。」

「那皇上您這次該如何應對呢？」

「母后的意思，是要朕雨露均霑，可是……」

「皇上，要不您這幾日就先按照太后的意思做吧，否則太后又像當年對純妃……」

「住口！」

「奴才該死，是奴才多嘴了。」

「這事以後不准再提。」

「對了，兩個月後的使臣接宴，光祿寺安排好了沒有？」

「稟皇上，光祿寺卿魏大人有呈摺子。」

「朕找看看。」皇上從奏摺堆裡挑出了魏大人的摺子。

「嘖！茶馬貿易……」皇上喃喃自語著。

「曹公公，擺駕。」

「皇上要去哪兒呢？」

「玉瑤宮西側殿，順便派人從窖子裡拿些冰塊。」

此時，我躺在涼蓆上，春桃在旁邊拿著扇子幫我搧風。

「這天也太熱了，你瞧瞧，外頭一點風也沒有。」我向春桃抱怨著。

「是啊，今年特別熱呢，聽說昨天有幾名宮人還中暑了。」

「以前夏天，我娘都會做綠豆冰沙給我吃呢，好想吃啊！」

「那奴婢去請御膳房做一些吧？」

「不用了，這麼熱的天妳還出去，到時候中暑的就是你了，再說從御膳房拿到這兒，這冰也溶一半了。」

「秋月，這櫃子你也別擦了，歇歇吧！」我看著秋月還站在櫃子旁撣著灰塵。

「春桃，今天的客人全都幫我回絕了，我要躺在床上一整天，現在隨便動一下就流汗了。」我躺在床上，像一隻沒有力氣的毛蟲。

「那朕來了你也要回絕嗎？」此時，我聽然聽見皇上的聲音。

「皇上！妾身給皇上請安！」

「免禮，今日太熱了，朕派人送些冰塊來，順便來看看你。」

隨後，宮人們把好幾盆裝著大冰塊的盆子放到地上，寢殿瞬間涼了起來。

「芷若，朕好久沒來看你了，感覺你好像變瘦了。」

「皇上，這幾天實在太熱了，妾身沒什麼胃口。」

「也是，朕待在養心殿也覺得悶悶的，不是很舒服。」

「對了，朕有件事想找你商量。」

「皇上想問妾身什麼事？」

「再過不久，便是狐、月兩國朝貢的日子，朕打算設宴接風。」

「皇上認真治理國家，在大寧的保護下，狐、月兩國必會安然無事。」

「可是狐國國君有意想與我國進行茶馬貿易，這事妳怎麼看？」

「皇上，這事您不該問妾身，後宮是不能干政的。」

「朕只是想問問看普通百姓對於茶葉生產的看法，這算是體察民情，不算是干政。」

「那妾身便說了，說不好還請皇上不要怪罪。」

「你說吧，朕洗耳恭聽。」

「前年家父曾帶妾身去瓊州探望親戚，路途中經過了豫州，並在那留宿了一夜，豫州是大寧帝國最主要的茶葉產地，但就妾身觀察，當地茶農的生活卻過得不太好。」

「怎麼會這樣呢？」

「當地眾多的百姓都以茶葉維生，但就妾身所知，豫州被四山環繞，就算騎快馬趕至京城至少也要十天，很多人無法負擔路途成本，無法把茶葉銷售到其他地方，最後只好賤賣，甚至有些茶農連茶葉都不採了。」

「沒想到有這種事，朕以為大寧帝國已經相當繁榮，卻還是有地方百姓無法過上好日子，那你說該怎麼辦才好呢？」

「這……妾身畢竟沒做過生意，也不知道該怎麼辦。」

「這樣啊……」

「皇上，妾身這樣說雖有避嫌之疑，但皇上可以問問家父，家父以前當知府的時候，曾經解決過銅價不穩的問題。」

「朕知道了，好了，不談這事了，難得你的宮殿也涼爽多了，不如朕就在此午睡如何？」

「只要皇上舒服，妾身都好。」

於是，皇上躺在榻席上閉著眼睛，我則在一旁搧著風。

「芷若，朕一直有件心事想告訴你。」

「朕曾經喜歡上一個人，他長得和你有點相像，個性也溫和善良。朕好喜歡她，可惜當年朕無力保護好她。時隔多年，俞尚書送你來選秀，當時朕第一眼就看上了你，所以朕一直想做點什麼來彌補當年的遺憾。」皇上仍閉著眼睛，輕聲對我說。

「能蒙皇上厚恩，妾身感覺很幸福，但妾身有些話想對皇上說，可能有些僭越，還請皇上不要責怪妾身。」

「你說吧，朕聽著。」

「能成為皇上的妻妾，讓皇上感覺到幸福，妾身十分開心。但是，若皇上是因為妾身的外貌，而對妾身有所偏袒，那皇上愛的人終究不是妾身，而是當年那位妃嬪。」

「其實朕也知道，自己有時會因著外貌而偏愛你，但朕很想從當年的遺憾中走出來，不只是為了朕自己，也是為了全天下的百姓，只有這樣做，朕才能專注於國事，不辜負先皇臨終時對朕的期待，守護列祖列宗辛苦建立的江山。」

「皇上心繫百姓，又能察納諫言，妾身相信皇上一定能成為一位明君，使天下黎民皆有所依靠，日後必定名垂青史，成為後世景仰的對象。」

「芷若，你這麼說，朕感到很欣慰，朕一定會讓大寧帝國更加富強，讓天下蒼生過上好日子。」

「皇上能有這樣的心願，實乃萬民之幸，妾身衷心祝福皇上。」

在這酷熱的午後，皇上摟著我的腰，我相信皇上終有一天，能夠讓大寧帝國像今日的天氣一樣，如日中天。

❖ 第五章　暗妒陳倉 ❖

（隔天卯時，建章宮）

「妾身向太后娘娘請安，太后娘娘萬福金安。」

「今天我有話要問你們。」

每次太后問話時，那低沉又嚴厲的口氣，總是令嬪妃忐忑不安。

「這個月，有向皇上講過話的，站起來。」

茉莉首先起身，其次是我和溫妃。

「就你們三個人而已？楊巧萱你呢？」

「回太后娘娘，這個月妾身沒和皇上說過話。」

「皇上最近一天到晚去玉瑤宮，你真的沒同皇上講過話？」太后不斷質疑楊巧萱。

「回太后娘娘，皇上來玉瑤宮是來找妾身，楊采女確實沒和皇上說過話。」我開了口替巧萱辯護。

「放肆！我有在和你說話嗎？」

「妾身知錯，還請太后娘娘責罰。」

「傳我的懿旨，俞芷若頂撞長輩，有失德行，禁足十日。」

「溫妃，你坐下吧。」

「謝太后娘娘。」

「田茉莉，你呢？皇上和你說了些什麼？」

「回太后娘娘，皇上只是來看看妾身栽種的花圃，並勉勵了妾身幾句話，僅此而已。」

「好吧，我姑且相信你。」
「我在這裡再重申一次，皇上是皇后和眾嬪妃的丈夫，不是一個人專有的。」
「好了，該說的都說完了，退下吧。」
「太后娘娘萬福金安，妾身告退。」

（此時，御極殿）
「吾皇萬歲萬歲萬萬歲！」文武百官一同跪拜。
「眾愛卿平身吧，今日有何事要奏的嗎？」
「回皇上，臣有本要奏。」說話的是當今的兵部尚書李忠，也是皇后的哥哥。
「李愛卿有何事要呈奏？」
「啟稟皇上，昨晚臣收到消息，冀國公李信已經蕩平西南的盜匪，並生擒草上飛、黃土石等領頭，現已押解進京，聽後皇上發落。」
「敕令西南宣撫使，對於投降的盜匪施加恩惠，給予糧食，造冊入籍，對於抵抗的盜賊則繼續征剿，將草上飛、黃土石等人押送刑部，斬監候。」
「臣遵旨！」
「還有何事要奏嗎？」
官員皆鴉雀無聲，無本呈奏。
「如果沒事，那便退朝吧，退朝後傳吏部尚書俞振國至養心殿，退朝。」
「吾皇萬歲萬歲萬萬歲！」

「微臣拜見皇上！」

「俞愛卿，快快請起，今日朕召見你，是因狐國向我國提出茶馬貿易，朕想徵詢你的意見。」

「臣想先詢問皇上的疑慮。」

「自太祖皇帝以來，狐國就對我朝稱臣納貢，朕若拒絕，恐怕會影響兩國關係，但我國茶葉的主要產地是在豫州，地勢孤僻，茶葉盛產過多卻無法外銷，茶農苦不堪言，朕聽聞你曾經穩定了銅價，故想聽聽你有沒有什麼辦法？」

「回皇上，臣以為提升茶葉品質是首要任務，當年臣任天興知府時，天興縣雖有銅礦，但礦工煉出來的銅都有雜質，銷量不好，故臣親自拜訪了一位鄉野間的師傅，他煉出來的銅品質甚好，但價格太貴，銷量也不好，於是臣便住在他家裡詢問他煉銅的秘訣，並花了一筆銀子，請他到現場親自指導礦工，於是銅礦品質提升，天興也因此成為我國最主要的銅礦產地。」

「那茶葉品質該如何提升？又該如何解決交通問題呢？」

「臣認為朝廷可以撥款給當地的茶農，鼓勵他們將茶葉進行加工，並派專家指導，將茶葉加工為茶枕、茶皂，如此體積變小，茶農便能負擔運輸成本，將茶葉製品銷售至各省。」

「那茶馬貿易又該怎麼辦呢？」

「回皇上，臣以為皇上可以在京城試行室內栽種，搭座棚子，這樣可以控制濕度，也能透過熱水蒸氣調節溫度，如此一來，便可種出些許上等茶葉，狐國想要茶葉，是因為那裡太冷種不出茶，但狐國人口並不多，幾個棚內的茶葉量應該就夠了。」

「所以朕必須派幾名大臣到豫州，再選個人在京城進行室內種茶。」

「皇上天賦異稟，只要找對了人，事情就好辦了。」

「朕已經有一些人選了，俞愛卿，這事若辦成了，您將是大寧帝國的功臣啊，朕必定以厚禮相待。」

「臣只是說了些自身任官的經驗，不足掛齒，若皇上沒有其他的事，微臣就先告退了。」

「好，曹公公，送俞大人回府。」

被禁足的這幾日，待在宮裡十分無聊，也不知道為什麼最近都沒看到楊巧萱，我也只能和秋月、春桃閒聊。

「主子，好無聊呀。」春桃說。

「算了，難得有這個機會，就當偷個閒吧，這話本你拿去看吧，也打發點時間。」

「主子，前幾天田采女送了一大盆虎尾蘭，您覺得該放哪才好呢？」秋月問。

頓時我心中突然有了想法。

「秋月，你把那盆虎尾蘭搬到這來，再拿些紙來。」

「主子，您想做什麼呢？」

「待會你就知道了，先拿過來吧。」

秋月按照我的吩咐，把虎尾蘭搬出來了。

我把紙張撕成紙條，寫上了幾個字，掛在枝子上。

「我們把自己的心願寫在紙條上，然後掛起來，等到願望實現的那一天，再把它拿下來，等樹上的紙條都沒了，我們的願望也全都實現了。」

「真有意思，我來試試。」春桃立馬拿起筆來寫著。

「主子您看，我寫好了！」他得意的把願望拿給我看。

「我要吃紅豆年糕吃到飽？」我尷尬地微笑著。

「春桃，這願望我馬上就能幫你實現，我拿個一百兩去御膳房，請他們連夜趕工，幾十盤紅豆年糕就送來了，吃到你撐死都還吃不完呢。」

秋月聽完我的話在一旁笑著。

「好啦，不管是吃的用的還是什麼，我們就通通都寫上去吧。」

大家拿起筆在紙上寫下自己的願望，大大小小的紙條散落在桌上，我瞥見了一張春桃寫的紙條，上面寫著大大的「我要和爹娘住在一起。」

看了他的願望，我不免心疼起來，才八歲就被迫和家人分開，任誰都不好受的。

秋月則一筆一畫地在紙上寫著「我要服侍主子一輩子。」

畢竟秋月的雙親都過世了，他一個人可說是無依無靠，也許對他來說，能每天辛勤的工作，換得安穩的生活，就是她最大的夢想。

「主子，你寫了些什麼啊？」

「等我的願望實現了我再告訴你。」

於是，我將這些乘載著夢想的紙條一一掛上虎尾蘭，衷心期盼著紙條都被拿下的那日。

（當晚，翠寧宮東偏殿）

「楓兒，把燈熄了吧，今天我想早點睡。」

「奴婢這就去熄燈。」

此時胡公公進到殿裡。

「田采女，皇上翻了您的牌子，快上轎吧。」

「什麼？皇上翻了我的牌子？公公，您沒聽錯吧？」

「是啊，皇上確實翻了您的牌，趕快去沐浴吧。」

茉莉便一頭霧水地上了轎子，泡了柑橘澡，被裹上棉被，整個人懵著被抬進養心殿了。

「皇上，田采女來了，奴婢告退了。」

「妾身向皇上請安，吾皇萬歲萬歲萬萬歲。」茉莉也不管自己身上還纏著棉被，連忙跪在地上。

「田茉莉，這不是在外頭，不必行如此大禮。」

「皇上怎麼會召妾身侍寢呢？」

「朕召自己的嬪妃侍寢，有何不對？」

「妾身不是這個意思。」

「咳！朕有件事……想請你幫忙，你聽了可能會覺得很奇怪，但這事也只有你能幫朕，就當朕拜託你了。」

「皇上何出此言，替皇上分憂本是妃嬪應該做的事，只是皇上還沒告訴妾身要做什麼呢。」

「朕想請你幫忙……種茶。」

「種茶？」

「地點和經費，朕會處理好的。」

「好是好，只是妾身沒種過茶，不確定能否讓皇上滿意。」

「你就試試看吧，種不好朕也不會怪罪。」

「妾身遵旨，不過皇上為何要在養心殿說這事呢，您白天派人告訴妾身就行了啊？」
「這你就別問了，你就先躺在床上吧，一個時辰後，朕再派人送你回去。」
「妾身遵旨。」

隔天下朝後，皇上一個人在清漪園散步，今天太陽不大，又吹著徐徐微風，有許多嬪妃也來御花園走動。

「你看！那不是皇上嗎？」莊珮芸開口。
「真的耶，我要抓住這個機會，奪得皇上的心。」王詩詩踏著輕輕的步伐，走向皇上身邊。
「妾身給皇上請安。」
「起身吧。」
「皇上今日怎麼會來御花園呢？」
「朕只是隨便走走。」
「那妾身可以在一旁陪著皇上嗎？」
「隨你吧。」皇上心裡正在想事情，對於王詩詩的話並沒有認真聽，就隨便敷衍了幾句。

皇上走著走著，沒多久，在一處草坪上坐了下來。

「這塊地倒是不錯。」皇上喃喃自語地說著。
「今天天氣真好，皇上在陽光的照耀下，顯得特別英俊呢。」
「嗯。」
「皇上來逛御花園是來賞花嗎？妾身也喜歡花，皇上可否也賜給妾身一座花園，妾身每天種向日葵給皇上。」

「向日葵？還是茶葉比較好。」皇上發著呆，自言自語著。

「茶葉？皇上，您在說笑吧？怎麼會有人在御花園種茶葉呢？」王詩詩輕輕笑著。

「田茉莉應該會喜歡這裡。」說完，皇上就站起身離開了。

王詩詩看皇上和她有一搭沒一搭的，心裡更氣了，就直接走回涼山亭。

「怎麼樣，見到皇上了嗎？皇上跟你說了什麼？」

「茶葉！田茉莉！」王詩詩大吼完就走了。

「什麼茶葉啊？田茉莉又怎麼了？」莊珮芸被王詩詩的話搞的一頭霧水。

（未時二刻，宮中長廊。）

「皇上，今日太后找您一同用晚膳呢，還說讓皇后一起去。」

「朕知道了，對了，俞才人呢？朕想和他討論改建鯉魚潭瀑布的事，派人請她過來一趟，再命御膳房準備些甜食。」

「皇上，俞才人被禁足了。」

「被禁足？怎麼回事，誰下的令？」

「回皇上，是太后下的，說是俞才人德行有失。」

「派人把俞才人帶來，就說朕解除了他的禁足。」

「是。」

「妾身給皇上請安。」

「免禮，芷若，朕聽聞你被太后禁足了，發生什麼事？」

「回皇上，妾身在請安那天，替楊采女說了幾句話。」

「哎！他老人家就是這樣子，動不動就發脾氣。」

「皇上，太后年紀也大了，偶爾生氣也是正常的。」

「芷若，朕相信你沒有做什麼出格的事情，但在母后那兒，還是要請你委屈點了。」

「皇上此言令妾身惶恐，太后娘娘乃一國之母，凡事自有他的考量，妾身並不委屈。」

「你啊……算了，陪朕走走吧，朕帶你去看看宮裡新買來的鸚鵡。」

「妾身遵命。」

皇上帶著我到了一個長廊，還掛著好幾個鳥籠，麻雀、鴿子、黃鶯、斑鳩，各種珍奇的鳥類都有。

「奴才給皇上請安！奴才給皇上請安！」是一隻橙綠相間的鸚鵡在籠子裡說話。

「皇上，這鳥可被您調教得真好。」我憋笑著。

「奴才給皇上請安！奴才給皇上請安！」

「好了好了，你別再說了，朕已經聽到了。」皇上開心地大笑。

此時，我注視著一隻粉色的小鳥，尾巴長長的，嘴短而尖，叫聲相當悅耳。

「啾！啾！」

「芷若，你喜歡這隻鳥嗎？」

「妾身只是沒看過粉色的鳥兒，覺得新奇。」

「這隻是去年嵐國使臣送來的，說是叫什麼……鴝鴿，朕也沒聽過。對了，你餓了吧，朕在養心殿備了點心，你也來吃吧。」

在這下午，有鳥鳴，有茶點，豈不風雅？

（酉時，建章宮）

「皇上，您多吃點。」皇后夾了許多菜放進皇上的碗裡。

「嗯，皇后你也快吃吧，朕自己夾就好。」

「皇上，今天這桌菜可是皇后親自煮的，花了她一個下午呢。」太后說道。

「以後叫御膳房準備就行了，身為一國皇后不需做這些。」

「皇上，這可是皇后對你的一片心意啊，這麼好的女孩，整個大寧國恐怕也找不到第二個了。」

皇上見太后這樣說，也就沒再講什麼，安靜吃著飯。

「皇上，今晚就讓思卉陪你吧，他也很久沒同皇上好好聊聊了。」

「在這就可以聊了啊，母后還能一同參與話題呢。」

「哎呀！你們年輕人的話，我就不參與了，再說皇上可要雨露均霑啊。」太后微笑著。

「朕昨日已經召了田采女侍寢啊，皇兒不明白母后的意思。」

「你這樣說是沒錯，不過思卉統管六宮，皇上還是可以多關懷一些的，這事就這樣定了吧。」

「朕今日晚上已經召了幾位大臣，要商討外國使臣宴會的事宜，恐怕不方便。朕吃飽了，先回養心殿批奏摺了，皇后就陪同母后慢慢享用吧。」皇上說完就離開建章宮了。

「母后，我……」

「皇上也真是的，怎麼就這麼固執呢？難道非要我把話說得那麼白嗎？」

「思卉，你別擔心，母后會再找機會的。」

夏末過後，便是七夕了，京城白日仍舊溫暖，但晚上會刮起涼風，今年七夕，宮裡依舊會放煙花。

「主子，您今晚要穿哪套衣服去賞空閣呢？」

「這件藍色的好了。」我手指向那件深藍色的長袍，這件衣服原本是織造局送來的，我覺得顏色太過單調，便自己額外用白線繡了些星星。

秋月替我換了衣裳，我就走到賞空閣那兒了，我來的有些遲，有好幾位妃嬪都已經先上樓了，我爬上三樓，看見茉莉和巧萱坐在一起。

「茉莉，巧萱，你們這麼早就到了啊？」

「姐姐，你跟我們一起坐吧，我帶了些茯苓餅，很好吃的。」

茉莉邀請我，我也就坐下吃起餅了。

「巧萱，你最近還好嗎？姐姐好久沒看到你了。」

「姐姐好。」巧萱就說了這麼一句話，我覺得有些奇怪。

「巧萱，你怎麼了？感覺你好像有些心事，跟我說說呀。」

「姐姐，其實我想跟你說，我覺得……」

咻！這時天空中綻放著一朵煙花，看來煙花大會要開始了，過幾秒，天空便不斷有煙花放出來，七彩繽紛的，照在我們身上。

「哇，好美啊！」許多嬪妃看著燦爛的夜空都歎為觀止，欣賞這難得的美景。

「俞才人，皇上找您呢，叫您上去五樓呢。」曹公公此時靠近我的耳旁說著。

我驚訝，五樓只有皇上和皇后可以上去，皇上為何找我呢？

「俞才人，走吧，趁大家都專心看著煙花，趕緊上樓吧。」

的確，就算是皇上的口諭，如果讓其他嬪妃們看到了，難免會有人議論，我也在大家都把目光專注在天空的時候，安靜地爬上樓，卻不知，麗妃坐在四樓看見我和曹公公上樓的身影。

「妾身給皇后和皇上請安。」

「你來啦，快坐吧，這裡視野好，也比較安靜。」

「皇上，這裡只有您和皇后可以來，妾身恐怕不方便。」

「難得佳節，就不必這麼見外了，皇后，你說是吧？」

「嗯，是啊，妹妹，皇上都開口了，就一起欣賞吧。」

皇后一向識大體，也不想掃了皇上的興，便也同意了。我們三人在絢麗的夜空下，看著花火綻放，我的心情也隨著朵朵盛開的煙花，心花怒放了。

放完了煙火，妃嬪也漸漸散去，麗妃和蘇美人也一同回到芳蘭宮。

「氣死我了！皇上竟讓那狐媚子登上頂樓了！我在後宮待了這麼多年，可是從來沒上去過，這俞芷若才來不到一年，竟然直接把我比下去了，這筆帳我一定要討回來！妹妹，你還記得我們當初的計畫嗎？是時候了，明天就開始吧。」

「姐姐，我當然記得，該打點的我也打點過了，萬事俱備，東風也吹起了。」

隔天上午，茉莉又來找我下棋了。

「妹妹，可先說好了，姐姐這回可沒有桃花簪賞你了。」

「那姐姐這次想要賭什麼呢？」茉莉一臉自豪地看著我。

「不如這樣好了，如果這次我贏了，你就送盆你自己種的洋甘菊來，你贏了，姐姐宮裡有件蠶絲被，讓你帶回去過冬。」

「好呀，姐姐當心別感冒了。」

「就你嘴貧，這次換我先下。」我拿起棋碗，下了一粒黑子。

「主子，剛才蘇美人那兒……」秋月還沒說完，就被我打斷了。

「秋月，有什麼事等我下完棋再說，我這次絕對不會分心的。」

秋月看到我認真盯著棋盤，笑了一下，也走掉了。

我記取了上次的教訓，也大概知道了茉莉下棋的思路，經過半時辰的天人交戰，我終於在最後關頭以一目之差，打敗了田茉莉。

「我贏了！秋月快過來！我贏了！」我興奮地叫著。

「奴婢恭喜主子了。」

「秋月，我們有甘菊茶可以喝了，快去燒熱水。」

「姐姐，這局不算，再來一盤！」

「妹妹，子曰：『謹而信，泛愛眾而親仁。』乖乖交出洋甘菊吧！」

「好啦，妹妹認輸就是了，改天帶姐姐親自去我的花圃挑。」

「那姐姐可以再跟你要一些薰衣草嗎？姐姐也想喝薰衣草茶。」

「來不及囉！薰衣草和玫瑰花已經收成了，我都送去給皇上了。」茉莉嬉皮笑臉地看著我。

「好吧，以後有機會再跟你要，秋月，你剛才找我有什麼事嗎？」

「主子，剛才蘇美人的宮女來了，說是今天午時請主子去芳蘭宮西側殿坐坐。」

「蘇美人邀請我？」

「主子，我覺得您還是別去了，奴婢覺得這事沒這麼簡單。」

「就是啊，姐姐，那蘇美人一定還對上次的事懷恨在心。」

「可是我不去的話，又該怎麼向他交代呢？到時他恐怕又會說我漠視宮紀、不服上位嬪妃。」

「去也不是，退也不是，那姐姐該怎麼辦呢？」

「這樣好了，秋月，如果我一個時辰後還沒回來的話，你就去找溫妃，請他來幫忙。」

「奴婢明白了。」

「還有，妳和春桃待會幫我把櫃子裡的那甕竹葉酒送去養心殿，我已經跟曹公公打過招呼了，他會讓你們進去的。」

午時，我赴約前往芳蘭宮，一進殿就看見蘇美人擺了一桌酒菜，令我詫異的是，楊巧萱也在這。

「妾身給蘇美人請安。」

「妹妹快坐吧。」

「今天找你們來，是想說你們入宮已經半年了，我卻很少有機會和你們說話，姐姐今天剛好有空可以關心妹妹們，今天姐姐請客，妳們就放心吃吧。」

「謝謝姐姐，那我就開動了。」巧萱先吃了起來。

「這有壺烏梅汁，生津止渴，姐姐給你們倒些。」

「謝謝姐姐。」我從蘇美人手中接過杯子，這烏梅汁酸酸甜甜，再配上桌上的川菜，實在美味。

「俞才人，上次我的宮人竟然打了妳的宮女，都是我管教不嚴，他們也已經被皇上處置了，姐姐在這向你道歉，還請妹妹見諒。」

「姐姐，事情已經過去了，秋月的身體也康復了，姐姐不必如此自責。」

「巧萱，這川菜好吃嗎？會不會太辛辣？」

「不瞞姐姐，妾身是金川人，能夠在宮裡吃到家鄉菜實在令妾身心喜。」

「那就好，這裡還有酸辣豆腐，多吃一點。」

蘇美人在這頓飯局表現的很自然，還說了幾個笑話，讓我放鬆不少，吃完飯也沒有強留我們，而是讓我們回宮小憩，雖然溫妃曾提醒我要謹慎點，但他今天的各種舉止都很正常，並沒有惡意。

「主子您回來啦，有發生什麼事嗎？他有沒有刁難主子啊？」秋月看我回來，著急地問道。

「我沒事，這應該只是普通的聚會。」

「主子，您今晚可要注意一下身體，尤其是腹痛，有的話一定要趕緊告訴奴婢。」

秋月的意思我心裡也明白，但當時還有楊巧萱在場，蘇美人膽子應該也沒大到敢在飯菜下毒。

「主子，剛才奴婢送竹葉酒的路上遇到了楊采女的宮女，她正要去內務府領月例銀，奴婢也就順便領回來了，共有一百兩都在這兒，主子清點一下。」秋月從懷裡拿出了一包裝了銀子的小布袋。

「沒關係，你辦事我一向放心，直接放庫裡就行了。」

「主子，上次你給我的話本我看完了，還有沒有啊？」春桃問。

「沒有了，我之後若有機會回家再帶幾本給你，現在時間也還早，不如聽我講些故事吧。」

「主子要講故事？我要聽。」春桃拉著我的手說著。

「這是出自《世說新語》的故事，是我爹爹以前告訴我的，從前有個人叫許允，她的老婆長得非常醜，這許允結婚之後就從來沒和她睡過，有天，他的朋友來了……」

「這許允的老婆也太聰明了，竟然用話術挽回了尊嚴。」秋月說。

「主子，您好會講故事，還有沒有別的啊？」春桃睜著水汪汪的眼睛看著我，於是我這個下午又講了好幾則故事給他們聽。

晚上和他們吃飯時，我想起了今天蘇美人請我喝的烏梅汁。

「春桃，你去廚房把我釀的梅子醋拿來，我們一起喝。」

「奴婢知道了。」

「這梅子醋是我用家裡帶來的梅子釀的，味道不錯吧。」

「秋月，你怎麼哭了？是醋太酸了嗎？」我看見秋月邊喝著梅子醋，眼淚還滴了下來。

「主子對不起，奴婢只是想到以前的事，小時候我爹爹曾經帶我去市集，路上我爹爹就買了一杯梅子醋給我，但當時我只覺得醋很酸，酸到我眼淚都掉了下來，喝沒幾口我就倒掉了，現在喝這梅子醋，依舊還是很酸，就和當年的味道一樣。」

秋月說著說著，我想那壺梅子醋的味道依舊不變，但讓秋月哭的不再是醋酸，而是心酸。

我們原本喝得好好的，突然，一群侍衛闖進我的宮殿，把在一旁的春桃和秋月給嚇著了。

「你們這是要幹什麼？」

「奉麗妃之命，調查蘇美人中毒一事，俞才人，請跟我們走一趟吧。」他一說完，幾個人就把我拉走了。

「主子！主子！」我從宮外聽見了春桃喊著我的聲音。

我被帶到芳蘭宮主殿，殿裡好幾個人，就連楊巧萱也在。

「跪下。」幾名侍衛把我的身子壓了下來。

「麗妃娘娘，請問到底發生什麼事了？」

「蘇美人中毒了，現在人還昏著，今天只有你們進過蘇美人的宮中，本宮懷疑此事和你們有關。」

「中毒？娘娘，這怎麼可能，我和巧萱也吃了一樣的食物，我身體也沒事啊。」

「你說你們吃了一樣的食物，這是怎麼回事？」

「回娘娘，今日中午，蘇美人邀了我和楊采女去她宮中吃飯。」

「麗妃娘娘，經微臣判斷，蘇美人應該是中了馬錢子的毒，誤食會有嘔吐、腹痛、昏厥等情況。」一旁的太醫開口。

「馬錢子？本宮從沒聽說過這種毒。」

「娘娘，這馬錢子是一種喬木，他的果實有毒，而且有獨特的氣味，相傳古時的宋太宗就是用這種毒，殺了南唐後主李煜。」

「來人！立刻去玉瑤殿裡給我搜！」麗妃一下令，幾名侍衛就跑出去了。

（此時，玉瑤宮西側殿）

「秋月，現在該怎麼辦？主子莫名其妙就被帶走了，我好擔心啊。」

「春桃，我們先在宮裡守著，若蘇美人真的中毒，一定會有人來宮裡搜東西的，如果是栽贓，蘇美人也可直接買通宮人，把毒藥給他們，屆時就算來了也搜不出東西，我們現在如果離開這裡，這座西側殿可就沒有人證了。」

「快！給我搜！」秋月才剛說完，幾個人就闖了進來，開始在宮裡翻箱倒櫃，就連銀庫都被搜了，還有幾個人順手摸走了銀子。

「找到了，就在這！」一名侍衛從客廳的盆栽底下搜出了一包粉末。

「快走！回去稟報麗妃娘娘。」

「秋月，現在該怎麼辦？宮裡頭怎麼會有這種東西？這樣主子不就完了嗎？」春桃急的哭了。

「快點，我們去找溫妃娘娘，請他幫幫忙。」

過不久，幾個侍衛帶著粉末回到芳蘭宮，把東西交給麗妃。

「麗妃娘娘，這是從俞才人宮裡搜出來的，就藏在盆栽下。」

我看了那包粉末，臉色刹白，我宮裡怎麼會有這種東西？就算他們真的要栽贓，把東西放進宮裡，秋月和春桃不可能沒看見啊？啊！是秋月他們出去送酒的時候，糟糕了，防的了一時卻防不了一世啊。

「太醫，這包就是你說的馬錢子嗎？」

「回娘娘，依照他的氣味，臣敢斷定這包就是馬錢子沒錯。」

「俞才人，這下子你還有什麼話好說？」

「娘娘，這宮中根本就沒有種馬錢子，我自從入宮後也從沒出過宮，怎麼可能會拿的到這種東西。」

「哼，這年頭只要有錢什麼都好辦，派個人從宮裡捎進來也不是不可能。」

「麗妃娘娘，當時我和俞才人吃飯的時候，他的宮女也在宮裡，俞才人根本沒有機會下毒。」楊巧萱跳出來說話了。

「你就是蘇美人的貼身宮女吧，你有看到嗎？」麗妃問了站在角落的一個小宮女。

「回麗妃娘娘，我家主子在用膳時曾經離開出恭過一次，我那時就看見俞才人偷偷把什麼東西放進了我家主子的杯子裡。」

「你胡說！蘇美人從頭到尾都沒有離開過位子，現在還想栽贓給俞才人。」巧萱站起來大聲指著那名宮女說著。

「放肆！楊采女，現在人證物證俱在，本宮懷疑你也知道此事，竟然包庇俞芷若。」

「娘娘，請您別血口噴人，楊采女根本就沒有動機要害蘇美人。」我說。

「大膽！竟敢在當庭廣眾之下頂撞本宮，俞芷若，你要是再不從實招來，可別怪我不客氣了。」

「麗妃娘娘，皇后統御六宮，此事該由皇后娘娘主審才對。」巧萱說。

「你不過是個采女，還沒有資格驚動皇后，再說了，本宮握有協理六宮之權，自然可以審問你們，楊巧萱，你現在處處與本宮作對，我更加確信你也是幫兇，來人！給我把楊采女拉下去打二十大板。」

「娘娘，這藥也是從我宮中搜出來的，此事和楊采女一點關係都沒有，請你放了他。」

「你們兩個感情可真好，那本宮也成全你，來人！把這兩個人都給我拖下去，杖責二十，關進大牢。」

我在幾名侍衛的手中掙扎著，楊巧萱則是當場咬了侍衛一口。

「慢著！」此時，一個既熟悉又清冷的聲音傳來，我回頭一看，是尹婕妤。

「尹婕妤，你跑來這做什麼？這事可跟你無關。」麗妃說。

「麗妃娘娘，您可別夥同蘇美人亂誣陷別人啊！」尹婕妤身體雖然羸弱，說話倒是不客氣。

「你大膽，尹婕妤，你敢攀誣本宮！」

「是不是攀誣，待會就知道了。」

「好，你倒是說說這事同本宮和蘇美人有何關係，要是說不出來，本宮連你也一起打。」

「我從窗外親眼看見了，有個宮女在中午偷偷摸摸走進俞才人的房間，又急急忙忙地跑走了。」

「你說的宮女是誰，又有何證據？」

「就是她。」尹婕妤伸手指向一個綁著雙丫髻的小宮女，她是蘇美人的宮女。

「尹婕妤，你可別栽贓我，我今天都一直待在房間呢。」

「尹婕妤，你有什麼證據證明是她做的？」

「她急急忙忙地從俞才人宮裡跑出來時摔了跤，也許看看她的膝蓋就知道了。」

侍衛把那名宮女的裙子掀開，膝蓋確實留了一個小傷口。

「這個是我今天下午去頤和園不小心摔的。」宮女連忙解釋。

「是嗎?可是明天宮裡要舉辦外國使臣接宴，今天上午宮裡的人把宴會場地擺設好了，皇上為了維護場地，中午就派侍衛把頤和園給封了，還有你剛才不是說你一整天都待在房裡嗎?怎麼現在又說自己去頤和園了?」

「我……」小宮女開始說不出來。

「麗妃，這下兇手是誰應該顯而易見了吧。」

「這……來人，把這名宮女關起來。」麗妃這下也尷尬了。

「等一下，麗妃，這宮女可是蘇美人的宮女，她卻跑進俞才人宮裡，你不覺得這事情有點怪怪的嗎?」

「這……此事就到此為止，放俞才人他們回去。」麗妃也被尹婕妤的話給問倒了。

「有人想要嫁禍妃嬪，這事可不能就這樣算了。」尹婕妤說道。

「是啊，麗妃娘娘既然協理六宮，就應該把案子弄明白。」巧萱在旁附和。

「楊巧萱，你可別得意忘形了。」

「蘇美人現在真的有事嗎？我看那太醫應該也要好好問問才對。」尹婕妤又說。

「尹婕妤，微臣可沒有騙人啊。」

就這樣，麗妃和尹婕妤、楊巧萱當場吵了起來。

❖ 第六章　茗茶秋毫 ❖

（此時，養心殿）

「皇上，我家主子是不可能做出這種事的，還請皇上明察。」

「皇上，侍衛們當場就從宮殿裡搜出了毒藥，奴婢也不知道是怎麼回事。」

「皇上，妾身也認為此事應該要再詳細調查，再說俞才人也沒有動機要對蘇美人不利。」溫妃說道。

「朕親自去看看好了，你們也一起來。」

「啟稟皇上，臣把事情弄明白了。」皇上才剛起身，飛隼就進了養心殿。

「你說，芳蘭宮現在的狀況如何？俞才人又怎麼樣了？」

「稟皇上，臣在門外聽到麗妃正要處置俞才人和楊采女，尹婕妤突然出面指認了證人，是蘇美人的小宮女幹的，麗妃把她關進牢裡，尹婕妤認為這是有人刻意栽贓，現在恐怕還在跟麗妃吵著。」

「這事皇后知道嗎？」溫妃問。

「皇后不知情，案子都是麗妃獨自審理的。」

「你覺得此案和麗妃有關嗎？」皇上問。

「回皇上，就目前證據來看，八成是蘇美人在自導自演，麗妃應該沒有參與此事，但麗妃也僅僅把那名宮女關入牢裡，想快點完結此事。」

「朕知道了，朕立刻擬旨，你繼續觀察。」

「微臣遵命。」

「溫妃，你們幾個先回宮裡，秋月，把這卷畫帶回去給你家主子。」秋月接下了畫筒，隨溫妃回玉瑤宮了。

這時，在芳蘭宮主殿，楊巧萱和尹欣彤等人還在爭執著。

「麗妃娘娘，可否讓我們看望一下蘇美人？」楊巧萱問。

「她人還沒清醒。」

「既然這樣，我再請幾個太醫去給蘇美人看看好了。」尹婕妤說。

「不需要，本宮親自去探望她。」

「這可不行，蘇美人的人身安全可是至關重要。」

「尹欣彤，你沒聽見本宮剛剛說的話嗎？把那宮女關起來，其他人都給我散了。」

「聖旨到！眾人跪聽！」曹公公此時趕到了宮裡。

「奉天承運，皇帝詔曰：『蘇美人婦行有虧、陰陽妒害、刻意栽贓，降為六品才人，涉案太醫斬立決，涉案宮女一律賜死，即刻釋放俞才人、楊采女，溫妃賢淑端莊、精明幹練，自即日起，由溫妃協理六宮，凡後宮大小事，皆由溫妃、皇后共同審理，欽此。』」

「妾身領旨！」眾人一同跪接聖旨。

回到宮裡，春桃和秋月就急急忙忙地跑上前來。

「主子！您沒事吧，我和秋月都快擔心死了。」

「我沒事，皇上下了旨就把這事解決了。」

「主子，那蘇美人後來怎麼樣了？真的是她栽贓給您的嗎？」

「我沒見到蘇美人，但皇上的聖旨是這樣寫沒錯，而且他現在已經是才人了。」

「對了，主子，皇上託我把這幅畫交給您呢。」秋月把畫給了我。

我打開畫筒，攤開畫，竟然是一張牛郎織女圖，織女孤單地車著衣服，牛郎含情脈脈看著遠方，兩人之間被銀河隔著，畫工細緻。

「好漂亮啊，這幅畫展現了牛郎和織女深厚的相思之情。」我說。

「主子，您就是這畫中的織女啊，既會做衣服，人也長的水靈。」春桃說。

我笑了笑，明白了皇上送這幅畫的心思，皇上有時也挺浪漫的呢。

「秋月，把他好好收起來，這畫我要一直留著。」

隔天早上，茉莉來找我，說是要帶我親自去挑花。

「茉莉，洋甘菊收成後，你還想種什麼呢？」

「除了上次的薰衣草和玫瑰之外，我想試試種些杜鵑、甜橙。」

「很不錯呢，甜橙不僅美味，還能製成精油，下次送幾顆給姐姐可好？」

「可以，但姐姐可必須再贏我一盤。」

「好好好，姐姐知道了，你就這麼想拿蠶絲被就是了。」

「姐姐記得多準備些東西，我要把它們全部贏走。」茉莉一臉驕傲。

「知道了，別嘴貧了，先讓姐姐取幾盆洋甘菊吧。」

快到翠寧宮時，我遠遠看見了一個熟悉的背影。

「茉莉，那個人不是王詩詩嗎？他在你花圃旁呢。」

「真的耶，他怎麼會跑來我宮裡呢？」

「疑？坐在地上的不是楓兒嗎？」茉莉又說。

「茉莉，我們快去看看。」

一走進翠寧宮，我們就看到楓兒癱坐在地上，手臂還流著血。

「楓兒！你沒事吧？你這是怎麼了？」

「主子，奴婢沒事，但您的花園……」楓兒轉過頭看了花圃。

「怎麼會這樣？我的向日葵！我的洋甘菊！」茉莉看著一片狼藉的花圃，向日葵被連根拔起，就連洋甘菊也被踩爛了。

「哇！嗚嗚……我的花……」茉莉看著自己的花圃，蹲在地上大哭。

「王詩詩，你做了什麼？」我看著王詩詩手裡拿著好幾株向日葵，頓時就明白了這是王詩詩幹的。

「我只是向田采女借了些向日葵而已，田茉莉，我身為寶林，跟你借點東西，你應該不會介意吧？」王詩詩抬著下巴看著蹲在地上的茉莉。

「嗚……哇！」聽完王詩詩這話，田茉莉哭得更大聲了。

「啪！」我心裡一陣麻麻的，沒有多想，就朝著王詩詩賞了她一耳光。

「俞芷若！你敢打我，我可是太后親自提拔的寶林呢，跟你的才人比起來，可沒差多少。」

「我管你是什麼寶林才人，今天就算你是昭儀，我也照打不誤。」我又再打了她一巴掌。

「我多次忍讓你，不想跟你計較，你卻變本加厲，不只欺負楊巧萱，現在連茉莉的花你也不放過，蛇蠍心腸，狼心狗肺！」

王詩詩被我罵的全身發抖，用她那雙惡狠狠的眼睛瞪著我。

「我現在就去找皇上，叫他撤了你的寶林！」

「俞芷若！成心跟我作對的是你，皇上只偏愛你，甚至連瞧都不瞧我一眼，我堂堂戶部尚書的女兒，可從沒受過這種屈辱，妳根本是禍國妖姬，是褒姒，是妹喜！」她歇斯底里對我吼著。

「姐姐，算了……不要理這種人了，我們進去宮裡，我不想看到她。」茉利哽噎說著，臉上一把鼻涕一把眼淚。

「田茉莉，妳這是什麼口氣？身為采女，竟敢這麼放肆。」

「王詩詩！妳有完沒完？今天茉莉不同妳計較，但我可不會就這樣算了，來人，把王詩詩給我轟出去。」

一群人就把王詩詩推到殿外，她手裡握著那幾株向日葵，氣呼呼地走了，我看向那片土地，王詩詩踐踏的不只是花朵，而是茉莉的心。

（此時，頤和園正在舉行使臣接宴。）

「大狐國使臣脫脫艨午兒奉大狐國君主之命拜見大寧帝國皇上，陛下萬歲萬歲萬萬歲。」

「大月國使臣拉法葉爾奉大月國國王之命拜見大寧帝國皇上，陛下萬歲萬歲萬萬歲。」

「賜坐。」

「大狐國今年進貢白銀一百萬兩、羊五百隻、駱駝一百隻、壯馬五十匹。」

「准收，朕欽賜大狐國君主，綾羅千匹、銀器百件、玉器十件，請由專使帶回轉交。」

「大月國進貢白銀五十萬兩、牛一千頭、大理石雕像五十座、純金鐘錶十隻、珍珠一盒，此乃國王親筆信件，還望陛下准收。」

「准收，朕亦欽賜大月國王綾羅千匹、銀器百件、玉器十件、玉石一塊，由使臣帶回轉交。」

「今日兩國使臣前來朝貢，朕欽賜宴席，兩位使臣請入席，即刻開宴。」

兩國使臣入席後，樂姬開始演奏琵琶、二胡、木笛、古箏等樂器。

「陛下，今年的酒味道似乎不同？」拉法葉爾用著奇異的口音問道。

「朕今日準備的不是酒，而是果茶，是用朕的妃嬪種的玫瑰所製。」

「Oh！C'est bon！原來是陛下的妻子種的，在大月國，很少有女子親自種花送丈夫的，通常都是直接從花店買來的。」

「大寧帝國地靈人傑，陛下的妃嬪也賢慧，實在令臣佩服。」脫脫籰午兒也開口了。

「兩位使臣若喜歡，朕便各賜一包花茶讓你們帶回。」

「啟稟陛下，本國君主曾經修書，不知陛下可否恩准與大狐國進行茶馬貿易？狐國願用一匹駿馬換兩斤茶葉。」

「使臣放心，朕已命人進行栽種，明年起，兩國茶馬貿易正式運行，這是貿易文件，還請專使轉交貴國君主蓋印，再寄回我國。」

「臣代我國君主謝陛下隆恩。」

「皇上，我大月國能否向貴國收購果花？剛才的果茶，是月國沒有的口味，應該能引起月國皇族的興趣。」

「此事可以商討，待我國擬定專案，再通知貴國。」

就這樣，使臣接宴就在陣陣果茶的香味中畫下句點。

幾天後，巧萱一個人來找我。

「巧萱，今天妳怎麼一個人來了？春桃，快給巧萱上茶。」

「姐姐，妹妹今日來是想和姐姐道歉的。」

「道歉？妳是指什麼事情啊？」

「那天在建章宮，你替我向太后說話，還害的妳被處罰，還有上周妳在麗妃面前站出來保護我，我真的很慚愧，之前還為了端午節賞賜的事和姐姐鬧彆扭，還望姐姐原諒。」

「原來妳是因為端午節的事在生氣啊，怪不得最近都見不著妳人，去妳宮裡也吃了閉門羹。巧萱，姐姐沒有生氣，而且人有七情六慾，會有這樣的反應也是難免的，但妳若需要幫助，姐姐一定第一個挺身而出。」

「謝謝姐姐，這桂花糕請你吃，是我娘託人送來的。」

「好久沒吃到你娘做的桂花糕了，獨樂樂不如眾樂樂，我們去茉莉的宮裡一起吃吧。」

「嗯！」自端午節至今，我才重新看見巧萱可愛的笑容。

我們才剛進到茉莉的宮裡，就看見茉莉正擦著頭髮。

「大白天就洗澡了，妳也真有閒情逸致。」

「我剛才在整理花圃，重新種了幾株花，搞得滿頭大汗的，就想泡個澡涼快一下。」

「妳身上塗了什麼啊？聞起來香香的。」

「我剛剛泡澡時加了一些薰衣草，對了，你們怎麼來啦？」

「我娘做了桂花糕，找妳一起吃，想吃嗎？」

「好啊，那你們坐，我泡杯梅子汁給你們。」

過不久，一壺酸酸甜甜的梅子汁就被端了出來。

「好好吃喔，巧萱，你娘可真會做。」茉莉讚嘆。

「就是啊，我剛進宮第一天就吃到了，這味道實在絕了。」

「巧萱，什麼時候換妳做做糕點給我們吃啊？」茉莉問。

「等妳贏了我再說，嘻嘻。」

「好啊，妳也要跟我下棋嗎？」聽到要比賽，茉莉興致來了。

「那可不，我不會下棋，我們比點別的如何？」

「好啊，只要能吃到妳做的糕點，就算是要爬上這座翠寧宮我也沒問題。」

「我們就比放紙鳶，誰放的高誰就贏了。」

「紙鳶？好啊，吃完這桂花糕我們就去放。」

「我想到了，茉莉，妳待會再種些桂花，用妳種的桂花當材料，一定會更好吃的。」我提議。

「姐姐，妳怎麼幫茉莉助陣呢？也許待會是我贏了呢。」

「好，妳贏了的話，姐姐那兒有盒紅色蜜香口脂，是昨天剛買的，就賞給妳。」

「剛好我的口脂也快擦完了，姐姐一言為定。」

「好了，我吃完了，我們走吧。」茉莉嘴裡塞著最後一塊桂花糕，還說著話。

「妹妹，妳也吃慢點，小心咬到舌頭。」

我們三人拿著紙鳶準備去御花園，才剛出門，就遇見曹公公。

「曹公公，您怎麼來啦？」茉莉問。

「田采女，皇上在御花園要召見您呢。」

「皇上召見我有什麼事嗎？」

「這奴才也不曉得，您去了就知道。」

「曹公公，我們正要去御花園放紙鳶，我們也能跟去嗎？」

「這……按理來說是不行，但既然是俞才人您，皇上應該也會很高興，就一起來吧。」

我們隨著曹公公到了清漪園的角落，眼前這一幕可不得了，地上架了好幾座棚子，裡頭全是土壤和苗草，雖不知是要用來做什麼，但還真是壯觀。

「皇上，田采女到了，俞才人和楊采女也來了。」

「哦？芷若也來了，那就一起聽吧，曹公公，宣旨。」

「是。奉天承運，皇帝詔曰：『田氏茉莉，溫恭循禮，淑慎賢慧，冊為寶林，特賜封號，慧，以示嘉賞。』」

「這是在說我？」茉莉受寵若驚。

「慧寶林，趕快謝恩吧。」

「妾身謝皇上隆恩，吾皇萬歲萬歲萬萬歲。」

「田茉莉，朕之前跟妳提起的茶葉一事，現在就交給你，朕搭了幾座棚子，如此一來，便可不怕風吹雨淋，還可以透過熱水調節濕氣和溫度，朕就把這兩畝茶園交給妳了，朕每月給你五百兩銀子，再賜你十個宮人，替朕好好把茶顧好。」

「妾身遵命，不過皇上，妾身連茶葉都還沒種成，實在不應受這寶林位份，還請皇上收回成命。」

「朕之所以提拔你，是因為你種的花果茶頗受外國使臣喜愛，甚至有使臣提出要向大寧帝國購買花果，這是你的功勞，這寶林也是你應得的獎賞，朕再賞加一畝花園給你，希望你不負朕的期待。」

「能替皇上分憂，是妾身的榮幸，妾身一定盡力完成使命，不辜負皇上恩典。」

「好，朕很期待，芷若，朕還有事就先走了，明日再去玉瑤宮找你。」

「茉莉，喔不，慧寶林！姐姐在這恭喜你了。」

「是啊茉莉，現在你可是新進妃嬪中位份最高的了，而且還有了封號，這可是天大的殊榮啊！」巧萱說道。

「你有要幫忙的，可以跟我們說，姐姐陪你一起種。」

「謝謝你們，不過我現在想先……」茉莉話說到一半。

「你想先做什麼？」巧萱問。

「我想先放紙鳶！」茉莉開口笑了一下，就拖著紙鳶跑了起來。

「欸！田茉莉你偷跑，等等我！」

我看著茉莉奔跑著，笑得好開心，平常矜持於禮數的她，心中其實住著一個純真的小孩子，而楊巧萱，哈！她本來就是這樣了。

「姐姐！你看我的紙鳶飛得這麼高。」茉莉說。

「才沒有，是我的比較高，對不對姐姐？」

「我的比較高啦！」

「好，不然這樣好了，只要你們的紙鳶飛得比我的還高，就都算你們贏了。」我也開始奔跑著，拉著棉線，回到小時候的樣子，這天空中飄著的不只是紙鳶，也是我們三人的童年。

「巧萱！我們都贏了！」

傍晚，我去了尹婕妤的寢宮，想親自和他道謝，一入宮就看見她一個人坐在床上喝著藥。

「咳！你怎麼來了？」

「我是特地來找姐姐道謝的，幸好當天有姐姐替我說話，否則我可能已經栽在麗妃手裡了。」

「別客氣，我也只是看不慣這兩人的作風，只不過皇上這次只貶了蘇美人，看來麗妃還是不好對付的。」

「姐姐和麗妃娘娘是同時進宮的嗎？」

「是啊，我們都是由太后指婚的，當時入宮時皇上還是太子。」

「仔細一看，還真的挺像的。」尹婕妤注視著我，嘴裡喃喃自語。

「姐姐，怎麼了嗎？」

「沒事，我只是覺得你長的有點像當年的純妃。」

我這時想起來皇上之前跟我說過的話，莫非這個妃嬪，就是尹婕妤口中的純妃？

「姐姐，這純妃是個什麼樣的人？」

「他是以前皇上當太子時的老師的女兒，他的父親張大人曾是朝中的吏部尚書，我不是很清楚詳細的原因，只知道純妃幾年前就過世了，連他腹中的小孩都無法倖免。」

「所以皇上曾經有過龍嗣？」我驚訝。

「是啊，但這事皇上從未向任何人提起，自從純妃過世，皇上也沒提過他了。」

原來皇上當年心中放不下的不單是純妃，也包括他的孩子。

「咳……妹妹，這事你可別向皇上提起，畢竟這也算是宮中的秘密。」

「我知道了，姐姐，我這有株人蔘，希望你身子能舒服點。」

「那我就收下了，你在宮中有事可以找溫妃，她是我的好姐妹，現在又有協理六宮之權，一定能夠幫上你的。」

「好的，那妹妹就先告退了，還請姐姐保重。」

「嗯，謝謝你，那就先這樣吧。」

「哈啾！」隔天剛起床，我就打了個噴嚏。

「主子，您還好吧？」

「我沒事，秋月，幫我泡杯熱茶。」

「主子，最近溫差大，半夜會冷，您可別再穿薄紗睡覺了，奴婢這就去幫您泡茶。」

「春桃，你幫我把櫃子那件羊毛毯拿出來，我今晚要蓋。」

「是，主子，您可要多保重啊。」

昨天才提醒尹婕妤注意身子，沒想到今天就換我著涼了。

「姐姐，我來找你了。」

「巧萱你這麼早就來啦，怎麼啦？」

「還不是想跟姐姐一同用早膳。」

「好吧，我肚子也餓了，那就一起吃吧。」

「主子，今天早膳是燒餅和炒雞蛋，還有熱黃豆奶。」春桃告訴我。

「春桃，幫我煮個白粥吧，我配醬瓜就好。」
「芷若姐姐，你不愛燒餅嗎？既酥脆又帶著芝麻香，可好吃了。」
「不是，我覺得身子冷，想吃點熱的，這燒餅就給你吧。」
「你沒事吧？不如請內務府拿些炭火來。」
「不了，我討厭那炭味，妹妹，今兒我們就躺著聊聊天如何？」
「也好，外面風大，出去恐怕會著涼。」
吃完早膳後，我就和巧萱鑽進毛毯裡。
「巧萱，之前我們在蘇才人那兒吃飯時，你說你的家鄉在金川，那你怎麼會來京城呢？」
「原本我是和娘一同住的，我爹爹自己在京城做官，後來我兄長考了個榜眼，當了翰林院編修，全家就搬來了。」
「榜眼？那可厲害了，這未來不是當尚書也是個侍郎。」
「不過是運氣好罷了，我兄長考了六年才考上呢，你那麼聰明，如果是個男兒，一定是連中三元。」
「我也不過會背些論語罷了，叫我寫那些文謅謅的文字，還是算了吧。」
「疑？姐姐你有沒有聽見鳥叫聲啊？」
「啾！啾！」
「好像還真的有。」我仔細聽，還真的有鳥鳴。
「大白天就在睡回籠覺啊？」這聲音我一聽就知道是皇上。
「皇上，您怎麼一大早就來了？」
「昨天就說好要來看你，今天朝會提早結束，朕就過來了。」

「芷若，看看朕給你帶什麼來了。」皇上手上提著一個金絲鳥籠。

「這不是上次皇上帶妾身看的那隻粉色鴝鴿嗎？」看見那可愛的鳥兒，我眼睛瞬間亮了起來。

「朕就知道你喜歡，給你送來了，以後你可要替朕好好照顧牠。」

上次我只是盯著牠看了幾秒，想不到皇上一直惦記著。

「妾身一定會好好照顧牠的，謝謝皇上。」

「皇上，妾身還有事，就先告退了。」巧萱不願做我們的電燈泡，很識相地離開了。

「好，妳先退下吧。」

「芷若，妳有想好要替這隻鳥取什麼名字嗎？」

「既然牠是皇上送的，又是粉色的，就叫牠小黃桃如何？」

「小黃桃，這名字不錯。芷若，朕想問妳，今年冬天願不願同朕一起去熱湖行宮避寒？」

「妾身願意，不過皇上只帶妾身一人嗎？」

「通常朕都會帶好幾個妃嬪一同前往，今年應該也會挑幾個，怎麼了嗎？」

「那就好，妾身怕皇上只帶妾身一人，會引起他人不平。」

「芷若，妳想跟誰一起去呢？」

「皇上自己決定就行了，皇上有至高的權力和威嚴，在後宮中也是。」

「有妳這樣懂事的妻子，朕甚心慰啊。」

「皇上，您要不要也喝點熱茶，早上天冷。」

「好啊，朕也好久沒和妳一起聊聊了。」

「秋月，幫把我那包碧螺春泡一壺來。」

皇上在宮裡和我聊了整個早晨，還一同用了午膳，直到未時才離開。

仲秋，宮裡滿是黃花，金風送爽，就連地上也鋪了一層橘地毯。

「麗妃，今年皇上有召妳一起去行宮嗎？」

「太后，自從這俞芷若來了之後，皇上就沒跟我說過幾句話了，妾身心中難過。」

「現在皇上心思全在她身上，連皇后都不太碰了，上次和他吃飯，也是講沒幾句就走了。」

「太后娘娘可要為妾身和皇后作主啊！」麗妃此時正替太后垂著肩膀。

「我知道，可是該用什麼法子呢？」

「不如太后娘娘向皇上進言，讓妾身和皇后一起去避寒，您說話有份量，皇上應該會答應的。」

「這倒是個好主意，麗妃妳可真聰明。」

「妾身蒙太后恩寵，豈敢忘恩負義呢？」

「呵呵，整個宮裡還是妳讓我最滿意。」

「滿月啊，妳幫我跟皇上說，今天晚上請他來找我。」

「奴婢明白了。」

中午，皇上在圍場練箭術。

「皇上可真厲害，十發全中了。」曹公公手上端著箭盤，站在皇上身邊。

「當年張先生可是每日都教朕拉弓射箭呢。」

「張大人確實是個難得的人才。」

「可惜，當年朕沒辦法保他，不然朕現在一定讓他當個大學士，享受榮華富貴！」說完，皇上又射中了一箭，然後擦了汗。

「皇上要不要喝點水？小李子！快去倒水來。」

「皇上請用，這是仙山的泉水。」

「嗯，好喝，甘甜又清爽，不愧是仙山的水。」皇上一口氣就把一杯水給喝光了，十分過癮。

「對了皇上，養心殿那邊有消息傳來，說是請皇上晚上到建章宮坐坐。」

「大概又是嬪妃的事吧，她老人家未免也太操心了。算了，不管母后說什麼，我見招拆招。」

「皇上，慧寶林把盛開的桂花送來了，俞才人昨天也送竹葉酒來了，皇上要不要回宮享用？」

「好，朕一定要射中她的紅心！」又有一把箭精準射進了靶心。

下午，茉莉和巧萱手提著一包東西來找我。

「姐姐，猜猜我們給你帶什麼來了。」

「桂花糕？」

「真無趣，姐姐馬上就猜中了。」巧萱一臉失望地看著我。

「姐姐，這是用我種的桂花做的，而且是巧萱親手做的呢。」

「巧萱自己做的，這桂花糕會好吃嗎？」我打趣了一番。

「芷若姐姐，今天怎麼換你嘴貧了，妳不吃的話，我和茉莉可全部吃光了。」

「好，姐姐這就嚐嚐。」我拿起桂花糕咬了一口。

「咳咳……咳！」

「姐姐，妳也太愛演戲了，真的有這麼難吃嗎？」巧萱皺著眉頭，還嘟著嘴。

「這桂花糕怎麼是鹹的啊？」我露出了苦澀的神情。

「我吃看看，咳……還真的是鹹的，巧萱，妳到底是怎麼做的啊？」茉莉吃完也咳了幾聲。

「可能是我不小心把鹽巴當成砂糖了，嘿嘿。」

「天啊！我可真是服了你們，一個包了沒餡料的粽子，一個做了鹹的桂花糕。」

「茉莉，妳包過沒餡料的粽子？哈哈哈！笑死我了。」

「怎樣啦，把鹽當成糖，這才好笑吧。」

「你們以後想吃什麼直接告訴我，姐姐做給你們吃，拜託放過我的肚子吧。」

「姐姐會做菜？」楊巧萱滿臉驚訝的神情。

「懷疑啊？我從小跟著我娘下廚呢，什麼滷肉、炒白菜、綠豆椪，我全都做過。」

「真的啊？那我也要吃，姐姐可要好好表現。」茉莉說道。

「不然下個月你們來我宮裡嘗嘗，但你們一人要準備一樣禮物，而且要是親手做的。」

「那有什麼問題，我手工藝可是了不得的。」巧萱說。

「對了，你們要不要來看看我的茶園，我還在旁邊的花園種了很多洋甘菊呢。」

「我要去！我要喝洋甘菊茶，姐姐也跟我們一起去吧。」

「我先不了，待會我要跟秋月和春桃他們一起整理呢，我們要把冬衣拿出來換季，抱歉了茉莉。」

「那姐姐下次再一起來吧，我和巧萱先走囉。」

「好，你們慢慢玩吧。」我揮了揮手就開始忙起來了。

情啊。」

（晚上，建章宮）

「母后召兒臣有什麼事嗎？」

「皇上，今年去行宮的伴駕名單你決定好了嗎？」

「兒臣還沒決定好，怎麼了嗎？」

「我是想說今年你就帶皇后和麗妃他們幾個舊人去就好。」

「這事兒臣自有主張，母后就別操心了。」

「恆兒，不是我要說你，你最近都只和新進的妃嬪互動，尤其是俞才人，你好歹也要顧慮思卉的心情啊。」

「知道了，兒臣帶皇后一起去就是了。」

「還有啊，你已經快兩個月沒召妃嬪侍寢了，恆兒，你應該知道母后的意思。」

「母后是想趕快抱孫子吧，既然這樣，今天晚上朕就召人侍寢。」

「那你今晚想召誰啊？」

「兒臣心中自有人選，母后別擔心。」

「你是不是又要召俞芷若？她可不行。」太后的口氣顯得有些不悅。

「兒臣什麼都還沒說，母后為何這麼急躁呢？」皇上輕笑了。

「那皇上今日就召皇后侍寢吧，就這麼說定了。」

「如果母后沒有其他想說的，兒臣就先告退了。」皇上一說完，就大步邁出建章宮。

「真是的，每次都這樣，說沒幾句就走了，這皇上翅膀硬了，連我的話也聽不進去了。」

「太后娘娘，過不久就是祭天大典了，您可以去找國師和欽天監正，藉此事打壓俞芷若。」滿月姑

姑說道

「好，你說的不錯，皇上一向敬畏天地，我就不信他這次還能護著她。」

（芳蘭宮）

「麗妃娘娘，皇上今晚翻了您的牌子。」胡公公說道。

「真的嗎？那我現在就去沐浴。」麗妃等這一刻已經好久了，終於讓她等到這一天。

麗妃沐浴完後，就被抬進了養心殿。

「皇上，妾身來了。」

「嗯，你先睡吧，朕還有事情要忙。」

「皇上，您這麼久都沒召妾身，妾身好想你。」麗妃坐在床上，刻意露出了她那雙潔白的腿，妖嬈地向皇上說著。

「嗯，快睡吧。」

看見皇上仍然無動於衷，麗妃也開始撒起嬌來。

「皇上，今晚您就陪妾身睡嘛，妾身好久沒抱您了，還是皇上已經不愛妾身了？」麗妃用手抹了幾下眼眶。

「知道了，朕陪你就是了。」

皇上躺在龍榻上盯著天花板，麗妃則牽著皇上的手，身子貼近著他。

「皇上，您還記不記得？以前您總是抱著妾身還吻我的臉頰，今兒妾身準備好了，皇上快開始吧。」

麗妃巧笑倩兮盯著皇上，話語中充滿了期待。

「朕照做就是了，今天很累了，朕要休息了。」皇上隨意吻了一口麗妃的側臉，就翻過身睡著了。」

麗妃見皇上如此敷衍，心中滿是憤恨。

幾天後的下午，太陽難得出來了，我就趁著天暖，去清漪園走走，才剛踏進花園，就看見有個人孤孤單單坐在涼山亭。

「莊采女，你怎麼一個人坐在這？平常你不是都和王御女一起來嗎？」

「是俞才人啊，妾身給您請安了。」莊珮芸坐在石椅上，毫無活力地對我打了聲招呼。

「你還好吧？怎麼這麼沒精神。」

「唉！你爹現在可是吏部尚書，你不會懂我的心情。」他的口氣透露著委屈與自卑。

「這跟我爹爹有什麼關係？」

「王詩詩他爹也是戶部尚書，自從他升了寶林後，就不太找我說話了，昨天我們還為這事吵了起來，她說我只是工部郎中的次女，配不上她。」

「原來是這麼回事啊。」既然是王詩詩，說這種話也不奇怪了。

「莊珮芸，出身並不是最重要的，茉莉的父親也只是從四品翰林院侍讀學士而已，和你父親的正五品差不了多少，可是她憑藉自己的能力，受到了皇上的賞賜與託付，我相信你只要拿出自己最擅長的手藝，皇上一定會看見你的，還有，如果一個朋友會因為家世不同而瞧不起你，那她也不是值得深交的好朋友。」

「嗯……你說的也不無道理，讓我再想想看吧。」

「如果哪天你想開了，可以來找我玩，我的玉瑤宮可是隨時歡迎你。」

我離開了涼山亭，往茉莉的茶園走去，看見楊巧萱也在棚子裡。
「還真巧，兩位妹妹都在啊。」
「姐姐，你可以幫我灑水嗎？」茉莉開口。
「那邊有個木桶子，你去裝些水，直接用手輕輕潑在土壤裡就行了。」
我按照茉莉說的，把桶子加了水，開始潑了起來。
「其實還蠻好玩的，我從來沒這樣灑過水，以前都是直接拿壺子澆上去。」
「下個月就能採茶了，屆時我們三人再一起來，採茶更有趣。」
「那到時候還請慧寶林好好指導我們囉。」
「哎呀姐姐，別這樣叫我，我聽了不習慣，還是直接叫我名字就行了。」茉莉害羞了。
「慧寶林、慧寶林、慧寶林。」楊巧萱故意連續喊了好幾聲。
「姐姐，你快點潑楊巧萱，把她弄濕。」
「好啊，你別跑！」我在棚子裡追著巧萱，茉莉則在一旁看得不亦樂乎。

（隔天清晨，御極殿）
「朕已擬定於十月十日前往熱湖行宮，為期十天，朕不在京城的這段時間，由吏部尚書俞振國、兵部尚書李忠共同監國，若有無法決斷之事，四百里加急送至熱湖，待朕批閱後寄送回京。」
「啟稟皇上，老臣有本要奏。」
「王愛卿請說。」
「今年大寧帝國五穀豐登，各省稅收目前已高達三千五百萬兩白銀，然而錦州、宏州、諒州、佟州等西北四州因乾旱，稅收未達去年標準，臣懇請皇上減去四省百姓賦稅，以慰民心。」

「朕准奏，免去四州今年一切賦稅，敕令河廣總督陳永嘉調集糧米，運往西北賑災。」

「老臣尊旨。」

「下周便是祭天大典，太常寺卿、欽天監正，你們盡快預備好章程送上來，退朝！」

「吾皇萬歲萬歲萬萬歲。」

下朝後，皇上返回養心殿處理政務。

「皇上，這次去熱湖行宮的人選，您決定好了嗎？」曹公公問。

「傳旨，今年由皇后、麗妃、溫妃、俞才人、楊采女、莊采女一同隨行。」

「奴婢這就去辦。」

「你待會去向慧寶林要些玫瑰花來，順便去太醫院取些鎖陽、肉蓯蓉、鹿尾羓，你把這幾項藥材拿去燉，朕這個月每天喝，還有，此事不准讓任何人知道，否則我就要了你的腦袋。」

「奴婢這就去辦。」曹公公急忙地趕去太醫院，還把太醫都支開了，要知道這幾項藥材可都是用來壯陽的。

下午，我正忙著下廚，因為茉莉她們說好今天晚上要來吃我做的菜。

「秋月，你幫我把這把白菜洗一洗，春桃，把這蘿蔔的皮削了。」

我快速地炒了幾顆蛋，還加上西紅柿，蒸了一條石斑，炒了一盤豆豉香菇，熬了一鍋排骨湯，待蘿蔔削好皮切塊就能丟進去了。

「主子，白菜洗好了。」我把白菜扔進鍋，配著蒜頭炒，廚房頓時充滿一陣香氣。

「主子，蘿蔔也削好了。」

我拿起菜刀把蘿蔔一一切成塊。

「湯滾了，秋月你幫我加一碗冷水。」

「嘶！」我一恍神，不小心切到了手指。

「主子怎麼了？啊！主子你流血了！春桃，快去叫太醫。」

「秋月，你幫我把上次溫妃給的金創藥拿來，再拿捲繃帶就好，這點小傷用不著太醫。春桃，把我剛才切好的蘿蔔放進排骨湯，蓋上鍋蓋。」我右手壓著傷口吩咐著。

很快地，秋月就把東西拿過來，替我包紮傷口。

「嘶！好痛啊。」上藥的時候我忍不住叫了一聲。

「主子，您下次可要小心啊，要是切的太深，把肉都切沒了怎麼辦？讓皇上知道一定會打死奴婢的。」

「抱歉，是我一時粗心了，下次我會小心的。」

「好了，這樣就可以了。主子您就先休息吧，剩下的我來做就行了。」

「那好吧，你們待會也小心點，別傷著了。對了，記得幫我把每道菜都盛一些送給皇上嚐嚐。」叮嚀完秋月，我就回房間躺了一會，沒多久，眼皮就開始打盹了，畢竟我從未時就忙到現在了。

（此時，芳蘭宮西偏殿）

「姐姐，下周就是祭天大典了，你看我穿這套雙林綾絹製成的菊花裳如何？這是我爹特別買來給我的，很好看對吧！」莊珮芸喜孜孜地問。

「雙林綾絹的衣服我家已經有好幾套了，都賞給我家的丫鬟了，你看這件香雲紗製的如何，這可是佛山的高級材料，得花半年才能織成一件，在外面值十兩黃金呢。」

「是嗎？還真好看。」莊珮芸輕聲說著，就離開王詩詩的宮殿了，她心裡非常不甘心，這套衣服可是父親攢了半年的俸祿才買到的，卻不如王詩詩家中的一個丫鬟。

「姐姐，芷若姐姐，醒醒！」茉莉搖晃著我的身子。

「嗯？現在幾點了？」

「姐姐，現在已經傍晚了，我們來找你吃飯了。」

「我們去客廳吧，秋月應該已經擺好菜了。」我揉了揉眼睛，伸了個懶腰，就往客廳走去。

桌上擺著一盤又一盤的料理，還有一鍋熱騰騰的蘿蔔排骨湯。

「好，那我們就開動吧，多吃一點，這可是我自己煮的。」

「是啊，我們家主子從下午就忙到現在呢。」春桃邊吃著炒白菜邊說著。

「這西紅柿炒蛋也太好吃了，口感滑嫩，酸酸甜甜的。」茉莉開心地嘗著。

「姐姐，你可真會煮，就連這條石斑魚也蒸的恰到好處，調味不會太鹹，保留了魚肉的鮮味。」

「怎麼樣，現在可相信我的廚藝了吧，這還有排骨湯呢，喝一碗吧。」我盛了一碗給巧萱和茉莉。

「姐姐，你的手指怎麼包著繃帶？」茉莉問。

「我切蘿蔔時不小心切到手了，沒大礙的。」

「該不會就是這碗排骨湯裡的蘿蔔吧？」巧萱問。

「是啊！所以今天這頓飯可是含著姐姐的心血，你們可要心懷感恩的吃。」我打趣道。

「姐姐，對不起，都是要給我們做飯才害你受傷了。」茉莉看著我，臉上表現著心疼與不捨。

「沒事，我們家茉莉最懂事了，看你們吃得那麼開心，我就很滿足了。」

「姐姐，我要再吃一碗。」巧萱一下子就嗑掉了一碗白米飯。

「好，你多吃一點，下次換你做甜的桂花糕給我吃。」

「知道了，下次換我大展廚藝了。你們好好期待吧！」

「下次你可別把廚房給燒了。」茉莉在旁說著。

「知道啦，安靜吃你的飯，下次包粽子記得裝料。」

「好了，你們別鬥嘴了，快吃吧，菜要涼了。」

「對了姐姐，這次去熱湖行宮你想做什麼？」巧萱問。

「應該就餵個魚、泡泡澡吧，爹爹有跟我說過，那邊有魚塘和大浴池。」

「真羨慕你們，我也想去行宮玩。」

「茉莉，我想皇上應該是希望你好好打理茶園，畢竟再兩個月就可以收成了，別想太多。」

「那你們到時候要來幫我忙喔。」

「好，姐姐一定去，但姐姐可否偷摘一些回去？」我故作調皮說道。

「一斤三百兩銀子，兩斤算你五百兩。」茉莉也配合著我開起玩笑。

「你這是奸商，我要舉報御史。」

我們三人逗著嘴，愉快地吃完了這頓晚飯，茉莉和巧萱還送了一串手工風鈴給我，在這深宮中有如此知己，幸哉！幸哉！

❖第七章　星心相印❖

隔天早晨，我盯著籠裡的小黃桃專心吃著飼料，這小傢伙看了就討喜，詩云：「燕燕爾勿悲，爾當反自思；思爾為雛日，高飛背母時，當時父母念，今日爾應知。」看著牠不免讓我想起爹娘，已經半年沒回家了，雖然每個月都有書信往來，但還是比不上親自見一面來的好。

「芷若，你還再看小鳥啊？」

「妾身給皇上請安。」

「免了，快起來，地上涼。」皇上扶起我。

「朕昨天吃了你做的菜，在配上你釀的竹葉酒，實在是人間美味，這世上的高級食材朕都嘗過，但你做的比任何山珍海味都好吃。」

「皇上吃的開心，就不枉費妾身的辛勞了。」

「坐下來，朕給你看一樣東西。」

皇上打開了鐵盒，裡面放著一枚鑲嵌著紅寶石的戒指，閃亮亮的寶石散發著迷人的紅光，想必每個女子看了都心嚮往之。

「朕這就替你戴上。」

我紅著臉，低著頭，害羞地伸出了左手。

「芷若！你的手怎麼了？」

我趕緊把手藏回背後，一時陶醉，都忘記昨天煮飯時切到手了。

「沒什麼，妾身只是不小心割傷了。」

「是不是昨晚做菜時傷到的？」皇上緊張地問。

「嗯。」我只是微微嗯了一聲，低著頭沒說什麼。

「朕看了好心疼，下次別再做了，朕吃御膳房做的就好了。」

「可是皇上不是喜歡這味嗎？」

「再怎麼喜歡，也都沒有比你來的重要，來，把手伸出來吧。」

我伸出手來，皇上輕輕地把戒指套進我的無名指。

「這就是朕送你的信物，你可要好好珍藏。」

「妾身定會好好珍藏，謝皇上。」我抱著皇上的肩膀，既厚實又溫暖。

（九月九日，祭天大典）

「大寧受命於天，斡旋陰陽、顛倒乾坤、日月同光，維神天資孝友，浩氣仁慈、四得俱備、三才立極，華辰謹具芹儀，三跪三叩、再拜再瞻、望聖垂恩、庇佑利泰，士民老幼，悉蒙恩佑，俯垂鑒受謹疏以聞，慶和十五年九月九日。」

皇上登上祭壇，文武百官於下跪拜，後宮佳麗俯伏於地，點聖火，祭天大典始開。

「欽天監正述言！」

「啟稟陛下，大寧乃風水寶地，國泰民安，萬邦歸順，然有一事，恐傷聖德，俞才人流年不利，生於酷寒，昨日觀星時，北斗星忽明忽暗，恐危社稷，應罷黜俞才人妃嬪身分，以保江山，望皇上採諫。」

監正此言一出，引起一陣騷動，有的官員極力支持，有的官員駁斥，有的靜默不言。

「肅靜！」皇太后開口，全場寂然無聲。

「皇上，星象乃是上天掌握，欽天監既然觀測北斗星有不祥之兆，皇上應納取其言，罷黜俞才人為庶民，以保我大寧社稷，否則恐傷聖德，波及百姓啊！」

「有理，有理。」官員們在底下紛紛說道。

「母后的意思，兒臣明白了，但在廢黜俞才人之前，朕有問題想請教國師和欽天監正。」

「監正，您剛才說俞才人之所以流年不利，是因為她的生辰在寒冬。」

「回皇上，正是如此。」

「可是就朕所知，皇后也是生於冬季，為何皇后就沒有這個隱憂呢？」

「回皇上，皇后在宮多年，又是皇上的妻妾，早已沾染聖上龍氣，命數已轉，不傷及社稷。」

「哦？國師的意思是朕身上的龍氣可以消災解厄？」

「是。」

「那朕就不明白了，這半年來，俞才人和朕幾乎朝夕相處，那她應該也會受龍氣影響，不會帶給大寧帝國厄運才對。」

「俞才人入宮不到一年，厄運尚未解除，固有憂患。」

「所以國師是說，朕的龍氣力量不足，無法帶給江山吉祥，即使俞才人天天都在朕身旁，也無法改變她的命數囉？」

「這……臣……」國師被皇上的言詞考倒了，若說是，那就是對皇上不敬，若說不是，那罷黜俞芷若一事便不能成，何況這還是太后的吩咐。

「皇上，國師和欽天監所言，也是為了社稷著想，寧可信其有，不可信其無啊！」太后在旁補充。

「那不如也請國師算算母后身旁的宮人以及常常圍繞在母后身邊的嬪妃，看看母后周遭有多少不祥之人，朕一律殺頭，如何？」

「你！」皇上這話可把太后氣壞了。

「既然母后不願意，那就說明俞才人衝撞社稷一事乃子虛烏有，朕就不採納欽天監的建議了。」

「皇上這話有理。」

「是啊，是啊。」官員們又開始竊竊私語。

「那祭天大典就到此結束吧。」

「禮成！」

（當晚，翠寧宮東偏殿）

「皇上駕到！」

「妾身田茉莉向皇上請安，吾皇萬歲萬歲萬萬歲。」

「田茉莉，起身吧。」

「謝皇上。」

「朕今日來找你，是想詢問花草一事，你送來的花果，朕已經派人送到月國試賣了，相信再過不久，花果茶就會受到月國的歡迎，然而其數量之多，恐怕你無法負擔，所以朕想請你把栽種的訣竅記載下來，讓翰林院編纂一部《花草栽記》，朕可派遣更多人力協助栽種，並將你的種植技術流傳於後世，你可願意？」

「能為大寧帝國奉獻，是妾身的福分，妾身定會協助皇上，還請皇上給妾身兩個月的時間，妾身寫完後便送交皇上。」

「好，你寫多少就先送多少來，這樣編輯速度也比較快，朕明日就升任你父親為翰林院掌院學士，從二品，充任《花草栽記》總編纂官。」

「妾身代家父謝皇上隆恩，皇上萬歲萬歲萬萬歲。」

（此時，建章宮傳來一陣叫罵聲）

「這皇上竟然連欽天監的話都不聽了，反而還把矛頭指向我，豈有此理！滿月，你說說，皇上是不是擺明了要跟我對著幹？」太后怒不可遏。

「太后娘娘息怒，皇上此舉確實是大寧歷朝皇帝所未有。」

「只要是有關俞芷若的事，皇上說什麼也不聽，難道真要逼我做出和當年一樣的事情嗎？」

「娘娘，請小聲點，純妃這事在宮裡可說是皇上的大忌，不可讓外人知道，聽聞這幾年來，皇上一直想追封張廷敬大人，就說明皇上對此事仍舊耿耿於懷。」

「一定要想辦法讓思卉誕下龍嗣，我李家的光榮和權勢，可不能就這樣白白斷送了。」

幾天後，巧萱說她終於做好了桂花糕，要我們去御花園邊賞茱萸邊吃。

「巧萱，我帶了春桃和秋月一起來，你不介意吧？」

「不會啊，人多一點比較好玩。」巧萱一向好客，喜歡熱鬧。

「春桃、秋月，還不快謝謝楊采女。」

「奴婢謝過楊采女。」

「好了，都坐下吧，我要打開囉。」巧萱一開盒子，桂花的香氣直撲而來。

「好香啊！不愧是我親自種的桂花。」茉莉也得意著。

「姐姐，你先吃吧，上次害你受傷了，就當作是聊表我的歉意。」

我心裡很高興，巧萱也長大了，知道禮尚往來，大家在後宮確實都成長了不少，連我也是。

「嗯！這桂花糕和你娘做的味道差不多，雖然有點甜，但還是很好吃。」我向他比了個大姆指。

「嚐起來真不錯，原來巧萱真的會做糕點，我佩服了。」就連茉莉也甘拜下風。

「如何？是不是可以拿去賣了，一塊一百兩，六塊算你五百兩。」

「呵，看你驕傲的，你和茉莉乾脆一同擺攤好了，兩個奸商。」

「姐姐也一起來吧，我們三人合夥開一間店，一同發財數元寶。」巧萱提議。

「主子的菜真的是人間美味，連皇上吃了也直呼讚呢。」春桃說。

「唉呦，你們三人又聚在這啊，難怪一進來御花園就聞到窮酸味，那是桂花糕嗎？是誰做的啊？看起來就不好吃，不如來我家吃金棗糕吧，一口可是要一兩白銀呢，喔齁齁！」

「春桃，掌嘴！」

「是，主子。」春桃走上前，對王詩詩打了一巴掌。

「你一個宮女，竟敢打我？」

「王詩詩，我上次已經跟你說過了，如果你還是聽不懂人話，就休怪我不客氣了。」

「你不過是受了點寵，就仗著皇恩欺負我們這些位份低的。」

「王寶林，你身為後宮嬪妃，應該要與姐妹們和睦相處才對。」茉莉說道。

「田茉莉，你吃了熊心豹子膽啦？這樣跟我說話。」

「王詩詩，田茉莉可是靠自己的能力，從采女升為寶林的，和你可不同。」我說。

「寶林？田茉莉什麼時候升了寶林？」

「就在你胡作非為、欺負弱小、無恥炫富的時候。」

「你敢這樣說我？俞芷若，我告訴你，我就算是用錢也要淹死你！」

「王詩詩，你放肆！」一個沙啞的聲音從我們後方傳了出來。

「爹？你怎麼會在這裡？」

「皇上召我到養心殿，沒想到在路上就聽見你的聲音。有你這種女兒，我真感到羞恥，都是……都是我把你給慣……慣壞了，我……」王尚書一時太激動，都快喘不過氣來了。

「王大人，您別激動，先坐下來喝口茶。」

「咳……你就是俞大人的千金吧？小女魯莽，頂撞了你，我在這裡替她道歉。」說完便向我鞠了躬。

「王大人，您別這樣，您是長輩，又是我爹的同僚，論輩份，應是我向您行禮。」

「王詩詩，還不快點道歉！」王大人急著說。

「哼！」王詩詩撇過頭，一個人走掉了。

「俞千金，對不住了，我這女兒真的是……唉！」王尚書無奈地嘆了口氣，默默離開了。

「王大人也真辛苦，這麼年邁了還要替女兒操心。」茉莉在一旁目睹了全程，不禁感慨了起來。

「王大人的身子沒事吧？他剛才好喘喔。」巧萱露出擔憂的神情。

「唉！以後我們看到王詩詩，能避就避吧，省得給王大人添麻煩。」

發生了剛才的事，大家也都沒了興致，我們也沒再談天說地，而是安安靜靜地把桂花糕吃完了。

（稍後，養心殿）

「臣王從義給皇上請安。」

「王大人，快請坐。」皇上命曹公公搬了張板凳來。

「今日召您，是想請您和張善存擔任西北欽差大臣，你們倆一同去一趟西北四州，看看災民們現在狀況如何，也避免有官員乘機發災難財。」

「老臣領旨，老臣明日就同張大人出發趕往西北。」

「王尚書，這塊玉令牌交給你，在西北辦事時，你們二人可以先斬後奏。」

「臣領旨謝恩。」王大人退下後，換曹公公進來了。

「皇上，藥燉好了。」

「這怎麼這麼苦啊？」皇上才喝了一口就開始嫌棄。

「皇上，古人都說良藥苦口，還請皇上忍耐些吧。」

「朕知道，希望這藥有用，不然母后三天兩頭就召我，公事都不用辦了，後宮的妃嬪，除了溫妃和幾個新進的，沒一個讓朕省心的。」

（十日後，宏州府衙）

「敢問二位大人來本衙是要做什麼的？」

「我們是朝廷欽差，專來巡視賑災狀況的。」

「唉唷，不知欽差大人駕到，下官多有怠慢，下官宏州知州趙孟甫拜見兩位欽差大人。」

「現在災民狀況如何？」

「下官已經設立五座粥場，給百姓施粥了。」

「好，皇上親自派我和王大人視察災區，現在由趙大人來帶路。」

一路上，災民們手拿著碗，排著長長的隊伍，等著今天剛煮好的粥。

「嗯！這粥還不錯，欽天監觀測，明年開春就會下雨了，乾旱就會緩解，百姓也能回歸正常生活。」

「皇上神武英名，順天應時，故蒼天才能降下甘霖。」趙孟甫說道。

「張大人，我們到那邊去看看。」

（此時，午門外）

鑾駕已預備，司樂吹簫奏鳴，鼓聲隆隆，百官站立。

「臣俞振國率眾官員恭送皇上，祝皇上南巡順利。」

「俞愛卿，朕離開後，這宮裡的事就交給你和李大人了。」

「臣一定不辱使命，還請皇上放心。」

皇上離開官員，走到了我身旁。

「芷若，依照禮制，朕必須和皇后共乘一車，你就和溫妃他們一起坐車吧。」

「皇上放心，溫妃娘娘待妾身極好，再說皇上貴為天子，凡事都必須依照禮制進行，方能以禮治國。」

「好，起駕。」皇帝上了轎，帝輦移動，儀仗圍繞，一群人浩浩蕩蕩地離開皇宮。

我和溫妃、巧萱共坐一車，我們邊吃著點心邊聊天。

「芷若，我第一次隨皇上南巡的時候也像你們一樣，開開心心在車上吃著酥餅，像是要去郊遊似的，真是令人懷念啊！」

「溫妃娘娘和皇上一同出巡過幾次呢？」巧萱問道。

「這已經是第八次了。」

「八次！溫妃娘娘，真羨慕您，聽聞熱湖行宮風景秀麗，又有白磚沐浴池，住起來一定非常舒適。」

「巧萱，其實皇上還有很多行宮，在豫州、金川、海南、瓊州都有，這熱湖行宮我也只去過一遍，大概是十年前吧，那時我和皇上還一起在池子打水仗呢。」

「姐姐，皇上也會打水仗啊？」看皇上平常的樣子，我還真沒想過他也愛玩水。

「當然囉，那時皇上也才十五歲，才剛親政呢，也算是個孩子。」

「親政？所以在這之前都是太后聽政嗎？」

「是啊，皇上十歲登基，太后攝政五年，以前南巡的時候，連太后也會一同跟著呢。」

「皇上真好，從小就去過這麼多地方，我除了金川和京城，哪兒都沒去過。」

「巧萱，其實皇上每年到行宮避寒，都還是會連夜批奏摺呢，皇上自己恐怕也沒多少時間能盡情的玩樂。」

就連待在行宮時也在忙碌，我想起皇上當時對我說的話，他說要完成先帝的託付，守護列祖列宗的江山，皇上如此勤政愛民，真的是發自於內心的，一般人大多認為當皇上是件樂事，卻不知九五之尊的背後，承擔著如此深重的責任。

才剛離開京城沒多久，鑾轎停了下來。

「怎麼停住啦？」溫妃探出車窗外，看了看前頭，原來是一個女子跪在儀仗前方。

「大膽！天子出巡，光天化日之下竟敢攔聖駕，來人啊！把他抓了。」隨著鑾儀使的口令，幾名侍衛就拉住了那名女子的肩膀。

「皇上！懇求您為民婦作主啊！皇上！」女子哭喊著。

「住口！把他拉下去。」

「慢著，發生什麼事了？」女子的哭喊聲驚動了皇上，皇上便下了車。

「稟皇上，一名婦人跪在地上擋住了聖駕，臣立刻把他拉走。」

「朕過去看看。」皇上走到了婦人面前，她衣衫襤褸，臉上滿是塵土。

「你是誰？攔鑾輿可是要被斬首的，你可知道？」

「草民知道，可是草民實在是走投無路了，我看到皇上的儀隊出巡，也只能賭上性命試試看，或許還有一線生機，大不了就是一死。」說著說著就哭了起來。

「你是從哪來的？」

「回皇上，草民是從宏州來的。」

「宏州？這裡離宏州將近一千里，你一個人來？」

「草民是從妓院裡逃出來的，宏州今年大旱，我爹娘好幾天都沒吃飯，眼看他們就快餓死了，我賣了自己給當地的富商當奴婢，卻不料那戶人家又把我輾轉賣給這裡的怡紅院。」

「宏州大旱的事朕知道，不過朝廷已經下令運糧賑災了，你怎麼還會挨餓呢？」

「回皇上，當地的縣太爺從來沒有發過一粒糧食給我們，說是朝廷的糧米還在路上。」

「你是哪個縣的？縣令是誰？」

「康軒縣，縣令是胡維鏞大人。」

「朕知道了，來人，找個地方把她安置了，另外，密奏王大人和張大人趕赴康軒縣。」

女子被帶離，皇上回到車上，眾人繼續起行，一路上路途顛簸，道路逶迤，我在車裡都快被晃暈了。

「姐姐，你要吃芝麻酥嗎？」

「巧萱你留著吃就好。」

「芷若，你是不是頭暈了？」溫妃向來觀察細膩。

「姐姐，這車搖搖晃晃，我快吐出來了。」我難受地摀著嘴。

「吃點酸梅干，會好一點。」

「謝謝姐姐，姐姐人真好。」

「我當年來的路上也和你一樣，甚至還跑出車外吐得亂七八糟的，是尹婕妤告訴我這個方法的。」

「姐姐，您和尹婕妤的交情很好對不對？」

「是啊，我跟尹婕妤從小就相識，別看她現在不苟言笑的樣子，她以前可是比巧萱還要活潑，我在乖乖背書時，她還跑給先生追呢，可惜啊！自從我上次跟你說的那件事後，她就變了個人。」

「巧萱，你之前說過你兄長是榜眼，那你爹也有請先生教你唸書吧？」我問。

巧萱一個人看著窗外的景色，還邊吃著芝麻酥。

「巧萱！」我用手戳了她的肩膀。

「蛤?叫我嗎？」巧萱這才回過神來。

「是啊，你一個人在發什麼呆啊？」

「喔，我只是在想晚上熱湖行宮會準備什麼菜而已。」

「呵呵呵！巧萱，你真的很嘴饞呢。」一向端莊的溫妃也被巧萱逗笑了。

「姐姐，她就是這樣子，我第一次邀請她來宮裡吃飯，她一人就喝掉半碗干貝鮑魚盅，連鱸魚都啃的精光。」

「噓！姐姐，家醜不可外揚。」原來巧萱還是會害羞的。

「巧萱，你可要好好珍惜芷若這個朋友，歷朝歷代的後宮裡，往往都是妒忌與紛爭，能赤誠以待的朋友可不多見。」

「謝謝姐姐，姐姐最好了。」巧萱頓時往我身上黏了過來，頭還靠在我的肩膀上。

「好了，你乖乖的別出亂子，姐姐一定好好保護你。」

「你們把東西收拾一下，我們快到了。」溫妃說。

一下車，映入眼簾的是一片氤氳薄霧，好幾座巍然的宮殿若隱若現，林葉葳蕤，彷彿置身於仙界。

儀仗收起，皇上和皇后下了車，皇上吩咐了曹公公幾句話，便獨自離開了。

「我們快走吧，姐姐這就帶你們去餵魚。」溫妃牽著我的手，走到一片大湖泊。

白鷺鸞矗立在湖面上，幾隻烏龜躲在湖畔的石子旁，清澈的池水中盡是鯽魚和羅漢魚，還有幾隻黑白相間的魚。

「姐姐，那黑白條紋的魚是什麼啊？」

「那是石鯛，蒸過後撒上蔥花再淋上蒜蓉醬油，很好吃的。」巧萱搶著回話。

「石鯛？我怎麼從來沒聽過？」溫妃說。

「我爹有個朋友是魚販，有次那魚販就帶了石鯛來我們家，他說這魚不常見，只有在非常清澈的水中才能生長。」

「芷若姐姐，我們來餵魚吧。」巧萱不知從哪裡生出一袋黃豆，我們三人就撒起豆子，看著魚群隨著豆子簇擁。

「溫妃娘娘，俞才人，楊采女，皇上已經為你們準備好寢宮了，請隨我來。」

我們尾隨著曹公公，來到了一座蓋著紫色琉璃瓦的宮殿，宮殿旁的木頭還刻著大大的「鸞鶯殿」。

「這就是你們三人的寢居，那奴才就先告辭了。」

「曹公公，請留步。」

「溫妃娘娘有什麼事要吩咐奴才嗎？」

「在熱湖行宮內，這座鸞鶯殿，可是僅次於皇后的宮殿，這真的是我們住的地方嗎？」

「回娘娘，皇上說您現在協理六宮，權勢僅次於皇后，故皇上安排你們住這裡。」

「我知道了，謝謝公公。」

宮殿內盡是金絲玉帛，一大張玻璃鏡台，好幾面畫著仙鶴的屏風，三張大大的床榻，上頭鋪滿了柔軟的棉花墊，幾張剔紅壽紋寶座，水晶、琺瑯、玉雕更是不勝枚舉。

「多虧了溫妃娘娘，我們才能住在這麼豪華的宮殿。」巧萱興高彩烈的說著。

「謝謝溫妃娘娘，妹妹們可是沾了您的光。」

「別這樣，你們太客氣了，我也是第一次住這。」

「哇！好舒服喔。」巧萱想都沒想，直接躺在床上。

「姐姐，我們來玩葉子牌吧。」我問了溫妃。

「好啊，我也好久沒玩了，都生疏了，巧萱你要一起玩嗎？」

「好啊！我這就來。」

「溫妃姐姐，每次我和芷若、茉莉玩遊戲時，都會賭東西呢。」

「賭東西？你們都賭什麼？」

「茉莉種的花、口脂、蠶絲被之類的，之前芷若姐姐還輸掉了一隻桃花髮簪呢。」

「妹妹，家醜不可外揚！而且你可別忘了，當初是誰害我輸的。」我露出了大大的笑容，睜大眼睛看著巧萱說道。

「有意思，那姐姐也跟你們賭一把，姐姐宮裡有支翡翠手鐲，誰贏了我就給誰。」

「那如果我們輸了呢？」

「那今晚你們就幫姐姐按摩、垂肩、揉腿。」

溫妃娘娘可真狠，竟然把賭注提升到自己身上了。

「好，妹妹接受。」巧萱一口就答應了溫妃的戰帖。

「我出這張。」

「那我打這張。」

出了好幾輪，大家手上的牌也所剩無幾。

「最後一張了，看我的。」我打出了一張八文錢。

「大捉小，我贏了。」溫妃在最後關頭出了一張九文錢。

溫妃可真是厲害，我小時候和爹娘、小香一同玩紙牌，可是從沒輸過。

「姐姐，你可真是厲害。」

「哈！寶刀未老，想當年我當太子側妃時，皇上總是輸我，後來就再也不跟我玩牌了。」

原來皇上也有這麼淘氣的時候，好勝心真強。

「姐姐今晚可以好好放鬆了。」溫妃捶了捶肩膀，看向我們。

吃完晚膳，我們三人就坐在宮裡聊著天，溫妃和我們分享了以前後宮中大大小小的趣事。

「嗝！」一個嗝聲大聲地傳了出來。

「妹妹，你這嗝也太誇張了。」我說道。

「這也難怪了，巧萱剛才吃了半盤紅燒肉，還添了三碗飯。」

「巧萱，我從以前就很好奇了，你每天都吃這麼多東西，不會鬧肚子就算了，為什麼身材還可以維持的這麼纖細？平常也沒看你在運動啊。」我問。

「我也不知道耶，以前我的食量也不大，但我十歲的時候生了一場大病，大夫說是我營養不良，我爹娘聽了，每天就餵我一堆東西，之後食量就變大了，而且還胖不起來。」

聽了還真是令人眼紅，我為了維持身材，可是每天都逼自己多動一點呢，吃不胖可真是一種福分。

「好了，姐姐也累了，剛才的打賭你們還記得吧。」

溫妃躺在床上，我替她捶著背，巧萱則負責捏腿，看著溫妃一臉享受的表情，還真是令人羨慕啊。

「姐姐，你平日在宮裡怎麼不請荷花幫你按呢？」

「其實這些宮女們都挺辛苦的，很多非必要的事情，我就不麻煩他們了，就像你對待春桃和秋月那樣。」的確，我也從沒讓他們替我按摩過。

「那白芍還真是可憐呢。」巧萱突然說道。

「白芍？你是說王詩詩的貼身宮女嗎？」

「是啊，之前我的宮女告訴我，白芍每天都要幫王詩詩捶背呢，一周七日從未間斷。」

「可是王詩詩家裡不是很有錢嗎？她之前還拿了兩顆大寶石來送我，她應該也賞過白芍不少東西吧？」溫妃問道。

「好像不是耶，聽說白芍什麼都沒拿過，每天吃的也都是王詩詩的剩菜。」

「剩菜？內務府不是都會供應宮女膳食嗎？」我相當疑惑，就算是宮女，也沒卑賤到只能吃主子的剩菜啊。

「這我就不知道了，不過這白芍可真苦命，如果分配到你宮裡，生活可就完全不一樣了。」

我幫溫妃按摩著，想起了當時在御花園遇到王大人的情景。

「溫妃娘娘，你認識王詩詩的父親嗎？」我問。

「認識啊，皇上當太子時，就常常請他到東宮來，問他治國方策，兩人偶爾還會一起下棋呢，皇上的棋藝就是被王大人鍛鍊出來的，他待我們這些太子妃嬪也很好，時常送東西來給我們吃。」

「可是這王詩詩怎麼就和他爹完全不同呢？為人刻薄又蠻不講理。」

「巧萱，你這話在私下講講就好了，畢竟她至少也是個寶林，還是要給她些面子。」溫妃提醒道。

「妾身知道了。」

「我記得王尚書的夫人很早就過世了，他家裡就剩王詩詩這個女兒，可能是因為這樣，所以太寵她了，讓她認為用錢就可以解決所有問題，愛之適足以害之啊！」

溫妃說的是，想起爹爹以前就教我「貧而無諂，富而無驕。」也幸虧爹爹的俸祿都是母親在管理的，我每個月也只能拿些碎銀，買些小東西，小時候我還會羨慕那些出手闊綽的千金大小姐，現在才明白母親和父親的苦心啊。

而此時的皇上獨自一人站在池邊，看著魚兒陷入了回憶……

「愛妃你看，這幾條錦鯉如何？是朕特別請專人去嵐國搜購的。」

「皇上，我們一同來餵魚吧。」

「皇上，您快來抓我啊。」

「愛妃別跑，朕今天一定追上你。」

「皇上，這是妾身用竹葉釀的酒，您喝喝看。」

「皇上您看，您摸摸我的肚子，他在跳動呢。」

「真的，他動了，朕好期待。」

「皇上，這玫瑰花好香啊。」

「那以後朕讓你每天泡玫瑰澡。」

「皇上……妾身先走了，還請皇上要好好保重龍體。」

「愛妃，不！愛妃！來人，快宣太醫！」

想著想著，嚴恆落下了淚珠，沾濕了龍服。

我和巧萱現在正按著溫妃的腰，手都快發痠了。

「叩！叩！」有人敲了門，我們出去看了看，原來是曹公公在門外。

「俞才人，皇上找您呢。」

「姐姐，我去去就回來。」

「嗯，趕快去吧，別讓皇上久等了。」

和溫妃說完話，我就跟著曹公公走了。

「姐姐，別走啊！你走了，誰來幫溫妃按摩啊？」我在遠處都還聽見巧萱的呼喊。

「皇上，俞才人到了。」

「知道了，你先回去殿裡吧，朕替你準備了溫羊奶，快去喝吧。」

「唉喲！奴才謝謝皇上。」聽聞有羊奶可喝，曹公公開心地走掉了。

「皇上，都這麼晚了，您召妾身來有什麼事嗎？」

「你還記得朕七夕時送給你的那幅畫嗎？」

「當然記得，妾身可是好好珍藏著呢。」

「那你抬頭看一下天空。」

我抬頭，白天的霧散去了，熠熠繁星點綴著深藍的天空，一片銀河閃耀著，從未見過如此美景的我，仰天長歎。涼涼的秋風吹過，行宮裡亭台樓閣的檜木香飄散出來，像是大自然的禮物，看著這美景，我吟詩作對了起來。

「天階夜色涼如水，坐看牽牛織女星。」

「後宮佳麗三千人，三千寵愛在一身。」皇上對了我的詩詞。

「皇上，您這詩……」我含羞著，臉頰泛紅。

「芷若，朕召你來，不單是讓你看這美景，而是有話想對你說。」

「皇上想對妾身說什麼？」

「芷若，朕曾經在你宮裡跟你說過以前那位妃嬪的事，這幾個月朕想了很久，與其每日看著你留戀過往，不如忘記過去，重新來過。」

「皇上願意從過往中走出來，妾身替皇上開心。」

「芷若，你願意陪朕開創新的未來嗎？」皇上轉過身來，十指緊扣牽著我的雙手，含情脈脈，眼眸是如此的澄澈，他內心此時心懷的不只是國家百姓，而是一個屬於自己的幸福未來。

「妾身……」我的心怦怦直跳，心中千頭萬緒，腦海中浮現著一幕幕和皇上相處的回憶，從選秀那天見到他；陪他逛著竹林；開心地撒著魚餌；共飲竹葉酒；在紅燭下共枕眠；登上高樓賞著煙花，他把全部的愛都給了我。

「芷若，朕答應你，不論之後有多麼艱苦，貧窮或富足，健康或病痛，只要你願意，朕會用盡全力護著你，陪你度過每個春夏秋冬。」

「只要皇上不離，妾身終身不棄。」我撲向皇上的懷中，他用厚實的雙手擁抱著我，好溫暖，好有安全感，沒有其他人，只有星空與我們作伴。

回到鷺鷥殿，我看見溫妃一個人看著書。

「姐姐，巧萱人呢？」

「你走了之後，他幫我按沒幾下，就一個人泡澡去了。」

「姐姐，我可以問你一個問題嗎？」

「好啊，怎麼了？」

「純妃是誰啊？」

溫妃沉默了幾秒，闔上書本。

「你是從哪裡聽說這個人的？」

「是之前尹婕妤跟我提起的。」

「這是皇上心裡的疙瘩，還牽扯了很多人，其背後勢力之大，非你我能想像。」

「姐姐能告訴我嗎？」

「唉！皇上有曾經跟你提過什麼嗎？」

「皇上曾說以前有位妃嬪很像我，但皇上似乎沒能保護他。」

「看來皇上真的很信任你，知道這件事的人，後宮裡也沒幾個了，皇上也從來閉口不談。」

「皇上十五歲的時候舉辦了第一次選秀，當年入宮的除了之前的蘇婕妤，還有一個人就是純妃，他的父親是皇上以前的太子太師，之後還當上吏部尚書，皇上非常疼惜純妃，才短短四年，就從一個御女升上了主位，後來純妃懷上了龍嗣，但他的父親張大人卻不知發生了什麼事，莫名被貶到了郊外當知縣，純妃很難過，就這樣抑鬱而終，自此，就再也沒有妃嬪懷上子嗣了。」

「可是春桃曾經告訴我，皇上這幾年很寵愛麗妃啊，怎麼還會沒有子嗣呢？」

「芷若，這話你可千萬別在麗妃面前提及，這是麗妃心裡最深處的傷疤了，麗妃在當太子側妃時，就因為被下了紅麝而終身不孕了。」

「紅麝？誰幹的？」我大驚，竟然有人敢毒殺太子嬪妃，這在大寧帝國可是要被問斬的。

「是皇上的養母，也就是當今的太后，而且最可怕的是一直到現在連麗妃自己都不曉得兇手是太后。」

「怎麼會這樣？而且您說太后是皇上的養母？」太后待人雖然嚴厲，但我從未想過她連自己的媳婦都敢毒害。

「皇上的生母是先帝的貴妃，也是先帝唯一的兒子，我只知道在皇上很小的時候，皇上的生母就病逝了，先皇才把皇上過繼給當時的皇后，也就是現在的太后。」

「那太后又是怎麼毒害麗妃的呢？」

「當時麗妃貼身侍女的父親，是先皇在位時的鹽運使，他的父親透過走私海鹽而致富，卻不料被太后知道了，太后以此為把柄，要脅這名貼身侍女，才讓侍女鋌而走險，事情發生的當晚，麗妃大出血，而那名侍女也被抓到了，太后當場就把侍女關進死牢裡。」

「可是這事情，溫妃娘娘您是怎麼得知的呢？」

「因為我覺得很奇怪，那名侍女一向對麗妃忠心，和麗妃情同姐妹，我覺得事情不單純，就跑去牢裡找了那名侍女，侍女才把詳細經過告訴了我，過沒幾天，宮內就傳出侍女自殺的消息了。」

「可是太后為什麼要這麼做呢？太后不是一直很喜歡麗妃嗎？」

「我也疑惑，但自從我知道這件事和太后有關，我也不敢再繼續查下去了，也不敢向皇上表明。」

我想起第一次侍寢的隔天，春桃就告訴我芳蘭宮死了一名宮女，或許是因為這件事情，才讓麗妃再也不信任所有服侍她的人。

「芷若，你可知道我為什麼從不爭寵嗎？」

「是因為害怕樹大招風嗎？」

「除此之外，是因為在後宮裡，不論何時，都可能不小心得罪了人，明哲保身才是上上之策。現在皇上如此信任你，想必宮中的人都眼紅，可是皇上就算再怎麼保護你，難免還是有被蒙蔽的時候，就像麗妃被下毒的事一樣，皇上根本不曉得真正的事情經過。」

我頓時害怕了起來，全身顫抖著，不敢相信剛才聽到的所有事情，而溫妃則在此時抱緊了我。

「芷若，姐姐知道的就這麼多了，姐姐只能在旁保護你，盡量讓你避開危險，剩下的就要靠你自己了。」

我在溫妃懷裡哭了起來，她輕拍著我的背，替我分擔那沉重無比的恐懼。

❖ 第八章　糧沉急日 ❖

（三日後，宏州）

「王大人，這是昨晚收到的密摺，是皇上派人六百里加急送來的，您看看。」

王從義看著密摺，逐漸瞪大了眼睛。

「張大人，若這是真的，那我們幾天前看的粥場是怎麼回事？」

「也許這是宏州糧倉剩下的庫存，又或許是趙孟甫刻意隱埋了什麼。不如這樣好了，王大人今日仍隨著趙大人巡視災民，我快馬趕到康軒縣看看。」

「張大人，老臣建議您先隱藏身分，若真有不對勁，貿然行事恐怕會打草驚蛇。」

張善存騎著快馬離開了，而王從義則去了府衙。

「趙大人，您早啊。」

「疑？今天怎麼只有王大人您來呢？張大人呢？」

「他一大清早就去粥場幫忙施粥了，趙大人，今日我想去糧倉裡看看。」

「沒問題，下官這就帶您去。」

趙孟甫帶著幾個衙役去了糧倉。

「王大人，大寧有律，一次只能有一個人進糧倉，其餘的人都必須在倉外守著，您進去吧。」

王從義進到糧倉，架上堆著滿滿的糧食，拿起米粒來看，粒粒飽滿，確實像是河廣一帶種出來的。

（此時，宏州康軒縣）

「停下，你是誰？從哪來的？進來本縣又要做什麼？」兩個差役在城門口攔住了張善存。
「我是從豫州來的，我聽聞康軒縣有幾戶富商，想談些茶皂的生意。」
「那你的茶皂呢？怎麼什麼東西都沒帶？」
「回大人，小民今天只是去談談的，若是合同談成了，小民還得趕回去豫州運茶皂呢。」
「縣太爺有令，任何人都不能進去。」
「小民花了半個月才趕到這裡，這點銀子給二位爺喝點涼的，二位爺就讓小的進去吧。」
差役們用手秤了秤袋裡的銀子。
「好吧，快進去吧！」
張善存進到了康軒縣，城內可說是一片荒涼，再騎馬往前十里，終於聽到了民眾的聲音。
「爹，您別走啊！爹！」
「大人，您行行好吧，給小人一些食物，長黴的、餿掉的也可以。」
「娘，我肚子好餓。」
「唉……朝廷的糧米什麼時候才會運來啊。」
城裡傳來哭聲、喊聲、抱怨聲，小孩子都躺在地上，還有好幾個人跪在地上乞討，甚至有人挖起泥土吃了起來。
「先生，這裡發生什麼事了，怎麼百姓的生活如此悽慘呢？」張善存問道。
「這位客官，您是從外地來的吧？」
「我是從豫州來做生意的。」
「做生意？小人林四給您磕頭了，還請大爺賞些食物給小人吧，小人已經五天沒吃飯了。」

「這給你吃吧，但我有幾個問題想問你。」張善存從口袋裡拿出了兩片烙餅，那個人立刻就狼吞虎嚥了起來，不過一盞茶的時間，就把烙餅吃得精光，就連掉在地上的屑屑也不放過。

「大爺，您可是小人的救命恩人，您是佛祖轉世，大爺救命之恩，小人沒齒難忘。」這個人向張善存磕了好幾個響頭。

「快起來吧，你說你叫林四，那你上面是不是還有三個兄長？」

「有是有，不過他們都已經餓死了。」

「你快說，康軒縣到底發生什麼事了？」

「大爺，我們縣裡已經鬧飢荒好幾天了，朝廷發文說已經派人送糧米來，我們去找了縣太爺，縣太爺總說朝廷的糧米已經在路上了，叫我們回家等著，可是等了十天半月，都還等不到，我們縣已經死好幾十個人了。」

「你們縣裡有商人或富戶嗎？」

「有啊，就是陳大人他們家，他們家的老爺陳亮祖是位將軍，家裡富的流油呢，倉裡還有好多糧食呢。」

「那你們怎麼不去找他們要些食物呢？」

「這陳家公子可小氣的很，幾個人去了，馬上就被趕了出來。」

「不如這樣吧，你陪我去會會那個陳公子，我向他買些糧食分給百姓。」

「大人您可真善良，不過小人不敢去，陳公子可是霸道的很，上次還把人打傷了。」

「你就在我旁邊待著就好，什麼也不用說，事成之後，我再拿幾個包子給你吃。」

「包子？好，大人放心，小人這就跟您去。」

林四就這樣帶著張善存到了陳將軍的家。

「你們是誰啊?陳公子說了，要糧食一律不給。」

「我們不是要糧的，我們是來找陳公子買糧的，你看，我身上這金元寶應該購買幾石米了吧。」張善存從袖子裡掏出了元寶，金光閃閃。

「是這樣啊，那我去匯報一下公子。」

「大人，外頭有人要見您，說是來買糧食的。」

「買糧食?去，把他回絕了吧，本公子可不缺這麼點銀子。」

「大人，可是那人隨手一掏就是個金元寶，看起來不像是一般人家。」

「金元寶?好吧，讓他進來吧。」

傭人出去把張善存他們帶進府裡了。

「您就是陳公子吧?」

「我就是，聽說你想要買糧食是吧?」

「陳公子，我想跟您買個十石糧食。」

「十石?這位客官，您在唬我啊，十石糧食，你家有多少人啊，吃的了十石嗎?」

「外面好多人都餓著，我只是想分些給他們。」

「唷，原來是個大善人啊，行，你要幹什麼我管不著，但你願意出多少啊?」

「林四，現在康軒縣的糧價是多少?」

「大爺，我們縣裡一斗米已經漲到四兩銀子了。」

「這樣啊，一石米是十斗，這樣十石米是四百兩，我這金元寶一錠是十兩重，共值二百兩銀子，我給你兩個元寶就可以了吧？」說完，張大人就掏了兩個元寶放在桌上。

「這位客官，不是我要訛你，但在我這裡，用市價買可是行不通的，一斗至少得要十二兩銀子。」

「十二兩？」張善存聽完這價，眼珠子都快掉出來了。

「是啊，就是十二兩，少一分都不賣。」

「陳公子，您家這麼多糧食，您家也吃不完吧，這一斗米十二兩有誰買的起啊？」

「您不買就快走吧，要買的人可多的是。」

「是誰要買啊？」

「大寒帝國那兒就值這個錢。」

大寒帝國遠在大寧的北方，終年下雪，糧價確實很高，都是向其他國家進口的，但大寒帝國和大寧帝國自太祖以來就勢不兩立，朝廷明詔，大寧百姓不能與其接觸，違者須罰銅三斤。

「大寒帝國？」

「是啊，我爹爹就是用這個價賣給他們的。」

「可是朝廷不是說不能和大寒帝國有所往來嗎？」

「哼，也不就罰幾斤銅嗎。」

「你爹爹他是做什麼的啊？」

「你這土包子，連我爹你都不認得，他可是皇上指派的懷北將軍，十萬大軍鎮守漠北。」

張善存聽完立刻拿起匕首指向陳公子。

「說！你家老爺是不是偷運你自家的糧米到大寒帝國謀取暴利？」

「你這兔崽子膽子可真大，我爹可是朝廷大將，你這小子要是敢動我半根寒毛，我立刻就叫我爹宰了你。」

「宰了我？哈哈哈！你可給我看清楚這是什麼。」張善存拿出了皇帝的玉令牌。

陳公子看見玉令牌瞬間腿軟，身子朝後靠在牆邊。

「有這張令牌，本官可以先斬後奏，我現在就宰了你，把你的頭送去給陳將軍。」

「大人……別啊，我爹他……他只是負責賣糧米而已，大人，您放過我吧！」

「只是負責賣糧米？你的意思是還有其他人參與此事？」

「詳細的……您去問趙知州吧，我真的什麼都不知道了，大人饒命啊……」看他嚇的都快閃尿了，看樣子他是真的不知情。

「林四，跟我走。」

「草民不知道您是官老爺，還請官老爺饒命啊。」普通百姓可是從沒機會親眼看過玉令牌的，林四也嚇的跪在地上。

「你又沒犯罪，怕什麼？跟我走就是了。」

「草民聽大人的。」

（此時，熱湖行宮）

「妾身拜見皇上。」我和巧萱經過行宮中庭，恰好遇見了皇上。

「你們來的正好，看看這隻鯽魚。」

皇上左手拿著釣竿，右手還握著一隻剛釣上來的魚。

「這傢伙可好吃了，今晚朕給你們加菜。」

「皇上，這池子裡還有石鯛，皇上可否也釣幾隻給妾身吃呢？」巧萱問道。

「疑？你也知道這是石鯛啊。」

「回皇上，我和家父曾吃過一次。」

「原來是楊大人告訴你的，這也難怪，每次朕擺宴席的時候，楊大人都是吃最多的，有多的菜，朕還讓他打包帶回去呢。」

原來巧萱的食量是遺傳他父親的，我偷偷笑了一下。

「好，朕今日就順你的意，讓你們吃石鯛。」

皇上掛上魚餌，用力拋了釣桿，過不久，浮標晃動了。

「皇上，魚兒上鉤了。」

「芷若，你可要看仔細了。」

皇上用力拉起竿子，一條石鯛就順著釣線被拉出水面。

「皇上，您真厲害，一次就釣起來了」我說。

「楊巧萱，朕問你，這條石鯛該怎麼烹調才好吃。」

「回皇上，先用蒸的，再撒上蔥花，還有蒜蓉、醬油。」

「好，朕待會就吩咐廚子，按照你的說法做。」

「妾身謝皇上恩典。」

「芷若，你要不要也釣看看，朕教你。」

「可是妾身從沒釣過魚，怕是學不好。」

「沒關係，多試幾次就熟能生巧了。」

有了皇上在旁邊親自指導，再加上巧萱不斷的鼓勵下，我終於在半個時辰後釣起了一隻鯽魚。

「楊巧萱，你去找曹公公，跟他再拿些魚餌來，今日朕要多釣幾隻。」

「妾身這就去。」

巧萱離開後，皇上邊看著桶子裡的魚，一邊對我說。

「芷若，朕這幾天恐怕不能召你侍寢，太后要朕把機會讓給別人，朕答應你，過幾天就召你來。」

「誰能侍寢都是皇上決定的，沒有是天威，有則是天恩，妾身都聽皇上的。」

「好，有你這句話，朕就放心了。」

酉時，皇上召了皇后和妃嬪們一起用膳。

皇上和皇后端居高位，其他嬪妃則是在底下吃著，大家聊著天，喝著花茶，氣氛十分愉快。

「皇上，妾身為您倒茶。」皇后替皇上斟了一杯茶，並端給皇上。

此時，皇上突然站起身來。

「朕難得來熱湖行宮，今晚朕與眾位妃嬪同樂，大家盡量吃，待會還有石鯛，是朕今天親手釣的，也是依照楊采女的建議烹煮的，花茶是採用慧寶林栽種的菊花，這頓晚宴可說是朕與諸位嬪妃們齊心準備的。」

「妾身謝皇上隆恩！」

大家吃著喝著，宮人們把石鯛一一擺在每個人的桌前。

「皇上，您釣的魚可真是美味，妾身敬您一杯，願皇上龍體安康、長命百歲。」麗妃說道。

「好！有如此佳人，實屬朕之大幸。」皇上回敬了麗妃，麗妃喜形於色。

「皇上，妾身帶了木笛，自願表演助興。」莊采女說。

「你吹吧，朕聽著。」

莊珮芸知音識曲、品簫弄笛，笛聲充滿著快活的節奏，現場的氣氛又提升了一個檔次。

「好！上次在朕的生辰宴會上，莊采女就吹過這首〈龍鳳吟〉，曹公公，傳旨，莊采女才華出眾，賞珐瑯茶壺一把。」

「妾身謝皇上恩典。」莊珮芸興高采烈地接下賞賜，沒想到自己的表演能得到皇上的青睞，這也使他信心倍增。

難得脫離繁瑣的朝政，皇上今晚可謂樂不可支，當晚就召了皇后侍寢，接連幾日也召了麗妃、溫妃、楊采女、莊采女。

隔天中午，我想泡泡看這裡的白磚浴池，也可以好好獨處放鬆，就趁著巧萱睡午覺的時候，踏入行宮的浴池，池子裡放著薰衣草，熱氣蒸騰，我把肩膀浸在水中，囤積已久的疲勞頓時消融於熱水裡，我放眼望去，四處瀰漫的蒸氣中似乎有個身影，原來是莊珮芸。

「莊珮芸，你也來泡澡啦。」

「原來是俞才人啊，這裡的浴池可真大，我還是第一次泡這麼大的浴池呢。」

其實皇宮裡的浴池比這裡大的多，但莊珮芸好像從沒進去過。

「怎麼樣，泡著熱水澡，心裡也舒坦很多吧？」

「俞才人，上次你在御花園跟我說的話，我想了很久。」

「嗯？」

「祭天大典前幾天，我很開心地向王詩詩展示我爹給我買的新衣服，結果他說我的衣服是她家的丫寰在穿的，那時我終於明白，自己永遠比不上她，比了也只會更傷心而已。」

「不，在我看來，你已經贏過王詩詩了。」

「這話怎麼說？」

「你昨天不是靠自己的實力得到了皇上的肯定嗎？這是王詩詩用再多的金銀財寶都換不來的。」

「聽你這樣一說，我好像真的還有些長處。」

「肯定一點，你就是有自己獨特的優點。」

「俞才人，你……」

「我是認真的，說到音樂，我只會彈琴，笛子我可是一竅不通，我都想要拜你為師了呢。」

「笛子是我母親教我吹的，在我五歲生日那天，我母親買了一隻木笛給我，從此，我就每天練習，練了好幾年，才終於能吹順一首曲子。」

「這樣很棒啊，你勤學刻苦，如果昨天你爹娘看到你的表演，我相信他們都會以你為榮的。」

「我爹娘是真的很疼我，我父親雖然只是監生出身，但他也靠實力當上了工部郎中，我一直很景仰他。」

「那你更要打起精神來，回去讓你爹爹知道，你在宮中過得很好。」

「只是……這次皇上召了我來行宮，卻沒召王詩詩，我猜她肯定會對我發脾氣的。」

「若真是這樣，你就別理會她，對於她的酸言酸語置若罔聞，她如果傷害你，你來找姐姐，姐姐替你說話。」

「你還願意把我當姐妹看待?」

「當然，只要你願意。」

「嗯，謝謝姐姐。」這是莊珮芸第一次叫了我一聲姐姐，雖然他很害羞，但我可以感受到她是非常開心的。

「下次有機會再教姐姐吹笛子吧。」說完，我們兩人坐在浴池，相視而笑。

（當夜，宏州）

「王大人，我去了康軒縣，那裡的災民可是水深火熱，民有飢色，野有餓莩，但是在懷北將軍家裡，卻有大量的糧食，說是要賣給大寒帝國的，而且一斗米就能賣十二兩銀子，還聽聞此事和趙知州有關。」

「我上次也親自去了糧倉，可是裡面確實堆滿了河廣的稻米啊。」

「對了，我進城的時候聽侍衛們說，胡維鏞下令封鎖了整個康軒縣，外人根本無法進去。王大人，我目前的推斷是這樣，河廣的米確實運到了宏州，而且府衙附近的人家都領到了賑災糧，但是康軒縣除了陳將軍家以外，沒有半點糧食，而且胡維鏞也知道這事。」

「看來是這樣沒錯，林四，我問你，你們康軒縣是宏州最大的縣，那大概有多少人?」

「回王大人，大概有十萬。」

「張大人，我統管戶部，據我所知這次運來的糧米大概有六百石，宏州百姓有三十萬人，平均一人可以分到百分之二斗，所以光是康軒縣就能分到二百石糧食。」

「王大人，您去視察糧倉的時候有清算過裡頭有多少石米嗎?」

「朝廷規定，通常一次只允許一個人進入糧倉，我怎麼可能算得完呢。」

「王大人，我先假設，如果糧倉裡其實只有三百石糧食，撇開其餘的縣分到一百石，那你覺得剩下的二百石會去哪裡？」

「二百石當然是運到康軒縣了，等等，康軒百姓說朝廷的糧食還沒運到，難道這二百石全都在陳將軍家裡？」

「這就是我擔心的了，你想想，陳大人的公子說一升米可以賣到十二兩白銀，若兩百石全賣出去，那就是兩萬四千兩啊，就算是正一品官員的年俸，也才一百八十兩。」

「那我們要不要再去陳大人家看看，問問他們有多少石糧食。」

「你覺得陳家會跟你說實話嗎？而且也不知道他們已經賣多少石給大寒帝國了。」

「那張大人想怎麼做呢？」

「我想來個將計就計，先封了糧倉，算算裡面到底有多少糧食。」

「可是封糧倉是要朝廷明詔的，而且我們也不知道，究竟有多少糧食確實被發送到其他縣或粥廠了，我們就算點了數，趙孟甫也可以不認啊。」

「所以我們要套他的話，就說陳將軍和胡維鏞已經全招供了。」

「妙啊！妙啊！我們明早就出發，陳將軍人遠在漠北，他家公子就算要通風報信，一時半會也來不了。」

隔天早上，王從義和張善存帶了一票人馬趕到了糧倉。

「你們聽令，現在就給我把這糧倉封了！」

「是！」

「張大人，我們現在只要等趙孟甫趕來就行了。」

（同時，熱湖行宮）

「姐姐，我們等會再來玩葉子牌好不好？」

「蛤？我才不要，上次我們已經幫溫妃按摩按到精疲力盡了。」

「那怎麼辦，我好無聊喔，魚也餵過了，澡也泡過了，宴席也辦過了，我實在想不到還能做什麼了。」

巧萱繞在我身旁抱怨著。

「不然我們去找皇上玩吧。」

「皇上現在應該還在批摺子吧，而且是你也就罷了，皇上怎麼可能會和我一起玩呢。」

「放心，我有辦法讓皇上陪我們一起玩，順便把莊采女也找來。」

「莊珮芸？我才不要，他不是跟王詩詩一夥的嗎？」

「巧萱，莊珮芸的事回宮我再跟你們說，而且啊，這遊戲愈多人愈好玩。」

就這樣，我帶著莊珮芸和楊巧萱到了皇上的殿外。

「曹公公，我們幾個可以進去嗎？」

「是俞才人啊，可是皇上正在批奏摺呢，你們這麼多人進去，可是會影響皇上的。」

「那我一個人進去就好了，只要一下子就好，拜託了，曹公公。」

「哎呀，這……那好吧，俞才人您就進去吧。」

「謝謝曹公公，這牛軋餅請您吃。」

「珮芸、巧萱，你們兩人各自找個地方躲起來，快去。」

「妾身參見皇上。」

「芷若，真難得你會主動來找朕，」

「皇上，下個月的竹葉酒妾身還沒釀，您可否陪妾身玩個遊戲，若是皇上贏了，妾身下個月就釀兩壺給您。」

「那皇上就出來一下吧。」

「獎品是芷若親自釀的竹葉酒啊，這倒是挺吸引人的，朕陪你玩。」

我拉著皇上走出殿外，今日太陽格外刺眼。

「芷若，你要朕陪你玩什麼啊？」

「皇上，我們玩個簡單的遊戲就好，捉迷藏。」

「捉迷藏？以前朕常和麗妃他們玩呢，但朕可是很會躲的，這竹葉酒怕是喝定了。」

「不，這次皇上是要當找人的。」

「抓你一個人嗎？好。」

「不，除了妾身以外，皇上還必須找到莊采女和楊采女，這樣才算皇上贏了。」

「這麼多人啊？感覺挺難的。」

「皇上，竹葉酒可是得來不易的。」

「好吧，朕就陪你們玩一局。」

「那皇上就閉上眼睛，數一百秒，妾身這就去躲了。」

我躲在牆角的樹叢裡，珮芸躲在池子後，過不到一刻鐘就被皇上找到了。

「芷若，看來朕是贏定了。」

「還有楊采女呢。」

「楊采女她應該躲在廚房裡吧。」

「看來皇上也鑾了解楊巧萱的嘛。」

可惜，廚房裡也沒有，皇上還找了花園、樹叢、各個角落，甚至連浴池也找過了，就是不見巧萱的人影。

「珮芸，你知道巧萱躲在哪嗎？」我悄悄在她的耳旁問著。

「我也不知道呀。」

過了半個時辰，皇上終究沒找到巧萱。

「這楊巧萱到底躲在哪?你們可不可以給些提示。」皇上也頭痛了。

「痾……皇上，其實妾身們也不知道楊巧萱去哪了。」我說。

「算了，朕認輸。」

「珮芸，我們贏了！」我向她擊了掌。

「竹葉酒……唉！」皇上嘆了氣，抬頭看了看天空。

「等等，芷若，朕收回剛剛那句話，朕贏了。」

「嗯?皇上，您沒找到巧萱呀。」

「朕找到了，你們抬頭看看。」

我和珮芸抬起頭，我目瞪口呆，楊巧萱竟然爬上樹了。

「楊巧萱！你是貓啊，哪有人躲在樹上的。」我對著她大喊。

巧萱這才從樹上爬了下來。

「怎麼樣？我很會躲吧。」

「楊巧萱，連朕都快找不到你了，你這身手也太矯捷了。」

「芷若，朕贏了，記得你答應過朕的話。」

這個下午，皇上看著我們三人笑了起來。

（此時　宏州）

「王大人、李大人，你們這是幹什麼？沒有皇上詔令，竟然就封了我的糧倉，我要上奏參了你們。」

趙孟甫氣沖沖從府衙趕了過來。

「趙大人，您別急，我們只是想確定一下，河廣的糧食是不是全部都運來了。」

「王大人，上回您不是看過了嗎，您也說那是河廣來的稻米。」

「不，趙大人，您沒聽清楚老臣的話，我是問糧食是不是『全部』都運來了。」

「既然如此，王大人就進去慢慢算吧，下官就在這等著，糧倉的收支一向都有造冊。」

「好，還請趙大人把冊子拿來，讓本官核對一下。」

「就在這兒，您倆慢慢看吧，要是查不出什麼東西，我就參你們。」說完，趙孟甫就找了位子坐下來。

「來人，開糧倉。」

糧倉依舊堆滿了糧食，張大人和十幾個差役在倉裡清算了一個時辰，才終於把糧食的數量算出來。

「王大人，倉裡共三百二十一石糧食，和趙孟甫給的簿子一樣。」李大人在王大人耳邊竊竊私語。

「怎麼樣，李大人，這糧倉可沒問題吧？」趙孟甫笑著。

「糧倉裡的數量和簿子上的紀錄一致，趙大人這差事辦得不錯啊，不過趙大人，我想問您，剩下的二百七十九石糧米去哪兒了？」

「張大人，這簿子上寫得很明白了，康軒縣分了二百石、府衙旁的粥場共四十石，康熹縣二十五石，楠揖縣和龍騰縣各七石。」

「康軒縣二百石是吧，你確定？」

「下官確定，我這還存了一份證明，可是有憑有據。」

「好，來人，把趙孟甫綁起來，扒了他的官服。」

「張大人，你可別太過分了，糧倉你也看了，冊子你也對了，你憑什麼抓我？而且我可是朝廷欽命的從五品知州，你擅自捉拿朝廷命官，該當何罪？」趙知州大聲斥責著。

「康軒縣的百姓，根本就沒吃到半粒米，你這二百石糧食怎麼會憑空消失呢？」

「張大人，這事您應該去問康軒縣令胡維鏞啊，糧米我可是都運過去了。」

「看來你是不見棺材不掉淚，胡維鏞已經招供，你夥同懷北將軍陳亮祖，將朝廷的賑災糧，以高價賣給大寒帝國，兩人各均分贓款，還逼迫胡維鏞配合你，將康軒縣全部封鎖，否則你就要把他的考績列為四等。」

「這胡維鏞在胡說八道，他分的最多……」趙孟甫說到一半就住口了，他驚惶，一急之下就中了計，直接把事實脫口而出了。

「這下你可招了吧，把趙孟甫帶到府衙，本官親自審問他。」

幾名侍衛就這樣把趙孟甫綁起來帶走了。

「帶人犯！」

趙孟甫一身踉蹌地跪在府衙裡。

「趙孟甫，本官現在審問你，康軒縣的二百石糧食終究是怎麼回事？你若從實招供，本官還可以替你說情，若是狡辯隱瞞，那你就是罪加一等。」

「回張大人，下官也是被逼的啊！」

「屁話，哪會有人被逼著拿銀子呢。」

「張大人，下官說的是真的，這賣糧的主意是胡維鏞策畫的，他只給了本官一千兩，其餘的都被他和陳將軍分走了。」

「你可落了什麼把柄在胡維鏞身上？」

「這……下官不好意思在這說。」

「這裡是府衙，有什麼事不能說的？快從實招來，否則本官就以你私吞賑災糧的名義上報朝廷。」

「好，我說就是了，幾個月前下官在路上看見了一名面容姣好的女子，就把她硬是帶回家了，還逼她和我睡了一晚，誰料……那名女子竟是胡維鏞的表弟媳……他就要脅我，把二百石糧食運給了他，並替他隱瞞，否則他就要告發我。」趙孟甫的聲音愈來愈小。

「趙孟甫，你自己身為知州，竟然逼良為娼，真是喪心病狂。」

「張大人，下官知道錯了，這一千兩銀子下官都沒動，還放在家裡，下官全部都願意歸還。」

「唉！胡維鏞可有跟你說明過詳細的計畫？」

「胡維鏞他說這二百石糧食，全都是要走私給大寒帝國的，他說事成後至少可賺二萬四千兩，就打算夥同陳亮祖把糧食賣出去，他說陳將軍鎮守漠北，離大寒帝國最接近，至於他是怎麼賣出去的，下官就不知道了。」

「那這二百石糧食現在存在哪？」

「回張大人，不是我刻意隱瞞，我是真的不知道。」

「來人，給他簽字畫押，先把他關進牢裡。」

之後，王大人派了幾名細作到陳將軍的帳內，才知道陳亮祖暗自以巡視邊疆的名義，偷偷派人把糧食運往大寒帝國，並給了士兵們五千兩銀子，事後打算將剩餘的一萬八千兩和胡維鏞均分，王大人便派人用八百里加急把奏摺送往熱湖行宮。

（當夜，熱湖行宮）

「俞才人，皇上召您侍寢，請您趕快準備吧。」

我踏進了行宮浴池，原本的薰衣草香換成了玫瑰花香，皇上自己一個人在泡澡，寬厚的肩膀靠在浴池旁，我慢慢脫下衣裳，先用腳試了水溫，身體才慢慢下去。

「皇上，您怎麼也來泡澡了？」

「你來了啊，這玫瑰花可香吧？是田茉莉種的。」

「皇上，您是不是特別喜愛玫瑰，就妾身所知，其他妃嬪泡的都是柑橘澡。」

「以前朕的愛妃最愛玫瑰花了，總是愛在御花園摘玫瑰，朕也就習慣準備玫瑰澡給他了，芷若，朕並不知道你喜歡什麼花，朕只好把她愛的玫瑰花賞給你，還是你喜歡泡別的花澡？」

「皇上，妾身沒有特別中意的花，皇上想送什麼就送什麼。」我輕聲道。

「可是朕想要親手製作你喜歡的東西給你。」

「皇上還記得當日在星空下對妾身說的話嗎?對妾身而言，花草也好、錢財也好、字畫也好，什麼都沒有也好，妾身只要有皇上的陪伴就滿足了，妾身不想讓皇上為了妾身特別準備什麼，畢竟睹物思人，皇上只要陪妾身好好享受每個時刻就好。」

我默默地幫皇上按著肩膀，殿裡空氣依舊溫暖，只有淙淙流水聲。

「野有蔓草，零露溥兮。有美一人，清揚婉兮。邂逅相遇，適我願兮。野有蔓草，零露瀼瀼。有美一人，婉如清揚。邂逅相遇，與子偕臧。芷若，能與你相遇，朕心願已足。」

「死生契闊，與子成說；執子之手，與子偕老。皇上，我們約定好了。」

皇上替我擦乾了身子，用棉被裹著我，把我抱了起來，我看著他氣宇軒昂的臉龐，安穩待在他的懷中，他將我輕放在榻上，自己脫下袍子，鑽進我身旁，摟抱我，結實的胸膛輕觸我的乳峰，皇上的雙唇沾上了我的口脂，這一夜，帳幕上身影交織、翻雲覆雨、肌膚相親、顛鸞倒鳳。

清晨，一縷陽光直射殿內，皇上替我穿上抹胸，換上新衣裳，淺淺的薄荷綠配上皎潔的肌膚，在陽光下顯得素雅不俗。

「今天就同朕用早膳吧。」

桌上並沒有水陸畢陳，只有兩碗蛋花粥，再配上一盤溜雞絲。

「芷若，來。」皇上盛了一匙粥，擺在我嘴前。

「皇上，妾身又不是小孩子了。」我臉紅，微微撇了頭。

我看著皇上仍舉著湯匙在我嘴旁，一直盯著我。

「那就一口。」我說。

我嘗了一口，皇上見我吞下粥，自己才開始吃了起來，在這清晨，只有鳥鳴、陽光、一碗熱騰騰的愛心。

我回到鸞鷺殿，巧萱還在夢周公而且打著鼾，而溫妃則在一旁磨著墨，揮著鼠鬚筆。

「姐姐，妳在畫什麼啊？」

「噓！不要出聲。」

「噗哧！」我看了溫妃桌上的紙，上面畫著一個女子，她躺在床上，睡相安詳。

「姐姐，這該不會是？」我用氣音說著，頭望向躺在床上的巧萱。

溫妃看向我，輕輕點了頭，原來溫妃姐姐也有調皮的一面，只是不為人知罷了。

我靜靜看著溫妃作畫，當最後一筆落下，楊巧萱正好醒來了。

「睡得真飽。」她左手揉著眼睛望向我，嘴巴還打了哈欠。

「姐姐，妳們兩人在笑什麼啊？」

「沒有啊，我們剛剛只是在聊天。」

「這樣啊，那我們一起吃早膳吧。」

「我們兩個早就吃過了！」我和溫妃異口同聲。

❖第九章　冰清玉潔❖

「啟稟皇上，這是從宏州八百里加急送來的。」

皇上急忙打開摺子，逐漸面有難色。

「恭請皇上聖安，內閣學士張善存，戶部尚書王從義上奏，宏州知州趙孟甫同康軒縣令胡維鏞與懷北將軍陳亮祖共同盜賣……其罪行重大，故請奏皇上聖斷，慶和十五年十月十八日。」

「傳旨所有妃嬪、鑾儀衛鑾儀使，即刻起駕回京。」

聽聞聖旨，眾人連忙收拾東西，皇上命鑾儀衛將儀仗撤掉，從輕從簡，快速回宮，不到四個時辰，鑾駕就抵達宮門。

「臣俞振國率各部堂官恭迎聖駕，吾皇萬歲萬歲萬萬歲。」

「俞愛卿，王大人和張大人回京了嗎？」

「回皇上，他們兩人已經抵達京郊，預計今晚就會到了。」

「傳令京城眾官員，明日朕要叫大起，延遲者罰俸一月。」

「臣遵旨。」

皇上吩咐完，就急忙朝著養心殿的方向走去了。

「俞大人，皇上怎麼了？出宮還不到十日就回來了。」禮部尚書問道。

「是啊，到底發生什麼事了？皇上今日看起來很急躁。」工部尚書說。

「我也不知道，不過看皇上的神情，明天早朝恐怕會有一場腥風血雨。」

當天晚上，曹公公來找我。

「俞才人，奴才來找您求救了，您快幫幫奴才吧。」

「曹公公，發生什麼事了？」我看曹公公跑得氣喘吁吁，一開口就是找我求援。

「皇上這會正在發脾氣呢，皇上氣到把養心殿的茶碗都給摔了，沒有人敢去勸阻，奴才就來找您了，您勸勸皇上吧，他再這樣生氣恐怕會傷了龍體啊。」

聽聞皇上大怒，我立刻趕到了養心殿，卻未見著皇上身影。

「胡公公，皇上人呢？」曹公公著急了。

「皇上往太廟的方向去了，還說誰都不許跟著。」

「曹公公，我去太廟找皇上，您在這稍等。」

「那就拜託妳了，俞才人。」

我趕往太廟，打開了一條細細的門縫，皇上竟然跪在牌位前大哭，這些牌位是紀念太祖、世祖、先皇的。

「父皇，兒臣辜負了您的期許，我愧對於您，愧對於列祖列宗啊！」

在外面聽著皇上的哭訴，我慢慢走了進去，跪在他旁邊，遞了一張手巾給他。

皇上轉過頭來，看見是我，立刻把頭撇了過去。

「俞才人，妳怎麼在這？」他背對著我說。

「皇上在哪，妾身就跟到哪，皇上跪著，妾身跟您一起跪。」

「這裡是太廟，普通人是不能隨便進入的。」

「那妾身就在門外等您，等您願意來找妾身。」

過不到半刻鐘，皇上就走了出來，眼眶還紅紅的。

「皇上，妾身想去頤和園，皇上願意陪妾身去嗎？」

「嗯。」

一路上，皇上什麼也沒說，我們靜靜的走著，佇足在蓮花池的小橋上，看著片片雪花落進池子裡。

此時，皇上開口了。

「芷若，朕是不是一個不稱職的君王？」

「皇上何出此言？」

「宏州的賑災糧被私吞了，餓死了好幾十個百姓。」

「怎麼會這樣？」

「當地縣令同朝廷大將相互勾結，朕卻渾然不知。朕無識人之明，才導致這樣的後果。」

「皇上，您別太自責了，大寧帝國將近五千萬名百姓，就連官員也有數萬名，皇上怎麼可能顧及到所有人呢？」

「朕一直競競業業，不敢有絲毫懈怠，卻還是發生了這種事，朕實在無法饒恕自己。」

「皇上，妾身問您，您還記得妾身有次為您做飯時傷了手嗎？」

「朕記得。」

「那皇上有因此責罰妾身嗎？」

「當然沒有，朕怎麼捨得責罰妳，何況妳是在為朕做事。」

「皇上既然不忍怪罪妾身，那妾身也不忍看見皇上將所有責任全都攬到自己身上，因為妾身知道，皇上每天都在為百姓勞累，皇上每日睡不到四個時辰，妾身看了也覺得於心不忍。」

「君君臣臣，父父子子，皇上已盡力負起一國之君的責任，朝廷忠賢不在少數，對於先皇也恪守孝道，如此，想必皇上在人民眼中仍然是位明君，在妾身心中更是。」

「芷若，那妳說，朕應該怎麼辦才好？」

「國有國法，家有家規，皇上應依律行事，方能豎立國家威信。」

隔日卯時，四品以上的文武官員都在御極殿外候著，太監用力地在殿外甩了三次鞭，示意朝臣恭迎聖駕。

隨著皇上的鑾駕進入殿內，眾大臣也魚貫而入。武官在右，文官在左，站在左側第一排的是六部堂官，其次是內閣學士，其後一律依照品秩排序，行三跪九叩之禮。

「今日叫大起，主要是因為前幾日發生的宏州賑災案，朕今日就當著滿朝文武的面處理這件事，張善存，你是欽差大臣，由你先說。」

「啓稟皇上，微臣與王大人奉命調查宏州康軒縣賑災糧一案，經審問後，主犯懷北將軍陳亮祖同康軒縣令胡維鏞勾結，欲將二百石賑災糧米私賣大寒帝國，以牟取暴利，高達二萬四千兩白銀，從犯宏州知州趙孟甫因逼良為娼，為胡維鏞要脅，隱瞞此事，詳細經過與證據皆已呈上，陳亮祖等三人已押解至刑部，還請皇上決斷。」

「王從義，你有什麼看法？」

「回稟皇上，臣以為陳、胡二人實屬貪贓枉法之輩，罄竹難書，而趙孟甫逼良為娼，亦是藐視朝廷王法之行，臣認為皇上應依大寧之律，嚴懲三人，以樹朝廷威信。」

「臣附議。」俞振國說。

「既然如此，懷北將軍陳亮祖、康軒縣令胡維鏞，弊竇多端，俱斬立決，父母兄弟妻子俱流徙荊古塔，趙孟甫身為朝廷命官，操守不佳，罪無可宦，廷杖三十，發還原籍，永不錄用。」

「皇上聖明！」眾人附和。

「啟稟皇上，臣有話要奏。」

「俞愛卿請說。」

「宏州百姓身陷水火，不可一日無官，還請皇上儘早指派新任宏州知州，以安民怨。」

「俞愛卿所言甚是，不知有誰願意舉薦新任宏州知州？」

「皇上，臣舉薦一人。」平常一向沉默寡言的田大人開口了。

「哦？田愛卿請講。」

「下官身為翰林院掌院學士，認為翰林院編修楊序祥足堪此任，他胸懷治國之心，操守廉潔。」

「楊序祥？是楊大人的兒子吧，當年殿試時，朕記得他的文章，其胸懷大志，為天地立心，為生民立命，才點了他當榜眼，他確實是個合適人選，傳旨，升楊序祥為宏州知州，明日即刻赴任。」

「此弊案能順利揭發，全仰仗兩位欽差，朕決定予以表彰，户部尚書王從義、內閣學士張善存皆加太子少保銜，加俸一年。」

「臣等謝皇上隆恩！」

隆冬時節，萬物蕭然，梅花獨自綻放，這日我突然來了興致，請莊珮芸來宮裡教我吹木笛。

「吹到這裡時氣要拉長，記得清角，手按緊。」

「這樣嗎？」我按緊笛孔，吐了一口氣。

「對，那我們再吹一次。」

我從頭再吹了一遍，花了半個時辰，我才勉強能夠吹完一首簡單的〈黃花〉。

「呼！我快沒氣了，你怎麼有辦法吹這麼久？」

「熟能生巧，多練習幾次就行了，而且你學得算很快了。」

「那我再吹一次，你幫我聽看看。」

我正要吹奏時，秋月告訴我，茉莉和巧萱他們來了。

「姐姐，我要不要先離開或是躲起來？」

「為什麼要這樣？」

「我之前這樣對他們，他們一定很討厭我。」

「你想和他們當好朋友嗎？」

「我想。」

「你只要誠心道歉，我相信他們會原諒你的，我也會站在你這邊。」

「秋月，讓他們兩人進來吧。」

「芷若，茉莉他爹爹寄了一盒孔明鎖，我們一起來玩吧！」巧萱說完，看見了坐在我旁邊的珮芸。

「莊珮芸，你怎麼在這？」巧萱沒好氣地說。

珮芸很害怕地抖了起來，我輕輕用手肘撞了一下他的手臂。

「巧萱、茉莉，對不起，我之前不該和王詩詩一起欺負你們，還逼你們下跪。」珮芸說完後還磕了一個頭。

茉莉沉默地向珮芸點了頭，而巧萱則是一臉不屑地把眼睛往旁邊瞥。

「哼！」

「巧萱，珮芸已經道歉了，你就看在姐姐的面子上原諒她好不好？」

「姐姐，他每次都夥同王詩詩嘲笑我們，你都不氣嗎？我想到就氣！」

「芷若姐姐，我看我還是先走好了，不要破壞你們的氣氛。」莊珮芸一臉失望地站了起來。

「珮芸，你先別著急，坐下來。」

「巧萱，姐姐知道你嫉惡如仇，知道你為人正直，姐姐也不認同當初莊珮芸的行為，但你記不記得，上次你和我道歉時，我也誠心接納了你，這次可不可以換你試著原諒珮芸呢？」

「唉！好吧，莊珮芸，我原諒你，希望以後我們能好好相處。」巧萱深呼吸了一口，才道出這話。

「好啦，事情不是就這樣解決了嗎？你剛剛說你們帶了孔明鎖，我們一起玩吧，誰解的最快，姐姐有賞。」

「真的嗎？是什麼？」茉莉聽到有獎品便興奮起來。

「嗯……贏的人可以聽我吹木笛。」

珮芸聽完笑了一聲。

「你會吹木笛？」兩人一口同聲問我，一副不可置信的樣子。

「姐姐，你確定嗎？」莊珮芸也悄悄問了我一聲。

「那不然這次換我提供獎品好了，贏的人我請他吃白糖油糕。」巧萱難得說要提供獎品。

「嗯！巧萱的點子很好，那就這樣吧！」茉莉急忙地點頭附和。

這兩人就這麼不想聽我吹笛子啊？好吧，此處不留爺，必有留爺處。

「欸，這要怎麼玩啊？為什麼我一塊都拆不下來？」巧萱拿起鎖來玩了半天，一個都沒解出來。

「你要先把這兩塊合起來，再把中間這根嵌上去，這塊再拔下來。」茉莉教他。

「可是這樣的話，就換這一塊拿不下來了欸。」

在我們熱烈討論時，莊珮芸已經默默把鎖拿起來，不出一刻鐘，就把整顆孔明鎖解開了。

「解開了，你們看。」

「你也太快了吧？比芷若姐姐還快。」茉莉讚嘆。

「嘿嘿，我爹爹在工部當差，對木頭的建造與拆解多少有些概念，他以前就曾經教過我該怎麼玩孔明鎖。」

「你爹可真厲害，我爹雖然是大理寺卿，但我連一次大寧法典都沒看過。」

「所以，我可以吃白糖油糕嗎？」

「嗯，願賭服輸，明兒給你送去。」

「欸，明天來幫我採茶啦，之前不是說好了，從行宮回來要一起幫忙。」

「好啊，不如我們先採完再去茉莉宮裡吃白糖油糕？」我提議。

「好啊，不過這顆解開來的孔明鎖該怎麼裝回去？」茉莉問。

此時我們都盯著莊珮芸看。

「我爹只教我拆，沒教我怎麼蓋，嘿嘿。」

聽完後，四人面面相覷。

（同時，芳蘭宮西偏殿）

「主子，您的甜點來了。」

「白芍，我不是說我要吃金棗糕嗎？你為什麼拿綠豆糕來？」

「主子，我們銀庫裡已經沒多少兩銀子了，再這麼花下去，日常生活的開銷都付不起了。」

「沒銀子？怎麼可能？前幾個月不是還有五百多兩嗎？」

「主子，您上次買的那件香雲紗衣裳就花掉大半的銀子了，還有您每個月都給內務府和曹公他們打點。」

「我爹這個月沒寄銀子來嗎？」

「主子，王大人已經兩個月沒有送銀子來了。」

「爹爹該不會還在為上次的事情生氣吧？真是的，不給我錢要我在宮中怎麼待下去啊！」王詩詩苦惱著。

「主子，請恕奴婢多嘴，您一個月的俸銀也才七十兩，奴婢覺得您應該要省著點花。」

「呸！我堂堂戶部尚書的千金，怎麼可能過那種拮据的生活，你給我下去。」

「奴婢遵命。」白芍嘆了一口氣，兀自退下了。

「看來只能去找莊珮芸借點銀子花了。」

（當晚，建章宮）

「姪兒給母后請安。」

「皇后快坐吧，滿月，幫我把那帖助孕茶拿出來。」

「思卉，這茶妳拿回去喝，早晚各喝一次，裡頭有生薑、甘草、當歸，可以調脾胃，補氣血。」

「謝母后，姪兒聽母后的。」

「去行宮這幾天，皇上應該有召妳過夜吧？」

「有，這次隨行的所有嬪妃，皇上都召過了。」

「嗯！皇上雨露均霑固然是好事，不過這下子競爭的人就多了。」太后喜憂參半。

「母后，有件事姪兒一直想問，母后對姪兒期許至深，倘若姪兒最後生出的是女娃兒該怎麼辦？」

「多試幾次，總會有龍胎。」

「是，姪兒先回宮了。」

在太后殷切的期許之下，皇后的壓力漸重，他剛剛其實不敢向太后道出實情，在行宮的日子，皇上雖召了他侍寢，卻未行敦倫之禮。

「娘娘，您還好吧？您的臉色好蒼白。」開口的是侍奉皇后的一等女官——翠兒。

「我沒事，只是身子有點不舒服。」

「要不要請太醫來看看？」

「不用了，翠兒，妳伺候我也已經十年了吧？」

「是，奴婢是慶和五年開始待在皇后娘娘身邊的。」

「妳說實話，妳覺得皇上對本宮究竟有幾分真情幾分假意？」

「皇后娘娘何出此言？皇上一直以來對娘娘十分敬重，心裡頭當然掛念著娘娘。」

「敬重不等同於真心啊，當年皇上娶我的時候，他也才五歲，你覺得五歲的孩子哪會懂什麼愛情，即使落花有意，流水也無情啊！」

「皇后娘娘，再過兩個月便是新春晉位大典了，今年您有想要提拔誰嗎？」

新春晉位大典，是大寧後宮一年一度的重要典禮，皇上會在此時大封六宮，世祖皇帝在位時，甚至有采女晉為才人的事發生，而皇后統管後宮，也有權力替後宮其中一位嬪妃晉一至二級。

「這事也真難辦，每到此時，總有不少人會來這兒討好本宮，麗妃跟蘇才人以往也屢次拜訪我，如果晉了某個人就會得罪另一票人，本宮也只在慶和八年的時候下過一次懿旨，讓張美人晉為婕妤，我看今年就像往常一樣，不發懿旨了。」

「皇后娘娘，奴婢認為您也該仿效麗妃，培養一些自己的心腹了。」

「這我也不是沒想過，不過溫妃一向淡泊名利，尹婕妤也總待在玉瑤宮中與世無爭，本宮就算想提攜，他們還不見得樂意。」

「娘娘認為今年新進的那幾個嬪妃怎麼樣呢？」

「這批新進的，最受寵的無疑是俞芷若，田茉莉也逐漸被皇上看重，楊巧萱和孫盈欣也是不慕榮利的，恐怕也只剩王詩詩和莊珮芸了，不過我瞧王詩詩那副德性，在後宮中應該也難成氣候。」

「所以娘娘是想提拔莊珮芸囉？」

「這事容本宮再多多思量，畢竟牽一髮而動全身，到時候鬧的後宮雞犬不寧可就麻煩了。」

沒幾日，京城被皚皚白雪覆蓋，天寒地凍，就連池子的水都已經結冰了。

「主子，今年寒氣特別重呢，您看窗外的積雪都一層厚了。」

「春桃，我可不准你溜出去玩雪喔，到時候染上風寒就不好了。」

「奴婢知道了，主子放心。」

我們依照約定，去茶園幫忙採收今年最後一批茶葉。

「茉莉，妳採茶就採茶，幹嘛偏要選在這大太陽時採呢？不是都說清晨水霧多的時候最適合採茶嗎？」巧萱問道。

「那只是以訛傳訛罷了，清晨時空氣中的水分太多了，這樣會影響茶葉發酵和走茶的品質。」

「看來皇上找妳編書還真是找對人了，妳不當園丁實在太可惜了。」我說道。

「茉莉，妳說這室內栽種的茶真的會好喝嗎？」

「我也不曉得，反正皇上也說過，試了總比沒試好。」

「這茶要怎麼採啊？」巧萱問道。

「我示範一次給你們看，用第一指和第二指夾住幼梗的中間，第二指向上稍微出力，諾，就摘下來了。」

「厲害是厲害啦，只是這片茶園只靠我們三人摘，摘到開春也摘不完。」我說。

「莊珮芸不是說要來幫忙嗎，我還為他做了白糖油糕，現在人呢？」

「興許是有事情耽擱了吧，我們先開始摘吧。」

我們三人便在這寒天下採摘著，還好有棚子阻隔，否則皮膚都要被寒風凍傷了。

「我已經採好一籃了。」

「我也是。」

「啊！」此時聽聞巧萱大叫了一聲，我和茉莉立馬趕了過去。

「巧萱，怎麼了？」

「姐姐，妳看，這裡好多蟲。」巧萱手指向了一片有蟲的茶葉。

「那個叫做小綠葉蟬啦，是種益蟲，茶葉被他咬過之後，就會散發如同蜜糖的香味。」

「我不敢摘啦，我最怕蟲了。」巧萱害怕地說。

「蛤？你不怕兔子不怕貓，連樹也敢爬，卻怕蟲子？」我問。

巧萱只是一直閉著眼睛不斷地點頭。

「好啦，不然你就去摘右邊那片好了，那兒蟲少，這裡讓我和茉莉來採。」

巧萱聽完就一溜煙跑離這了。

「原來楊巧萱也會有害怕的東西喔？」不只是我，就連茉莉也有點疑惑。

「也許他的膽子並沒有那麼大，只是害怕的東西不同罷了，我們繼續摘吧。」

太陽漸漸落下，一個時辰過去了，我們三人才摘不到一半，即使天冷，我們在棚內也滿頭大汗了。

「對不起！我來晚了。」莊珮芸這時才現身。

「你也太慢了吧！都幾點了？再晚一點我可把糕點全吃光了。」巧萱其實也是刀子口豆腐心。

「對不起，剛才有事耽擱了。」

「好啦，我們趕快摘吧，芷若姐姐，你可以教珮芸怎麼採摘嗎？」

「好，珮芸，我示範一次，你看仔細了，首先握住這裡……」

「你說像這樣子嗎？」

「對，然後把他放進籃裡就行了，別緊張，摘多少是多少。」

從午時忙到申時，在四人合力下，總算是把所有茶葉採摘完了。

「謝謝你們，之後我再請個宮人負責加工、曝曬就好，我們先回宮裡吧。」

「先把汗擦一擦吧，外頭涼，小心感冒了。」珮芸提醒我們。

大家筋疲力盡回到茉莉的宮裡，巧萱更是一進宮就直接趴在地上。

「我不行了，我不想動了，今晚我就住這了。」巧萱說。

「你要打地舖我是沒意見，但你小心著涼。」茉莉答。

「巧萱，你做的白糖油糕呢？」

「在我袋子裡，你們先拿吧。」

我從她包裡把東西拿出來，可能是剛才過度操勞，我們三人立刻津津有味地吃了起來。

「嗯，這糕味道不錯，巧萱你挺會做的嘛。」茉莉稱讚。

「巧萱，你也吃點吧，你應該也餓壞了。」

巧萱仍趴在地上一動也不動。

「姐姐，她怎麼了？」看見她這樣子，茉莉緊張了起來。

我湊近她的身旁，臉不紅，摸了摸額頭，也不燙。

「放心，她只是睡著了，可能她今天真的累壞了吧，畢竟這糕也是她今天親自做的。」

「呼！嚇我一跳。」

「茉莉，待會我請春桃把我宮裡那件蠶絲被送來，你幫她蓋上吧，以免著涼了。」

「姐姐！那不是我贏棋的賭注嗎？」茉莉對著我苦笑了一番。

「知道了，姐姐再買一件讓你賭就是了。」

「我開玩笑的啦，就給他蓋吧，以免到時得了風寒，我們還要照顧她。」

珮芸看著我們，似乎欲言又止。

「珮芸，怎麼了，你也累了嗎？」茉莉問。

「不是，我只是想要……算了，沒事。」

「哪有人話說一半的。」
「那我講了，你們不能笑我喔。」
「快點說吧。」
「你們可不可以借點銀子給我？」她的聲音比螞蟻還要小聲。
「銀子？怎麼了？」
「寒冬來了，我想要請織造局再幫我做件厚棉被。」
「可以是可以，但你最近是買了什麼嗎？怎麼缺銀子了？」我問。
「不是這樣，其實是今天中午，被王寶林借走了。」
「王詩詩向你借銀子？太陽打西邊出來了！」
「姐姐，她之前不是說要用銀子把我們淹死嗎？怎麼現在淪落到跟采女借銀子了？」茉莉講話雖然客氣，卻也記得當初被羞辱的場景。
「我也不知道是怎麼回事，但她之前對我這麼好，我也收過她不少禮物，現在也不好意思拒絕她。」
「她跟你借了多少？」
「她把我庫裡的二百兩銀子全借走了。」莊珮芸嘆了一口氣。
「你全部借給他了？」
「她一下子闖了進來說要借銀子，我也一頭霧水，我才剛打開庫房，她就全拿走了。」
「這哪是借啊？分明是直接拿走了。」茉莉不平。
「珮芸，你待會跟我回去，我借些給你。」我說。
「謝謝姐姐。」

大雪紛飛，寒風刺骨，今日是冬至，人人都待在宮裡不想出來。

「皇上，吃碗紅豆湯圓吧，今日是冬至呢。」

「嗯，放旁邊吧。」皇上不以為意，正專心看著翰林院剛編的《花草栽記》。

「這田茉莉還真有兩把刷子，寫的還真詳細，恐怕連種花的都比不過。」

「皇上，這御膳房還做了很多湯圓，要不皇上也賞賜給慧寶林一些吧？」

「嗯，你待會端幾碗給慧寶林和俞才人，也順便送一碗給太后吧。」

「奴才明白了。」

「等一下，你說今天是什麼日子？」皇上突然回過神來。

「皇上，今日是冬至，就連國子監的士子都在隆師呢，連田學士和俞大人都去了。」

「你待會順便把朕那件雪貂大衣送去給俞才人。」

「奴才遵旨。」

此時，我和春桃他們正待在寢殿裡玩葉子牌。

「七萬貫。」

「我這兒有八萬貫。」秋月說道。

「轉為八百子。」

「嘿嘿，我贏定了，這張是空蕩瓶。」春桃得意著。

「那可不一定，有人能壓過我這張嗎？」我打出了一張金孔雀。

春桃和秋月看了看手上的牌，全都搖搖頭。

「那就是我贏了，你們看，就連玉麒麟、半齾錢都在我這呢。」我亮出剩下的手牌。

「主子，您運氣也太好了，好牌都被您抽走了，再一局。」春桃嚷嚷著。

「俞才人，奴才能進去嗎？」殿外突然傳來曹公公的聲音。

「秋月，快去請曹公公進來。」

「俞才人，這是皇上賞您的紅豆白湯圓，還有一件雪貂大衣。」

「妾身謝皇上恩典，吾皇萬歲萬歲萬萬歲。」

「俞才人請慢用，奴才就先回去了。」

「曹公公，外頭正下著大雪，您坐下來喝點熱茶再走吧。」

「這樣啊，那奴才就承蒙俞才人的好意了。」曹公公坐了下來。

「曹公公請用。」春桃端上了一杯茉莉送來的鐵觀音。

「俞才人，這茶該不會也是慧寶林種的吧？」

「是啊，您怎麼知道？」

「不瞞您說，皇上正在養心殿看慧寶林寫的書，還嘖嘖稱奇呢。」

「茉莉知道了一定會很開心的，皇上也有送大衣給她嗎？」

「俞才人，這您就不知道了，這雪貂大衣是皇上二十歲生辰時，六部堂官一同獻上的，那些尚書、侍郎可費了好大把勁，才從北方各國買到雪貂皮呢，皇上拿到時可開心極了。」

「這麼貴重的大衣，皇上怎會賜給我呢？」

「俞才人，您平時待奴才好，奴才就跟您多說幾句，您就當作沒聽到，我估計，明年開春，您就有喜事了。」

「奴才就透漏到這，剩下的就請俞才人慢慢期待吧，奴才先告辭了，多謝俞才人招待。」

「喜事？怎麼說？」

傍晚，我吩咐了御膳房準備火鍋，在宮裡吃鍋取暖也是一大享受。

「哇，好暖活啊！」我端起碗來喝了一口湯。

「主子，這炸豆皮泡進湯裡還真好吃。」

「你們多吃點，秋月，這裡還有土雞肉。」我夾了一塊肉給她。

「奴婢謝主子大恩。」

「主子，您今天怎麼會想吃火鍋啊？奴婢第一次看見您叫火鍋來吃。」春桃問道。

「一到冬天，我們家就會煮火鍋，小時候我總會和我娘一同去市集採買，我還會纏著娘買糖葫蘆給我吃，一回到家就被我爹碎念了。」

「主子，您也愛吃糖葫蘆啊？以前我娘會在家裡自己做呢。」

「自己做糖葫蘆？也太有意思了，怎麼做啊？」秋月好奇。

「我們家就只是把些果子串成一串，然後泡進砂糖漿裡，放涼了就能吃了。」

「聽來不困難，不如改天我邀楊采女他們來，我們一起做吧。」

「好啊，我也有好幾年沒吃糖葫蘆了。」

「那朕也可以同你們一起做嗎？」

「奴婢給皇上請安，不知皇上駕到，還請皇上恕罪。」秋月和春桃一看見皇上來了，急忙下跪。

「不要緊，你們快起身吧！」

「謝皇上。」

「皇上，您怎麼每次來了都不出聲啊？嚇死妾身了。」

「朕想給你一點小驚喜啊。」皇上笑著說。

「皇上，您用過膳了嗎？要不要同妾身一起吃呢？也可暖暖胃。」

「好啊，既然是芷若煮的，朕當然要吃。」

「皇上、主子，那奴婢們就先告退了，還請皇上慢用。」秋月說完便站起身來。

「沒關係，今日你們就坐下來一起吃吧！」

「皇上！您乃真龍天子，賤婢怎能和皇上同桌呢？」秋月急忙說道。

「今天是大喜之日，朕就恩外開恩，讓你們一同享用。」

「這……」就連平時一派輕鬆的春桃也猶豫了。

「春桃、秋月，既然皇上都開口了，你們就領旨謝恩吧。」

「奴婢謝皇上隆恩。」

「皇上，今日不就是冬至嗎？為何說是大喜的日子呢？」

皇上這時從脖子上取下一串項鍊，把她放在我的手上。

「芷若，生日快樂！」

對啊！今天是我的生日，待在宮裡一段日子了，就連我自己都忘記了。

「原來今日是主子的生日，奴婢恭賀主子。」

「芷若，你仔細看看這項鍊。」

我拿起項鍊，是純銀的，中間還串著一塊玉珮，上面還刻著一個小小的「若」字。

「皇上，您這項鍊是什麼時候準備好的？」

「自從七夕那夜，朕就請人打造了，等著給你當生辰賀禮。」

「皇上，詩經云：『有匪君子，如金如錫，如圭如璧。』是在描述文采斐然的男子，這塊玉應該由您戴著比較合適。」

此時皇上又從袖裡掏出一個盒子，裡頭也是一串純銀項鍊，上頭亦有一塊玉，皇上將其戴上。

「朕這裡也有一串，你拿起來看看。」

我看著玉珮，上頭也刻了一個字──芷。

「皇上，您這是……」我靦腆地笑了。

「這串項鍊是朕的寶物，永遠都會戴在身上，朕知道你對稀世珍寶並不感興趣，但這是朕親自設計的，希望你會喜歡。」

「皇上對妾身的恩澤，妾身終身不忘。」

「既然你收了朕的禮物，朕也想要你的回禮。」

「皇上想要什麼？怕是妾身宮中沒有什麼珍貴的東西能獻給皇上。」

「不，你的碗中就有了。」

我的碗裡只有一塊嫩豆腐，而皇上則張開嘴巴，我會心一笑，夾起了豆腐，送入皇上口中。

「這禮物皇上還滿意嗎？」

「人生如此，夫復何求，足矣。」

「芷若，你進宮快一年了，這一年你都還適應吧？」

「皇上待妾身極好，又有楊采女和慧寶林陪著妾身玩樂，妾身在宮裡相當舒心，還請皇上放心。」

「你舒服就好，那麼朕還想要再吃一塊。」

我又從鍋裡夾了一塊香菇，吹涼後送入皇上口中。

「今兒皇上想吃什麼，妾身就煮什麼。」

「芷若，今晚有佳餚，有良人，若有美酒豈不是如同身處天上宮闕一樣快樂？」

「妾身知道了，皇上今日就和妾身喝幾杯吧，秋月，把酒拿來。」

今晚外頭仍是雪虐風饕，這座玉瑤宮中卻是日暖風和。

❖ 第十章　合親海宴 ❖

元月初一，京城皆是爆竹聲，後宮也掛上了桃符，妃嬪換上新衣，宮裡貼滿春聯，整個大寧國都一同慶賀新年大吉，每年初一，嬪妃們都會在頤和園內向皇上、皇后、太后拜年。

「妾身向皇上、皇后娘娘、太后娘娘道喜，願皇上、皇后、太后新春大吉！」溫妃領著我們向皇上跪拜，地上還鋪著絳色大毯。

「平身。」

「謝皇上。」

「今日乃新春大典，在皇后、太后、眾嬪妃的努力下，去年大寧後宮一片祥和，朕心甚慰，故此朕決定予以褒獎，特賜皇后白銀千兩、妃以上七百兩、才人以上五百兩、采女以上三百兩、貼身宮女三十兩。」

幾位嬪妃聽聞皇上今年特別賞賜，都開心地笑了起來，溫妃、麗妃兩人對視，也點頭互相祝賀，平時冷淡的孫御女也向我們微笑。

「謝皇上隆恩。」在場眾人齊身跪拜。

「宣皇后懿旨！」擔任大典司儀的胡公公，按著流程唸著。

眾人皆在底下竊竊私語，畢竟皇后已經有八年沒下過新春懿旨了。

「皇后有旨，采女莊珮芸言容有則，賦性安和，克勤於職，為六宮典範，著即晉為七品寶林，以示佳賞，慶和十六年元月元日。」

隨著懿旨頒布，眾妃嬪皆看向莊珮芸，就連她自己也受寵若驚，平日她也沒有特別做什麼，竟然能在眾目睽睽之下被皇后親自提拔。

「妾身謝皇后娘娘恩典。」

「宣讀聖旨！」

聽聞皇上的聖旨，大家開始緊張了起來，蘇才人吞了口水，她總是冀望著自己能恢復婕妤的位分，而王詩詩也是一臉期待著。

「奉天承運，皇帝詔曰：『朕惟教始宮闈，式重柔佳之範，尹婕妤尹欣彤於蘇才人一案，見義勇為、嶔崎磊落，授以金冊、金印，冊為妃，賜封號，德，賜居翠寧宮主殿；俞才人俞芷若，稟賦姿淑慧，佩詩書之訓、聲名芳於掖庭，授以金冊、金印，晉為婕妤，賜封號，安；慧寶林田茉莉尊於禮教，既為朕所佳許，且其所著《花草栽記》為翰林士子稱許，特晉為慧美人，賜居翠寧宮西側殿；楊采女楊巧萱雍肅持身、宜正恆序，晉為才人，賜居玉瑤宮東側殿，宣於後宮，咸使知悉，欽此。』」

「妾身謝皇上恩典，吾皇萬歲萬歲萬萬歲。」被晉位的妃嬪無不行禮。

「皇上，請等一下。」才剛布告完聖旨，太后就開口了。

「母后有什麼疑問嗎？」

「皇上，您晉俞才人為安婕妤、楊采女為楊才人，此舉不妥，請皇上三思。」

「母后覺得此舉有何不妥？」

「皇上，新春大典晉封嬪妃本屬正常之事，但您一次就晉了她兩級，甚至還讓楊巧萱升了三級，未免有些操之過急。」

「可是兒臣得知，世祖皇帝在位時就有采女升三級為才人的事情，朕此舉並非大寧先例啊。」

「世祖皇帝確實有這樣做過，不過皇上，俞芷若才入宮不到一年，您就封她為四品婕妤，恐怕不服眾人心意。」

「不服眾人心意？溫妃，你協理六宮，你覺得俞芷若平時操守有何不當？」

「回皇上，妾身雖與俞才人相識不久，但這一年她並無任何有失德行之舉。」

「皇上，妾身也以為此事不妥！」麗妃說話了。

「麗妃，你覺得有何不妥？」

「皇上，俞才人曾經在太后問話時頂撞太后，此舉失德。」

「就是啊，在場的姐妹，除了尹婕妤外，都親眼看見了。」蘇才人也抗議。

「針對此事，朕已詳查原因，太后當時不斷詢問楊采女，俞才人僅是回答了太后的問題，其所言也確為實話，朕認為此事並無不妥。」

「皇上，就算是這樣，大寧帝國也從來沒有新進嬪妃在一年之內就當上了婕妤啊。」太后又說。

「哦？曹公公，朕問你，大寧帝國有律法記載妃嬪必須入宮幾年才能當上婕妤嗎？」

「回皇上，沒有這條規矩。」

「既然沒有這條規定，那朕此舉也無不妥，俞才人升為安婕妤一事，照舊進行，大典繼續。」

在這之後，還有妃嬪獻禮、樂姬演奏的環節，太后都沒有再說過什麼話，但誰都能看出太后的不悅，而楊巧萱、田茉莉兩人則是喜出望外，至於尹欣彤雖升了主位，卻依舊面不改色。

「禮成！」

大典後，茉莉和巧萱正在因遷宮的事而忙得焦頭爛額，我就和秋月、春桃過去幫忙。

「姐姐，你怎麼來啦？」

「妹妹蒙皇恩搬入側殿，身為你的好鄰居，怎麼能不幫你呢？」

「就知道姐姐對我最好了，不過我也必須等德妃把東西搬離後，才能遷進去。」

「那我讓秋月到你宮裡收拾家當，我去東側殿幫德妃。」

「好，姐姐忙完後再來我宮裡。」

我踏進東側殿，只見兩個宮女在收東西。

「妾身拜見德妃娘娘，恭賀娘娘晉封。」

「咳……芷若，以後這虛禮就免了吧。」

「娘娘，您宮裡怎麼只有兩個人呢？這樣會忙不過來的，我帶了我的宮女一同來幫你呢。」

「這樣啊，不過姐姐也沒打算帶太多東西走，我只打算收走貴重物品和一些古書字畫，剩下的就留給妹妹們吧。」

「姐姐，您以後去了翠寧宮可要好好保重，慧美人也住那，有事情您可以請他幫忙的。」

「我知道了，芷若，這組七巧版給你吧，還挺好玩的，是當年我當太子侍妾時，皇上親自做的。」

「姐姐，這禮物您應該好好珍藏才是。」

「對我而言，很多東西都已經是身外之物了，主不主位的我不在意，能平平安安就好。」

「娘娘，以後我和溫妃娘娘會常常去看您的，您可要好好保重。」

德妃摸了摸我的頭。

「芷若，你現在已經是安婕好了，皇上賜你這安字，便是望你安康，你可要剛強一點，不要任人欺負了，尤其是那兩人，你在新春大典也看到了，他們當場抗議，其意圖已十分明顯，姐姐雖幽居深宮，但緊要關頭還是能照看你的。」

「謝謝姐姐。」

「那個叫莊珮芸的你認識嗎？」

「認識，她怎麼了嗎？」

「我只是有些好奇，皇后已經很久沒下懿旨了，他唯一提拔過的人就是純妃。」

「皇后娘娘跟那位純妃關係好嗎？」

「至少在純妃有身孕以前，兩人當時頗要好的，但他懷孕後，皇后似乎就不太搭理他了，唉！世態炎涼。」

「娘娘，東西都已經收拾好了。」

「知道了，立刻啟程，芷若，你再陪姐姐走一段路吧。」

德妃牽著我的手，往翠寧宮的方向走去。

「姐姐，你看那個站在花圃旁的人，就是慧美人了。」

「我們過去看看。」

「茉莉，你怎麼還這麼悠閒啊？不是忙著搬家嗎？」我問。

「姐姐，你看我這幾株百合還不錯吧。啊！妾身給德妃娘娘請安！德妃娘娘到來，妾身有失遠迎，還請娘娘恕罪。」

「姐姐，茉莉他父親是翰林出身，自小就養成這規矩了，您就多包容吧。」

「慧美人快起來吧，以後見到我，不必行如此大禮，就像你平常和芷若相處時一樣就可以了。」

「妾身明白了，謝娘娘。」

「你這百合種得還真不錯。」

德妃走向花圃，看著一朵朵百合花，陷入了回憶……

「太子殿下，你看這朵百合花，是我剛才去御花園摘來的。」

「嗯，尹欣彤，我知道妳好詩書，堪比東晉時的謝道韞，不如你就以這朵百合花作首絕句，說給本王聽聽。」

「禁城春色曉蒼蒼，花氣渾如百合香。萬歲千秋奉明主，南極老人應壽昌。」

「好！好一個南極老人，父皇若聽見你這詩，想必嘆為觀止。」

「太子殿下不如和我一同去外頭玩吧！」

「我也想啊，但先生要我把這本《禮記》背下來呢，先生不是也給你出了作業嗎？妳都寫完了？」

「那本易經那麼無聊，什麼八卦五行的我可沒興趣，先生不是說過：『子不語，怪力亂神』嗎？」

「哈，你這話被先生聽見，他恐怕又要追著你跑了。」

「欣彤，以後待我登基，便讓你當我的經筵講官如何？」

「殿下，您說笑呢，這事要被母后知道，不氣死才怪呢。」

「如今父皇龍御殯天，朕乃奉先皇之命登基，但願今後，能秉持先皇遺志，愛護臣民百姓，鞏固社稷江山，使大寧國祚亙古流傳，自本皇登基之始，為充實六宮，封李王妃為皇后，徐側妃為溫妃，梁側妃為麗昭儀，尹侍妾雖並非正式妻妾，然其才思敏捷，頗有見地，破格冊封為婕妤。」

「德妃娘娘，您怎麼了？」茉莉一出聲，打斷了德妃的回憶。

「沒事，我只是覺得你這百合雖不華艷，卻有高潔之姿，姐姐可否向你買幾株？」

「我這花兒多，姐姐想要什麼，開口便是，妾身立刻送去主殿給您。」

聽完這話，德妃微笑地點了頭。

「好了茉莉，你這花還是等你還宮完再照顧吧，再不收拾東西，天都快黑了。」我說道。

「知道了，我這就準備，姐姐可要來幫我？」

「當然可以，我們走吧，德妃娘娘，我和茉莉就先去忙了。」

「嗯，你們快去吧。」

我進到東偏殿，宮中還是一樣擺滿了盆栽。

「妹妹，你這盆栽可是越擺越多了，這要搬到幾時啊？」

「姐姐，你可以和楓兒一盆盆搬過去嗎？我負責整理我的寢室。」

「我知道了。」

我和楓兒就這樣來來回回了十幾趟，手都快痠死了。

「楓兒，你們家主子每天都在宮裡顧花種草嗎？」

「是啊，她一直粗茶淡飯，把剩下的銀子全都拿去採買珍奇花卉了，要不是皇上撥款，主子恐怕只能每天吃鹹菜配小米粥了。」

「你大可放心，美人一個月就有一百三十兩的月例銀，生活一定會更有品質的。」

「安婕妤，可是我家主子會不會還是省著用，到最後連百年老樹都買下來了？」

「茉莉做事一向有分寸，應該不至於這麼誇張。」

「但願如此，好啦，最後一盆也搬完了，我們回去吧。」

「姐姐，辛苦你們了，我這邊也快收好了。」茉莉拿著一個粗布袋，看來沉甸甸的。

「茉莉，你手裡那包是什麼東西啊？」

「你說這個阿，這是我前幾天剛買的火山灰土，這種土很肥沃，最適合種花了。」

聽聞茉莉又買了一袋土，楓兒一臉哀怨的看向我。

「妹妹，你愛種花我是不反對，可是你也對自己好點，買些好吃的東西來吃，你看你都瘦成這樣了，姐姐看了心疼啊。」

「既然姐姐都這麼說了，那好吧，楓兒，你拿十兩銀子去御膳房，今晚我們吃紅燒肉，再配上我自己種的橙子。」

「是，主子，奴婢這就去。」聽到有肉能吃，楓兒便開心地提著銀子跑走了。

「茉莉，我有個想法，如今你和巧萱都晉位了，不如明日中午，你們都帶上一名宮女，來姐姐這兒吃頓飯，好好慶祝一番。」

「這樣差不多要擺七雙筷，豈不讓姐姐破費了？」

「偶爾一次沒關係啦，再說日後你們宮裡恐怕就會多好幾名侍女了，楓兒服侍了你一整年，也當作犒勞她吧。」

「那妹妹就恭敬不如從命了，屆時我也帶些東西過去。」

「一言為定，那我先走了，我還得去看看巧萱呢。」

「姐姐慢走。」

回到玉瑤宮時我相當驚訝，楊巧萱已經把東西都搬進側殿了。

「巧萱，沒想到你動作這麼快，原本我還擔心你收不完呢。」

「姐姐，幸好有秋月和春桃幫襯，他們手腳靈活，很快就搬完了。」

「妹妹，明天中午，你帶上瀟瀟，來我宮中吃午餐吧，我還請了茉莉。」

「好啊，姐姐想要請我吃什麼呢？該不會是大蝦吧？」不同於茉莉的矜持，巧萱爽快地答應，甚至還自己點起菜來了。

「明天你就知道了，喔！差點忘記告訴你，你殿裡有些東西，都是德妃留下來說要給你的，可別亂扔啊。」

「難怪我房裡頭還有個琵琶，客廳裡也留了不少東西，我還以為是德妃忘記搬走了，這德妃娘娘人可真好。」

「是啊，日後見到她記得道個謝，我先回去了，你也早點休息。」

回宮吃完晚餐，我就一個人趴在床上，全身痠痛。

「秋月，你能幫我按按手嗎？我白天搬了好幾座花盆，手快斷了。」

「主子，這宮裡那麼多人，您怎麼就不多請一些人來幫您呢？」

「秋月，你和春桃還撐得住嗎？只怕日後事情還會更多，怕累壞你們了，也是時候再找幾個人來幫你們了。」

「奴婢沒問題，但凡主子做任何決定，奴婢都無任何意見。」

「不過之前春桃不是反對嗎？」

「春桃怕是不想讓主子的愛割捨給別人吧，她年紀小，心裡有些不成熟。」

「這樣啊，你有時間就多和她聊聊吧，我也會找機會跟她說明的。」

「是，奴婢承蒙主子厚恩，方能有今日，奴婢願一生效忠於主子。」

秋月一向是用最認真的態度替我辦事，才十三歲就能有如此成熟的心態，實在不容易。

隔天早晨，眾人依舊去太后那兒請安，不同的是，以往稱病不出的德妃也親自到場了，我也掛上了一顆東珠耳墜，插上了銀髮簪，這些都是昨晚內務府送來的，聽曹公公說，這東珠只有婕妤以上才能配戴，珠子也會依照品秩而有不同的數量。

「妾身給太后娘娘請安，太后娘娘萬福金安。」

「都起身吧，麗妃、溫妃，你們也都坐下。」

「謝太后娘娘。」

「自今日起，後宮裡又多了個妃，其中還有幾名被升了位分，安婕妤。」

「妾身在。」

「皇上如此看重你，許多人擋也擋不住，你現在可背負著更大的責任，可別一時迷糊就犯了錯。」

「妾身謹記太后娘娘教誨。」

我敢篤定太后娘娘說的「許多人」一定就是蘇才人和麗妃，恐怕就連太后娘娘自己也是。

「楊才人、慧美人，你們也是受皇上看重的，我知道你們幾個關係很好，但在後宮裡可不許有結黨之事，否則我絕對不輕饒。」

我心想：結黨？在你旁邊繞來繞去的麗妃才是結黨之人吧，您怎麼可能不知道呢？

「好了，你們都散了吧，德妃你留下來。」

「妾身告退，太后娘娘萬福金安！」

回宮途中，我和巧萱聽見樹下傳來王詩詩的聲音，便靜靜走過去，看見莊珮芸正在同她說話。

「你還不說！你究竟塞給了皇后多少好處？」

「我就說了我真的沒有啊。」

「笑話，你一個默默無聞的采女，若不是做了什麼手腳，怎麼可能躍升為寶林呢？」

「詩詩，我真的沒有，不信的話你可以去問問皇后娘娘。」

「哼！現在連你也敢搬出皇后來壓我了，原來你也像那個俞芷若，是個狐媚子，算了，你現在升了寶林，錢也多了吧？再借一些給姐姐可好？」

「詩詩，上次你借走的二百兩銀子都還沒還我呢，我庫裡現在只剩四十兩了。」莊珮芸嘀咕著。

「以後我一定連本帶利還給你，再借些給我吧。」

「我還以為是誰在這吵架呢，原來是兩位妹妹啊！」楊巧萱開口了。

「妾身莊珮芸給楊才人請安。」莊珮芸見是楊巧萱，便立即行了禮。

「王詩詩，你見了我怎麼還不趕緊下跪請安呢？」

「怎麼？不跪啊？莊寶林，把她的身子給我壓下來。」聽到這話，莊珮芸也為難了。

王詩詩惡狠狠瞪著楊巧萱，彷彿與她有著殺父之仇。

「慢著，楊巧萱，這事情由姐姐來處理。」

「王詩詩，你用不著跟我下跪，不過我想問問你，剛才你說我是狐媚子，你這話是什麼意思啊？」

「哼，像你這樣的奸佞，竟然能當上婕妤，真是德不配位，不是狐媚子是什麼？」

「我德不配位，是我失禮了，那敢問王寶林的品德又如何呢？」

「我？我跟你們兩人可不同，自然是四德皆備，你這不是自取其辱嗎？」

「四德所指，一曰婦德，二曰婦言，三曰婦容，四曰婦功。你不遵守妃嬪禮儀，仗勢欺人，豈能算是婦德？再者，你出言不遜，今日還隨意辱罵我，又怎能說是婦言呢？光是前兩項你都做不到了，何來四德皆備？自取其辱的又是誰？」

「好一個伶牙俐齒的『狐』婕妤，就算我四德不全，光是家產就能把你家買下來，這點你可不能否認。」

「我家府邸是皇上欽賜的，要買也得經過皇上同意，何況一個連二百兩銀子都還不起的人，還敢說這種大話，真是好笑，你還是秤秤自己的荷包有幾兩重吧。」巧萱在旁也順著我的話笑了幾聲。

「你們兩人現在可得意了，我去找太后，咱們走著瞧！」王詩詩氣急敗壞地走掉了。

「珮芸，沒事了，姐姐說過會幫你的，趕快回宮吧。」

「謝謝姐姐。」

「巧萱，你剛剛那招以牙還牙雖然厲害，但想教訓王詩詩這種人，還要靠這裡。」我指了指我的腦。

「芷若，你這招可夠狠，用聖賢之話對付他，無品無德的人最吃這套了，不過王詩詩怎麼會找莊珮芸借錢呢？」

「那日你在茉莉的宮裡睡得不省人事，自然就不知道這事了，依我看，是王尚書斷了他的金援，他平時就揮霍無度，現在恐怕也沒半點積蓄了吧。」

「妹妹，咱們不妨『幫幫她。』」

「好阿，說說你的主意。」

「讓她賤賣寶物，再把東西給莊珮芸，讓她體會一下平民百姓的生活如何？」

「唉呦，姐姐有時也挺壞的嘛。」

「走吧，陪姐姐去涼山亭下盤棋。」

中午，一夥人都聚在我宮裡，除了巧萱、茉莉、瀟瀟、楓兒，我還邀請了溫妃和荷花。

「姐姐，對不起我來晚了！」

「茉莉你快進來吧，溫妃娘娘也在呢。」

「妾身給溫妃娘娘請安。」

「不用拘束，今天是安婕妤坐東，你們應該謝謝她才是。」

「溫妃姐姐別這樣叫我，我還不習慣。」

「秋月、春桃，快把菜端出來吧，大家都餓了。」

兩人動作很快，桌上不僅有山肴野蔌，還有許多水陸之珍，香氣四溢。

「快開動吧，今天中午沒有分什麼主子奴婢的，快樂就好。」

「謝謝安婕妤！」眾人齊聲喊著。

「嗯，我在宮廷裡已經好久沒吃到這種野菜了。」溫妃蘸了醬油，將菜送入口中。

「姐姐，這盤不是奶油大蝦嗎？你怎麼知道我愛吃什麼！」巧萱興奮地說著。

「你都開口了，我能不準備嗎？」

「瀟瀟，你怎麼不吃啊？」巧萱看著自己的宮女手拿碗筷，卻遲遲不夾菜。

「奴婢在宮裡待十年了，還是第一次有人請我吃山珍海味，我不太好意思。」

「哎呀，別擔心了，春桃和秋月當初也是像你一樣驚奇，現在他們都習慣了，吃吃看吧。」她夾了一塊檸檬魚給瀟瀟。

「那奴婢就開動了。」她把魚放入口中，一臉滿足的神情。

「這道檸檬魚是我做的，看你吃得這麼滿足，我看了可真開心。」

「芷若，你的廚藝可真好！連姐姐的舌頭都被你征服了。」溫妃讚嘆。

「溫妃姐姐，芷若會做的可多了，她上次還熬了一鍋蘿蔔排骨湯呢。」

「茉莉，姐姐把你上次帶來的那罐鐵觀音泡給大家喝如何？」

「喔！姐姐，今天大家不要喝茶了。」

「不喝茶？難不成你也想喝竹葉酒？」我疑惑。

「才不是，你們看我帶了什麼來。」茉莉從她的袋子裡拿出兩個銀壺。

「這裡面裝什麼啊？」溫妃問。

「你們喝喝看就知道了，保證好喝，全天下的市集都買不到。」說完便給每個人都倒了一杯。

「這不是橙汁嗎？好甜呀。」春桃喝了一口就認出味道了。

「是阿，這橙汁是用我種的橙子做的，還是我親手壓的呢。」

「茉莉，原來你今天遲到是在忙著榨汁阿。」

「大家敬茉莉一杯！」我舉起茶盞。

「乾杯！」看著大家如此熱烈，茉莉也樂得笑呵呵。

「我還要一碗飯。」巧萱和楓兒同時開口，似乎餓了很久。

「好，姐姐今天煮了很多白米，不夠的話我再下麵。」

「主子，奴婢也能吃大蝦嗎？」秋月坐在我旁邊小聲問著。

「吃啊，瀟瀟和楓兒都吃了，你當然也可以吃，還記得我很久以前跟你說過的話吧。」我刻意對她眨了眼。

「奴婢謝主子。」秋月聽完終於放鬆了下來。

「芷若你也吃啊，別光顧著我們，今天你可是主角。」溫妃說。

「謝娘娘，那我也不客氣了。」吃著煎干貝，配上橙汁，此乃人間之樂。

半個時辰後，桌上的菜也都被掃空了，這時春桃站了起來。

「主子，我去廚房拿個東西。」

春桃急急忙忙從廚房跑了出來，手上還端了一盤東西。

「春桃，這糖葫蘆是哪來的？」

「主子，這是我做的，我之前不是同您說過嗎？」

「你什麼時候準備的？我怎麼都不知道？」

「當然是趁著您煮檸檬魚的時候，畢竟這可是秘密菜單。」

「這味道好像小時候在夜市裡買的。」荷花拿起一串嘗了一口。

「甜而不膩，果香濃郁，我們也敬春桃一杯，乾杯！」這次是溫妃開口。

「謝謝溫妃娘娘，謝謝大家。」第一次有人向她敬酒，不對，是敬果汁，春桃這下也害臊了。

酒足飯飽後，溫妃提議要玩遊戲。

「姐姐，您該不會又要玩葉子牌吧？妹妹這次可不敢奉陪了。」巧萱緊張了，甚至連手都在抖，想必行宮那場賭注，讓他記憶猶新。

「不想玩牌啊？好，那我們玩這個。」溫妃拿出了一盒地主棋。

「是地主棋啊，這我就不怕了，隨時奉陪。」

「芷若姐姐，這次我們要賭什麼啊？再賭一次你的蠶絲被。」

「茉莉，別賭什麼蠶絲被了，竟然要玩，那就玩大一點。」巧萱說。

「好啊，巧萱想賭什麼？只要是姐姐宮裡有的，我都奉陪。」

「最輸的那個人，要替芷若洗剛才大家用過的所有碗盤。」

「那如果我輸了怎麼辦？這碗盤有好幾十個欸。」

「要是姐姐輸了，姐姐就自己洗吧，而且不能動用春桃和秋月。」

這賭注也太大了，要用初春的冰水洗碗，這可是後宮酷刑。

「我先骰，太好了，是十二點。」巧萱一開場就擲出了最高點數，這運氣可真好。

輪到我，誰知我隨便一骰，出了二點，出師不利啊。大家也輪了好幾個回合，有了足夠的資金便開始置產了。

「是七點啊，秋月，繳過路費吧。」溫妃一臉得意。

「我要買這塊地，瀟瀟，別跟我搶。」

「我來抽張機會牌。」

「巧萱，上面寫什麼啊？」

「金川發生地震，放棄所有產業？我的天啊！」巧萱抱頭哀嚎著。

果不其然，這張機會卡決定了巧萱的命運，她以墊底的成績輸掉這局棋，而大地主則是溫妃。

「姐姐，你怎麼玩什麼都這麼強啊？紙牌也贏，地主棋也贏。」巧萱瞅了溫妃一眼。

「我可是全後宮最會玩遊戲的人，想當年皇上……」

「當年皇上也輸給你了，之後皇上也不陪你玩了，對吧？」溫妃還沒講完，巧萱就插話了。

「噗哧！」荷花在旁憋著笑，想必他也聽過這個故事了。

「巧萱，你是我肚子裡的蛔蟲啊？都能接我的話了，不過好像有人要負責洗碗盤喔？」

「好啦，我和瀟瀟留下來洗就是了。」

「妹妹別急，你剛才不是說不能動用宮女嗎？」換我說話了。

「主子，您加油，噗……奴婢先回去了。」瀟瀟也憋不住了。

「春桃、秋月，今天晚上你們可以偷閒了，還不謝謝楊才人？」

「奴婢們謝過楊才人！」

大家散去後，巧萱一個人留下來，洗了所有的碗筷。

「芷若，我洗完了，走囉。」

「巧萱，你先別急著走，過來這兒。」

「蛤？這裡怎麼還有一個大鍋子要洗？我不行了！」看到桌上的鐵鍋，巧萱直接倒在地上。

「是嗎？那你快回去睡吧，這紅豆紫米湯我就一個人喝完了。」

「紅豆紫米湯！在哪裡？」一聽到有吃的，她就立馬爬了起來。

「就在這鍋裡，我怎麼可能讓你做白工呢。」

「姐姐，你最好了，收我當乾妹妹好不好？」巧萱又黏在我身上。

「你在我心中早就是親妹妹了，趁熱快吃吧。」

我們兩人在一片幸福中享受甜湯，至於裝湯的大鍋子，當然還是由楊巧萱洗囉。

隔天中午，我吃午膳時，突然感覺一陣噁心。

「搗！」

「主子，您怎麼了？」

「我有事出去一下，你們先吃，我馬上回來。」

我到後院吐了一些早膳還有昨晚的紅豆紫米湯，早膳是御膳房做的，應該不會出問題，該不會是那包紅豆放久了吧？算了，這事還是別跟秋月說，到時又勞師動眾請了太醫，未免小題大作。

「嗯？桌上怎麼還剩那麼多菜，你們沒吃嗎？」

「主子，您也多吃一些吧，今天早上您也沒吃多少。」

「不了，我昨晚和楊才人喝太多紅豆湯了，現在還飽著，你們吃就好，我先回房了。」

我才剛起身，就聽見外頭來了一群人。

「奴才給安婕妤請安了，恭喜安婕妤晉封。」

「胡公公免禮，多虧有您的提攜，我才有今天。」

「哎呀！安婕妤過獎了，您現在可說是平步青雲，奴才在宮裡這麼多年，還沒看過有人這麼快就當上婕妤的，想必再過不久，您就能遷到主殿了。」

「胡公公過譽了，您今天來有什麼事嗎？」

「差點忘記了，奴才知道您宮裡只有春桃和秋月，但如今依您的位分，該是有六名宮人伺候了，安婕妤可要再選幾名？」

「也好，春桃和秋月平時也辛苦了，那我就選一個吧。」

胡公公帶我到殿外，外頭站了三排宮女，少說也有二十個人。

「奴婢給安婕妤請安！」所有人都跪在地上。

「快起來吧。」

「謝安婕妤！」

我打量著這些人，每個表情都差不多，眼睛炯炯有神，站姿優雅，面帶笑容。

我繞到最後一排，看見一個綁辮子的宮女，雖然面帶微笑，但是站得並不直挺，腿還發抖著。

「胡公公，她為什麼身子抖得那麼厲害？」

「回安婕妤，這宮女原本是伺候麗妃的，上禮拜辦砸了差事，就被麗妃責打了，還把她送回內務府。」

胡公公輕聲在我耳邊說道。

「這些被主子送回內務府的宮女之後都會怎麼分配呢？」

「這樣的宮女通常就不會再去侍奉其他主子了，大多都在內務府打雜，有些宮女還沒等到出宮，就病死在裡頭了。」

「我知道了，那就她吧。」我看向那名宮女。

「安婕妤，您確定要選她嗎？你不怕她把事情搞砸嗎？」

「人非聖賢，孰能無過？過來吧。」

這名宮女慢慢走上前，跪姿也不好。

「奴婢夏蓮給安婕妤請安。」

「從今以後，你就到我宮裡當差吧！」

「真的嗎？」她一副不可置信地看著我，而其他的宮女則開始碎動了起來。

「這安婕妤怎麼會選上她呢？」

「就是啊，誰不選，選夏蓮。」

「胡公公，其他人您就帶回去吧，夏蓮跟我進來。」

「是，奴才這就告退了，你們跟我走吧！」其他人心有不甘地離開了我的宮。

我帶夏蓮繞了一下玉瑤宮，再把她帶進客廳。

「夏蓮，左邊這位是春桃，右邊這位是秋月，以後你們就要一同生活了，要好好相處。」

「奴婢明白。」

「你們把桌上的東西收一收，我帶夏蓮去其他地方參觀。」

於是，我把夏蓮帶進寢室裡。

「主子，這不是您的寢殿嗎？為何帶奴婢來這裡？」

「你把裙子脫了，趴在床上，快點。」

夏蓮雖一頭霧水，但還是照做了，我看見她的臀部和大腿青一塊紫一塊，有些地方還滲著血。

「你在麗妃宮裡做錯了什麼，怎麼被打成這樣？」

「奴婢不小心把茶沖的熱了些，麗妃娘娘燙到了舌頭，就杖責我十下。」

「就因為這樣？沒別的了？」

「回主子，真的只有這樣，沒發生別的事了。」

這麗妃也太歹毒了，不過是茶燙了些，就把人打成這樣。我把溫妃送我的那罐金創藥拿出來，塗在她身上。

「這幾天你就躺在我床上休息，等你傷好了，我再讓你做事。」

「這怎麼可以，奴婢睡了您的床，那主子要睡哪裡？」

「我自有安排，你就別擔心了，好好休息吧。」說完我就離開了。

❖ 第十一章　從天兒降 ❖

一週後的某個中午，王詩詩到了建章宮。
「妾身給太后娘娘請安。」
「是詩詩啊，起來吧，好久沒和你聊聊了。」
「多虧太后娘娘的提攜，妾身才能有今天。」
「這是什麼話，像你如此孝順的女孩，這世上可不多見了。」
「就算妾身盡力孝順太后，還是有人看不慣妾身。」詩詩嘀咕著。
「喔？是誰啊？我替你說話。」
「就是安婕妤和楊才人他們，他們總是看妾身不順眼，上次還說妾身毫無婦德。」
「他們兩人還真是大膽，竟然仗著位分口出惡言。」
「還請太后娘娘為妾身做主啊！」詩詩用哭腔說著。
「你放心，有我在，他們定不敢胡來。」
「謝謝太后娘娘，妾身今兒帶了一對如意，還請太后娘娘笑納。」
「哎呀，這如意可真漂亮，是令尊送的嗎？」
「不，這是妾身攢積蓄特地買的，妾身自己有月例，總不能一直拿爹爹的錢。」
「嗯，令尊要是知道了一定相當欣慰，聽聞朝堂還有幾個大學士的缺，改日我向皇上舉薦一下。」
「妾身代家父謝過太后。」
「你還沒用膳吧，上次說好了要陪我吃飯，擇日不如撞日。」

「那妾身就謝謝太后的恩典。」

「好孩子，那我們就一同吃吧，滿月，把菜端來。」

大快朵頤後，王詩詩沾沾自喜離開了建章宮，她不僅倒打了俞芷若一把，還讓爹爹有機會升為大學士，可說是喜事連連。

「娘娘，您看這對如意，說白了不過也就二三百兩，和上次的佛像相比，可差多了。」

「大概是他沒銀子了吧，我就不相信王大人以前沒寄過銀子給他。」

「這就代表他現在已經沒什麼錢了，那王詩詩您還要留著嗎？」

「還是可以留著用，畢竟他都把俞芷若的把柄給抖了出來，這豈不是給了我藉口。」

「您相信王詩詩說的話嗎？奴婢倒認為，王詩詩避重就輕。」

「俞芷若善待嬪妃和下人，可是宮裡出了名的，就連我也不信她會刻意刁難王詩詩，恐怕是她自己太過跋扈，才引起了這件事，王詩詩的話有幾分真假，我也看得出來。」

「那您真的要提拔他父親嗎？這大學士的頭銜皇上可不常給，畢竟大學士就相當於宰輔。」

「這王大人一向不結黨，雖不能為我們所用，但是讓她占了大學士還有另一個好處，俞大人可是清流一派的領袖，皇上頗器重他，去年還讓他升了吏部尚書，去行宮時也讓他監國，只怕未來整個朝堂都是他的人了，與其讓他當大學士，還不如把這位子讓給其他人坐。」

「娘娘何不推薦李大人呢？他可是我們的人。」

「皇上這幾年羽翼漸豐，對皇室成員已經有所顧忌，我若在此時舉薦他，意圖豈不是更明顯了？我待會就寫信給李忠，讓他們幾個舉薦王大人。」

「那張善存呢？他可是俞振國的得意門生，才三十歲就當到內閣學士了，恐怕也是後患。」

「你可知道他這內閣學士的位置是怎麼來的？不過是皇上刻意提拔，想當作親信罷了，皇上這步棋也下得好，就算沒有了張廷敬，他兒子也能克紹箕裘，我們待李忠權勢更大後，再除掉他也不遲。」

「娘娘明鑒。」

傍晚，皇上召了我到養心殿，和我商討今年春花比賽的事宜，每年春天宮裡都會舉辦這賽事，看誰種的花最漂亮。

「東風吹，燕子歸，百花齊放，芷若認為今年的春花比賽要以什麼顏色的花為主題呢？」

「皇上，您和妾身討論主題，妾身豈不是作弊了嗎？」我笑道。

「反正朕本來就打算定你為第一。」

「皇上，可是您這麼做，豈不是又要招人閒話了？」

「也對，想必麗妃一定會不悅，不如就讓你當第三，第一、二名是誰就靠實力吧，不過朕覺得這冠軍十之八九也是田茉莉。」

「既然皇上都這麼篤定了，那主題是什麼顏色，妾身也就不用出主意了。」

「田茉莉確實是栽種花草的人才，這室內栽種也是打理得很好，禮教也是一等一。」

「據妾身所知，他父親是翰林院長官，所以特別要求她的言行舉止。」

「是啊，這些年田大人也辛苦了，當年他名列狀元，由從六品修撰當到了從二品掌院學士，是該好好表彰他了。」

「皇上，妾身明天下午想去看看茉莉的花園，皇上要不要一同來呢？」

「好啊，鮮花配美人，有何不好？」

（此時，玉瑤宮西側殿）

「秋月，你不覺得那個新來的夏蓮都在偷懶嗎？都已經一週了，也沒看見她做過什麼事。」

「讓他休息也是主子的意思，我們無權過問。」

「秋月，你都不會覺得心裡不舒暢嗎？我們兩人原本做得好好的，現在又多一個新人，豈不又要從頭教起了？」

「春桃，當初我們進內務府也是什麼都不會啊，還不是跟著胡公公慢慢學的？」

「我也知道，只不過我……」

「只不過你怕主子對你的好，會被夏蓮分掉了，對吧？」

春桃沒有說什麼，把眼光瞥開了。

「主子對誰好，是主子自己的決定，我們兩人現在能過得舒坦，豈不也是主子的恩典嗎？你有看過哪個奴婢能吃上大蝦嗎？」

春桃搖搖頭。

「所以主子對我們的好，從來就不減少，如今你卻因為一個新人而生了嫉妒之心，這樣和那些爭寵的嬪妃有什麼不同？」

「知道了，我不與他計較就是了。」

「我希望你能夠好好跟他相處，往後我們還要和他一起共事好多年，與其悶悶不樂，不如多一個好朋友，不是嗎？」

「你說的也對。」

（隔日卯時，御極殿）

「皇上，臣有本要奏，還請皇上俯允。」

「李愛卿有何事？」

「回稟皇上，如今大寧帝國在皇上的治理下，已經是繁榮鼎盛，然而朝中大學士之職已經缺空許久，臣推薦戶部尚書王大人，王大人這些年為朝廷辦事，盡忠職守，是眾朝臣有目共睹的，臣這裡有本奏摺，都是保舉王大人的。」

曹公公接下了摺子，交到皇上手裡，皇上看了名單，心裡若有所思：兵部尚書李忠、冀國公李信、工部侍郎孫大人、禮部侍郎江大人、直隸巡撫、直隸布政使，這幾個高官都是李黨的人，但是其中也不乏清流或未占隊的官員，禮部尚書、光祿寺卿、太常寺卿、國子監祭酒、幾名翰林院侍講、六科給事中也都在名單裡，這麼多人舉薦王從義，如果反對，恐怕也會傷及不少忠臣之心。

「王大人這幾年掌管戶部的確是勞苦功高、為人亦是冰清玉潔，傳旨，授王從義武英殿大學士，仍兼戶部尚書。」

「老臣謝皇上隆恩，為社稷粉身碎骨，在所不惜！」

「除此之外，朕另有旨意，田文靖。」

「微臣在。」

「這幾年你一直在翰林院任值，培育英才，撰寫文書，擔任科舉考官，最近又印刷了第一批的《花草栽記》，你的忠心朕一直看在心裡，朕決定予以褒獎，授爾吏部侍郎之職，仍兼翰林院掌院學士，賜玉製腰帶、錦靴、沉香木馬鞍各一副，白銀千兩，望你任用賢才，嚴懲貪腐蛀蟲。」

「能蒙皇上器重，是臣的榮幸，臣謝皇上隆恩，不過還請皇上收回銀兩及寶物，臣自小讀聖賢書，為國奉獻是臣的本分，而且臣也領了俸祿，這些俸祿都是百姓的民脂民膏，臣已知足，望皇上俯允。」

「田大人，你清廉正直、奉公守法，這朕知道，不過這銀子是特地獎賞你的，望你別推辭了。」

「皇上，臣萬不敢受此獎賞。」田大人跪下了。

「既然這樣，朕就把這白銀賞給令嬡，他在後宮忠心服侍朕，可謂虎父無犬女，朕相信她也不會因此恃功而驕、隨意揮霍，你覺得這樣如何呢？」

「這個……那臣就謝皇上了，還請皇上多多包涵小女，吾皇萬歲萬歲萬萬歲。」

皇上也知道田大人的性子，就換了個方式獎賞他，田文靖聽聞皇上也退讓了，便也不敢再推辭。

「無事就退朝吧。」

下午，皇上依照約定陪我到茉莉的花園賞景。

「皇上，您看這紅玫瑰如此艷麗，妾身想試著釀玫瑰花酒，您看可好？」

「玫瑰花也可以釀酒嗎？朕倒是沒聽過。」

「妾身也不敢保證能釀出來，只是想試試看，讓皇上換個口味。」

「既然這樣，那就試試吧，朕期待你能釀出美酒，讓朕痛飲一番。」

「芷若，你看這裡有梔子花，已經有些花苞了，他的果實和葉子可以做成藥，有瀉火除煩、清熱利尿之效，下個月再來看一定更美。」

「皇上也這麼懂花啊？」

「以前先生曾經教過我辨認植物，這梔子花就是他第一個教我的。」

「原來如此，搗！」我又反胃了。

「芷若，你怎麼了？想吐嗎？」皇上一看見我皺起眉頭就緊張了起來。

「妾身沒事，只是最近這周偶爾會有些反胃，應當是吃壞肚子了。」

「這怎麼行呢？快回宮，朕立刻請太醫院派人替你看看。」

於是皇上就陪著我回宮，過不久，太醫也進來了。

「院使大人，芷若說他最近常常反胃，是不是吃壞肚子了？你趕快幫他看看。」

「還請皇上稍安勿躁，安婕妤，請您把手抬起來，讓微臣檢查一下。」

太醫仔細把著我的脈搏，原本緊張的臉色逐漸紓緩了起來。

「皇上，這是喜脈，安婕妤有身孕了，恭喜皇上！恭喜安婕妤！」

什麼？我竟然有孕了？這也太晴天霹靂了吧！

「院使大人，您說的是真的嗎？」皇上也驚詫了。

「是真的，微臣判斷至少有三個月了。」

「芷若，這真是太好了，我們有孩子了！」皇上激動地握住我的手，還把耳朵湊近我肚子旁。

「皇上，才三個月，怎麼可能聽的到呢？」我笑了。

「院使大人，你是太醫院長官，還麻煩您先不要把這消息說出去，以後安婕妤的用藥、調理、吃食都由你親自打理，只要孩子平安誕生，朕就授你正三品銜敘用。」

「微臣謹遵皇上聖旨！」聽聞自己能連升四級，他開心的不得了。

「芷若，這幾個月你就盡量待在宮裡，朕下旨以你生病為由免了你的請安，也別告訴任何嬪妃。」

「皇上，這樣妾身不就和小黃桃一樣成了籠中鳥？這很寂寞的，可否讓楊才人和慧美人陪妾身，這樣妾身也開心一點，大家都說要有快樂母親，才有快樂孩子。」我用水汪汪的眼睛看向皇上。

「好吧，他們兩人我放心，但你記得提醒他們對外保密，我也會常常來看你的。」

「妾身謝皇上隆恩！」

「芷若，為了避免別人起疑，朕暫時無法晉你的位，朕只能命曹公公送銀子給你。」

「皇上，能懷上龍嗣，已經是上天給的恩惠，妾身是什麼位份都無所謂，就是金銀財寶也不要，只要能讓皇上安心就好。」我看著我的肚子說著。

「芷若，我相信這孩子將來會成為你我的驕傲。」皇上將臉貼在我的頸間，手指在我腰際來回摩挲著，語氣溫暖，這瞬間，我的心似乎融化了。

「主子恭喜！剛才我和秋月在廚房裡都聽到了。」

「奴婢恭喜主子，願主子能誕下健康的龍嗣。」

「以後還要請你們多多照顧我了，記得，噓！」我比了個手勢。

「奴婢遵命。」他們也用氣音回了我。

傍晚，曹公公親自送了五千兩給我，第一次看到這麼多錢，我眼睛都花了，就連爹爹一年也才拿一百八十兩回家。

「秋月，我這輩子恐怕做到死也賺不到這麼多銀子。」春桃盯著銀子，呆呆地說著。

「皇后娘娘的月例銀也才五百兩，主子一口氣就拿了皇后十個月的份。」

「秋月，以後我們是不是每天都能吃到大蝦了？」

「秋月，這五千兩銀子全部用櫃子鎖好，我們依舊過著婕妤的日子就好，一個月只花一百六十兩，要是過度招搖，恐怕惹人猜忌，尤其是王詩詩。」

「是，主子。」

「春桃，你待會去找楊才人和田茉莉，就說請他們明天來陪我下棋。」

（此時，芳蘭宮西偏殿）

「這御膳房送來的食物也太難吃了！白芍，你到底是怎麼打點的？」

「主子，您庫裡已經沒銀子了，上次和莊寶林借的二百兩都被您拿去買如意了，您為什麼不省著點用呢？」

「嘖！你懂什麼，這如意是要拿去送太后的，我未來的日子還要指望她老人家呢。」

「是奴婢愚笨了。」白芍無奈地認錯。

「上週不是才剛領月例銀嗎？」

「主子，那月俸也才七十兩，您前幾天已經買了一支……」

「給我閉嘴！你現在是嫌我位份低，銀子拿的少就是了？連管銀子都不會，我還要你做什麼？去外面給我跪著，不到三個時辰不准起身，去！」

白芍含著眼淚，默默走出去了。

「可惡，看來也只能賣一些首飾了。」

隔天中午，兩人赴約來找我了。

「姐姐，這次可是你先挑起戰端的，妹妹就不客氣了。」茉莉說道。

「姐姐，茉莉帶了他親手做的玫瑰露來，想當作賭注呢。」

「夏蓮，你把窗簾全部拉起來，把所有門關上，沒有我的允許，一個人都不能進來。」

「奴婢遵命。」

「姐姐，你把門窗都關了，這麼暗我們要怎麼下棋啊？」

「楊巧萱、田茉莉，我有正事要和你們商量，待會聽到我的話可要冷靜，這事原本只有皇上知道，是我開口，皇上才允許我告訴你們的。」

看見我這麼嚴肅，兩人也收起了笑容，湊緊我身旁。

「我跟你們講，昨天太醫……」

「懷孕！」楊巧萱太過震驚，不小心大聲了起來。

「楊巧萱，住嘴！」我一時緊張，便兇了起來，這還是我第一次叫別人住口。

「啊，對不起，我太吃驚了，嗓門就大了。」巧萱穩定下來。

「姐姐，那我們要怎麼幫你呢？」茉莉問我。

「陪皇上演戲，陪我演戲，這幾個月就當作我生了重病，有人問起，一律這樣應對，尤其是太后娘娘，她已經夠排斥我了，要是讓她知道，這後宮可就翻了，你們兩個可以來宮裡找我，但也都以探病為名義，我不捨得瞞著你們，所以你們謹慎點，就當是在保護我。」

「姐姐放心，我們知道了。」巧萱說。

「巧萱，剛才姐姐不小心兇了你，對不起。」我摸了摸她的頭。

「楊巧萱，你可要好好管住嘴巴，我會盯著你。」茉莉說。

「好啦，正事講完了，現在你們就來陪我這病人下下棋吧。」

我把窗戶拉開，三人開始下起棋，這次也沒賭什麼，茉莉反而直接把那瓶玫瑰露送給我。

這幾天，太醫每天都來看我，絲毫不敢大意，要是出了什麼閃失，他這顆頭也不保了。

「咳……這茶也太苦了吧，跟苦瓜沒什麼兩樣。」

「主子，這是太醫大人配製的養生湯，懷孕不宜喝茶，您這幾個月就暫時忍耐點吧。」夏蓮說道。

「唉！想當個母親還真不容易啊，當年娘也是折騰了好久才生下我的吧。」

「主子，還請您多休息，吃飽睡飽才是最重要的。」

「嗯，謝謝你，你也和秋月他們去瞇一下吧。」

我一個人站在鳥籠旁，看著小黃桃在裡面吃著豆子，啾啾叫了幾聲。

「你也真辛苦，從小就被關在籠子裡，但這幾個月也只有你能一直陪我玩了，待我生完孩子，就放你自由。」

「謝謝主子！謝謝主子！」小黃桃居然說起話來了！我可從沒教過他啊？我轉過身子看了一下，才鬆了口氣。

「皇上，怎麼連您也開始捉弄妾身了。」我嘟了嘴。

「這樣就生氣啦？平時你也這樣捉弄朕啊。」皇上笑著說。

「皇上怎麼來了？是不是來看孩子的？」

「我是特別來看芷若的，朕這裡有幾盆花，是這次春花比賽的作品，朕想請你幫忙看看，決定一下前三名，畢竟你今年也沒參賽，就不須避嫌了。」

「既然這樣，皇上自己先挑三盆中意的，妾身再來排序，這樣好嗎？」

皇上挑了一盆朱槿、一盆長春海棠、一盆雞蛋花。

「這三盆都不錯，妾身認為這盆長春海棠雖稱不上華麗，卻也有著淡雅之風，想必栽種的人個性應當較為保守，就列為第三吧。」

「這盆大紅色的朱槿也奪人眼目，枝葉繁盛，葉片也充滿光澤，想必是個熱情的人所種，可以列為第二。」

「最後這盆雞蛋花，枝條優美，莖也直挺，香氣濃郁，花瓣白中帶黃，種花的人下了挺多工夫，足以列為第一。」

「好！竟然能從花朵判斷出栽種者的性子，妙啊！」

「皇上，這三盆分別是誰種的呢？妾身認為這雞蛋花是田茉莉種的，也只有她才可能種出來，但其餘兩盆就不曉得了。」

「這長春海棠是溫妃種的，朱槿是麗妃種的，至於你說的雞蛋花不是田茉莉種的。」

「怎麼可能，這花不是茉莉種的？」

「田茉莉沒有參賽，她恐怕是不想奪人眼目吧，這雞蛋花是楊才人種的。」

如果是茉莉親自指導的，那巧萱確實有可能種的出來，這茉莉也實在是謙虛了。

「皇上，妾身想知道這獎品是什麼呢？」

「前三名分別賞白銀五百兩、三百兩、一百兩，至於第一名，朕還會親自臨摹花盆，作畫給她。」

「能得皇上的畫作，楊巧萱聽到一定會很開心的。」

「你要是喜歡的話，朕也畫一幅給你。」

「那皇上就替妾身畫一幅吧。」

「沒有問題，芷若，你最近身體如何？」

「除了還是會想吐以外，都沒有其他問題了。」

「這樣啊，那不如陪朕出去走走如何？」

「出去走走？皇上不是說要妾身待在宮里嗎？」

「多走動能減緩噁心感，再說有朕陪著你，別擔心。」

「那皇上，我們去賞空閣如何？妾身想看看風景。」

「朕當然願意，不過你多穿一些，雖然開春了，外頭還是涼，別受凍了。」

春桃替我穿上皇上賜給我的那件雪貂大衣。

「真好看，這衣服雖然有點舊了，穿在妳身上卻依舊優雅，散發光芒。」

「這衣服既然是皇上的生辰禮物，當然自帶光芒。」

「你怎麼知道這是朕的禮物？」

「是曹公公告訴我的，他還說這是大臣們辛苦趕出來的。」

「嘖！這傢伙還真多嘴。」皇上雖責備他，口氣卻沒有不悅。

「皇上，我們走吧。」這次我主動牽起皇上的手，一路上，我們穿過後院、清漪園。

「芷若，你想好孩子的名字了嗎？」

「皇上還真急，他現在也不過手掌大而已。」我笑道。

「那等他跳動時，我們再一起想，我們到了，上樓時小心腳步。」

皇上陪著我慢慢登上台階，就怕弄痛了我或是孩子。

「皇上，我們到這裡就好了。」我在三樓停了下來。

「何不登上頂樓呢？那裡風景更美，還是你依舊在意位分的事情？」

「皇上您想太多了，妾身只是累了，爬不動。」
「原來是這樣，那我們就在這坐下吧。」
「藍天配上白雲，這不正是大寧的旗幟嗎？皇上，妾身問您，為何要以藍天白雲當作大寧的代表？」
「這事我小時候也問過父皇，他說藍色是大海的顏色，大海廣大而清澈，象徵大寧的皇帝既有開闊的心胸，人品也純粹；白雲則是代表天下百姓，在大寧的保護下，得以像雲一樣自由地飄在天空，過上安寧的生活。」
「聽了皇上的話，妾身想到一首詩：片片飛來靜又閒，樓閣江上後山前。飄於大寧不歸去，點破清光水藍天。」
皇上閉上眼睛，輕輕點著頭，享受著清風的吹撫……
「父皇，您沒事吧？」一個小男孩在床榻旁蹲著。
「父皇沒事，嚴恆啊，父皇有事想拜託你。」
「孩兒悉聽。」
「父皇只有你一個孩子，這幾年你跟著張先生學習，已經成長了不少，父皇老了，將來這大寧的江山就交給你了。」
「父皇何出此言？您吉人天相，定會長命百歲。」
「張廷敬、王從義，你們是朕的股肱之臣，輔佐朕將近二十年，朕命你們二人為輔政大臣，將來太子承接大統後，還要你們幫忙太子，使他更成熟，有能力照顧天下百姓，教他分辨忠佞，做一位好君王。」
「臣謹尊皇上聖命。」
「嚴恆，以後你要常常看著大寧的旗幟，心裡要澄澈如水，接納忠臣諫言，使萬民都能過著安寧的生活，父皇相信你，能比唐朝太宗、宋朝太祖還更加賢明。」

「兒臣遵命，父皇您好好休息，兒臣晝夜在旁照顧您。」小男孩落下淚水。

那夜皇上閉起眼睛，就再也沒有清醒過了。

「芷若，你也待在朕身旁一年了，朕問你，朕是個好皇帝嗎？」

「妾身雖從未入朝，但家父曾說過，當今皇上禮賢下士，君臣共治，天下歸心，不輸給唐太宗。」

「俞大人真的是這麼說的嗎？」皇上頓時睜開眼睛。

「嗯！妾身入宮時，家父雖不捨，但他告訴妾身，皇上神武英明，定不會讓妾身受苦，皇上這一年善待嬪妃，妾身從未受過苦。」

「那就好，那就好。」皇上哭了。

「皇上，您怎麼了？」我急忙拿起手帕幫他擦臉。

「芷若，你雖不為朝臣，但你仍舊能提醒朕，匡言朕的過失。」

「皇上，妾身不是言官，豈有妃嬪指正天子的道理？」

「你是朕的妻子，當然能同朕說心裡話。」

「皇上，你不怕引起後宮和朝臣非議嗎？」

「你如此賢慧忠誠，若為男兒身，朕定會拜你為大學士。再說朕的家事，朝臣們不知道，但你知道，故此你可以隨時提出諫言。」

「皇上如此信任妾身，妾身感激涕零，但妾身的身分不適合匡正皇上言行，請皇上重用不避權貴的朝臣，若皇上還是有疑慮，再來找妾身，這樣可以嗎？」

「好，你說的都好。」

「皇上，你看那兒有隻老鷹，雄風英姿，在妾身眼中，您也是如此。」
「芷若，你看那兒有隻白鴿，純潔無瑕，在朕眼中，你亦是如此。」
「皇上，您看那隻胖胖的啄木鳥，像不像楊巧萱在吃東西的樣子，呵呵。」
「真的很像，哈哈哈！」

（幾天後，建章宮）
「妾身給太后娘娘請安！」
「都起來吧，安婕妤人呢？我已經好久沒看到他了。」
「回太后，安婕妤今日告病！」溫妃說。
「又告病？她已經告病五天了，她是想當第二個尹欣彤嗎？」
「太后娘娘，皇上說安婕妤重病在身，免了她一切的請安。」
「重病？她得了什麼病？」
「這個……皇上沒有說。」
既然連溫妃都不知情，那其他人恐怕也問不出什麼，太后也就遣散了眾人。

「滿月啊，你可知這俞芷若生了什麼病嗎？」
「奴婢也不知，不過太醫院使每天都進玉瑤宮，恐怕是真的有病。」
「皇上連太醫院使都叫上了，恐怕不是這麼好治了，看來這俞芷若就算得寵，也無福消受了。」
「不過奴婢認為還是再去打聽看看比較好，若是瘟疫之類的傳染病那就糟了。」

「也好，你再找機會向太醫院的人打聽看看。」

此時，我剛用完早膳。

「好飽喔，春桃，你幫我鋪一下床，我要再睡一下。」

「奴婢知道了。」

「主子，您現在惡阻，剛吃飽就躺平的話，胃酸會逆流，您會更想吐的。」夏蓮提醒我。

「這樣啊，那我靠牆坐一下好了。」

「主子，慧美人來了。」

「茉莉，你怎麼一大早就來啦？你早上吃過了嗎？」

「我不餓，昨晚我跟楓兒吃了大餐，今天早上吃個饃就很飽了，姐姐，這是你之前跟我要的玫瑰花，你要拿來泡茶嗎？」

「不，我是想釀玫瑰花酒給皇上。」

「玫瑰花也可以釀酒喔？」

「不知道，我也沒試過，要不要一起幫忙？姐姐請你吃點心。」

茉莉點了頭，我們就開始忙了起來，把玫瑰花的蕊去掉，花瓣挑出來。

「接下來是直接把玫瑰花放進白酒就好了嗎？」我問。

「我覺得要放一些冰糖耶，不然可能會太苦。」

「好，那就加冰糖進去，把酒倒滿，再把蓋子蓋住，等一個月就行了，做出來我也分一些給你。」

「謝謝姐姐，但是弟子規說：年方少、勿飲酒、飲酒醉、最為醜，我還是喝茶就行了。」

這麼說我才想起來，我從來沒看過茉莉喝酒，原來是這個原因啊。

「那在你眼中，姐姐喝酒時是不是也很醜？」

「沒有這回事，屈原寫道：美人既醉，朱顏酡些。」

「你還真是會說話，出口成章。」雖然有些雙重標準，但聽了這話還是很舒服。

「姐姐，不如我們三人一起組讀書會，每天讀四書五經，修身養性。」

「妹妹先自己讀吧，姐姐還是讀話本就好了。」

「主子，太醫大人來了。」

「臣給安婕妤請安。」

「太醫大人快請起，今日還要麻煩您了。」

我依舊把手伸出來讓他把脈。

「安婕妤今日可有什麼不舒服嗎？」

「除了惡阻外，就沒有什麼問題了，不過我這幾天特別想吃酸的。」

「如果是這樣，您可以吃柑橘，但注意一天只能吃一顆，平時也可以吃酸梅。」

「我知道了，多謝大人。」

「那微臣就先退下了，請安婕妤多保重。」

「姐姐，你要柑橘和梅干的話，我這裡都有，改天拿來給你。」

「那就多謝了，我一個人在宮裡也挺無聊的，要不陪我玩玩？」

「今天不行，我今日要去顧茶園，改天我再帶巧萱來。」

「好，那你快去吧。」

茉莉離開後，我一個人待在房裡繡手帕，繡累了就不小心睡著了，再起來時已經是戌時。

「主子，您該起來了，您都還沒用晚膳呢。」

「晚膳，我睡這麼久啦?可是我還不餓。」

「主子，您就吃點吧，這蛋花海帶粥可是秋月親自熬的呢。」

「好吧，那我就吃一些。」畢竟是秋月的一番心意，我也不想辜負。

「嗯，很好吃呢，秋月做菜愈來愈熟練了，春桃你也可以跟他學學。」

「我不會做菜，但我會幫主子按摩。」春桃說完就主動按起我的脖子。

「春桃，陪我去後院走走吧，我想透個氣。」

我和春桃就在外頭賞著月，閒聊著。

「主子，您希望這胎是男生還是女生?」

「只要是我腹中的孩子，男生女生我都愛。」

「我還是覺得男孩子比較好，我爹娘都對我阿兄特別好，平時還花銀子讓他去私塾，當年他們只把我送進宮，卻還是留下了阿兄。」

唉!歷朝歷代皆是重男輕女，大寧帝國雖然不禁止女生讀書，但科舉考試依舊只開放男子報名，大多數的人家，都是教女子琴棋書畫，裁縫刺繡，這也使得許多聰明的女子沒有機會為國貢獻。

「那你還有再跟你家人聯絡嗎?」

「我娘每兩年會來宮裡看我一次，爹爹忙著工作沒辦法來，至於我阿兄現在還是個童生，考了五年也勾不到個秀才。」

看來讀書還真的吃天份，茉莉的未婚夫十四歲就中了秀才，春桃的哥哥卻考了好幾年都落第。

「主子，當年選秀的對象都是官家小姐，您父親是當什麼官阿？」

「在我年幼時，他是知府，我入宮時是刑部尚書，現在已經是吏部尚書了。」

「真希望我兄長也能快點考上，不求知府，當個縣丞也好，這樣爹爹也就不用這麼辛苦了。」

「嗯，造福鄉梓也是件好事，夜深了，我們回去吧。」

一周後的某個中午，茉莉帶著巧萱來看我。

「姐姐，好久不見啊！」巧萱嘻嘻哈哈地看著我。

「瞧你開心的，發生了什麼好事啊？」

「我已經發財了，現在比王詩詩還有錢呢。」

「怎麼?你該不會真的和茉莉合夥當起奸商了吧？」

楊巧萱對我翻了個白眼。

「才不是，是我參加今年的春花比賽，拿了第一名，皇上賞了五百兩銀子給我。」

「你那盆花該不會是茉莉教你種的吧？」

「果然還是姐姐懂我，巧萱可是為了這比賽纏了我半天呢。」茉莉說。

「我資質好，一下子就學會了。」巧萱撥了撥頭髮。

呵，她應該作夢都沒想到，這第一名可是我親自點的，算了，就隨她得意吧。

「楊巧萱，你要不要把這五百兩銀子投資到我的茶園啊？」

「我才不要，我要把錢拿來吃好吃的，今晚就來吃椒鹽烤雞肉好了。」

「巧萱，姐姐有個更好的提議，保證讓你比吃烤雞還過癮。」

「什麼啊？除了吃我都沒什麼興趣。」

「還記得我之前提過的『賤賣寶物』嗎？」

「哦，這倒有意思，我都差點忘了。」巧萱露出了奸笑，茉莉則是微微笑了一下。

「不過姐姐，王詩詩的東西少說也要好幾百兩，她肯賤賣嗎？」

「她不想賣也得賣，你想想，這後宮有誰會想跟她買？皇后、溫妃他們根本就不缺這點寶物，孫御女向來不與人互動，頂多也就是蘇才人和你們兩個會買而已，她能不賣嗎？再說，把宮物運出宮外販售可是違規的。」

「姐姐再給你五百兩銀子，把她的東西全買下來。」

「姐姐你可真壞。」

「面對壞人，不耍些手段可不行。」

「對了，芷若姐姐，這是上次說要給你的橘子和酸梅。」

「多謝啦。」

就在此時，我肚子突然震動了一下。

「他動了！」

「什麼東西動了？」巧萱問。

「剛才，我的肚子微微震動了一下。」

「真的嗎？我摸摸看！」

「沒有阿，我怎麼都沒感覺到。」巧萱摸了半天也沒摸到。

「姐姐，恭喜你，再等一段日子，會更明顯的。」茉莉說。

我輕輕撫摸著肚子，露出滿足的笑容，原來孕育新生命是如此的感動。

「姐姐，孩子誕生後，他要怎麼稱呼我和茉莉呢？」

「既然是姐妹，那應該叫姨娘吧？」我回。

「我才不要，當然是叫我姐姐啊！」

此時大家都靜默了，我和茉莉兩人靜靜把橘子撥了。

「吃片橘子吧！」茉莉往巧萱嘴裡塞了一片。

「你們幹嘛不回應我的話？」巧萱邊吃邊說著。

「再吃一片吧！」茉莉又塞了一瓣橘子給她。

「好酸喔，田茉莉你到底是怎麼種的？」

「妹妹，咱們換個話題吧，不然我怕茉莉可要把整顆橘子塞進你嘴裡了。」

茉莉手裡握著橘子，笑著看向巧萱。

「好吧，不然來聊聊我的生日吧。」

「你什麼時候生日啊？」

「下個月就到了。」

「還這麼久，現在就想許願啊？」我說。

「姐姐，你就讓我許嘛！」

「好，你許吧，至於會不會實現，我就不敢保證了。」

「我希望我生日那天能吃到魚翅羹、烤香魚、紅燒牛肉、冰糖燕窩、海參佛跳牆，還有……」

「停停停！巧萱，你把姐姐當許願池啊？」

「巧萱，你會不會太超過了，這一頓下來要多少錢啊？」茉莉斜眼看著她。

「好啦，那烤香魚就不要了。」

「巧萱，你偶爾也動動身子吧，站起來，陪姐姐動一動。」

這個下午，我們三人在宮裡拉拉筋、做了些基本的體操。

（此時，養心殿）

「皇上，這是禮部尚書剛才送過來的，是狐國的信件。」

「快拿來，讓我看看。」

皇上看了摺子後，滿意的微笑了。

「傳旨，召俞大人進宮。」

「臣俞振國叩見皇上，吾皇萬歲萬歲萬萬歲。」

「俞大人請起，賜座。」

「謝皇上。」

「俞愛卿，你之前提議的室內栽種頗有成效，剛才狐國傳來消息，我們的茶葉深受狐國百姓歡迎，就連狐國王族也讚不絕口，他們提議增加貿易量，甚至願意用三匹馬換一斤茶，如今《花草栽記》也編好了，朕待會就飭令工部多蓋幾座棚子，如今大寧國的軍事可謂強盛無敵，豫州的茶價也逐漸穩定，這都是俞愛卿的功勞，朕一定要好好嘉獎你。」

「皇上過譽了，是皇上廣納言路，才有當今的盛世，不然臣的提議也只是空談。」

「擬旨，封俞振國為肅義伯，加光祿大夫銜，並賞賜俞夫人一品誥命，白銀千兩。」

「微臣謝皇上隆恩，皇上英明，微臣必定櫛風沐雨，為朝廷效力。」

❖ 第十二章　麗慾薰心 ❖

申時，幾個嬪妃聚集在涼山亭。

「王詩詩，咳……你把我們叫來這裡要幹什麼啊？」德妃問。

「還不是看你們宮裡沒什麼珍貴的擺設，今天我就好心賣給你們了。」

「我的宮裡不需要這些，妹妹，本宮就不奉陪了。」溫妃說完就走了，德妃、麗妃、孫御女也各自離去了。

「剩下你們幾個，好吧，這南島產的黑曜石鏡有誰要？起價五百兩。」

「五百兩？王詩詩你也太坑錢了吧？」蘇才人回答。

「莊珮芸、田茉莉，你們怎麼樣？」

就連蘇才人都買不起了，兩人也都搖搖頭。

「王詩詩，不能再便宜一點嗎？」蘇才人問。

「姐姐，我當您是朋友，不如算您三百兩銀子如何？」

蘇才人看了看荷包，自己身上也不到五百兩，自然是搖搖頭。

「那就二百兩吧，這可是最低價了。」

「那好吧，這鏡子我買了，不過我身上錢也不多了，就買這一件就好。」

王詩詩把鏡子交給蘇才人，銀貨兩訖，蘇才人也離開了。

「好，接下來就賣這幅〈古詩四帖〉吧，這是唐代張旭的真跡，起價一千兩。」

「詩詩，不是我不願意買，我一個月也就七十兩，根本湊不出這麼多錢啊。」莊珮芸說道。

「田茉莉，你身為美人應該買的起了吧？」

「可是我對字畫不感興趣，巧萱你呢？」

「〈古詩四帖〉的真跡，聽起來真不錯，那我就買吧。」

王詩詩這就開心地把字帖遞給楊巧萱。

「不過，我只出一百兩銀子。」

「楊巧萱，這世上也就這麼一卷，拿去市集賣少說也五千兩呢。」

「那你就拿去市集賣吧，大不了我跟溫妃娘娘說就是了。」

「我就出一百兩，不賣拉倒。」

「你！好，我賣就是了。」王詩詩心有不甘地收下了一百兩銀子。

「你那兒還有什麼好東西，都拿出來讓我瞧瞧唄。」

「這還有玉壘花瓶、雲鬢花顏純金步搖、西域的白玉鏤空耳墜。」

「好，我全都買了。」

「我都還沒開價，你就全買了，都不怕自己破產嗎？」

「一個三十兩，這三個就算你一百兩，不賣就算了。」

「楊巧萱，你可別欺人太甚了，你當我是叫花子啊？」

「那就算了，茉莉我們走吧。」巧萱說完就轉身了。

「等等，我一個算你一百兩就好，買不買？」

「不買。」

「五十兩，我賠本賣你。」

此時白芍偷偷塞了張紙條給巧萱。

攤開小紙條，上面寫著：楊才人，求求您跟她買吧，不然主子今晚又要叫我罰跪了，奴婢求您了。

「好吧，一百五十兩給你，全部拿過來吧。」巧萱也不忍白芍被欺負，就答應了王詩詩。

最後楊巧萱都以五十兩一件的價格買走了王詩詩的寶貝。

「楊巧萱，你給我記住，這筆帳我一定會跟你討回來。」她氣得牙癢癢，巴不得把楊巧萱的嘴巴撕了。

「白芍，你待會幫我把這些東西都運到芳蘭宮東偏殿。」巧萱說。

「芳蘭宮東偏殿？姐姐，您沒說錯吧？這是我的殿欸。」莊珮芸訝異了。

「就當是姐姐送你了，往後可別再輕易借別人銀子了。」

「好你個莊珮芸，原來你們兩人聯手對付我，你這個吃裡扒外的賤胚子！」她歇斯底里的喊著。

「王詩詩，當初你說要用錢淹死我們，現在你可看清楚了，究竟是誰用錢淹死了誰啊？」

隨著巧萱的諷刺，珮芸和茉莉也走掉了，只剩王詩詩一人叫罵著。

這幾日，我依舊可以感受到胎兒輕微地跳動，夏蓮和春桃也漸漸能摸到了。

「主子，我今日煮了豬肝瘦肉粥，您也吃一些吧。」

「秋月，你最近怎麼一直煮菜給我吃啊？」

「是夏蓮說的，她說豬肝很營養，對寶寶的健康有益。」

「夏蓮，我之前就想問你了，你怎麼知道這麼多有關懷孕的事情？」

「回主子，我娘是接生婆，從小我就跟著她到處往別人家跑，也從中學到了很多。」

「原來是這樣啊，常言道『術業有專攻』，我和寶寶的健康可交給你了。」

「奴婢會盡力照顧主子，還請主子忍耐些，再喝杯養生湯吧。」說完，她又端了一杯苦澀的湯給我。

「夏蓮，你的母親是接生婆，那你的父親呢？」

「我的父親是千總，但是他在我小時候就戰死了，而且還欠了別人很多錢，娘逼不得已只好把我送進宮裡。」

「朝廷不是會給予陣亡將士撫卹或追贈嗎？」

「是啊，我爹被追贈為正五品守備，但那撫卹銀也就二百兩，根本還不清債款。」

「二百兩對於普通百姓已經是個大數目了，你爹向誰借銀子啊？」

「是一家放高利貸的錢莊，我只知道那戶錢莊是一個姓李的王公貴族門下的。」

「這樣啊，也真是難為你了。」

「主子，剛才曹公公稟報，皇上正往我們這來了。」春桃說。

「你們三個，快隨我去接駕。」

沒想到皇上才剛跨進宮門，就叫我免禮了。

「你現在有孕在身，怎麼還行禮呢，不小心跌了怎麼辦？」

「皇上，快進殿裡吧。」

「朕剛才和幾名大臣討論花果茶的事，快累死朕了。」

「花果茶？該不會是茉莉泡的花果茶吧？」

「是啊，上次接待使臣的時候，月國使臣就提出了這項計畫。」皇上剛說完，就拿起我桌上的茶杯喝了起來。

「皇上！那不是茶。」

「咳……咳……這茶怎麼這麼苦啊？」

「那是妾身這幾周在喝的養生湯。」

「你每天都喝這個？」

「是啊，是太醫大人吩咐我喝的，說喝了能促進新陳代謝。」

「真是辛苦你了，若是可以，朕也想替你分擔一些。」

「皇上只要保重龍體，不讓妾身操心就好了。」

「那你最近吃的睡的可還好？」

「就吃些清淡的，還有些酸果，最近特別想睡覺，一天可以睡到五個時辰。」

「沒事，累了就多休息，等你生產完，朕再陪你吃頓美味的。」

「皇上可要陪妾身小憩一會？」

「嗯，我們上床吧。」

皇上替我蓋上被子，躺在我身旁，不久我就進入夢鄉。

「芷若，這次朕絕對會守護你，不再讓你受傷。」皇上拿起那塊刻著「芷」字的玉珮，堅定說著。

經過白日長時間的問政，皇上也累了，不知不覺也就呼呼大睡。

「春桃，皇上已經和主子睡了一個時辰了，要不要去叫一下他們？」夏蓮問。

「就讓他們好好睡吧，皇上也好久沒召主子侍寢了，這是戀人之間的浪漫。」

「說什麼戀人啊，皇上是天子，豈可與凡人相比，你們快來幫忙。」秋月開口了。

「秋月，你又要做什麼啊？」

「煮桂圓湯，讓皇上和主子當點心，這比糕餅和炸油條健康多了。」

「我也來幫你，記得少放點糖。」夏蓮立刻起身幫忙，春桃則是打了個哈欠又繼續趴在桌上。

「秋月，春桃以前都是這樣嗎？總是偷閒。」

「差不多吧，要不是主子人好，換作其他嬪妃，他恐怕早就被轟出去了。」

「也是，這宮裡恐怕也找不到比主子更好的人了。」

「你以前不是在麗妃娘娘宮裡嗎？麗妃娘娘為人如何？」

「麗妃娘娘看似善良，但私底下脾氣卻很大，動不動就責罰我們這些下人，之前有個宮女不過是被茶杯碎片割傷了手，那宮女就被杖責三十，當場死在宮裡了。」

「怎麼會？大寧不是規定嬪妃不能任意杖責宮女和太監嗎？就算要罰，也是交由慎刑司。」

「那都是檯面上的規矩，我們宮裡人人都畏懼麗妃，誰也不敢把這事說出去，不然下場可能就和那位宮女一樣。」

「你們說的是真的嗎？」一名男子的聲音傳來。

「皇上！奴才給皇上請安。」兩人頓時驚惶失措，宮女在宮裡對嬪妃品頭論足，可是要受罰的。

「皇上，是奴婢多言了，還請皇上恕罪。」夏蓮連忙向皇上磕了三個頭。

「朕就看在安婕妤的面子上饒你們一次，下次注意點。」

「謝皇上恩典，奴婢謹記教訓。」

「皇上，您睡醒啦？夏蓮和秋月怎麼跪在地上？」我被客廳的聲音吵醒，就走了出來。

「你們兩個起來吧，把剛才麗妃的事情告訴朕。」

「奴婢遵命，去年二月大選之後，麗妃在夜晚砸了茶杯，然後有名宮女因為……」夏蓮將當時的事情娓娓道來。

「真是豈有此理！竟然漠視宮規，還把人打死了，母后怎麼會寵信這樣的人？我這就下旨，把她貶了。」皇上氣的拍了桌子。

「皇上，您別著急，妾身認為如果您這樣做，必定會引起太后娘娘的不悅，再說如果因為這事情處罰麗妃，她一定很快就能知道是夏蓮告的密，到時妾身這宮裡恐怕就麻煩了。」

「你說的也有道理，如果其他人來你宮裡，懷孕的事情很快就會傳出去，但是朕還是無法忍讓這種蛇蠍心腸的女人，虧朕以前還對她這麼好，都說紅顏禍國，看來此話也不假。」

「那皇上想怎麼做？」

「這事朕有想法了，不會牽連到你的。」

「皇上，主子，喝碗桂圓湯吧，別太激動了。」秋月端了兩碗桂圓湯來。

「嗯！你這桂圓湯煮的好，清爽不甜膩，不枉費安婕妤平日這麼疼妳。」皇上說完，還掏了一兩銀子給秋月。

「奴婢謝皇上賞賜。」

「芷若，朕還有事就先回去了，不舒服的話一定要立刻向太醫說。」

「妾身恭送皇上。」

（當夜，芳蘭宮主殿）

「奉天承運，皇帝詔曰：『麗妃恃寵跋扈、久未請安於皇后、言行有失，著即貶為昭儀，遷居芳蘭宮東側殿，望爾思痛悔過，重於禮教，不辱皇恩，欽此。』」

麗妃跪在地上，全身僵硬，彷彿失魂一般。

「麗昭儀，領旨謝恩吧！」

「妾身……領旨。」

她不可置信，自己當了十幾年的妃，皇上平時也寵她，卻突然因為芝麻小事而被降了位，她立刻跑去找太后。

「太后娘娘，妾身可以進去嗎？」

「麗妃娘娘，太后已經準備歇息了，還請您明早再來吧。」

「滿月姑姑，您就讓我進去一下吧，我有要事求見太后。」

「麗妃娘娘，太后今天已經累了，您明早再來也差不多啊。」

「是麗妃吧？快讓她進來吧。」太后在宮裡就聽見了麗妃的嚷嚷聲。

「妾身拜見太后娘娘。」

「麗妃，都已經這麼晚了，妳怎麼還來找我？」

「太后娘娘，皇上莫名把我降位了。」麗妃在太后面前淚眼婆娑。

「降位？你究竟做了什麼？」太后緊張問道。

「聖旨上只說我沒去向皇后請安，有失禮教，除此之外妾身什麼都沒做啊！」

「就這點小事？你不是已經很久沒去找皇后了嗎？就連皇后自己也習慣了，皇上怎麼突然計較起這事情了？」

「太后娘娘，您要為妾身做主啊！妾身侍奉皇上二十年，一直兢兢業業的，妾身沒做什麼壞事。」

「知道了，明天我就幫你和皇上說說，你先去休息吧。」麗妃聽完也哭喪著臉回去了。

「滿月啊，你覺得皇上為什麼突然降了麗妃啊？」

「回太后娘娘，我認為向皇后請安這件事只不過是個藉口。」

「你的意思是皇上想處罰麗妃，卻又不敢當場說出來？」

「是。」

「既然是皇上不敢搬出來的事，會不會和俞芷若有關？滿月，之前我叫你去調查的事怎麼樣了？」

「回娘娘，我已經去找幾位御醫問過了，就連院判我都問了，但是他們都不知道安婕妤的病況。」

「他們究竟是真的不知道還是假的不知道啊？」

「從他們的神情來看，應該是真的不曉得。」

「嘖！也就是說只有院使才知道詳情，這太醫院使是什麼人啊？」

「據說是刑科給事中蕭大人的小兒子。」

「刑科給事中？這些言官都是清流一派的，那他兒子恐怕也不好收買。」

「要不要讓李大人找個理由，讓皇上把他的院使給撤了？」

「只要是李忠上奏，皇上都會忌憚三分，上次能保舉王大人也是因為有許多清流官員支持，皇上才答應的，若是要彈劾別人，這幾個人可不會買單，不然就先調查看看他們父子有什麼把柄好了。」

隔日，太后一早就把皇上給叫來。

「母后這麼急著見兒臣，究竟有什麼事？」

「嚴恆，你先坐下，母后給你倒杯茶。」

「不用了，兒臣還有政事要處理，母后有事就快說吧。」

「既然這樣，我就直接問了，你昨日為什麼降了麗妃啊？」

「身為一宮之主，對皇后不敬，有違禮制，朕才處罰他。」

「可是麗妃以前就這麼做了，你也從沒怪過她啊？」

「之前是朕一直容忍她而已。」

「可是她畢竟是你的太子側妃啊，如今就連你的侍妾都成為德妃了，這說不過去啊。」

「後宮禮制母后是再清楚不過了，此事就這樣定了。」

「那我問你，安婕妤已經告病好幾個禮拜了，我是不是也能下懿旨，斥責她目無尊長呢？」

「安婕妤重病在身，兒臣早已經下旨免去她一切的請安了。」

「那她是得了什麼病啊？」

「她得了傷寒，需要好好靜養，兒臣還有事情，就先告退了。」

這時麗昭儀和蘇才人聚在清漪園裡抱怨著。

「妹妹，你覺得皇上到底怎麼了？」

「依我看，八成又是狐媚子幹的好事。」

「可是她為什麼要害我呢？我可從沒欺負過她。」

「姐姐，你難道忘了半年前我裝病的事嗎？」

「所以她看出了那是我們的計謀，但她為什麼要等到半年後再舊事重提呢？」

「或許她是想等位分高了再趁機下馬威吧，畢竟她現在也已經離主位不遠了。」

「她最近不是生病了嗎？不好好養病還在皇上身旁吹枕邊風。」

「姐姐，不如你就趁探病時送她一點『禮物』吧。」

「不過她恐怕也不會收我的禮物，該怎麼做呢？」

「不如就讓她的好姐妹來幫幫忙吧。」

「嗯，他們兩個倒是可以好好用用。」

一周後，我派春桃請皇上來我宮裡。

「芷若，這大寧國恐怕也只有你可以把朕叫過來了。」

「對不起，皇上，妾身……搗哇！」我忍不住吐了一地。

「芷若！你怎麼了？快點拿盆子來！」

「主子，您還好吧？」春桃拍著我的背。

「我沒事，皇上，妾身沒辦法去找您，只能派人請您過來了。」

「發生什麼事了？」

「皇上，妾身的惡阻似乎越來越嚴重了，沒辦法替您釀竹葉酒了，搗！」

「還釀什麼酒啊！快點躺好。」皇上把我攙扶上床。

「皇上……您摸摸妾身的肚子。」

皇上把手放在我的肚子上，臉上充滿驚喜。

「他動了，芷若，他動了！」皇上大聲喊著。

「皇上，您這麼大聲，都嚇著孩子了。」

「芷若，妳為了孩子受苦了。」皇上抱了我。

「秋月，給我端碗白粥，我餓了。」

「把碗給我。」皇上從秋月手中接過了粥。

「芷若，啊。」

這次我不再覺得彆扭，自然地開了口。

「你只吃白粥怎麼會有體力呢？至少也吃點肉吧。」

「妾身吃別的會很想吐。」

「朕會請太醫再試試看其他法子，只能請你再辛苦幾天了。來，再一口。」

「皇上，妾身不辛苦，妾身覺得好幸福。」我又嘗了一口。

熱騰騰的不只是粥，更是我們彼此的心，以及對孩子深深的熱忱。

皇上離開後，巧萱、茉莉帶著幾個寶物來見我。

「讓我來猜猜，你手上這些東西是王詩詩的吧？」

「姐姐聰明，這些東西我都用五十兩買下來了，這不，特地送幾樣給姐姐。」

「我宮裡東西可夠多了，又是衣服又是書的，放不下了，還是送給珮芸吧。」

「珮芸說她不能白白收下這些東西。」

「那不然這樣好了，妳請她親自畫幅山水畫給我，這禮物就當作是報酬。」

「好啊，姐姐，剛才茉莉提議，你彈琴，我彈琵琶，她唱曲，三人一同表演一段怎麼樣？」

「這真好玩，我們這就來試試。」

整個中午，玉瑤宮皆是絲竹之聲，三人同樂，尤其是茉莉宛轉的歌聲，簡直是天籟。

「既然大家都有出力，姐姐就點些奶皇包給你們吃吧。」

「謝謝姐姐。」

「巧萱，當時拍賣的時候，王詩詩的態度如何？」

「齜牙咧嘴，臉都氣紅了，都快笑死我了。」

「這下他應該也暫時不缺銀子了，也不會再找珮芸麻煩了。」茉莉說。

「說到找麻煩，我看那白芍才是最倒楣的，姐姐，那天白芍偷偷塞了紙條給我，說是王詩詩逼他罰跪呢。」

「這白芍也真可憐，有沒有什麼辦法能幫幫她呢？」

「不如我們偷給她銀子，請她吃一頓好的吧？」巧萱提議。

「我覺得我們直接送食物給她比較好，恐怕這銀子被王詩詩奪了去，她又栽贓我們賄賂宮人、漠視宮規，到時候跟麗妃一樣就慘了。」

「茉莉，妳這話是什麼意思？麗妃怎麼了？」我覺得不對勁，立刻詢問。

「她上周被降為昭儀了，說什麼她沒向皇后請安，她現在連主殿都不能待了，整個芳蘭宮都傳開了，風聲都傳到翠寧宮了。」

我心跳漏了一拍，原來皇上是在變相處罰麗妃，用請安這種理由確實不會牽連到我，但她會這麼好呼嚨嗎？她會不會也另有打算？畢竟太后可是她的靠山。

「姐姐，妳說這芳蘭殿主位空缺了，該不會……」巧萱笑著看我。

「別胡說，這後宮可是吃人不吐骨頭的地方，若被別人大作文章就糟了。」

「妹妹知道了。」

「好了，我有點累了，你們要陪姐姐午睡嗎？」

「不要，我們還要去御花園餵兔子呢。」好動的巧萱總是閒不下來。

「記得別把人家餵太飽了，茉莉，姐姐可否再跟妳要些橘子？」

「沒問題，下周我再拿給姐姐，那我們先走囉。」

「玩的時候小心點。」

送走了他們幾個，我叫了太醫來，剛才在巧萱面前，我忍著沒說，但其實我的頭超暈。

「太醫大人，我這身子是怎麼了？」

「臣以為，是惡阻而導致脫水，安婕好近日是不是越發噁心了？」

「是啊，太醫大人可有什麼方法緩解？」

「安婕好，您三餐都吃這個嗎？」太醫看了看我桌上的白粥。

「是啊，因為加了其他食材，我就更想吐了。」

「哎呀！這可不行，懷孕期間最重要的就是補充營養，孩子才會健康，臣建議您可以加一些瘦肉、雞蛋、蔬菜、生薑，而且要放冷了才能吃。」

「太醫大人是要我吃冷粥？」

「您別驚慌，這熱的食物味道會比較重，冷著吃才能減緩惡阻，而且生薑可以促進消化，安婕好平日也可喝些薑湯，上周皇上吩咐微臣，把養生茶的配方改掉，這帖是半夏茯苓湯，味道比較不苦，安婕好可以試看看。」

「多謝大人，您辛苦了，這點銀子還請您收下。」我掏了五兩給他。

「那微臣就多謝安婕妤了，微臣告辭。」

傍晚用餐前，春桃手裡拿著一個盒子來找我。

「主子，奴婢發現殿外門口有個盒子，下面還壓著一封信。」

我拆開信紙，原來是茉莉寫的，說有禮物要送給我，打開盒子是一只銀手鐲。

「呵！這個茉莉早上才見過我，裝什麼神秘呢？」我把銀手鐲戴上，暗自覺得茉莉有時也挺皮的嘛。

「主子，這碗粥已經放涼了，您可以吃了。」夏蓮端上了涼粥給我。

太醫大人說的對，放涼之後氣味就沒那麼重了，雖然還是感覺有點不適，但至少能勉強吃完一頓飯。

「主子，這是奴婢熬的薑茶。」秋月替我倒了一杯。

「秋月，你辦事一向勤快，上次連皇上都獎賞你了，你還想要什麼？我給你買一個。」

「謝謝主子，不過奴婢沒有想要的東西，只望能終身服侍主子。」

「秋月，這一年多以來，你從沒開口向我要過任何東西，每次吃飯時也都安安靜靜地，事情也是你做的最多，你真的沒有想要的東西嗎？」

「奴婢最深切的心願，恐怕再也無法達成了。」

「不說說看怎麼知道？或許我能幫上忙。」

「奴婢想要再見家父一面。」秋月小小聲地說著。

聽到這句話，我心中也黯淡了起來，是啊，這事情我確實辦不到，就連秋月自己也知道，人死是不能復生的，我也無濟於事。

「秋月，對不起，我不該問這事的。」

「沒事的，主子，您待我如父母般一樣好。」她紅著眼眶，語氣哽咽。

我輕柔地拍著她的背，此時無聲勝有聲。

（當晚，建章宮）

「太后娘娘，奴婢打聽到了。」

「你發現了什麼？」

「您還記得十多年前的雲州案嗎？」

「你是說知州和州判貪汙賑災銀的事嗎？」

「是，當年雲州知州被判死刑，他的女兒全都被流放到荊古塔。」

「那又如何？」

「聽說在雲州知州被處斬的前一晚，有個人去牢裡探望他，那個人是當時的知縣，也就是如今的刑科給事中蕭大人。當時雲州知州家裡還有一個半歲的女娃兒，就把這娃兒託付給他，讓她免受流亡之苦。」

「那這名娃兒現在在哪？」

「她很可能在蕭大人家裡。」

「這事你從哪聽來的？」

「這謠言是從他老家的街坊巷弄傳來的，後來蕭大人到京城工作，全家都搬走了。」

「這下就好辦了，私藏犯官女眷，按例是要革職的。」

「可是您不是說這些言官都是清流嗎？從小受儒家教育，或許他們也會誠實認了這個罪。」

「就算蕭大人會認罪，但他小兒子會不會眼睜睜看著父親丟了官，恐怕就不一定了。」

「太后娘娘，最近皇上和安婕妤走的越來越近了，這幾日還常去她宮裡呢。」

「都已經有太醫院使在照顧了，幹嘛還親自跑一趟，滿月，拿紙筆給我，我給李忠寫封信。」

一個月後，天氣逐漸暖活，厚重的大衣和棉被也都收起來了，身孕五個月的我，小腹已經漸漸隆起，好在我體態不豐腴，穿上衣服還是能遮的住，惡阻也減緩了，孩子跳動也越來越明顯。

「小黃桃，你再五個月就能自由了，期待吧。」我親自餵了牠一條蟲子。

「主子，您看看您的肚子就和小黃桃一樣，越長越大了呢，哈哈！」

「春桃，你的膽子也是越來越大了，秋月一不在，你就開始放肆了。」我輕輕拍了她的頭。

「奴婢開玩笑的，主子別介意啊。」

「你對主子不敬，罰你立刻去慧美人那兒拿水果，回來之後再去熬雞肉粥。」

「奴婢遵命。」春桃灰溜溜地跑走了。

春桃才剛走，旁邊就有聲音傳來。

「安婕妤！您幫幫奴婢吧！」

「白芍，你是怎麼進來的？」我看著她跪在我地上，額頭還流著血。

「安婕妤，奴婢是趁春桃出去的時候偷溜進來的，請安婕妤恕罪。」

「罷了，你趕快起身吧，夏蓮！你快拿紗布來！」

在一陣慌亂中，我替白芍止了血，塗上藥膏。

「白芍？到底發生什麼事情？是不是你家主子虐待你？」看見她受傷，我立馬就想到王詩詩。

「安婕妤，剛才我主子去了莊寶林的宮裡，才說不到幾句，兩人就吵了起來，奴婢想要勸架，主子卻把我推開，我就不小心撞上茶几了。」

「麗昭儀人呢？她都不管嗎？」

「麗昭儀和蘇才人都出去了，奴婢只能找您了，您快幫幫奴婢吧，我怕主子待會又闖禍了。」白芍急的哭了起來。

「你先別哭，快帶我去芳蘭宮看看。」

一進到芳蘭宮東偏殿，地上滿是狼藉，碎片到處可見，莊珮芸則縮在角落哭著。

「珮芸，你還好吧？」我走上前去，莊珮芸依舊低著頭啜泣，臉頰上還一片紅紅的，一看就知道發生了什麼事。

「王詩詩，你說！你又幹了什麼好事？」

「我只不過是把我的東西討回來而已，用不著你多事。白芍，是你跑去告狀了對吧，你這賤婢，回去看我怎麼教訓你！」白芍一聽自己又要被懲罰，急忙躲在我身後。

「珮芸，你跟姐姐說，到底怎麼了？」

「姐姐，嗚……王詩詩她要跟我借銀子，我不肯，嗚……」她哭到連話都說不清楚。

「王詩詩，你又來借銀子了？上次楊才人不是跟你買東西了嗎？好幾百兩也夠你花了吧？」

「好啊，我就知道！我還懷疑楊巧萱哪來這麼大的勇氣敢對付我，原來是妳指使的。」

「這樁交易是你們達成共識的，我現在問的是你為什麼又找莊珮芸拿銀子？」

「她這殿裡頭，有多少是我賣給楊巧萱的東西？這幾樣東西我都要拿走，還要加上利息討回來。」

「姐姐，她一開口就是五百兩利息，嗚……我怎麼可能有那麼多錢？」

「珮芸，所以你付不出利息，王詩詩就把這些寶物都砸爛了？」

「不是，這些碎片都是我原本的東西，王詩詩的寶物，嗚……還在我銀庫。」

「王詩詩，你不把自己的東西討回來，卻把人家的東西都砸了？你是在演哪齣啊？」

「誰叫她都不肯把銀庫給打開，我只好用她的東西來抵債啦。」

「每次我打開銀庫，你就自己把銀子借走了，但你從沒還過啊！」莊珮芸哭得更大聲了。

「我不是說過了，我以後會還給你嗎？」

「王詩詩，快點跟莊珮芸道歉，再把之前借的銀子還人家。」

「我偏不！本宮從不向任何人低頭。」

「你好大的膽子，連個妃都還沒當上，你就敢自稱本宮了？你這是僭越，我現在就以婕妤的身分處置你，把女戒抄十遍，去宮外跪一個時辰。」我罵道。

「既然是『狐』婕妤的命令，那我就更不想聽了。」說完，又朝著我扔了一個杯子。

「放肆！你現在企圖傷害嬪妃，以下犯上，我立刻去稟告溫妃娘娘，今晚白芍就跟我住！」

回宮後，我把事情的經過詳細告訴了溫妃。

「荷花，以協理六宮之權傳我的命令，禁足王寶林六個月，免去午餐，這六個月的俸銀全數償還莊寶林，罰她抄寫女戒十遍，白芍暫時待在本宮身邊，若再有違背宮紀之舉，立即呈報皇上。」

「奴婢謝溫妃娘娘。」白芍說道。

「芷若，你身子有沒有好一點？姐姐好久沒看見你了，很擔心你。」

「咳……謝溫妃娘娘關懷，妾身只是，咳……染了傷寒，怕傳染給娘娘，妾身先告退了。」雖然我信賴溫妃，但是我不希望溫妃為了保護我，捲進這事裡，只好尋個由頭先離開了。

待我離去後，荷花向溫妃說；

「娘娘，您要不要也請個太醫啊？這傷寒可是會傳染的。」

「不用了，倒是芷若不要緊吧？已經兩個月都沒出宮了，我怕她身子骨承受不住。」

「就是啊，皇上每天都派太醫院使去給他請脈，真令人擔心。」

「荷花，你找個日子，買些營養的東西送去給芷若。」

「奴婢遵命。」

回宮後，我覺得手癢癢的，就拿起薄荷油擦擦。

「主子，您的手怎麼了？」

「可能是過敏了吧，幾天後應該就會好了，對了，我的晚餐呢？」

「主子，這是您要的雞肉粥，裡面充滿我的愛心。」春桃說。

「看你之後還敢不敢笑我，下次就不是熬雞肉粥這麼簡單了。」

「那下次您要奴婢做什麼呢？」這話還真是欠扁。

「殺雞！」我握起拳頭裝作要揍她。

「主子，這粥還太燙了，奴婢幫您搧搧。」

「學學人家秋月，多懂事啊。」

「主子，在等秋月搧粥時，我們來玩牌吧。」

「快去認真幹活，地板已經好幾天沒擦了。」我說完就扔了一塊抹布給她。

（此時，芳蘭宮東側殿）

「主子，今天發生了件大事。」

「快說！」聽聞自己被叫主子，而非娘娘，麗昭儀心裡滿是不快。

「王寶林被溫妃娘娘禁足半年了，還被罰了半年俸祿。」

「王詩詩幹了什麼？」

「聽聞她到莊寶林宮裡大鬧，還把宮女推傷了，是安婕妤出面調和的。」

「安婕妤？她不是生病了嗎？已經關在宮裡兩個月了，怎麼突然跑出來了？」

「這個奴婢就不知道了。」

聽聞這個消息，麗昭儀親自到了莊珮芸宮裡。

「妾身拜見麗昭儀。」

「莊寶林快快請起，我是特別來慰問你的，這王詩詩今日在宮裡撒野，我卻沒注意到，真是對不住了。」

「這樣啊，謝謝麗昭儀的好意，好在安婕妤出面調解了，否則我恐怕又要被欺負了。」

「安婕妤最近好嗎？她是不是生病了？」

「很好啊，她看起來已經康復了，罵起王詩詩來可兇了。」

「那就好，我還真擔心她的身子，珮芸，我這條項鍊就送你吧，當作是補償。」

「妾身怎敢拿您的東西呢？」

「你就別客氣了，我先走了。」

「妾身恭送麗昭儀。」

麗妃一離開莊珮芸的宮裡，就立刻去找了蘇才人。

「什麼?你是說狐媚子裝病?」

「有沒有裝病我不知道，但是她今天確實很有精神，這是莊珮芸說的，不會錯。」

「那她到底在搞什麼把戲?不對啊，太醫每天都會去看她啊，還是她其實是得了隱疾?」

「妹妹，你這話可不能亂說，嬪妃有隱疾，這大寧帝國不就翻天了嗎?皇上面子往哪擺啊?」聽聞蘇才人這話，麗妃也嚴肅了。

「是我失言了，姐姐，倒是你禮物送了沒?」

「上個月就送了，應該也快生效了。」

（三天後，御極殿）

「皇上，臣有本要奏。」

「李愛卿有什麼事?」

「啓禀皇上，大寧帝國已達到空前盛世，然而東宮之位懸空已久，臣請求皇上早日誕下龍嗣，為我大寧誕育更多英才，也可安眾臣之心，還請皇上三思。」

「請皇上三思!」幾名大臣也一同附和。

「王從義，你也認為朕應該儘快誕下龍嗣嗎?」

「回皇上，根據大寧史記載，太祖皇帝在二十歲時就已經有三名皇嗣了，世祖皇帝也在二十三歲就有五位子嗣了，臣以為，李大人所言有道理。」

「田文靖，你怎麼看？」

「回皇上，臣以為皇上有子嗣固然是件喜事，百姓也會普天同慶，然而若誕下太多龍嗣，恐怕會引起奪嫡之爭，這是歷朝歷代常有之事，況且皇上如今正值壯年，不必過早設立儲君，故東宮之事，微臣並不憂心。」

「皇上，臣要彈劾田文靖，竟把大寧帝國比擬敗壞的歷朝歷代，這是褻瀆天顏，還請皇上嚴懲，已安忠良之心。」說話的是工部侍郎孫立人，也是孫御女的父親。

「皇上，臣也彈劾田文靖，身為翰林院掌院學士，竟然當朝妖言惑眾，詛咒大寧帝國，臣請皇上罷免田文靖，已示懲戒。」禮部侍郎江大人說道。

「肅靜，子嗣一事，田大人所言甚是，朕自有考量，退朝。」

「吾皇萬歲萬歲萬萬歲。」

下午皇上來找我了，我還躺在床上發懶。

「芷若，朕也來陪你躺躺。」皇上的口氣聽起來有些煩躁。

「皇上，您來的正是時候，妾身正好有東西想送你呢。」

「哦？是什麼？該不會是這個吧？」皇上用手指了他的嘴唇。

「皇上想多了，妾身這就拿來。」我從廚房裡搬了一甕酒來。

「又是竹葉酒嗎？也算是個好禮物。」

「這次不是竹葉酒，皇上自己打開來看看吧。」

皇上轉開蓋子嗅了嗅，頓時驚奇了。

「這不是玫瑰花酒嗎?芷若，你竟然真的釀出來了。」

「皇上要現在喝喝看嗎?」

「可是你有孕在身，不能飲酒，這酒還是先留著吧，我們之後再喝。」

「等孩子出生，妾身一定同皇上暢飲一番。」

「啟稟皇上，太醫大人來了。」秋月說道。

「快請他進來。」

「微臣給皇上請安!」

「快起來幫安婕妤檢查身子吧。」

「微臣遵旨。」太醫照舊摸著我的手。

「安婕妤，前幾天臣開給您的安胎香，您試了感覺如何?」

「一切都好，聞了這香味，心情也舒暢了。」

「那就好，請安婕妤持續使用。」

「院使大人，安婕妤身子如何?」

「回稟皇上，安婕妤的胎兒沒有大礙，不過安婕妤手上有過敏之兆。」

「過敏?她是不是吃了什麼東西?」

「依臣判斷，應該是安婕妤手上接觸了什麼東西，安婕妤，您平時是否有戴什麼飾品?」

「有啊，就是這銀環，是茉莉送的。」我掏出銀環交給太醫。

太醫拿著銀環打量一番，還摸了一陣子。

「果然沒錯，這不是純銀環，裏頭還雜著鎳。」

銀，降低成本。」

「鎳？那是什麼東西？」

「人的皮膚若是接觸到鎳，便會產生過敏，輕者發癢，嚴重的還會引起風疹，不肖商人常會以鎳混

「立刻去把田茉莉給我叫來。」皇上說。

不久後，茉莉便匆匆忙忙趕了過來。

「妾身拜見皇上，吾皇萬歲萬歲萬萬歲。」

「田茉莉，你說，你對安婕妤幹了什麼？」皇上氣的把銀環扔在茉莉面前。

「這是什麼？」茉莉不解地看向皇上。

「你還裝傻，這個假銀環不是你送給芷若的嗎？你可知道這會傷人身子！」

「皇上！這銀環不是妾身送的，請皇上明察。」

「還狡辯，芷若剛才都說是你送的，傳旨，田茉莉謀害妃嬪，降為采女，打入冷宮。」

「皇上，您別激動，我相信茉莉不會做這種事的。」

「芷若，都到了這時候，你還護著她！」皇上更不悅了。

「對了，這銀環不是茉莉親手交給我的，是放在宮外門口，還附了一張信條。」

「芷若姐姐，真的不是我做的，我也從沒寫過什麼信條！」茉莉無助地看向我。

「芷若，那信條你可還收著？拿給朕看看。」

「信還在盒子裡，我立刻就拿過來。」

我把信條攤開在桌上，和皇上一同看著，沒多久我就發現了不對勁。

「皇上，這信上的字感覺不是茉莉寫的。」

「皇上，這銀環真的不是妾身送的，皇上可以拿妾身之前寫的《花草栽記》比對。」

此時夏蓮聽聞動靜，走了出來。

「主子，發生什麼事了？」

「夏蓮，你先回去，這事與你無關。」

此時夏蓮正好瞄到了桌上的紙條。

「主子，那張紙條是麗昭儀送給你的嗎？」夏蓮無意地說著。

「夏蓮，你這話可不能亂說，退下！」我斥責了她。

「是，主子，不過那字跡真的是麗昭儀的，奴婢退下了。」

「等等！你說這字跡是麗昭儀的？你可有什麼證據？」皇上開口了。

「回皇上，奴婢沒有證據，不過奴婢服侍了麗妃三年，這字的確是麗妃的筆跡。」

「朕知道了，朕會去查證，若是此言不符，朕立刻賜死你。」

「奴婢知道了。」

「慧美人暫時幽居冷宮，交侍衛看守，待事情查明後，再行發落。」

「茉莉，你別太擔心，這些糕餅你拿著，別餓著了，姐姐等你出來。」

「姐姐，你相信我，真的不是我做的，嗚……」

皇上把銀環和紙條都帶走了，而茉莉流著眼淚，被人押走了。

❖ 第十三章　難掩之隱 ❖

（隔日晨時，頤和園）

「皇上，您怎麼召妾身出來了？」

「朕這幾日仔細想過了，當初對你的處分似乎過重了，是朕有疏失，改日朕就恢復你的妃位。」

「這都是妾身的錯，妾身不守禮儀，皇上責罰的是。」

「今日就陪朕走走吧。」

不久後，皇上帶著麗昭儀走到了一個石桌旁。

「愛妃，朕覺得這裡風景不錯，你陪朕一同作畫如何？」

「妾身相當樂意！」聽聞能同皇上作畫，麗昭儀立刻拿起筆來。

「皇上，您覺得我畫的這株榕樹如何？」

「嗯，筆力甚為遒勁，不輸南宋趙孟堅，我也來畫幾筆。」

「皇上畫得可真是好，這蓮花的神韻都出來了。」

整個早晨，兩人就在這頤和園裡完成了一幅畫。

「愛妃，這幅畫就讓你來題款吧，順便命名。」

麗昭儀開心地接下皇上的印章，蓋了下去。

「皇上，您覺得什麼題目比較好呢？」

「嗯……朕覺得這池塘旁有幾株茉莉花開得挺美，不如就取名為『荷塘茉莉』好了。」

「這題目取得好，妾身立刻就寫。」

「這寶石就賞給你，下次再一起作畫吧。」

麗昭儀收下了寶石，笑逐顏開，皇上則把畫帶回了養心殿。

在養心殿裡，皇上拿起紙條，比對了麗昭儀寫的字。

「這兩個『茉莉』寫得同符合契，其他字形也相似，難不成那個宮女說的是真的？」

「曹公公，傳飛隼進宮。」

「奴才尊旨。」

「臣參見皇上。」

「飛隼，朕問你，這幾日田茉莉有沒有什麼可疑的舉動？」

「回皇上，昨夜田茉莉在冷宮裡哭得很大聲，還被管事嬤嬤打了。」

「在這之前呢？」

「田茉莉這個月去的地方只有三個，翠寧宮、玉瑤宮、茶園，除此之外就沒了。」

「那麗昭儀呢？」

「麗昭儀最近常跟蘇才人走在一起，雖然這也不是一天兩天的事了。」

「知道了，給我盯緊這兩個人，去冷宮裡叮囑管事嬤嬤，叫她不許為難田茉莉。」

「屬下遵命，屬下這就告退。」

（當晚，芳蘭宮）

「皇上口諭，麗昭儀跪聽。」

「妾身謹聽皇上口諭。」

「麗昭儀，你最近的善行朕都看在眼裡，你表現得不錯，這寶物就當朕賞給你的，望你今後能繼續恪守言行，以作後宮典範。」

「妾身領旨，吾皇萬歲萬歲萬萬歲。」

「麗昭儀，這寶物是皇上賞給你的。」

麗昭儀接過曹公公手上的盒子，打開一看，她倒抽了一口氣，臉色都發白了，裡頭裝的是當初她送的那支銀手環。

這兩日，我一直心神不寧，不曉得茉莉現在怎麼樣了？

「芷若姐姐！」這是茉莉的聲音，她撲倒在我的身上。

「茉莉！你終於出來了，我可擔心死了。」

「是皇上親自把我接出來的。」

此時皇上也走了進來。

「芷若，朕已經查明兇手了，你不必擔心。」

「皇上，真的是麗昭儀做的嗎？」

皇上只點了頭，沒有多說什麼。

「你把夏蓮叫出來，朕有話對她說。」

「奴婢夏蓮叩見皇上。」

「銀手環一案，朕已查明，朕依你所言比對了字跡，能解決這事多虧了你，今日起，你就在養心殿服侍朕，以示佳賞。」

「奴婢謝皇上隆恩！」

「你的兄長或父親可有在朝中任職？朕亦佳賞。」

「回皇上，家裡只有妾身一個獨生女，父親已經戰死了，朝廷也已撫卹了。」

「你父親是什麼官職？」

「回皇上，家父原是千總，死後追贈為守備。」

「朕立刻擬旨，追晉你父親為游擊將軍。」

「奴才謝皇上恩典，家父在九泉之下也必定感激。」

「田茉莉，這次是朕冤枉了你，朕就晉你為婕妤，作為補償。」

「皇上，您能為妾身平反，妾身已感激涕零，不過妾身萬不能受這婕妤位分，安婕妤為人坦蕩，悲憫善良，為後宮眾人皆知，妾身豈可與安婕妤平起平坐？」

聽聞茉莉這麼說，我很感動，明明受了冤屈，卻依舊婉辭封賞，若田大人得知，必定引以為傲。

「不愧是田大人的女兒，知書達禮、四德兼備，這婕妤位分你可以不要，但朕還是要補償你，賞加一年俸祿，田文靖記名一次，交吏部敘用。」

「妾身謝皇上恩典。」

「你先回宮吧，安婕妤，你同朕來。」

皇上牽著我的手，走到宮門外，還停了一輛馬車。

「皇上，您要帶妾身去哪裡？」

「先上去，等會你就知道了。」

隨著馬啼聲，我和皇上同坐一車，大約一刻鐘，車子停了下來。

「芷若，你用這布條蒙住眼睛。」

「皇上，妾身都已經十八歲了，您又想給妾身什麼驚喜？」我哭笑不得。

「蒙上去就是了，朕牽你走。」

皇上帶著我走了九彎十八拐。

「到了，你可以拿下布條了。」

我不是在作夢吧？這裡不是我家的客廳嗎？難道皇上帶我回家了？

「皇上？微臣不知皇上親臨寒舍，有失遠迎，還請皇上恕罪。」

「俞愛卿請起，朕今日來，是有好消息要告訴你，芷若懷孕了，已經滿五個月了。」

「什……什麼？芷若，這是真的嗎？」爹爹聽聞此消息，相當吃驚。

「爹爹，皇上說的是真的，孩兒有孕了。」

「這真是太好了！芷若，你馬上就要當母親了，爹爹為你欣喜。」爹爹握著我的雙手，流下眼淚。

「皇上，小女蒙皇上天恩，有幸誕育龍嗣，微臣替小女謝皇上啊！」這還是我第一次看見爹爹哭得涕泗滂沱。

「俞愛卿，快快請起，朕有要事吩咐你。」

「皇上請吩咐，就是要微臣上刀山、下油鍋，微臣也樂意。」

「朕今日拜你為太傅，孩子出身後，就交由你來指導，你一生為國效力，皇子在你的教導下，必定學識淵博，能夠仁民愛物，朕就把這重責大任交給你了！」

「微臣領旨，皇上恩澤，我俞家永世不忘。」

臨走前，爹爹給了我一個擁抱，還給了我一籃蘋果。

當天晚上，我請春桃到內務府領月例銀，她回宮後，我就切了蘋果來吃。

「爹爹送的蘋果可真甜，你們也多吃一點。」我又順手叉了一塊。

「主子，這麼大顆的蘋果我還是第一次看到。」春桃開心地吃著。

「秋月，你怎麼又不吃了？」我懷疑秋月是不是又陷入自卑當中。

「主子，奴婢覺得要不要把這些蘋果磨成泥，再加進橙汁裡，或許會更好喝。」

「聽起來可以，那你去茉莉宮裡，請她拿些橙汁來，也順便邀請他，春桃，你去邀請楊才人。」

不久茉莉提著一大壺新鮮的橙汁進來，巧萱聽聞有果汁喝，也興沖沖跑來了。

「姐姐，我帶了磨山藥的器具來，用這個來磨蘋果怎麼樣？」巧萱說。

「是可以，但你有洗乾淨嗎?否則到時候喝起來會有山藥味。」

「奴婢這就去洗。」秋月拎著器具和蘋果走了。

「姐姐，你借把菜刀給我。」

「你想幹嘛？」巧萱驚恐地看著茉莉。

「你不要緊張啦！我要做有創意的事情。」

「好是好，你去廚房裡拿，小心別傷到手了。」

秋月這時把蘋果泥端了出來。

「主子，都磨好了，您可以加進去了。」

我們把蘋果泥加進橙汁裡攪拌均勻。

「茉莉，你好了沒啊？果汁都做好了。」我朝廚房喊著。

「來了來了。」茉莉端上一盤切成像兔子狀的蘋果塊。

「這好可愛喔，跟我們餵的那幾隻兔子長的好像。」

「嘿嘿，我切的不錯吧，我們趕快喝吧。」

「啊！好冰好好喝啊。」巧萱一口氣就喝下半杯。

「主子，這裡有盆熱水，您把杯子放進去溫一下，喝太冰胃會發痛的。」

「謝謝你，秋月。」

「姐姐，真羨慕你，要是瀟瀟能像秋月一樣就好了。」

「怎麼這樣說？我看瀟瀟也對你挺忠心的啊。」茉莉說。

「忠心是忠心，只不過就是有些缺點。」

「她怎麼了？」

「她太貪吃了，自己的膳食吃完了，還會偷夾我的菜呢！」

「巧萱，你不覺得瀟瀟有點像某個人嗎？」我問。

茉莉聽完我說的話，在旁笑了起來。

「姐姐是指誰啊？我們宮裡有人這麼貪吃嗎？」

「有，她就叫做『楊巧萱』！」我特意把她的名字大聲唸出來。

「姐姐，你怎麼盡拿我打趣。」

「奶油大蝦，紅燒牛肉，魚翅羹。」茉莉在旁說著。

「茉莉你別說了，再說下去，姐姐就要賣家當了。」

「你們都欺負我，我要回去了！」巧萱作勢要離開。

「欸，妹妹別走，既然都來姐姐宮裡了，就下盤棋再走唄。」

「那就看姐姐的誠意囉！」巧萱搓著手指看向我。

「這樣吧，你贏一盤，菜就多一道，想吃什麼，自己去賺。」

「有意思，那我輸了呢？」

「你輸幾盤，秋月就幾天不用做家事，這幾天都由你負責，秋月，趕快謝謝楊才人啊！」

「話可別說這麼早，秋月，你也別急著道謝，我要贏一盤滿漢全席。」

我們就這樣下了一個時辰的棋，至於結果嘛……秋月放了一周的假。

（當晚，芳蘭宮東側殿）

「主子，奴婢今天在內務府遇見了安婕妤的宮女。」

「你說那個矮冬瓜嗎？她怎麼了？」

「她只是去領月例銀子，但奴婢聞到她身上有種奇怪的味道。」

「奇怪的味道？什麼味道？」

「聞起來有佛手柑、甜橙、薰衣草的味道，還夾雜著一些中藥味。」

「佛手柑、甜橙、薰衣草、中藥……該不會？」麗昭儀思考了一會兒，就立刻跑出宮了。

「什麼？狐媚子懷孕了，你從哪聽來的？」

「她宮女身上好像有安胎香的味道。」

「可是皇上不是很久沒召人侍寢了嗎？」

「這不是廢話嗎，都懷孕了，哪能行敦倫之禮呢？」

「所以皇上說她生病是騙人的？」

「八九不離十，看來皇上是刻意隱瞞消息的。」

「姐姐，這下怎麼辦，難不成眼睜睜看著她誕下皇嗣？」

「當然不行，可是皇上已經對我有所警覺了，皇上把那個銀手環當作禮物送還給我了。」

「那個手環怎麼會在皇上身上？」

「誰知道啊？這後宮可說是越發詭異了。」

「唉！那我們也只能先靜觀其變了。」

（此時，建章宮）

「母后又有什麼事情？」

「妾身給皇上請安。」

「皇上，今日皇后也在，我就說真心話了，還請你儘快誕下龍嗣，以安眾臣之心。」

「就連母后也擔心起龍嗣啦？侍寢可以，但皇嗣又不是說有就有的。」

「拿去，這是思卉的月事簿，照這日期推算，這幾天行周公之禮，很快就會有結果了。」

「母后就這麼急著要皇嗣嗎？那兒臣想辦法讓人誕下皇嗣就是了。」

「嚴恆，不只是要皇嗣，而且要是皇后的孩子才行。」

「為何母后要一直替皇后說情呢？」

「我不是為她說話，只是身為一國之后，理當要有皇子才行啊。」

「這話兒臣就不明白了，先帝立的太子可是貴妃生的，當時的皇后也沒有子嗣啊？」

「嚴恆，你這話是什麼意思？」

「當年我的生母可是被你害死的，自從我出生後，你就對我母親盡是欺壓與羞辱，雖然那時我才五歲，但是你辱罵我母親的畫面，我可是記得一清二楚，母親每天承受你的壓力才會倒下，妳自己沒有子嗣，就將我過繼在妳的名下，妳這太后的位置可真是得來不易啊。」

「好啊，經過這麼多年，你總算把真心話說出來了，我可告訴你，這大寧帝國可不是單靠你嚴家打下來的，還不是都靠我的曾祖父和祖父他們在戰場上浴血奮鬥，這天下有一半是李家的，太后與皇后的位置也勢必屬於李家。」

「那兒臣立刻就把這個傳統給廢了，都說外戚干政，看來大寧帝國也逃不過妳的命運，兵部尚書李忠是妳的姪子，在朝廷上逼朕要子嗣，冀國公也是妳的舅舅，朝中有多少黨羽，妳以為我不知道嗎？我立刻就把他們都撤了！」

「皇上，妾身不求聖寵，也不求子嗣，還求您不要氣太后了，若是把官員都革了，這朝廷還怎麼辦啊？」皇后都跪在地上哭了起來。

「看來就連妳姪女都還比妳懂事呢。」皇上冷淡地走掉了。

「姑母，您休息一下，喝點水。」

「思卉，妳給我爭氣一點。」皇后才剛端上水，就被太后一手給弄翻了。

皇后深深嘆了一口氣，回到坤寧宮了。

今日辰時我就起床了，還真是難得，自從懷了孩子後，每天都容易疲倦。

「主子，慧美人來了。」

「茉莉，你這麼早來有什麼事嗎？姐姐都還沒梳洗呢。」

「姐姐，妳是不是忘記今天是什麼日子了？」

「什麼日子？對了！今天是巧萱的生日，我差點忘了。」

「姐姐，上次巧萱只贏了妳三盤棋，那你要準備哪三道菜給她呢？」

「話是沒錯，只是三盤菜也太少了吧，畢竟是一年一次的慶生，我看還是準備六道菜吧。」

「姐姐，這樣不會太貴嗎？上次巧萱許的願，全都是珍羞美味。」

「她上次好像有說魚翅、香魚、紅燒牛肉、燕窩、佛跳牆，少說也得二百兩吧。」

「姐姐，不如這頓飯我跟妳分攤一半好了。」

「可是一百兩也很多耶，都將近妳一個月的月俸了，還是姐姐出吧。」

「姐姐，別擔心，皇上不是才剛賞給我一年的俸祿嗎，這點錢已經綽綽有餘了。」

「好吧，那就多謝你了。」

「姐姐，可是我們這樣會不會慣壞她啊？雖然這是用我們的私錢買的，但是這些菜都堪比皇后的膳食了。」

「沒關係啦，偶爾一次就算了，再說今天是她的生辰，掃了興也不好。」

「那我這就去御膳房請他們準備。」

「嗯，那就拜託妳了，這是一百兩銀子。」

茉莉離開後，我把剩下的一支桃花簪包好，打算當作生日禮物送她。

傍晚，一群宮人就把菜都送來了。

「奴婢給楊才人請安，楊才人生日快樂。」

「秋月快起來吧，別這麼拘謹。」

「姐姐，桌上怎麼這麼多菜？我不是只贏了三盤棋嗎？」

「這另外一半的菜，是茉莉掏銀子請妳的。」

「茉莉，我就知道妳對我最好了。」巧萱蹭著茉莉的臉。

「好啦，大家都是好朋友，快點吃吧，這些菜可都是妳許願的。」

「巧萱，這還有一盤奶油大蝦，是姐姐特地為妳準備的。」

「奶油大蝦，萬歲！謝謝姐姐。」

「好了，我們開動吧，春桃、秋月也一起來吃吧。」

「奴婢們謝主子恩典。」

「咦？這鍋是什麼湯，我早上沒有跟御膳房點湯啊？」

「這鍋是我親自煮的蘿蔔排骨湯，吃點清淡的也好。」

「姐姐，您這次沒有傷到手吧？」茉莉擔心地問。

「沒事，別擔心啦，這裡還有果汁。」

巧萱嘴裡含著美食，相當快活，秋月雖然含蓄，但也吃得很開心。

「姐姐，妳怎麼吃這麼少啊？是不是不舒服啊？」

「沒有，只是太醫叮囑我不能吃太油，所以這些菜我不方便多吃。」

「姐姐，那妳怎麼辦？總不能我們吃的開心，卻讓妳一個人餓肚子吧。」茉莉說道。

「主子，奴婢替您燉了鮑魚粥，主子請用。」秋月從廚房端了一鍋粥來。

「秋月，謝謝妳。等等，妳的手怎麼起泡了？」

「沒什麼。」秋月瞬間收回了手。

「快點伸出來讓我看，趕快。」

秋月這才慢慢把手伸出來給我看，手背紅紅的一片，還起了好幾個泡。

「妳是不是煮粥時燙到了？」秋月點頭。

「妳怎麼都不說呢？燙的這麼嚴重，到時候發炎怎麼辦？」

「主子，對不起，奴婢怕您擔心。」

「快跟我去房間，我替你包紮，巧萱你們先吃。」

「秋月，以後受傷了要主動跟我說，明不明白？」我替秋月上了藥，用繃帶裹好。

「奴婢明白了。」

「姐姐，秋月沒事吧？」茉莉問。

「沒事，只是小燙傷而已，我幫她處理好了，秋月，妳手不方便，拿湯匙吃。」

「謝謝主子，咦？這鍋粥怎麼感覺變少了？」

「芷若對不起，這粥太香了，我一時忍不住……」

「沒事的，想吃就吃。」

「茉莉妳怎麼了？臉色這麼難看。」我問。

「喔，沒事沒事，我只是在想茶葉的事情。」
「巧萱，這是我送妳的禮物，快拆開來看看。」
「姐姐，這不是妳的桃花簪嗎？只剩一支，怎麼給我了？」
「妳和茉莉兩人各插一支，當個漂亮姐妹花。」我笑道。
「謝謝姐姐！姐姐人真好。」
大家吃飽後，我彈了一首曲子，為這場生日宴會畫下句點，大家也散去了。

「茉莉，妳怎麼了，為什麼突然帶我來御花園。」
「唉！巧萱，我覺得妳應該多替芷若姐姐想想。」
「多替芷若姐姐著想，什麼意思啊？」
「你可知道為什麼今天妳有大餐吃嗎？」
「我知道啊，是妳和姐姐請我吃的。」
「妳還記不記得妳原本只有三道菜能吃？是芷若姐姐主動幫妳加菜的，她說妳是壽星，想讓你開心一點。」
「嗯，我想也是，芷若姐姐一直很善良。」
「可是妳知道這些菜一共花了二百兩銀子嗎？芷若姐姐一個月的俸銀也才一百六十兩，她把錢都花掉了，她這個月要怎麼生活？」
「這個……」
「芷若姐姐現在身子都不方便，妳連她的粥都吃了，不覺得有一點超過嗎？」

「嗯！妳說得對。」巧萱緊握著剛才拿到的桃花髮簪。

「我說這些也不是想責備妳，只是想提醒妳幾句。」

「我知道了。」巧萱一臉愧疚。

「好啦！笑一個，我們回去吧。」

（此時，建章宮）

「滿月，妳明天幫我去御膳房，叫他們做菜時多放點鹽，最近的菜都沒什麼味道。」

「是，奴婢明白了，說到御膳房，今天傍晚我看見好幾個御膳房的人，提著一堆菜進了安婕妤的宮裡，連楊才人也進去了。」

「她不是生病了嗎？怎麼還叫這麼多東西？」

「娘娘，恕奴婢妄言，恐怕這病是裝的。」

「裝的？這麼一說我才想到，皇上說她得了傷寒，但皇上每天都去看她，卻完全沒被傳染，不過她為什麼要裝病呢？」

「太后娘娘，我可以進去嗎？」

「妳快進來吧！」太后一聽就知道是麗昭儀的聲音。

「麗妃，妳怎麼來了？」

「太后娘娘……妾身已經不是麗妃了。」

「唉！不管外面的人怎麼說，在我心中，妳還是麗妃，是我的乖孩子。」

「謝謝太后娘娘，今日妾身是有事情想跟您報告。」

「什麼事？該不會是皇上又對妳怎麼了吧？」

「不是，是妾身最近聞到，安婕妤身上充滿柑橘、薰衣草的味道，還有中藥味。」

「這樣啊！或許是她身子不舒服吧？」

「天色也暗了，妾身就先告退了，請太后娘娘早點休息。」

麗昭儀離開後，太后立刻去找了曹公公。

「奴婢見過太后娘娘，太后娘娘是要找皇上嗎？」

「不是，我是想找你要侍寢簿。」

「好的，您稍等，奴婢這就拿過來。」

太后一頁一頁翻著侍寢簿，臉色越來越鐵青了。

「曹公公，這侍寢簿沒記錯吧？」

「是啊，這可是絕對不能弄錯的，皇后初一、十五都有侍寢。」

「知道了。」

太后看完侍寢簿，怒氣沖沖地回到建章宮

「這皇上實在太誇張了！」

「娘娘，怎麼了嗎？」

「皇上自從一月後就沒召俞芷若侍寢，也沒賜避子湯，而皇上除了初一、十五外從沒召過皇后。」

「這有什麼問題嗎？皇后有侍寢，不就有機會誕皇嗣了嗎？」

「皇后已經跟皇上睡多少年了，我連半個孫子都沒看到，皇上一定是把皇后晾在一旁。」

「那安婕妤為什麼已經將近三個月沒侍寢了呢?」

「安婕妤從一月開始就稱病，還請了太醫，剛才麗妃也說了她身上有味道，那些香味絕對是安胎香的氣味，八成是診斷出有孕，所以皇上才沒翻她牌子。」

「所以皇上是為了封鎖消息，才幫安婕妤對外稱病?」

「絕對是這樣，看來皇上是鐵了心要讓俞芷若誕下龍嗣了。」

「太后娘娘先別緊張，就算是皇嗣，也不見得是男的。」

「就算是女的也不行!她一旦生下孩子，皇上一定會晉她為妃，甚至是貴妃，到時候思卉就更沒有轉圜餘地了，我明天就召太醫來問問，他一定會把事實全說出來。」

隔天下朝後，蕭太醫就進宮了。

「微臣給太后娘娘請安!太后娘娘萬福金安。」

「蕭太醫請坐，今日我找你過來，是有些問題想問您。」

「太后娘娘請問。」

「我很擔心安婕妤的病情，想問問他現在狀況如何?」

「回太后娘娘，安婕妤染了傷寒，需要靜養。」

「是嗎?可是我聽說安婕妤懷孕了?此事可是真的?」

「回太后娘娘，安婕妤確實是傷寒，皇上吩咐下官每日照顧安婕妤，絕對不會錯。」

「這樣啊?蕭大人，聽說妳府上有名雲州女子吧?他好像是死刑犯的女兒。」

「太后娘娘，這話可不能亂說，微臣家根本就沒有您說的女子。」

「那就奇怪了?這可是雲州人親口說的，不如我派人去調查看看好了。蕭太醫可知道，隱匿犯官子女，可是要丟官的，您父親年紀都這麼大了，被罷官恐怕就不好了。」

「太后娘娘，您到底要找微臣做什麼?」

「看來蕭太醫是個明白人，我只要請你把這包藥，放進安婕妤的藥湯中就好。」

「這包是附子粉，太后娘娘，毒害嬪妃這罪我可擔不起，還是請您另尋高明吧。」

「只要你和我都不說，又有誰知道呢?」

「要是我這麼做，皇上一定會派其他御醫調查的。」

「其他御醫我會收買的，看你是要按著我的吩咐做，還是要讓你們父子倆都丟了飯碗，你自己衡量衡量吧。」

「恕臣告退!」

「主子，荷花來了。」

「荷花?快請他進來。」

「奴婢荷花給安婕妤請安。」

「荷花，妳怎麼來了?真難得。」

「娘娘讓我帶些營養的食物送給您，並問候您，這裡有些娃娃菜和鱸魚，還有幾顆雪梨。」

「替我幫溫妃娘娘打聲招呼，這條手帕請幫我交給他，當年我入宮時他送了一條手帕給我，這一條是我自己繡的，禮尚往來。」

「是，請安婕妤保重，奴婢告退了。」

「娘娘，奴婢回來了。」

「芷若的身子怎麼樣？」

「看起來沒什麼事，精神也還不錯，這條手帕是安婕妤自己繡的，要送給您的。」

「繡得還真好，跟專家沒兩樣。」

「主子，您送的食物會不會太多了？我看安婕妤好像變胖了。」

「芷若變胖了？」

「是啊，雖然有衣服蓋著，但還是能微微看出她有小腹了。」

「等他病好了，我再去找他運動，荷花，你可以休息了。」

「謝主子。」

（玉瑤宮）

最近肚子跳動的越來越頻繁，力道也變大了，看來孩子很健康的成長呢，不枉費這幾個月我這麼謹慎地過日子。

「春桃，幫我把那杯半夏茯苓湯拿過來。」

「主子請用，主子您要不要換件寬一點的衣服，這樣身子比較不明顯。」

「好啊，也快四月了，天氣會逐漸熱起來，你就幫我去織造局訂一件寬的吧，你跟秋月的衣服也穿舊了，也順便替你們換新衣，你待會去跟秋月拿三十兩銀子。」

「奴婢謝主子。」

我走向窗戶，看著小黃桃在籠子裡揮動翅膀，不禁感慨了起來。

「你現在就跟我一樣，明明想出去，卻哪裡也去不了，唉！好無聊喔。」

「啾啾！啾！」

「算了，你也聽不懂我說的話，我還是睡覺吧。」

「主子，奴婢建議您不要睡太久，否則晚上睡不著，亂了作息對身子不好。」

「也是，可是我能做什麼呢？」

「這個……主子不嫌棄的話，奴婢可以跟您聊天。」秋月說。

「好啊，那我問你，你什麼時候生日啊？」

「生日嗎？三月上旬。」

「不是才剛過不久嗎？你怎麼都不跟我說？」

「只是生日而已，奴婢沒有特別放在心上，而且奴婢已經好幾年沒過生日了。」

「秋月，我們可以幫你慶生啊，你的出生是很重要的，不要看輕自己。」

「謝謝主子的好意，奴婢心領了，不過慶生太費工了，不必如此。」

「我們簡單辦一辦就可以啦，吃點你愛吃的也好。」

「可是奴婢並沒有特別愛吃的東西。」

秋月當了這麼久的宮女，向來都是有什麼就吃什麼，自然也沒有任何喜好。

「那主子送你一個首飾怎麼樣？」

「奴婢不習慣戴首飾，再說戴了也不方便幹活。」

「好吧，那等你想到再跟我說，剛才溫妃送了水梨，我們一起吃吧。」

「奴婢謝過主子。」

傍晚，春桃帶著衣服回來了。

「主子，織造局的人說，您的衣服必須花幾天趕工，所以我先拿秋月和我的衣服回來了。」

「你們趕快穿穿看，讓我瞧瞧。」

兩人換上了衣服，粉色的衣裳配上幾朵梅花，秋月穿起來更有氣質了，而春桃則是越發可愛了。

「都很好看呢，一個清秀，一個玲瓏。」

「奴婢謝主子恩典。」

「秋月快起身吧，這是你們應得的。」

「主子，今天太醫怎麼沒有過來啊？」春桃說。

「對耶，還真奇怪。」

（三日後，建章宮）

「溫妃，最近宮裡可有什麼動靜？」

「回太后娘娘，除了王寶林在禁足外，最近宮裡一切都好。」

「俞芷若呢？我已經三個月沒看到她了，她的病到底好了沒？」

「回太后娘娘，皇上說安婕妤仍在養病。」

「楊巧萱。」

「妾身在。」

「聽說前幾日你去了安婕妤宮裡，還大擺菜餚，這是怎麼回事？」

「妾身只是去探望安婕妤，請她吃頓飯而已。」

太后當場就把茶杯扔了過去，打碎在楊巧萱面前。

「你當我是傻子啊？還不快從實招來！」

此時宮裡所有人都注視著楊巧萱，原本靠在太后身旁的麗昭儀也瞬間坐直了。

「回太后娘娘，妾身說的是實話，皇上說安婕妤染了病，妾身只是去探病而已。」

「傳我的懿旨，禁足楊巧萱十日。」

「太后娘娘，請容妾身進一言。」

「田茉莉，你要說什麼？」

「妾身覺得楊才人沒有做錯事，敢問太后娘娘為何處罰她？」

「田茉莉，你是書香女子，從小飽讀詩書，孝經說道：『夫孝，德之本也，教之所由生也。』孝順是品德之本，現在你卻質疑我的懿旨，你這慧美人是怎麼當的？」

「回太后娘娘，孝經說的沒錯，但是《道德經》說：『為人者，己愈友，與人者，己愈多。』韓非子也說：『臣事君，子事父，妻事夫，三者順，天下治。』楊才人探望安婕妤，也是多為人設想的表現，皇上的旨意也是說安婕妤需要好好養病，身為皇上的妻妾，自然應忠於皇上的聖旨。」

「你可真是俐牙利齒。」因為無法反對田茉莉的話，太后更惱怒了。

「溫妃，帶他們下去，今日皇后身子欠安，你們就不用去請安了。」

「妾身告退。」

（坤寧宮）

「皇后娘娘，您也吃些早膳，您這幾天都沒吃什麼，身子怎麼受的了？」

「翠兒，收下去吧，我最近肚子有點痛。」

「那奴婢這就去請御醫。」

翠兒才剛說完，太后就走進來了。

「姪兒給母后請安。」

「李思卉，俞芷若都已經懷上孩子了！你到現在都還生不出來，我跟你說過多少遍了？」

「母后，不是我不想，是皇上她……」

「你就不能想辦法討皇上歡心嗎？說幾句好聽話給他灌迷湯，或是吃些易孕丹，這些還要我教你嗎？」

「母后，我肚子疼。」皇后臉色逐漸發白，癱軟在椅子上。

「太后娘娘，皇后已經疼好幾天了。」翠兒說。

「肚子疼？該不會是有孕了，翠兒，趕快去請太醫。」

太醫院聽聞皇后出事，急急忙忙派了三個人來，仔細把脈、診斷。

「太醫，結果怎麼樣，皇后是不是有喜脈了？」

「稟太后娘娘，皇后娘娘並無身孕，微臣認為娘娘肚子疼的原因，是因為心裡承受過大的壓力。」

「壓力？是什麼壓力啊？」

「這可能就要問皇后娘娘自己了，微臣這就下去開方子，先告退了。」

「翠兒，好好照顧皇后，我晚點再來看她。」

❖ 第十四章　溫顧之心 ❖

中午，溫妃獨自到我宮裡。

「溫妃娘娘，您怎麼會來？妾身病還沒好，會傳染給您的。」

「芷若，你老實跟我說，你是不是懷孕了？」

我睜大眼睛，照理說溫妃娘娘不該知道這消息啊。

此時，溫妃摸了我的肚子好幾秒。

「芷若，發生這麼大的事，你為什麼不跟我講？」

「溫妃娘娘息怒，是皇上要我把消息封鎖的。」

「已經多大了？」

「已經六個月了。」

「這事情還有誰知道？」

「我只有跟茉莉和巧萱說，此外只剩皇上和太醫了。」

「你可知道今天早上，太后提起了你，我看這消息早就走漏了。」

「怎麼會？巧萱跟茉莉不可能會出賣我啊？」竟然讓太后得知這件事，那不就完蛋了嗎。

「她們兩人沒有出賣你，但是百密總有一疏，上次就連荷花都看出你有小腹了。」

「姐姐，那我現在該怎麼辦？太后如果知道了，豈不是大家都會知道？」

「巧萱今天早上還一直替你隱瞞，太后不斷逼問，最後是茉莉說話才讓太后無言以對，所以這件事並沒有被公開，但如果太后知道了，想必麗昭儀也知道了。」

「這就糟了，我得趕緊告訴皇上才行。」

「我去找皇上，你乖乖待在宮裡。」

（此時，養心殿）

「微臣……微臣給皇上請安。」太醫全身顫抖跪在地上，還冒著冷汗。

「院使大人，你這麼緊張，是不是芷若出了什麼事？」

「皇上，請皇上恕家父之罪，請皇上恕家父之罪啊！」

「你父親向來直言敢諫，他怎麼了？」

「皇上，罪臣家裡有一名僕人，是當年欽犯雲州知州的女兒，家父與知州交好，他死前把他的女兒交給家父代為養育，罪臣願意辭官還鄉，還請皇上饒恕家父吧！家父年紀大了，若是突然被罷官，他老人家承受不住的。」

「都過了這麼久，為什麼這時候才主動來認罪？」皇上皺了皺眉頭。

「皇上……請您看看這個。」

「這包是什麼藥？」

「回皇上，這是……附……附子粉。」結結巴巴的說著，就連正常呼吸都不敢。

「什麼？」皇上拍了案，硯台和毛筆全都震動了一下。

「這東西是哪來的？你立刻給朕交代清楚！」就連曹公公站在殿外，都能聽見皇上的聲音。

「回皇上，是……是太后。」

「砰！」皇上氣紅了臉，把椅子給踢倒了。

「皇上息怒，皇上息怒。」

「這包東西我留著，你繼續給我顧好安婕妤，只要孩子平安出身，你剛剛說的事我也不計較。」

「謝皇上隆恩！謝皇上隆恩！」太醫如獲大赦，快速爬出去了。

「皇上，溫妃娘娘來了。」

「怎麼事情一件接一件啊？去，把他打發了。」

「可是溫妃說這事情跟安婕妤有關。」

「安婕妤？快讓他進來。」

「妾身拜見皇……」

「快起來，告訴朕發生什麼事了。」

「皇上，安婕妤懷孕的消息已經走漏了，今日請安時，太后娘娘不斷逼問楊才人，恐怕太后娘娘早就知道此事了。」

「朕知道了，你先回去吧。」

「皇上，妾身是想說，讓妾身親自晝夜照顧安婕妤，妾身願意住在她宮裡，皇上也不必一直擔心安婕妤的安危，皇上您信得過妾身嗎？」溫妃認真的神情也打動了皇上。

「溫妃，雖然朕對妳無男女情愛，但是你的忠心和善良，朕都看在眼裡，也才把這協理六宮之權交給你，你可別讓朕失望了。」皇上拍了拍溫妃的肩膀。

「妾身謝皇上信賴。」

「嗯，雖然委屈了芷若，但還是只能請她再多忍耐一下了。這銀針你拿著，小心她的吃食。」

「是，妾身告退。」

「芷若，我已經跟皇上說好了，今日起就由我來照顧你，我日夜陪在你身邊。」

「溫妃娘娘，這樣你不就要好幾個月被困在我殿裡了。」

「姐姐不在乎，芷若，皇上中意你，我身為皇上的妃嬪，豈能看著皇上一直憂心忡忡呢？」

「姐姐，謝謝你。」

這幾日溫妃日夜都照顧著我，替我拿東西，盯著我喝藥，太醫診脈時也待在一旁，看我入睡後才休息，每樣食物也都由他親自用銀針試毒，春桃和秋月也輪流陪在我身旁，時常熬粥給我喝，替我按摩，茉莉和巧萱時不時就帶著蔬菜水果來找我，乏味時陪我玩，感傷時聽我哭泣，在他們悉心的照料下，胎兒也愈長愈大，到了第七個月，寬鬆的衣服已經遮不住我的肚子，腳也常常水腫。

「芷若，泡泡腳吧，這樣可以減緩腫脹。」

「謝謝姐姐，多虧有姐姐照顧我，我才能安心休息，等將來孩子出生後，就叫他認你為乾媽。」

「這樣我會不好意思的，再說我不會哄嬰兒，等他大些，我再陪他玩葉子牌。」

「這樣孩子恐怕會像皇上一樣，不敢跟你玩遊戲了。」

「哈哈，我記得我家裡還有些嬰兒的玩具，是我以前用過的，你不介意的話，我全都送給你。」

「你聽到了沒有，還不快謝謝溫妃姐姐。」我看向肚皮，一邊揉著肚子一邊說。

「我也可以摸摸嗎？」

「好啊，摸右邊一點，他最近很活潑，晚上也一直動呢。」

「真的耶！跟當時的純妃一樣，她也讓我摸過肚子。」

「姐姐，我可以問你一個問題嗎？」

「問啊。」

「姐姐，你的家人現在都在哪裡呢？」

「我娘同我弟弟住在溫湖，我母親是一品誥命夫人，我弟弟就是用那些俸銀開始從商的，他在經營絲綢貿易。」

「一品誥命，那姐姐的父親是？」

「我父親是文淵閣大學士兼太子太傅，在我二十歲那年，他隨著先皇去圍場狩獵，卻不小心從馬鞍上摔了下來，沒幾天就走了。」

「原來是這樣，姐姐對不起，我問了不該問的話。」

「沒關係，世事無常，就如同我自己也從沒想過會成為太子側妃，想必你當初也是吧？」

「是啊，也從沒想過自己這麼快就要當母親了。」

「芷若，朕來找你了。」

「妾身見過皇上。」我坐在凳子上，而溫妃則跪著請安。

「最近身體怎麼樣？有沒有好好吃飯？睡覺睡得好嗎？」

「有勞皇上掛念，在溫妃娘娘照顧下，妾身非常舒適，太醫也說孩子很健康。」

「嗯，溫妃做事朕一向放心，等孩子出生後，朕一定厚賜溫妃。」

「謝皇上恩典。」

「芷若，把腳放上來，朕替你按按。」

「皇上，妾身自己按就行了。」

「聽話，快抬上來，這是身為夫君的責任。」

「那就勞煩皇上了。」

皇上專心揉著我的腿，雖然我覺得讓溫妃按比較舒服，但皇上的心意更深重。

「芷若，剩下三個月了，再忍著點。」

「有皇上照顧，妾身絕對會盡力的。」

「皇上，這裡有蘋果，是慧美人種的，您吃一口。」溫妃說。

「嗯！好吃，不愧是田茉莉。」皇上豪邁地咬了一口蘋果。

「多虧有茉莉和巧萱，妾身的孩子也吃的很飽呢。」

「嗯，你們四人都辛苦了，這後宮要是都像你們這樣就好了。」

「皇上，妾身想問您一個問題？」

「說，什麼問題我都會回答你。」

「皇上已經想好孩子的名字了嗎？」

「這倒是個好問題，容朕再回去好好想想，太醫有說這胎是男或女嗎？」

「回皇上，太醫說過左手尺脈浮洪就是男胎，右手尺脈沉實就是女胎，但妾身左右兩手的脈象差不多，所以太醫也無法判斷。」

「那也沒關係，就當作是驚喜吧。」

「啓稟皇上，宏州知州楊序祥進京述職了。」曹公公說。

「知道了，朕先走了，溫妃，芷若就交給你了。」

「妾身恭送皇上。」

（養心殿）

「臣楊序祥叩見皇上，吾皇萬歲萬歲萬萬歲。」

「楊序祥，之前宏州的難民們現今如何？」

「回皇上，臣繼任之後立刻開倉放糧，並從金川運了些水，才勉強度過寒冬，今年開春，天降甘霖，稻米都長得很好，水源無匱，現在百姓的生活已經穩定了，糧價也恢復到一斗二兩。」

「你辦的很好，大寧百姓絕對不能餓死，每個人都要吃的飽。楊序祥，朕外放你為宏州知州是個明智之舉，朕升你為宏諒知府，好好管理百姓，像你父親一樣做個堂堂正正的君子，等時機成熟，朕將整個西北都歸你管。」

「謝皇上隆恩。」

（當晚，建章宮）

「思卉，我們先吃吧，皇上怎麼還沒來啊？」

「是，母后。」

「你身體有沒有好一點？應該沒什麼壓力了吧？皇嗣一事還要交給你了，不可讓別人捷足先登了。」

「姪兒明白。」

「奴才給太后娘娘請安。」

「是曹公公啊，您怎麼來了？」

「皇上要奴才轉告娘娘，皇上今日召見外官述職，沒辦法來見您。」

「我知道了。」太后沉了臉。

「皇上還吩咐奴才把這盒子交給您，皇上說裡面有適合您的中藥，那奴才先告辭了。」

「母后，看來皇上還是很惦記您的身體。」

「是啊！畢竟還是有養育之恩嘛。」

太后打開盒子一看，根本不是什麼中藥，而是包附子粉。

「母后，這包是什麼藥？」

「沒什麼，思卉你先回去吧，母后靜一靜。」太后自己都不敢說那是附子粉，否則就撇不清下毒的關係了，只好讓皇后離開。

「嚴恆！你這個逆子！」太后把藥盒摔在地上。

「娘娘，您怎麼了？」

「滿月，你自己過來看看！」

「這不是我們給蕭太醫的附子粉嗎？怎麼在這裡？」

「他一定是直接告訴皇上了，我太小看這個蕭太醫了。」

「娘娘，竟然他都把事情捅出去了，那這官他也別想當了。」

「就算彈劾他，皇上依舊會護著他，皇上現在對任何人都不放心，不會再把這事交給其他人去做了。」

「那娘娘您想怎麼辦呢？」

「發個帖子，就以慰問的名義邀俞芷若來吃飯。」

「奴婢尊旨。」

（某天下午，玉瑤宮）

「芷若姐姐，你有沒有把我種的水果吃完呢？」

「有，就連皇上也吃了，還稱讚了你。」

「姐姐，我們來玩五子棋吧。」巧萱提議道。

「可以啊，但是這次贏了可沒有菜能吃。」

「我也想一起玩可以嗎？」

「蛤？溫妃娘娘您也要玩？那我們就不用玩了啊。」巧萱說。

「別這麼說嘛，我也好久沒跟別人下棋了。」

「那我先跟溫妃姐姐比一場。」茉莉下了戰帖。

「妹妹放馬過來，我要湊個雙活三。」

「我賭上棋王的名號跟姐姐拚了。」

你一子，我一子，一下黑子被擋住，一下換白子被擋，下了兩刻鐘，棋盤上已經快擺滿棋子了。

「巧萱，我從來沒看過兩刻鐘還下不完的五子棋。」

「一個是遊戲王，一個是棋王，難得棋逢敵手，就讓他們下吧。」

「妹妹覺得誰會贏？我賭茉莉。」

「我賭溫妃。」

又過了一刻鐘，兩人終於分出了勝負。

「太好了，我終於贏了！」

「怎麼可能？我下棋可從來沒輸過啊。」茉莉哀嚎。

「茉莉，姐姐可從沒遇過這麼強的對手呢。」

「終於結束了，我原本還擔心孩子都出生了，你們還在下呢。」我說。

「我早就說過溫妃娘娘會贏了。」

「真懷念啊，以前王大人常常教我們下棋呢，想當年皇上……」

「當年皇上輸了，就再也不跟你玩了。」我們三人齊聲說道。

溫妃自己聽完也笑了，甚至自掏腰包請我們喝綠豆湯呢。

「好了，這局又是姐姐贏了。」

「芷若姐姐你已經連贏我三局了，不公平。」巧萱鼓著臉，像是河豚似的。

「芷若姐姐也很強的，只比我弱一點而已。」

「是是是，茉莉小棋王，下次還請你教教我，讓我青出於藍勝於藍。」

「時間也不早了，我們先走囉。」

「你們又要去餵兔子啊？」

「不是，今天是瀟瀟的生日，我跟茉莉還有楓兒要幫他慶生。」

「那這支孔雀髮簪就當作我送他的禮物好了。」

「知道了，瀟瀟一定會很開心的，先走囉。」

「春桃，擺飯吧，我肚子也餓了。」

「奴婢馬上端來，對了，剛剛滿月姑姑來了，他說下周要請主子去建章宮一趟，這是請帖。」

「姐姐，請帖上面寫太后要請我吃飯，順便看看我的身子，您覺得我該去嗎？」

「太后請你吃飯?這擺明是鴻門宴。」

「可是不去的話要怎麼交代呢？」

「我們找時間去問皇上，他應該有辦法的。」

（隔日，御極殿）

「皇上，昨晚漠北將軍邱孟翰傳來消息，大寒帝國近日在大寧邊疆二百里外紮營，有向前推進之勢，臣請皇上下旨，派冀國公出兵征剿。」李忠奏報。

「大寒帝國已經快百年沒有跟我們接觸了，怎麼會突然想進攻呢？」

「回皇上，大寒帝國的皇帝在半年前駕崩了，新皇帝好大喜功，不斷對外出兵，鄰近幾個小國都已經被併吞了，臣建議皇上加強冀國公兵力，鎮壓敵國。」

「冀國公去年才剛平定西南亂匪，現在又要他打仗，也太辛苦他了。」

「皇上，冀國公用兵可是所向披靡，不出一個月，便能凱旋歸來，還請皇上撥軍隊給他。」

「不用了，冀國公就好好休息吧，朕任命漠北將軍邱孟翰、漠北副將房兆翔二人，領兵出戰，用四百里加急送過去。」

「臣尊旨。」

散朝後，王從義到養心殿找皇上。

「臣王從義拜見皇上。」

「王大人請起，今日有什麼事情嗎？」

「皇上，臣請求皇上准臣回歸鄉野，這是臣的辭呈，請皇上俯允。」

「王大人，您才五十六歲而已，怎麼突然要致仕呢？」

「皇上，臣頭髮都已經白了，最近眼睛也花了，臣恐怕無法再繼續為皇上效力了。」

「可是朝中除了您可以統管戶部以外，沒有更合適的人選了，您一走，戶部怎麼辦？」

「皇上，臣手上有張名單，這些人都有真才實學，也不結黨營私，大多都是被李黨打壓，以致於大材小用，皇上可從中挑選人才。」

「好吧，那你先把手中的事辦完，半年後，朕就讓你致仕，榮歸故里。」

「謝皇上恩典，微臣告退。」

「皇上，溫妃剛才來過，請皇上有空時到玉瑤宮。」曹公公說。

「朕知道了，我把累積的奏摺批完就過去。」

此時，太醫正在我宮裡。

「安婕妤，請您稍微躺下來，讓微臣看看胎位正不正。」

太醫摸了摸我的肚子，沒什麼表情。

「院使大人，我身子如何？最近我頻尿很嚴重，晚上都睡不好，腳也常抽筋。」

「安婕妤別擔心，孩子一切正常，您的症狀都是很常見的，微臣建議您多喝牛乳，可減緩抽筋。」

「那我的乳峰變黑變大也是正常的嗎？」

「這也是正常現象，之後甚至還會滲出一些乳汁，或是覺得有些腫脹，安婕妤可以多多按摩。」

「我知道了，謝謝院使大人。」太醫離開了。

「主子，皇上來了。」

「芷若，你找朕有什麼事嗎？」

「妾身給皇上請安，妾身有難題想請教皇上。」

「哦？說來聽聽。」

「太后娘娘邀請妾身去吃飯，妾身不知道該怎麼做決定。」

「跟母后吃飯都不會有什麼好事的，我敢保證，這飯菜絕對有問題。」

「可是妾身不去，豈不是拂了太后的面子？」

「這樣好了，朕陪你去，你進去後就先按照我的話去做。」

（宴席當天）

「妾身給太后娘娘請安，太后娘娘萬福金安。」

「安婕妤快坐下吧，我等你好久了。」

「謝太后娘娘。」

我觀察了飯桌，桌上有好幾盤菜，還有一杯酒。

「安婕妤的身子沒事吧？已經三個多月沒看到你了，你的身子好像變豐腴了。」

「謝太后娘娘關心，妾身已經沒事了，可能是養病期間不小心吃多了，連衣服都換大一號了。」

「兒臣拜見母后！」

「皇上，您怎麼來了？」太后壓根兒沒想到皇上會不請自來。

「兒臣只是來看看母后，母后今天怎麼擺了這麼多菜啊？」

「今天我邀請安婕妤來這陪我吃飯。」

「那兒臣也跟母后一起吃吧，上次兒臣抽不出身，剛好趁今日陪母后吃飯。」

「這……」太后稍微皺了眉。

「母后，難道您不願同兒臣一起吃嗎？」

「怎麼會呢，滿月，再拿副碗筷來。」

「安婕妤，桌上這杯酒是我用梅子親自釀的，你喝一杯吧。」

「妾身不勝酒力，妾身喝水就好了。」

「哎呀，你別這麼客氣。」

「妾身真的不會喝酒，一喝臉就紅了。」

「也就只有一小杯，喝一下嘛。」

「太后娘娘，太醫說妾身大病初癒，不能飲酒，還請太后見諒。」

「嘖！滿月，倒杯水給安婕妤吧。」

「既然這樣，兒臣就替安婕妤代飲吧。」皇上拿起酒杯來。

「等一下！」太后突然出聲了。

「母后怎麼了嗎？」

「我突然想起櫃子裡還有更好的酒，我這就去拿來。」

太后從櫃子裡拿出了一瓶高粱，還拿出了自己的酒杯，皇上則立刻把原本的酒倒了一半給太后。

「恆兒，你這是幹什麼啊？」

「母后，這是您釀的酒，不如我們一人喝一半吧，母子同飲，豈不快哉？」

「我們還是喝高粱好了，這梅酒就倒掉吧。」

「這酒可是充滿著母后的愛心，怎麼能不喝呢？母后是長輩，母后先請。」皇上舉起酒杯，行了揖禮，太后則是僵在一旁。

「母后快喝吧，兒臣等著您呢。」

「皇上，這……」太后看著酒杯，吞了吞口水。

「嗯？」皇上的眼神緊盯著太后。

「母后突然有些頭暈，先去休息了。」

「母后怎麼不飲酒呢？還是說這酒有什麼不可告人的地方？」

「嚴恆，你這是什麼意思？」

皇上當場拿出銀針，插入杯子，銀針立刻就發黑了。

「母后覺得這變黑的銀針是什麼意思呢？」

太后撇過頭，眼睛不敢注視任何人。

「既然母后如此蛇蠍心腸，母后之後就在宮中禮佛吧，從今日起，收回太后璽印。」

「你要收回璽印？」

「母后德不配位，豈能掌管六宮？」

「好啊！原來這齣戲是你們兩個串通好的，俞芷若，我不會放過你的。」

「母后，這銀針的帳，兒臣還沒跟您算呢，您還是乖乖待在宮裡比較好。」

皇上說完就牽著我的手離開建章宮。

「芷若，朕帶你看一樣東西。」

皇上帶我到清漪園的鯉魚潭，潭子旁的大石頭被移開，取而代之的是三層石塊，如階梯狀疊在一起，涓涓細流，潺潺水聲，配上色彩鮮明的錦鯉，是聽覺和視覺的雙重享受。

「皇上，那是之前妾身說的三層瀑布，皇上真的做出來了？」
「芷若，朕練習了很久，今天我們就來餵魚吧。」
皇上輕輕撒著豆子，隨著一波波盪起的漣漪，魚群簇擁而來。
「你說，朕餵魚的技術有進步吧？」
「餵魚也好，縫香包也好，朝政也好，皇上一直在進步，妾身都親眼看著呢。」
皇上轉向我，雙手捧著我的肚子，也露出了笑容。
「芷若，朕相信這孩子將來一定會成為人中龍鳳，成為大寧國的驕傲。」
「皇上，這孩子一定像您一樣，胸懷天下，溫柔敦厚，日進有功。」

（不遠處，涼山亭）
「妹妹，你看那邊，是皇上和俞芷若。」
「姐姐，你看她這麼大的肚子，事實很明顯了。」
「你信不信，等這胎生下來，我們就要稱她一聲娘娘了。」
「乾脆就叫她狐妃娘娘吧。」
「別嘴貧了，我們也該有個對策，但是這次恐怕要來硬的了。」
「姐姐想怎麼做？」
「這也要看時機才行，得趁她一個人的時候，我們還必須靠太后的幫忙。」
某天晚上，我的腳又開始腫了起來，溫妃幫我做了精油按摩。

「也太舒服了吧，姐姐怎麼知道我哪裡在痠？」

「這是經驗，尹欣彤以前很好動，總是跌跌撞撞的，我就常常幫她按摩了。」

「芷若，你的胸前已經濕了，擦一下。」

「這就是溢乳吧，跟太醫說的一樣。」

「已經快八個月了，你會害怕嗎？」

「姐姐，我很怕，我常常在半夜左思右想，我真的有能力照顧好這個孩子嗎？」

「有些母親在生產之前，心情會特別低落，偶爾陪姐姐出去走走，多曬曬太陽，心情會好些。」

「姐姐，你覺得我會是個好母親嗎？」

「一定會的，姐姐相信你。」

（丑時）

「啊！」

「芷若，你怎麼了？」溫妃被我的叫聲驚醒。

「姐姐，我的床……」

溫妃坐起身子，看向床單，床上一片濕濕黃黃的。

「芷若，你不要緊張，先慢慢起身，坐在椅子上。」

「秋月！春桃！你們快過來！」

「溫妃娘娘，怎麼了？」春桃邊說還邊打著哈欠。

「秋月，你立刻去拿一套新的床單和棉被，春桃，幫我把床上的東西先搬出去。」

「姐姐，對不起。」都已經十八歲了還尿床，我真是無地自容。

「不要緊的，明天再跟太醫說說就好了。」

在溫妃的指令下，我的床很快就重新鋪好了。

「姐姐，我是不是很沒用？我什麼都做不好，我根本當不好母親！」不知道什麼原因，一股惆悵湧上心頭，我竟然大哭了。

「芷若，這不是你的問題，這是每個母親都會經歷的，沒有什麼好羞愧的。」溫妃輕拍著我的頭。

「你想想，你不是已經撐過好幾個月了嗎？如果你在這時候倒下了，皇上一定會很傷心。」

「不行！我答應過皇上，要努力把孩子生下來。」

「芷若，我很期待看見你的孩子喔。」

「姐姐……」

「夜深了，早點休息吧。」

這一晚，我跟溫妃共躺一張床，月光照著我們，也稍微照亮了我的心。

可能是因為昨晚驚醒的關係，隔日我睡到午時才起床。

「芷若，你該起來了，太陽已經曬屁股了。」

「再讓我睡一下嘛。」我把頭塞進被子裡。

「可是太醫大人已經來了。」

「安婕妤，溫妃娘娘已經把昨晚的狀況告訴我了，懷孕後期很容易出現夜尿或遺尿，您不需擔心。」

「太醫大人，我之前聽說第一胎可能會提早生，這是真的嗎？」

「不一定，每個人狀況不同，安婕妤最近呼吸可還順暢？」
「呼吸時感覺沒辦法完全吸飽空氣，很容易喘。」
「這是因為胎兒逐漸長大，壓迫到您的子宮，才會呼吸不順，這同時也代表他已經成長茁壯，微臣今日就不開方子了，您只要好好休息，吃飯，散步就可以了。」
「芷若，真是太好了，看來寶寶很健康呢，吃個午膳，我們去外頭走走。」
秋月端了一盤水煮雞肉，茼蒿，和一碗糙米飯給我。
「姐姐，你已經吃過了嗎？」
「早就吃過了，剛才我還和秋月他們喝茶聊天呢。」
「那待會就順便帶他們一起出去走走吧。」
「主子，這宮裡總要留個人顧，您就和春桃去吧，奴婢留下來。」
「嗯，也好。」
下午，溫妃娘娘和春桃陪我走到頤和園，溫妃娘娘一坐下就拿起紙筆開始作畫，我則是帶著茉莉前幾天硬塞給我的《孟子》讀了起來。
「主子，奴婢沒看錯吧，您在讀《孟子》？」
「怎麼?你也想讀嗎?」
「不是，我以為主子不愛讀這類的書，您之前都是看話本。」
「以前是不太愛讀，但最近待在宮里太悶，也就順手拿來讀了，之後才發現，其實裡面有蠻多有趣的故事。」
「《孟子》有故事?裡面不是只會說什麼天將降大人於斯人也嗎?我阿兄一天到晚都在唸這句。」

「他是為了考試，逼不得已才背的，其實書裡還有很多好玩的，就像這篇下棋的故事，當時有個棋王叫弈秋，他教導兩個人下棋，其中一個很專心，只聽弈秋的話；另一個雖然也在聽，但心裏面卻老是覺得有天鵝飛來，一心想著如何把他射下來。這個人雖然與專心的那個人一起學習，卻比不上那個人。是因為他的智力不如那個人嗎？當然不是。」

「主子，所以你是要告訴我，慧美人就是那個弈秋了？」

「重點是要告訴你，做事要專心，就像當初端午節時，為什麼茉莉會包出沒餡料的粽子？這個道理是一樣的。」

「主子，您多看一些，之後再跟我們講故事。」

「宮裡還有一本《左傳》呢，你回去好好讀讀。」

（當晚，養心殿）

「皇上，大事不好了！」飛隼急忙闖入殿內。

「怎麼了？跟大寒帝國的戰爭有關嗎？」

「不是，是王大人過世了。」

「王從義過世了？什麼時候發生的事。」皇上激動地站起身。

「今天下午病倒在家裡了，是他的鄰居發現的，現在京城裡一片騷動呢。」

「王大人的身子呢？」

「官府已經派人送進宮了，還放在一間空房。」

「明日早朝……朕再宣讀此事。」皇上失魂落魄地坐了下來。

（隔日，御極殿）

「想必眾愛卿都已聽聞王大人病逝的消息了，昨晚朕收到通知時，心裡頗感慨啊！像王大人這樣忠心不二的大臣，竟然才五十六歲就倒下了，朝廷裡卻還有些年過花甲的奸臣，朕決定要重新整頓吏治，嚴懲那些打著如意算盤的大臣，還有那些貪汙的漏網之魚。俞振國、田文靖，你們是吏部堂官，此事就交由你們去辦，楊時芳，你也是大理寺卿，管著刑案的覆核，你就一同協辦吧。」

「微臣尊旨。皇上，王大人一生清廉，這十幾年來任職戶部，頗有功績，臣請求皇上予以褒獎，以慰王大人在天之靈。」

「朕早已想過此事，追封王從義為忠勇侯，贈太子太保，牌位入祀賢良祠，賜白銀五百兩治喪，諡號文忠。」

「皇上聖明。」

「啟稟皇上，這戶部尚書的空缺該由誰來擔任？皇上可有人選？」

「這戶部尚書的職位，就由原本的戶部侍郎升任，擬旨給光祿寺卿魏東庭，擢升他為戶部侍郎。」

「臣遵旨。」

（玉瑤宮）

「溫妃姐姐，我肚子有些疼。」

「是孩子在踢你嗎？」

「我不知道，但是間隔時間很長。」

「先喝點溫水，然後把你的身子朝著左邊躺，我幫你按按背。」

「姐姐，我這該不會是要生了吧？」

「想太多了，太醫不是說了，還要再一陣子嗎？」

隔了半個時辰，肚子總算是不痛了。

「主子，慧美人來了。」

「姐姐，你看我給你帶什麼東西來了。」

「你手上那疊是什麼啊？」

「上次我不是借了本《孟子》給你嗎？姐姐覺得好看嗎？」

「嗯，有些故事還不錯，頗有寓意。」

「就知道你會喜歡，我就選了幾本更好看的給你送來了，這本是《漢書》，這本是《三國志》，這本是《史記》，還有這本是《昭明文選》，全都借給你。」

「砰！」一整疊書落地，發出沉重的聲響。

「茉莉啊……這……你全部都看完啦？」溫妃看著那座書山，目瞪口呆了。

「對啊，我都翻過三遍了，這四本是我覺得最有趣的，全部都借給姐姐，溫妃娘娘想看也可以。」

「這樣啊，姐姐才疏學淺就先不用了，你問問芷若吧。」

「茉莉啊，那就謝謝你了，我先挑這本《史記》就好了，剩下三本你拿去給巧萱吧，他哥哥是榜眼，巧萱應該會有興趣吧。」

「這樣啊，那我待會拿去給他，對了，還有這一盒要給你。」

「這一盒是什麼？還蠻重的。」

「這是我爹爹新寄給我的孔明鎖，裡面有十個，都是超級困難版的，我和莊珮芸已經全部破關了，就讓姐姐打發些時間，溫妃娘娘是遊戲王，應該也很會玩吧？」

我和溫妃什麼都沒說，只是緊閉嘴唇，點了點頭。

「那我先去採茶了，掰掰。」

「芷若，這你拿去讀吧。」溫妃把書遞給我。

「姐姐，那這個也借你玩吧。」我把孔明鎖塞在溫妃手中。

光是把這盒鎖解完，就花了我們一整周，茉莉啊茉莉，你真是令我又愛又恨啊。

傍晚，曹公公來宮裡，說是皇上要見我，我就上了轎子進到養心殿。

「妾身給皇上請安。」

「芷若你快坐過來這裡。」皇上向我招手。

我坐在皇上身旁，看見龍案上只有一幅卷軸。

「你把這幅卷軸攤開來。」

一攤開畫卷，是一名半側身的女子，身穿寶藍色衣裳，手拿團扇，佩戴金黃色步搖，葫蘆玉耳墜，左側流蘇長及肩膀，細長的無名指上戴著一枚玉戒，櫻唇玉齒，眼睛如秋水，如寒星，如寶珠，如白水銀裡頭養著兩丸黑水銀。

「讓妾身猜猜，這是皇上親手畫的，畫的是妾身。」

「這幅畫是朕花了整整一個月畫的，朕已經好久沒替妃嬪作畫了，不知芷若可還滿意？」

「妾身定會好好珍藏，謝皇上恩典。」

「可惜，這幅畫暫時還不能給你，這段日子你常待在宮中，我只能把畫放在養心殿，睹畫思人。」

「皇上，再等一下，我們的孩子就要誕生了。」

「咕嚕……」

「皇上，看來我們的孩子也餓了呢。」我笑道。

「怎麼能讓孩子餓著呢？朕派曹公公送你回去。」

「皇上，您陪妾身一起走回去可好？」

「好，我們走吧。」

一路上，我捧著肚子，皇上也隨著我的步伐慢慢走。

「芷若，你每天都這樣捧著肚子走路，應該很累吧？」

「其實還蠻重的，很容易腰痠，感覺孩子長的愈來快了。」

「朕待會請織造局做一條有彈性的帶子給你，你把帶子綁在腹部或許會好一點。」

「皇上，我們到了，皇上要不要進宮一同用膳？雖然味道清淡，但是很營養。」

「也好，朕也很久沒同溫妃吃飯了。」

「妾身給皇上請安。」溫妃說。

「平身吧，溫妃，今日朕同你們一起用晚膳。」

「真懷念，妾身好久沒同皇上吃飯了。」

「皇上、主子，請慢用。」秋月端了一鍋薑絲牡蠣湯、一盤腰果炒西蘭花、水煮牛肉。

「皇上，這碗給您喝，小心燙口。」

「溫妃，你還記不記得以前我們把牡蠣拿去烤的那件事？」

「當然記得，我們把御膳房送來的牡蠣，自己拿去鐵網上烤，還被母后罵了。」溫妃笑道。

「那時尹欣彤還跑給母后追呢，現在回想起來還真有趣。」

「麗昭儀當時還拿著吃剩的牡蠣殼疊成一座塔。」

「後來那座塔就被朕給弄倒了，她還哭了。」

這一晚，皇上和溫妃聊了許多往事，我也在一旁聽的津津有味，回憶可說是最好的下酒菜呢。

❖第十五章　婕後好生❖

（建章宮）

「妾身給太后娘娘請安。」

「是麗妃啊，你來的正好，幫我垂垂肩吧。」

「太后娘娘，妾身有些心裡話想跟您說。」

「怎麼了？快告訴我。」

「妾身是覺得，皇上已經二十六歲了，如今皇后卻還沒有子嗣。」

「你想說什麼？」太后沉下臉，畢竟對於太后來說，這是個敏感話題。

「妾身是覺得，與其讓小花朵開花結果，不如讓牡丹開花結果更好。」

「是啊，可是這蜜蜂就是永遠不碰牡丹花，這該怎麼辦呢？」

「雖然暫時無法讓牡丹結果，但是小花朵的果實，我們也可以摘掉啊。」

「正合我意，你希望我怎麼幫你？」

「屆時我們會想辦法，還請太后娘娘……」

幾天後，楊巧萱來找我了，手上還抱著三本書。

「姐姐，你太奸詐了，竟然把這麼多書推給我，我哪讀的懂？」

「拜託你幫姐姐消化一些吧，我那本《史記》都還沒讀完呢。」

「巧萱，還是你要來玩這盒孔明鎖，我們解了整整七天。」溫妃拿著盒子說道。

「溫妃娘娘，放過我吧，就連您都要解七天了，我怎麼可能解的出來？」

「巧萱，你不覺得茉莉真的很了不起嗎？她上次拿書來的時侯，還跟我說她都已經讀過三遍了。」

「她爹爹要是知道了，一定很以她為榮。」巧萱漫不經心地說著，隨興躺下來。

「乖孩子，你以後長大也要勤奮念書喔！」我摸著肚子，對胎兒說話。

「也對，不管是皇子還是皇女，都會有先生教的，芷若姐姐，你不如現在就多學一點，以後你直接教她就好了。」巧萱說。

「我現在學恐怕來不及了，再說皇上已經找我爹當教席了。」

「芷若，學習永遠不嫌晚，你有空也可以多看一些書，以後跟孩子說說歷史故事也可以。」溫妃說。

「乖孩子，你想聽什麼書呢？娘現在說給你聽。」

「我要聽話本。」巧萱用著小孩子的聲音回答我。

「孩子，以後娘再跟你說鹹桂花糕的故事喔。」

「姐姐盡拿我打趣。」

「巧萱，姐姐累了想睡一下，你如果想吃什麼就去廚房拿吧。」

「芷若，回床上睡吧，地上涼，現在這個關頭可千萬別生病，姐姐晚點再去叫你。」

「謝謝姐姐。」

在溫妃的鼓勵下，我成功讀完了《史記》、《漢書》，時間也悄悄過去，距離預產期剩下四周了，為了維持運動，我每天都會要求自己散步兩刻鐘，無奈今天陰雨綿綿，只好作罷。

「主子，今日的事情都做完了。」

「嗯，那就好好休息吧，上次我從家裡帶來的那些話本你都看完了嗎？」

「已經全都看完了。」

「這麼快？十幾本都看完了，你一目十行啊？」

「主子，春桃他晚上都不睡覺，躲在被子裡看話本呢！」秋月出聲了。

「你啊！小心眼睛花掉。」

「嘿嘿，我睡不著嘛。」

「主子，您還有什麼有趣的東西能消磨時間啊？」

「沒了，這本《漢書》拿去看。」

此時溫妃突然站起身來，拿出了上次在頤和園作的畫，拿起剪子開始剪了起來。

「姐姐，這幅畫好好的，為什麼要把他剪了？」

「我想到有趣的事情能做了。」

溫妃把畫剪成一片一片形狀不規則的紙片，然後打散。

「春桃，你把這些紙片拿去拼，拼成原來的樣子。」

春桃照著做，十幾片紙片很快就拼好了，而溫妃又再次拿起剪子，把紙片剪的更小。

「這裡大概有一百多片，拿去拼吧，拼完大概也到晚餐時間了。」

「好有趣的遊戲，秋月，我們一起來拼。」

春桃和秋月就窩在角落裡慢慢拼起畫來。

「姐姐，這個遊戲是好玩，但你這幅畫不就糟蹋了嗎？」

「沒關係，再畫就好了。」溫妃不以為意。

「姐姐，你平時都是怎麼待荷花的啊？」

「跟你差不多，只是沒讓她吃山珍海味罷了。」

「那你覺得我這樣待他們，究竟是好還是不好呢？」

「也沒什麼好不好，畢竟民以食為天。對宮女而言，最重要的就是忠心，其餘都是小事。」

溫妃說的對，對我而言，只要春桃和秋月能夠不生二心，就算食衣住行與我相同，又有何妨？

（芳蘭宮）

「妹妹，看起來俞芷若的孩子快要生了，我們的動作必須加快了。」

「姐姐，這幾日狐媚子都會同溫妃去頤和園呢，我們差不多能動手了。」

「好，太后娘娘那邊也安排好了，滿月姑姑會協助我們，明日就伺機而動。」

「好戲要開始上演了。」

隔日，我和茉莉、巧萱、溫妃約好了一同在御花園散步。

「茉莉，你的花園最近種的怎麼樣啦？」溫妃問。

「姐姐，我前幾天才剛播下向日葵的種子呢，今年的收成量或許可以榨一桶葵花油呢。」

「茉莉，茶葉、水果、蔬菜、花朵都是你種的，現在連油都要自己榨了，你根本就不需要御膳房，可以自給自足了。」

「說實話，我覺得自己種的蔬果比御膳房的還好吃，而且很有成就感。」茉莉今天的心情特別好。

「巧萱，上次你幫瀟瀟慶生，結果怎麼樣？」

「姐姐，瀟瀟很喜歡你送的禮物呢，還說下次也要回贈給你。」

「我們坐一下好不好？我有點喘了。」

「那我們在這休息吧，我帶了蘋果橙汁，一起喝啊。」

我們四人痛快地暢飲著果汁，巧萱還一連喝了三杯。

「你們看，那邊有隻貓耶。」我說。

「茉莉，這不是我們之前盪鞦韆遇到的那隻貓嗎？」

「好像是耶。」茉莉瞇起眼睛看了看。

「我們快點去看看。」巧萱剛說完就立刻跑了出去。

「巧萱，你跑太快了，等等我啦！」

「呵呵！這兩人怎麼到現在還是這麼好動。」我笑道。

「你們三人感情真的很好呢。」

「是啊，沒有她們在，我在這後宮可就寂寞了，時間過得可真快，想當初選秀的時候，巧萱的裙子破了一個洞，還是我幫她補好的。」

「真的啊？你們選秀時還發生過這種事？」溫妃笑道。

「有趣的事還多著呢，之前端午節，茉莉包粽子時忘記把餡料放進去，還有一次，巧萱做桂花糕的時候，把鹽巴當成砂糖了。」

「哈哈哈！」就連平常恬靜的溫妃，也忍不住大笑了。

「姐姐，我們繼續走吧。」

「好啊，我們去蓮花池看看，地上滑，你走慢點喔。」

有了皇上幫我做的腹帶，走起路來真的輕鬆多了。

「姐姐，你今天還是要繼續畫嗎？」

「是啊，我打算畫一系列的頤和園風景，之後送給皇上。」

就在溫妃準備動起筆時，滿月姑姑來了。

「滿月姑姑您怎麼來了？」

「溫妃娘娘，太后找您商討今年皇后生日宴會的事情呢。」

「皇后的生日不是還有一個月嗎？」

「今年是皇后娘娘三十歲生辰，太后想要辦的盛大一點。」

「那好吧，芷若，我去去就回，你在這裡等我。」

「嗯，姐姐快去吧。」

溫妃離開後，我站在湖旁賞景，都說杭州西湖比西子，這蓮花池的景色也不輸西湖。

就在我醉心於湖景之時，突然有股力量從我的背後傳來，把我往前推。

回過神來，我已經嗆了好幾口水，手腳拼命地掙扎，卻始終碰不到岸。

「快來人啊！麗昭儀落水了！」

幾名宮人聽到呼喊聲立即趕了過來，就在意識矇矓之際，有人把我拉了上來。

（養心殿）

「皇上！不好了！安婕妤落水了！」曹公公急匆匆闖入殿中。

「怎麼會？發生什麼事情了？」皇上的心跳漏了一拍，腦中想起了純妃的畫面。

「詳細的奴才不清楚，安婕妤已經被送回宮了，太醫院的所有太醫都已經趕過去了。」

皇上聽聞大事不妙，朝向玉瑤宮跑去。

「微臣給皇上請安。」幾名太醫看見皇上，全都跪了下來。

「全都起來，安婕妤怎麼樣了，快說！」

「回皇上，安婕妤動了胎氣，已經破水了，胎兒三十六周了，現在也只好把孩子先生出來。」蕭太醫渾身顫抖看著皇上。

皇上推開了眾人，走向我身旁。

「芷若，朕來了，你別緊張，朕會一直待在你旁邊。」

「皇上……」

「你先別說話，保留體力。」皇上雙手緊握著我的右手。

「安婕妤，您現在調整呼吸，吸氣兩次，吐氣一次，腹部出力。」

我按著太醫的話照做，一陣劇痛席捲全身。

「啊！」我忍不住叫了起來。

「安婕妤您再多試幾次。」

我抓緊皇上的手，再試了一次，疼痛感幾乎快打亂我的呼吸。

「啊！」

「看到頭了，看到頭了，再堅持一下。」

「芷若，朕在你旁邊，你再忍著點。」皇上的手握得更緊了。

不斷嘗試了好幾次，我已經快要耗盡力氣，覺得好無助。
「孩子的頭出來了！再加把勁啊！」
此時的我，已經顧不得呼吸的節奏，只是拼了命的出力。
「安婕妤，穩住呼吸，孩子已經快出來了，您再用點力。」
我使盡吃奶的力氣，忍著劇痛再次出力。
「啊啊！」我已經全身冒著汗，快要喘不過氣來。
「哇！哇！」
「出來了，是個女孩！」
聽聞孩子出生了，我總算安心下來。
「等等，裡面還有一胎，安婕妤，您再試一次。」
聽到自己肚裡還有一個孩子，我也豁出去了。
「啊！」此時我眼前忽明忽滅，已經快要虛脫了。
「頭已經出來了！」
不行了，我真的不行了，太痛了，好想放棄，我真的沒力氣了。
「芷若，你看著朕！你看著朕！」皇上把我的頭稍微轉了過來。
「芷若！你答應過朕，要永遠陪在朕身邊的，你不能食言啊！」在模糊的視線中，我看見皇上哭了。
就在我意識矇矓之際，我的腦中飄過好多畫面，小時候牽著娘逛街的畫面，入宮前爹爹擁抱我的畫面，第一次遇見茉莉的畫面，春桃趴在我腿上大哭的畫面，皇上與我一同飲酒的畫面，皇上捧著我肚子的畫面，是啊，有這麼多人陪在我身旁，還有我在熱湖行宮對皇上的承諾，我怎麼能就這樣丟下他們走了？

「啊啊啊啊！」我把最後僅剩的力量一次用掉，眼前一片黑，而且身旁的聲音越來越小。

「出來了！是個男孩！」

「芷若！芷若！」

「皇上，安婕妤昏過去了！」

「你們快想辦法，快想辦法！只要能救回芷若，就是國公朕都封給你們！」

「皇上，龍子和公主都很平安，但是安婕妤能否清醒，就要靠天數了。」

「怎麼會這樣！芷若……」

「若兒，這一百兩你帶在身上，娘不要你出風頭，只要安安穩穩過日子便是。」

「娘，女兒不能夠給您盡孝了，請原諒女兒。」

「就是今生今世，奴婢也甘願替主子做牛做馬一輩子。」

「秋月，主子以後沒辦法陪在你身邊了，你可要好好服侍其它主子。」

「芷若，朕說過，總有一天，朕要在眾人面前牽著你的手。」

「皇上，您的手怎麼這麼燙？」皇上牽起我的手，但皇上的手卻發燙。

「芷若！芷若！」

「皇上您怎麼突然對著妾身大叫呢？」

「芷若！芷若！」

迷濛之中，我似乎聽見了皇上的聲音，我慢慢張開眼睛，視線有點模糊，但是這是皇上的臉沒錯。

「皇上……」

「芷若，你終於醒了。」

「主子，您終於醒過來了！」

「姐姐，你還好吧？」

我的眼睛逐漸能對焦，除了皇上，還有春桃、秋月、溫妃、巧萱、茉莉都在我旁邊。

「你們怎麼都在這裡？我睡了多久？」

「芷若，你已經昏迷了三天，我們都快嚇死了！」溫妃說。

原來剛才的畫面都是夢，我還活著。

「皇上……孩子呢？」

「芷若，你為朕誕下了一對龍鳳胎。」皇上紅著眼眶，摸著我的臉，面露微笑。

「那就好，皇上，妾身沒有食言。」

「嗯！你沒有食言，你好好休息，朕在旁邊陪著你。」

「皇上，妾身想喝水。」

「來，你別動，朕扶你坐起來。」皇上輕柔地扶起我的身子，溫妃則立馬端了水來。

「芷若，慢點喝。」

此時溫妃對皇上使了個眼色。

「慧美人、楊才人，朕聽聞你們常喝蘋果橙汁，朕也想喝看看，你們兩人去準備，幫朕送到養心殿。」

「妾身尊旨。」

待巧萱和茉莉離開後，溫妃把窗簾都拉了起來。

「芷若，你怎麼會跟麗昭儀同時落水呢？」溫妃問我。

「麗昭儀也落水了？我不知道啊，我只知道我好像被人推了一把，之後人就在池子了。」我一臉茫然，聽不懂溫妃的問題。

「據宮人們表示，麗昭儀和你都跌進池子裡，而蘇才人則站在一旁。」皇上說。

「皇上，如果芷若所言為真，那推他的人會是誰呢？」

「芷若，蘇才人和幾名宮女說，你推了麗昭儀一把，麗昭儀就拉著你一同跌進去了。」

「皇上，妾身怎麼可能做這種事！」

「你別著急，朕並不全相信蘇才人的說詞，所以才來問你。」

「皇上，此事您可有派人調查過了？」溫妃問。

「刑部尚書已經查過了，現場除了三組腳印以外，什麼都沒查到，如今只剩下蘇才人和宮女們的證詞，此事就連太后也知曉了，他要朕趕快把這案子結了。」

「皇上，這下子妾身該怎麼辦才好？」

「芷若，朕一定不會縱容兇手，你先好好休息。」皇上看見我擔憂的神情，摸了摸我的頭。

（此時，建章宮）

「麗妃，你沒事吧？」

「不過是喝點水罷了，太后娘娘不必擔心。」

「有了蘇才人和宮女的證詞，這下皇上想賴都賴不掉了。」

「太后娘娘，可是我們還不曉得，這果實是不是確實摘掉了。」

「就算真的誕下皇嗣來，也無法改變他企圖謀害妃嬪的事實，此事若經由朝臣上奏，皇上就是想護著他也沒辦法。」

（玉瑤宮外）

「皇上，這都是妾身的錯，妾身竟然讓安婕妤落單，這才給了他人可趁之機，還請皇上降罪。」

「這事情也怪不了你，畢竟是皇后的生日宴會，你負責協理六宮，也沒辦法拒絕。」

「唉！這下該如何是好？母后一定會借題發揮的，朕可怎麼保他啊？」

「唉喲！」皇上一不留神，不小心被石子給絆了一下。

「皇上小心！」溫妃在皇上跌倒前，及時抓住了他。

「朕沒事，多謝你了。」

溫妃看著皇上剛才被絆倒時留下的腳印，心中似乎想到了些什麼。

「溫妃，怎麼了？」皇上獨自往前走，卻發現溫妃一個人落在後頭，便轉過身說道。

「皇上，您快過來看，妾身知道了。」

「你發現什麼了？」

「皇上您看看，這是您剛才被絆倒時的鞋印。」

「是啊，那又如何呢？」

「皇上，您再仔細看，您被絆倒時，前腳一定是腳尖先落地，所以鞋尖的印子比鞋跟更明顯。」

「嗯？你想表達什麼？」

「皇上，如果有人推了您一把，您的身子勢必是向前傾的。」

「所以如果有一個人的腳印，鞋尖的部分特別明顯，那他才是真正落水的人！」皇上這才靈光一閃。

溫妃點了頭。

「溫妃，你去把芷若的鞋子拿來，朕召集妃嬪和刑部的人到蓮花池。」

半個時辰後，皇上把太后、麗昭儀、蘇才人、幾名作證的宮女都集合起來。

「皇上，您把妾身叫來，是不是已經查明兇手，要替妾身含冤昭雪了？」

「是啊，愛妃別擔心，朕一定會還你一個公道，嚴懲兇手。」

「皇上，後宮裡有如此險惡之人，一定要將他重責二十板，打入冷宮。」太后在一旁附和。

「刑部郎中，接下來就交給你了。」

「微臣尊旨，麗昭儀，蘇才人，請把你們的鞋子脫下來並交給臣。」

刑部拿著鞋子到池畔比對了一下，沒多久便趕了回來。

「皇上，微臣知道兇手是誰了。」

「快說，當著大家的面說。」

「兇手就是——麗昭儀！」

看見自己被指認，麗昭儀睜大了雙眼。

「大人，您是不是睡糊塗了？我可是受害者。」

「還請諸位移動到池子旁。」

「這裡有三雙鞋印，分別是安婕妤、麗昭儀、蘇才人的，若麗昭儀當時真的被人推下水，為了保持身體平衡，腳尖一定會出力，留下較深的鞋印。可是在三組鞋印中，腳尖處更明顯的，反而是安婕妤的鞋印，也就是說，安婕妤才是被推下水的那個人。」

「安婕妤人就站在這裡，被兇手給推了下去，那在安婕妤正後方的腳印，就是推人的兇手留下的。」太醫把大家的鞋子排開，放在鞋印旁邊，只有麗昭儀的鞋子完全吻合。

「麗昭儀，微臣猜測，你恐怕是自己跳下水的，臣可有說錯？」

聽完刑部郎中的話，麗昭儀頓時語塞了。

「麗昭儀，你可有什麼話想要辯解的嗎？」皇上問了她，麗昭儀卻靜默不言。

「既然沒有，那也就證明了你們這幾個宮女的證詞都是偽造的！」皇上對著宮女們破口大罵。

「皇上饒命！」幾名宮女聽聞皇上的話，全都跪在地上磕頭認罪。

「曹公公，傳朕的旨意，麗昭儀謀殺妃嬪，心狠手辣，蛇豕之心，人神共憤，重責二十大板，褫奪封號，貶為采女，打入冷宮。」

「太后娘娘，您救救我。」聽到皇上的處分，麗昭儀魂飛魄散，跪在地上，拉著太后的衣服哭喊。

「皇上，麗昭儀雖有過錯，但她畢竟是初犯，而且她跟您相識二十一年，一直盡忠侍奉你，皇上您就看在往日的情誼上，從輕發落吧。」

「若她安安分分，不生妒忌之心，朕可保她一輩子榮華富貴，但是她三番兩次陷害安婕妤，朕無法容忍，再說母后可別忘了，這些處分可都是您剛才自己說過的。」

「皇上，那俞芷若到底有什麼好？從前你對我可是寵愛有加，但自從她來了之後，你就把我忘的一乾二淨，難道我們二十一年的情分，比不過她短短的一年嗎？你說話啊皇上？」

「把她帶下去。」

「皇上！您忘恩負義！皇上！」麗昭儀的哭聲越傳越遠。

「蘇才人嫁禍嬪妃，朕屢次予以寬仁，望其自省其過，豈料行事更為悖逆乖張，放肆猖狂，賜以鴆酒，涉案宮女一律賜死，以示懲戒。」

隔日，幾個嬤嬤抱著孩子來到我的宮裡。

「安婕妤，小公主肚子餓了，哭著要奶喝呢。」

「快把孩子給我。」我輕輕地從嬤嬤手中接下孩子，看見孩子粉嫩的身子，感受到前所未有的喜悅。我把衣襟張開，露出乳峰，將孩子放在懷裡，她眼睛閉著，輕輕吸吮著乳汁。

「嬤嬤，小皇子呢？」

「小皇子正安詳地睡著呢，等他醒了，我再給您抱來。」

「這樣啊，那你可要吃飽飽喔，待會弟弟也要來了喔。」

「哇！哇！」

「怎麼突然哭了呢？」我輕輕晃著孩子，想哄她開心。

「嘻！」才晃了她幾下，又莫名地笑了起來。

「主子，小公主好可愛啊！」春桃湊近了我身旁。

「呀！」她伸出了小小的手，往春桃臉上一摸。

「春桃，小公主好像很喜歡你喔，秋月，你也過來看看。」

「主子，公主殿下的眼睛跟您很像呢，閃亮亮的。」

「乖孩子，看看秋月姐姐呀。」

「呀！」這次她把手放在秋月的胸部上。

「主子……這……」秋月頓時羞紅了臉。

「噗哧！秋月，你又不能餵她。」春桃看著秋月大笑。

「哇！哇！哇！」

「你看看，都是你太大聲了，把公主殿下嚇哭了。」秋月說。

「不哭不哭喔！我們不要理春桃姐姐唷。」我又晃起了孩子。

「芷若。」皇上來了，還抱著小皇子呢。

「皇上，您快過來看看小公主。」

「芷若，孩子給你餵，我們倆換一下。」我從皇上手中接下了小皇子，比起姐姐，弟弟似乎安靜了些，只是靜靜吸著奶。

「來，快給父皇抱抱。」皇上接下了公主。

「皇上，我們該替孩子取名了。」

「芷若，這兩個孩子是你經歷九死一生才誕下的，就交由你來取吧。」

「妾身在生孩子時，都是因為有皇上在一旁守護著，孩子才能平平安安的誕生，小皇子就叫嚴平吧。」

「那小公主呢？」

「小公主的名字就讓皇上取吧。」

「這是朕的第一個孩子，是上天給大寧國的吉祥徵兆，就叫嚴禧吧。」

「嚴禧，真是個好名字呢。」

「芷若，朕想和你商議一下，如今芳蘭宮、咸春宮、永寧宮的主位都是空著的，你可想過要住在哪座宮裡。」

「對妾身來說，哪兒都可以，只是若搬離這座玉瑤宮，妾身要找其他妃嬪就不方便了，會有些寂寞。」

「這樣好了，德妃喜靜，現在梁氏在冷宮，蘇氏也已伏法，就讓她遷到芳蘭宮主殿。待你身子休養好，你就到翠寧宮主殿陪田茉莉吧。」

「妾身都聽皇上的。」

慶和十六年八月二十日，皇上在頤和園內舉行冊封大典，皇上端居高位，皇后、太后稱病不出。

「奉天承運，皇帝詔曰：『安婕妤溫雅端莊，四德兼備，誕育皇嗣有功，今授爾金冊、金印，晉為安妃，賜居翠寧宮主殿，溫妃誠侍君側二十餘年，深明大義，協理六宮有方，授爾金冊、金寶，晉為溫貴妃，欽此。』」

在遷離玉瑤宮前，我去找了溫貴妃。

「妾身給溫貴妃娘娘請安。」

「芷若，你我又不是第一次見面了，怎麼又突然嚴肅了起來？」

「姐姐，妹妹是來向您道謝的，想當初妹妹只是個小小的寶林，初入宮闈，什麼都不懂，要不是姐姐的幫助與照顧，妹妹豈能有今天呢？」

「芷若，如今你也是一方主位了，做事情要更有決斷力，如今後宮也安寧了，姐姐就在這祝福你，願你接下來的日子，走得又順又穩。」

「貴妃娘娘，昔日的麗妃與蘇婕妤已不復存在，想必德妃也能寬心了，不如這次就由妹妹坐東，邀請娘娘和德妃一同用膳。」

「你這主意不錯，舊時的敵人已經落網，欣彤也終於能放心了，你等會就去告訴德妃吧。」

「妹妹知道了。」

「這幅畫給你，是我在行宮時替你畫的。」畫中的我睡得香甜無比，原來溫貴妃當時也替我作了畫。

「妾身謝過溫貴妃娘娘，妾身告退。」

我拜別溫妃，回到宮裡，看見巧萱和茉莉正跪坐在客廳等我。

「你們怎麼都來了？」好久沒看見他們，我自然是欣喜無比。

「妾身給安妃娘娘請安！」兩人向我行了大禮。

「起來吧。」

「謝安妃娘娘。」

「好了，戲演完了，說說你們想要幹嘛？」

「姐姐，您都要遷去主殿了，我和巧萱來替您搬家了。」

「對喲，上次是我替你們兩人搬東西，現在輪到你們了，太好了，姐姐可以輕鬆了。」

「姐姐，我們可不是單純來幫你搬東西的喔。」巧萱看向我笑道。

「嘖！說吧，你又想吃什麼了？」

「這是秘密，等遷完宮，姐姐就知道了。」

「好了，別搞神秘了，我們快動工吧。」我開始打包東西，巧萱他們則是幫我整理客廳。

「娘娘，慧美人送的盆栽，您要一同帶走嗎？」秋月問我。

「當然，全都帶走，還有皇上之前的所有賞賜，也一併收好。」

「姐姐，你這廚房裡也太多零嘴了吧？」巧萱說。

「這些零嘴都是為你預備的，每次你來我宮裡，不都吃得飽飽的才回去？」

「你去翠寧宮後，我要找你可就麻煩多了。」

「姐姐隨時預備好點心等你過來，對了，廚房那些酒甕小心別碰碎了，那都是要給皇上的酒。」

「春桃，這房間裡的東西我都收好了，你幫我把衣服裝好就行了。」

「安妃娘娘！奴才來了！」

「娘娘，外頭的聲音好像是曹公公的。」

「曹公公，對不住阿，我們正忙著拾掇東西呢。」我出去打了聲招呼。

「安妃娘娘，您就別擔心了，皇上派奴才領人來幫您了。」曹公公後方站著宮女和太監各十名。

「這樣啊，那真是太好了，曹公公快請進吧，我請人準備些點心。」

「喔不了，奴才要指揮他們搬遷，安妃娘娘，皇上在養心殿等您，您快過去吧。」

「這樣啊，那就多謝公公了，楊才人和慧美人也都在裡頭，有事情您就問他們吧。」

「奴才明白了。」

於是，我順便帶著那壺玫瑰花酒去見皇上。

「芷若你來啦，免禮，快進來吧。」我都還沒行禮，皇上就先開口說話了。

「皇上，您今兒怎麼這麼開心啊？」

「能看見愛妃，朕當然歡欣。」

「皇上，您猜猜妾身給您帶什麼來了？」

「讓朕猜猜看，玫瑰花酒。」

「知我者皇上也，之前妾身有孕無法飲酒，妾身答應皇上，待孩子出生後要與您痛飲。」

「快倒幾杯吧，朕已經等不及了，連下酒菜都預備好了。」

我看了桌上，有盤醃黃瓜和臘肉，看來皇上已經迫不及待了。

「皇上，妾身敬您一杯。」

「好，這酒聞起來可真香醇，愛妃今日就與朕同樂。」皇上說完就一飲而盡。

「皇上，妾身如今有了夫君，又有孩子，可說是心滿意足，但妾身還是有件事情……」

「什麼事？儘管說，就是想要一座新的御花園，朕都蓋給你。」皇上說完，又是一杯黃湯下肚。

「皇上，妾身如今也成了母親，不免思念起了家母。」

「這簡單，朕待會就下旨，讓你父母找一日一同進宮探望你。」

「真的嗎？妾身謝皇上恩典！」

「芷若，你今天戴的戒指，不是朕之前送你的那枚紅寶石戒嗎？」

「是啊，這可是皇上親自為妾身戴上的。」

「那今日，朕再送你一個禮物。」

「皇上，您已經送過很多東西給妾身了。」

猝不及防，皇上放下酒杯，吻了我。

「皇上……」

「別叫我皇上，叫我嚴恆。」

眼前的良人卸下了帝王的威嚴，此時，我倆不是天子與嬪妃的關係，倒像是鄉間恩愛的尋常百姓。

「嚴恆。」我輕聲地喊了皇上的名字。

「芷若。」

「妾身會永遠陪在您身邊，您在哪裡，妾身就跟您到哪裡。」

「芷若，即使是天涯海角、天上宮闕，朕都要牽著你的手，與你同去。」

我回吻，就是這一刻，我已將自己的人生完全交付給眼前的男人。

回宮後，一切東西都已安置妥當，主殿的裝潢絢麗無比，琴閣、畫室、棋桌一應俱全，桌椅是用象牙製成的，櫃子則是採用紫檀、黃花梨和紅木所造，就連床榻也可以睡下三個我，更令我驚訝的是，床旁還擺著許多嬰兒的用品，玩具、搖籃、小床、奶嘴，在我的寢室內，還掛著當初皇上替我臨摹的畫像。

「你們動作還真快。」

「有了曹公公的幫忙，大家很快就搬完了。」巧萱說。

「以後姐姐可要幫我照顧這宮裡的花圃喔。」茉莉說。

「姐姐，剛才說過，我們不是單純來幫忙的，現在你把眼睛閉上吧。」

我雖然疑惑，卻還是閉上了眼睛。

「好了，你可以把眼睛睜開了。」

「哇！這是你們自己做的嗎？」我看了桌上的東西，實在太令我驚喜，盡是一套套的嬰兒服，五顏六色的，春夏秋冬，各種款式都有。

「這些衣服是我和茉莉偷偷織的，花了好幾個月呢。」

「我們一開始也不知道你生的是皇子還是公主，就把男女款式各做了一套，想不到現在都能派上用場了。」

聽完他們的話，我開心地直接往他們身上撲，抱著他們。

「姐姐你幹嘛啦！」茉莉開心地叫著。

「救命啊！」巧萱也興奮地喊著。

「我不管！今天我就是要抱你們，你們今晚都別想走了！」

晚上，我叫了一桌好菜請她們吃，還有嚴平和嚴禧也開心地喝著奶。

（晚上，建章宮）

「母后召兒臣又有什麼事？兒臣已經有龍嗣了，母后再也不必操心了。」

「嚴恆，把嚴平過繼給皇后吧！」太后也不客套，單刀直入。

「母后在說笑吧？安妃人還好好的，為什麼要過繼子嗣呢？」

「皇后都沒有子嗣，區區一個妃子一次就有了兩個皇嗣，這可說不過去。」

「區區一個妃子？兒臣明白了，母后是覺得安妃的位份太低，沒有資格撫養孩子就是了。」

「嚴恆！你可不要逼我作出當年的事來。」

「母后還敢提當年的事啊？當年你忌妒純妃懷上龍嗣，害怕太子之位會拱手讓人，你就趁著剛剛還政沒多久，我羽翼未豐之時，聯合李忠、李信，六部九卿、總督、巡撫，羅織一連串莫須有的罪名，逼迫我把張廷敬貶到荒郊野嶺當知縣，沒多久張廷敬就凍死在那裡了，純妃就此一蹶不振，胎死腹中，當時你花了多少錢收買這些高官，我看就連大寧一年的稅收都還比不上，就為了剷除一切會威脅到你勢力的人，你便不擇手段，若要說誰是大寧國最大的禍患，恐怕就是母后自己了。」

「既然你都知道，那我也沒什麼話好說了，看是要把嚴平過繼給皇后，還是讓俞芷若命喪黃泉，你自己選一個吧。」

「這次，朕會做出第三個選擇！母后就乖乖在建章宮禮佛贖罪吧，傳旨，即刻起太后閉關休養，無詔不得出。」皇上說完，就快步離開建章宮。

「太后娘娘，皇上已經長大了，這次您要想扳倒他，可就沒那麼容易了。」滿月姑姑說。

「我這就寫信給李忠，既然皇上如此固執，就別怪我不留情面，把朝廷搞得天翻地覆。」

隔天中午，我和溫貴妃、德妃三人一同用膳。

「咳……芷若，恭喜你，現在我也該叫你聲娘娘了。」

「姐姐太客氣了，今日是姐姐不嫌妹妹叨擾，我們才能一同吃飯。」

「欣彤，當年紫香宮的仇，也算是報了，聽說現在麗妃正在冷宮喊冤呢，你可安心了。」

「報仇？哈哈，我可沒那門心思，再說我們也什麼都沒做，不過是惡人自有天收罷了。」

「德妃姐姐，我常聽貴妃娘娘提起您以前的故事。」

「是嗎？我還真好奇你都說了些什麼？」德妃看向溫貴妃。

「還不就是你一天到晚跑給先生追的故事。」

「這樣啊，芷若，咳……你可要好好督促你的孩子，可別學我當時那麼調皮。」

「欣彤啊，都過了這麼久，你也該走出來了，外面的風景已經美麗多了。」

「我都快三十了，來不及了，咳……」

「嘖！我可跟你同年出生，說這什麼話。」

「芷若，其實我們也都看得明白，皇上以後的幸福，可都交給你了。」

「德妃姐姐這麼說，妹妹可害羞了。」

「皇上既然喜歡你，身為妃子的我們，當然要誠心誠意的祝福你。」

「好了，飯也吃飽了，不如我們來玩些遊戲吧。」溫妃又想玩遊戲了。

「德妃姐姐，以前皇上喜歡和您玩遊戲嗎？」

德妃馬上就聽出了我的言外之意。

「當然，皇上最愛找我玩了，畢竟找溫妃玩豈不是自討沒趣？」

「尹欣彤，這你就不懂了，棋局上可是不談交情的。」

「不如我就聽聽你們的，陪我去御花園走走吧，咳……我也好幾年沒逛御花園了，不知道現在改建成什麼樣子了。」

這一天，德妃娘娘終於解開了心中的結，踏出心門，迎接光明了。

❖ 第十六章　分廷抗李 ❖

（都察院）

「俞大人、李大人、楊大人，你們今兒怎麼都來都察院了？」

「尹大人，之前皇上要我們澄清吏治，我們幾個翻了翻卷宗還有現任官員名單，看完可真是駭人聽聞啊！」

「怎麼了？有什麼案子嗎？」

「可多著呢，你看看這份慶和九年的卷宗，之前有名叫做司馬尚的知府，以十萬兩的銀子賄賂金川總督，想要升為布政使，結果立馬就被當時的吏部尚書彈劾了，這司馬尚就被罷官回鄉了，可是你再看看現在的官員名單，當今的金川布政使卻又是這個司馬尚。」

「怎麼會這樣？這朝廷文官的任命都必須由吏部審核，而且布政使這麼大的官，可是要吏部尚書親自簽核的。」

「問題就在這裡，慶和九年的吏部尚書還是張廷敬大人，但這司馬尚被任命為布政使時，已經是慶和十三年的事情了，那時的吏部堂官是前任的吏部尚書翁大人。」

「所以翁大人就眼睜睜看著這個司馬尚又復官了？那當年這司馬尚是靠誰舉薦的？」

「當今的兵部尚書李忠。」

「所以我們推測這翁大人和李忠應該是收了這司馬尚的賄賂。」

「還有你看看這幾個官員的升遷紀錄，大至現在的直隸巡撫、禮部侍郎，小至佟州知州、欽天監正、戶部員外郎、豫州知縣，全都是李忠舉薦、翁尚書同意的。」

「好一個李忠！這賣官鬻爵的勾當都幹得出來，我立刻就上奏參他。」

「尹大人先別急，據我們估計，這行賄的官員還不只這些，恐怕就連冀國公旗下的幾名將軍都是這樣升遷的，既然要彈劾，那就要一網打盡，不能讓他們翻身！」

「看來這李黨的黨羽還真不少啊，唉！」

下午，我依舊在殿裡抱著孩子玩，自從有了他們，生活變得多彩多姿了。

「禧兒，我們來飛高高。」我把嚴禧輕輕地往上舉。

「呀！呀！」

「再一次喔，飛高高。」

「娘娘，公主殿下好活潑啊。」

「就是阿，這禧兒就愛動來動去，反倒是嚴平，每天都安安靜靜的。」

「呀！」

「哎呀，你怎麼扯起娘的頭髮來了，你這個調皮鬼。」我用手指輕輕戳了嚴禧的臉頰。

「娘娘，奶已經溫好了，您要餵了嗎？」秋月說。

「好呀，這貴妃娘娘的建議可真不錯，把乳汁留下來，需要的時候再拿出來溫。」

「禧兒，我們來喝奶囉！」我抱著嚴禧坐下，她終於肯安份下來喝奶。

「奴婢給皇上請安。」

「噓！皇子在睡覺，以後這禮就免了。」皇上用氣音說著。

「皇上，你看這嚴禧，剛才一直亂動，現在才肯乖乖喝奶。」

「禧兒，你要乖一點呀，以後讓父皇教你畫畫，讓娘教妳彈琴。」
「皇上，可是我看禧兒這性子，恐怕比較喜歡騎馬射箭。」
「那也沒關係，父皇可是神射手，我們禧兒長大後也可以箭無虛發。」
「咿呀！」
「疑？怎麼突然不喝啦？」我把奶瓶靠近嚴禧的嘴旁，她卻怎樣都不喝。
「咿呀！」
「禧兒，妳一直咿呀，娘聽不懂啊。」
「讓朕來，禧兒，妳看！」皇上扮了個鬼臉。
「噗哧！」這是我第一次看皇上扮鬼臉，還真好笑。
「嗚哇！嗚哇！」
「皇上，你這樣做，反而把禧兒弄哭了。」
「禧兒別哭，乖喔。」照顧小孩子可還真累。

（晚上　李忠府邸）
「太后傳消息來了，要我們把俞振國他們解決，連同他的女兒。」
「他女兒，安妃？太后想做什麼？」
「他要皇上把孩子過繼給皇后，還有讓她重掌朝政，這信你自己看吧。」
「這……太后娘娘說的是真的嗎？」
「是阿，事成後，你就是尚書大人了，你女兒就是皇貴妃了。」

「這事還要通知冀國公吧？」

「我已經派人去冀州了，直隸巡撫他們也會響應。」

「那俞振國和田文靖他們怎麼辦？」

「只要等冀國公派兵，事情就簡單了。」

（冷宮）

冷宮四處都是破洞與裂痕，淒涼無比，昔日光鮮亮麗的麗妃，現在已經面容枯槁，剛受過刑的她，只能一個人趴在硬硬的木板床上。

「麗妃，不，梁采女，現在你可學乖了吧？」

「俞芷若，是你？你來這裡笑話我的嗎？」

「不，我來是要告訴你一件事，你可知道皇上之前為什麼寵你嗎？」

「寵我？你現在是想要炫耀吧？」

「不，我是認真告訴你的，你可知道自己之所以不孕是誰害的嗎？」

「你！你怎麼會知道這件事？」

「你別急，讓我告訴你，當初那名宮女，是被太后收買的。」

「太后？你騙人！」

「那宮女的父親是鹽運使，貪汙後被太后抓了小辮子，太后以此要脅，讓她在妳飯菜下紅麝，聽說妳和那名宮女情同姐妹，就是這件事讓你開始對宮女產生反感的吧，這件事之後，你就不再信任身旁的下人，輕易就把犯錯的宮女打死、打殘。」

「妳住口！我才不相信妳說的事情！」梁采女拼命摀著耳朵。

「那名宮女死前，溫貴妃曾去牢裡探望她，是她把真相告訴溫貴妃的。」

「溫貴妃？妳是說溫妃？她升貴妃了？」

「是阿，現在就剩妳一個人在這冷宮裡，就像被妳陷害後就閉門不出的尹欣彤一樣，寂不寂寞啊？」

「尹欣彤？妳怎麼會知道這件事？也是溫妃說的？」

「我告訴你，做壞事是不可能天衣無縫的，不只是放火，就連妳父親的豫州科場案也是。」

「俞芷若！妳到底是來這裡做什麼的！」梁采女對著我大吼。

「我剛才說過了，我是來告訴你，為何在純妃死後，皇上就開始寵起妳，因為召一隻不會下蛋的雞侍寢，是不會有任何威脅的。」

「妳！妳住口！我不相信！」說完，梁采女一個巴掌就朝我打過來，卻被我抓住了手臂。

「梁采女，你現在不過是個末等采女，就連一宮之主妳也敢頂撞？」

「一宮之主？」

「是啊，被妳誣陷下了馬錢子的俞才人，被妳的銀環陷害的安婕妤，現在已經是安妃了，而且還是一個龍子、一個公主的娘呢。」說完，我就把她推在地上。

「梁采女，你和蘇婕妤，喔不，蘇庶人幹的勾當，我全都知道，自作孽，不可活，現在妳可明白這話的意思了？」

「你可別得意了，皇上過不久就會放我出來！妳越是受寵，恨你的人只會越來越多，妳之後在後宮的日子，不會比我現在好過。」

「那也要妳出的來才行，我剛才忘記告訴你，太后已經被皇上禁足在建章宮了，她就算是想救妳，恐怕也是心有餘而力不足吧，妳還是老老實實在這待著吧。」

「俞芷若，妳這個妖精，妳這個狐仙！」

「啪！」我往她的左臉賞了一耳光。

「梁采女，妳可注意你現在的身分，要是妳再放肆，我是不會客氣的，妳當初如何處罰夏蓮，現在我就讓你嘗嘗可好？」

「夏蓮？妳怎麼會知道她？那賤婢都跟妳說了什麼？」

「哼，一個冷宮棄妃，不需要知道這麼多。」說完我就離開了。

梁采女聽完我的話，無力癱在地上，她可從沒想過，自己最信任的太后，竟然是害她不孕的兇手，更沒想過，皇上之所以寵愛她，純粹是因為她不會生孩子而已。

「嚴恆！太后！我恨你們！」說完，梁采女拿起頭上的髮簪，朝胸膛刺了下去，一個曾經風光無限的麗妃，就這樣殞落了。

（養心殿）

「皇上，皇后說孫御女的母親病逝了，皇上可否讓她回家處理喪事呢？」曹公公說。

「孫御女？誰啊？」

「就是工部侍郎孫立人的女兒啊，去年大選時入宮的。」

「喔，我都忘了還有這號人物，就准了吧。」

「是！奴才這就去回報皇后，還有件事，冀國公進宮了。」

「冀國公？他怎麼來了？他不是還在冀州嗎？快召他進來。」

「奴才尊旨。」

「末將李信給皇上請安，吾皇萬歲萬歲萬萬歲！」

「冀國公平身，您怎麼突然回京了呢？」

「回皇上，臣在冀州聽聞王大人過世的消息了，我與王大人同朝為官，聽聞此事哀痛不已，才從冀州趕來京城，替他燒燒香，和皇上拜別後，馬上就要回去了。」

「原來如此，去年多虧了你，才能順利剿滅西南一帶的盜匪，朕都還來不及嘉獎你，你就要回去了，改日朕再召你進京，我們好好敘敘舊。」

「替皇上分憂，是末將的職責，末將告退，還請皇上保重。」

一大清早，還不到卯時，我就被陣陣哭聲吵醒。

「嚴平你怎麼了？餓了嗎？」我敞開衣襟，但嚴平卻不喝奶。

「娘娘，是不是小皇子的尿布濕了？」秋月說。

「還真的，秋月你幫我拿條新的布來。」

我把嚴平放在床上，替他包上了新的布巾，才剛換完，他就睡了回去。

「這下可好了，你睡回去了，娘反而被你吵醒睡不著了。」

「秋月，現在雖然還早，但我們兩個先用早膳吧。」

「是，主子。」

「秋月，這幾日真是辛苦你了，多虧有你常常幫我照顧孩子們。」

「能夠侍奉殿下是奴婢的榮幸，豈能言辛苦。」

「快吃吧，待會如果累了，再回去睡沒關係。」

「主子，奴婢幫您按按肩，讓身子放鬆，您也會漸漸有睡意的。」

（此時，孫立人府邸）

「娘，女兒回來給您盡孝了。」孫盈欣對著母親的牌位行了跪拜之禮，並插上香。

「盈欣，你待會來房裡找我。」

「是，父親。」

「娘，您生前常叮嚀女兒的事，女兒一定會做到的。」

孫盈欣替母親上完香後，就到了父親的房間。

「父親，您找孩兒有什麼事情嗎？」

「我問你，你們宮裡是不是有個安妃？」

「是。」

「你這次回宮，把這包茶葉拿去給他，就說是慶賀他誕下皇嗣的。」

「父親，女兒同安妃沒什麼交情。」

「不管如何，你想辦法把這東西放進他的宮裡就是了。」

「父親，您又在計畫什麼了？」

「女兒，就快了，再過不久，你就是皇貴妃了！」

「皇貴妃？父親您到底在說什麼？」

「再幾日，這朝廷就都是我們的人了，屆時後宮也歸我們管了。」

「父親，母親生前一直叮囑您的話，您都忘記了嗎？不結黨營私、不陷害忠良。」

「什麼兩袖清風的大道理我已經聽煩了，若不是攀附李大人，我們家現在還在小村莊種田呢！你可知道爹之所以能當到這個工部侍郎，花了多少銀子和心力？從一個小小的知縣開始幹起，爹花了快二十年的時間才爬到今天這個位置。」

「父親，母親聽見您這話該有多傷心？您有沒有想過？」

「盈欣，別再提你母親了，她是不會明白我的苦心的。」

「唉！父親，既然是這樣的話，女兒明白了，女兒就把這東西送給安妃吧。」

每年九月十五日，是大寧的中秋佳節，月圓人團圓，我和巧萱、茉莉在賞空閣一同賞月。

「巧萱，這月餅是你娘做的吧？」我問。

「是啊，你怎麼知道？」

「我們都已經吃過多少你娘做的點心了，一嘗就知道了。」

「除了月餅，也吃片文旦吧。」茉莉把文旦剝開，塞了幾片在我手裡。

「茉莉，把這文旦的皮拿來給我。」

「姐姐，您要拿來泡澡嗎？」

「不，有更有趣的事。」

我把文旦皮剝開，卻不剝斷，用成類似帽子的形狀，趁巧萱不注意時戴到他頭上。

「姐姐，這什麼東西啊？」巧萱問。

「文旦帽啊，你小時候沒戴過啊？」

「沒有，金川那兒不產文旦，我們都吃橘子代替。」巧萱對我搖搖頭。

「橘子？也差太多了吧？」茉莉說道。

「我聽我爹說，狐國那邊的人，中秋時還會烤肉來吃呢！」

「烤肉？中秋節跟烤肉有什麼關係？」

「他們那邊有個謠傳，說是烤肉的香味能夠把廣寒宮上的嫦娥給引下來。」

「這傳說也太扯了吧？」我說。

「姐姐，你可別小看這烤肉香。」此時茉莉開口了。

「怎麼說？」

「嫦娥我是不知道，但這香味絕對可以把巧萱從樹上引下來。」

「哈哈！你是在說之前巧萱和皇上玩捉迷藏的事吧。」

「是啊，從沒聽說過有人玩捉迷藏還爬到樹上的，笑死我了。」

「吃片文旦吧！」巧萱趁茉莉大笑時，塞了片文旦到茉莉的嘴巴。

「巧萱，你這是在報上次橘子的……」

「姐姐也吃一片吧！」巧萱也塞了一片在我嘴裡。

都說君子報仇十年不晚，看來對巧萱來說，復仇可用不著十年。

賞完月，我回到翠寧宮，卻看見有人跪在外頭。

「孫御女？這麼晚了，你怎麼一個人跪在這？」

「妾身給安妃娘娘請安。」

「春桃和秋月沒讓你進去嗎？」

「回安妃娘娘，妾身從未至您宮裡打擾，宮女不認識妾身也是合理的。」

「快點起身，隨我進去吧！」

「謝安妃娘娘。」

「春桃，快給孫御女上茶，怎麼讓人家跪在外面等呢？」

「安妃娘娘，沒關係的，妾身今天來是有事情要告訴您。」

「什麼事情？」進宮一年半了，這還是孫御女第一次來找我說話，我也慎重了起來。

「隔牆有耳。」孫御女用氣音對我說道。

「春桃、秋月，你們先下去吧。」

「安妃娘娘，這盒禮物是家父托妾身交給您的，但妾身覺得這禮物有問題，所以還沒打開來。」

「孫御女，您這話我聽不明白，您說父親的禮物有問題，這是什麼意思？」

「說來難以啟齒，家父時常攀龍附鳳，前幾日我回家奔喪的時候，他還說了些奇怪的話，我覺得這禮物恐怕也是不安好心。」

「奇怪的話？令尊說了什麼？」

「回娘娘，還請您別傳出去，家父說再過不久，妾身就能當皇貴妃了。」

「這是什麼意思？」

「詳細情形妾身也不明白，只是恐怕和前朝有些牽連。」

「不管如何，我們先把這禮物拆開吧。」

「安妃娘娘，這包裝都是全新的，妾身從未拆過，還請安妃娘娘作證。」

「我知道了，打開吧。」

孫盈欣打開了禮物，是一盒茶包，但是當她把茶包全都倒出來時，裡面的東西卻讓我們大驚失色，眼珠子都快掉下來了。

「娘娘，這……」孫御女不斷向我磕著頭。

「快蓋上，隨我去找皇上。」我意識到這件事非同小可，立刻把禮物包好，塞進懷裡，抓著孫盈欣的手，往養心殿衝去。

「曹公公，我現在要見皇上！」

「安妃娘娘，真是不好意思，皇上已經睡了，還請您明天再來吧。」

「曹公公，事態嚴重，還請您叫醒皇上。」

「這……」就算是我的請託，曹公公還是猶豫了。

「曹公公，恕我多言，你再不叫醒皇上，這後宮就要翻天了！」我塞了一粒金元寶到曹公公手中。

「那好吧，奴才這就進去試試。」

「皇上，皇上，恕奴才把您吵醒了。」曹公公搖著皇上的身子。

「嘖！現在都已經子時了，到底有什麼事情？」

「皇上息怒，是安妃娘娘和孫御女來找您，安妃娘娘說事態嚴重，一定要把您叫醒，還給了奴婢一個金元寶。」

「芷若說的？快讓他進來。」

「那孫御女呢？」

「孫御女朕就不見了。」

「芷若，都這麼晚了，你來找朕有什麼事情？」

「皇上，在這之前，可否讓孫御女一同面聖？」

「孫御女？為什麼？」

「皇上，您相信妾身嗎？」我注視著皇上的雙眼，緩緩地說道。

「朕當然相信你。」

「那就請皇上讓孫御女進來吧。」

「既然是你所言，朕就依你吧，曹公公，宣孫御女進來。」

「妾身給皇上請安，吾皇萬歲萬歲萬萬歲。」

「平身吧，你們究竟有什麼事，要在這大半夜跑來？」

「皇上，這盒禮物是孫御女的父親托她送給妾身的，裡頭的東西可謂大不敬，孫御女並不知曉裡頭裝了什麼，還請皇上恕其無罪。」

「什麼東西？」

「皇上自己拆開來看吧，請皇上千萬別激動，您可答應妾身了。」

皇上打開禮盒，翻了翻裡面的東西，頓時暴怒青筋，把禮物給摔了。

「這東西是誰做的！」皇上朝著我們大吼，聲音恐怕都能傳到翠寧宮了。

「皇上，您答應妾身不激動的，還請您先聽聽孫御女的話。」我拍著皇上的身子，安撫他的情緒。

「孫盈欣，你快說。」皇上仍餘怒未消，大口喘著氣。

「回皇上，家父要妾身把這東西送給安妃娘娘，還說不管怎麼樣都要放進娘娘宮裡，家父還說再過幾日朝廷和後宮都是他們的人了，還說要讓妾身當皇貴妃。」

「皇上，別激動，以免傷了龍體。」我輕拍皇上顫抖的身子。

「芷若，朕沒事，有你在旁邊，朕會冷靜的。」

「孫盈欣，你為什麼要告訴朕這些事情，你父親究竟想做什麼？」

「回皇上，家父從前是農家出身，他到處借錢，湊了把銀子，捐了個小知縣，之後又常與李大人為伍，受他的提攜，一路從知縣當到郎中，再當到現在的侍郎。這事情家母在出嫁前並不曉得，是家父娶了家母後，經過朝夕相處，家父才娓娓道來的。家母在世時不斷三令五申，要求家父不要結黨營私、以身試法，多虧了有家母的叮嚀，家父才未釀下大錯，但如今家母去世了，妾身再怎麼勸家父也沒用，妾身知道家父一定又要做不正經的勾當，恐怕牽連全家，為了保護家父，也為了孫家，妾身才決定把事實全盤托出，還請皇上饒家父一死，妾身懇求您了。」

「皇上，妾身也替孫御女求情了。」

「既然你選擇大義滅親，那朕也必會保你安全。芷若，這幾日你就待在宮裡，替朕照顧好嚴平、嚴禧。」

「妾身遵旨。」

（隔日，皇上以身體不適為由，輟朝一日）

「飛隼，冀國公這次回京可有帶兵馬？」

「皇上，他帶了兩千人馬，在京郊駐紮。」
「李忠府上可有動靜？」
「工部侍郎孫大人、直隸巡撫、直隸布政使、禮部侍郎江大人等人常常出入李府。」
「好，你在外面候著，隨時聽宣，曹公公，立刻召俞愛卿、楊愛卿、田愛卿來見朕。」

「臣等拜見皇上。」
「之前朕要你們澄清吏治，可辦好了？」
「皇上，有問題的人都在這份名單上。」
「可還真是如出一轍啊。」皇上看了名單，輕聲說道。
「俞愛卿，找個機會把他們撤了，而且這件事要偷偷地做，不能讓李忠他們知道，冀國公帶了兩千兵馬，一旦上朝，他們就要逼宮了。朕這裡有份密摺，用八百里廷寄，速送河廣總督陳永嘉，還有漠北將軍邱孟翰。田愛卿，你回去撰寫一篇文章，對這些叛黨曉以大義。」
「皇上，臣斗膽諫言，要想穩住朝廷局面，那皇上對於部分黨羽恐怕需要從輕發落，若是都把他們革職了，許多朝政就沒法運行了。」
「此話有理，朕只殺李忠、李信二人，其餘黨羽若是懸崖勒馬，朕可從輕處罰，另外，派二十名精銳侍衛看守翠寧宮主殿，保護好安妃和皇子。」
「微臣遵旨。」

聽完昨日孫御女的話，我的心中惶恐不安。

「娘娘，您怎麼愁眉苦臉的？」

「沒什麼，秋月，你去御膳房買點甜的，再問問他們有沒有麥芽糖，我想給嚴平他們舔舔。」

「奴婢這就去。」

我不斷反覆思量，如果孫大人和李大人真的要對皇上不利，那身為皇上寵妃的我，恐怕也難逃一死，嚴平和嚴禧也將會落入李氏手中。

「平兒，不管發生什麼事，娘都會陪在你身邊的。」我對著熟睡的嚴平輕聲說著。

（此時，玉瑤宮東側殿）

「巧萱，換你了，你怎麼不下棋啊？」茉莉看著巧萱一副心事重重的樣子。

「茉莉，今天早上，我爹爹托人捎了信給我，他叫我這幾日乖乖待在宮裡不要出來。」

「你這麼一說，我才想起來，今天宮裡來了好幾名侍衛，把芷若姐姐的殿都圍住了。」

「我爹爹是大理寺卿，芷若的父親也是吏部尚書，你想想，這次似乎牽扯了不少朝中大臣，恐怕事情沒有我們想像的那麼簡單。」

「我知道了，皇上派人把芷若姐姐的殿守住，一定是有人想對芷若姐姐不利，你想想，麗妃他們都不在了，你覺得這後宮中，還剩下誰看芷若姐姐不順眼？」

「太后娘娘！」兩人異口同聲說道。

（四日後，李府）

「李大人，你說這皇上已經輟朝五日了，該不會事情走漏了吧？」禮部侍郎問道。

「怕什麼？他躲的了一時，難道躲的了一輩子嗎？再說了，他越是拖延時間，就給了直隸巡撫他們更多時間調兵，江侍郎，那清君側的文稿你擬好了沒？」

「下官早就寫好了，李大人您看看。」李忠看著文稿，滿意地笑了起來。

「寫的好啊，待太后重掌朝政以後，您就不再是禮部侍郎了，而是吏部尚書。」

「下官多謝李大人提攜，李大人也快要成為大學士了。」禮部侍郎諂媚地笑著。

「這皇上過不了多久，就要成為下一個光緒帝了，哈哈哈！」

（此時，建章宮）

「太后娘娘，這是李大人的信。」

「好，這李忠辦事一向果斷，冀國公那裡也準備好了，嚴恆，這是你自找的，你可別怪母后不客氣了。」

「娘娘，事後您打算如何安置皇上呢？」

「就讓他一個人待在養心殿，讓他每日抄抄經吧。」

「那安妃人呢？」

「滿月，你可知道那些生過蛋的母雞，養雞的會怎麼處理他呢？」

「不是都會繼續留著讓他生蛋嗎？」

「不錯，但我只需要一顆蛋就夠了，這雞生完蛋，就可以拿去燉湯了。」

「那後宮裡其餘的雞呢？」

「既然公雞已經派不上用場了，那麼留著他們也沒什麼危害。」

「娘娘可決定好小雞的夫君了？」

「這駙馬和王妃當然也是非李家的人莫屬。」

「娘娘明鑑。」

（傍晚，養心殿）

「皇上，河廣總督回信了。」

「快拿來給朕看看。」曹公公遞上了信封。

「恭請皇上聖安，河廣總督陳永嘉上奏，陛下所托之事，微臣已經辦妥，今夜就能抵達京郊，陛下可放心，慶和十六年拾月拾日。」

「好！你快去告訴俞大人他們，明天朕就上朝。」

晚上，皇上來宮裡找我。

「皇上，現在外頭情況怎麼樣了，妾身這幾日晝夜難眠，很是擔心。」

「芷若，你別擔心，朕都已經安排好了，朕今日是來看看嚴平他們的。」

「皇上，您運氣真好，平兒剛醒，這裡有麥芽糖，皇上可要餵餵他？」

「來，平兒，給父皇抱抱，父皇餵你吃蜜糖。」皇上從我手中抱起嚴平，嚴平用他小小的舌頭舔著糖，還流著涎。

「哎呀，你怎麼吃的滿嘴都是，娘給你擦擦。」

「嘿！」嚴平伸出手，向皇上的胸襟抓著。

「嗯？平兒你想做什麼？」皇上問。

「嘿！」嚴平抓起了皇上的項鍊，正是那枚刻著「芷」字的玉珮。

「皇上，平兒是想要玩您的玉珮呢。」

「這可不行，這玉珮是父皇的寶物，你若是想要，父皇再為你打一個。」我在心裡笑著，皇上竟然為了一塊玉珮跟孩子較真了。

「咿呀！」此時，嚴禧也清醒了。

「來，禧兒，娘來抱抱你。」我輕輕晃著禧兒的身子。

「禧兒，你最近很喜歡吃手手喔，我們喝奶好不好？」我把禧兒的手從嘴巴撥開，誰知她又把手塞回嘴巴。

「你的手手這麼好吃啊？」她在我懷裡動來動去的，就是不肯把手拿出來。

「娘娘，小皇子的奶已經溫好了。」

「皇上，平兒還沒喝奶呢，皇上替妾身餵餵他吧。」

皇上才剛把奶瓶靠近嚴平的嘴旁，嚴平就大口大口吸了起來。

「好孩子，多喝點奶，將來長的跟父皇一樣強壯。」皇上很有耐心地餵著奶，我也在一旁顧著嚴禧。

「芷若，你說這平兒和禧兒像誰啊？」

「禧兒的活潑像皇上，平兒的沉穩像妾身，禧兒的汪汪大眼像妾身，平兒端正的五官像皇上。」

「好！不管是禧兒還是平兒，都有像到我們兩人。」皇上貼緊我的身子，我們一人抱著一個孩子，這日子說有多幸福就有多幸福。

（隔日卯時，御極殿）

「吾皇萬歲萬歲萬萬歲！」

「眾愛卿平身。」

「謝萬歲！」

「皇上，臣有本要奏。」

「李愛卿有何事？說給朕聽聽。」皇上微微地笑了。

「皇上，臣要彈劾吏部尚書俞振國、吏部侍郎田文靖、大理寺卿楊時芳、內閣學士張善存、左都御史尹開方等五人，貌似以清流自居，實則暗中呼群結黨、剷除異己、看似大忠、實為大奸，遂使家國愔愔，如日將暮，慶和五年以前，大寧帝國強盛無敵，皆靠太后、冀國公李信等人剷平內亂、出兵收服蠻夷，請陛下將俞振國等人處以極刑，並由太后聽政，再者，安妃俞芷若居心叵測，以邪惡之術蠱惑陛下，使陛下終日與其共處，安妃乃禍國紅顏，臣請求皇上賜死安妃，以安前朝忠良之心，如奸臣妖妃難制，微臣誓以死清君側。」

「臣附議！」工部侍郎孫立人首先附議。

「臣也附議！」禮部侍郎等人也接連附議。

「請皇上嚴懲俞振國等人！」

「請皇上將俞振國處以凌虐之刑。」開始有越來越多的朝臣喊話。

「請皇上聖斷！」最終，除了被彈劾的五人、還有幾名翰林院侍講、六科給事中、監察御史以外，所有大臣都跪在地上。

「朕若是不答應你們所求呢？」

「若皇上堅持力蔽奸邪，臣只好替天行道。」此時李忠從袖裡拿出匕首，逼近龍椅，幾名御前侍衛也拔刀與李忠相對。

「李大人這是如何？想弒君嗎？」

「臣只是要求皇上罷黜奸臣，由太后聽政。」

「就憑你們幾個人，也敢在御極殿上動武，來人，把他們包圍起來。」

皇上一聲令下，連御極殿外也圍滿了皇家侍衛。

「李忠，現在你腹背受敵，你若立刻投降，朕還可以看在姻親的關係上饒你一命。」

「皇上，不只朝中大臣這樣想，就連幾名巡撫和將軍也都趕來京城了，我們不惜動用兵馬，勢必要剷除奸佞，還大寧帝國一個澄澈的朝廷。」

「你說要動用兵馬，是指誰的兵馬啊？」

此時，宮外傳來陣陣馬啼聲、鼓聲、喊叫聲。

「皇上，臣剛才說的兵馬已經趕來了，為了剷除奸臣，直隸巡撫和冀國公皆已派兵，協助皇上。」

「協助朕？我看李大人是要逼宮吧？」

「快來人！拿下俞振國等五人。」李忠發號施令，卻始終沒有援兵趕進殿裡。

「曹公公，把殿門打開，讓李忠看看直隸巡撫本人。」

曹公公打開門，御極殿外盡是兵馬，裡頭卻始終沒看見直隸巡撫。

「你說的直隸巡撫，該不會是現今的漠北將軍邱孟翰吧？」俞振國開口了。

此時李忠驚惶了，原本的直隸巡撫人呢？怎麼現在領兵的是邱孟翰？他人不是還在漠北打仗嗎？

「李愛卿不用懷疑，邱孟翰已經是當今的直隸巡撫了，還有你剛才提到的冀國公，恐怕也趕不來了，河廣總督陳永嘉已經領兵五千前去禦敵了，估計現在也差不多該進京了。」

「河廣總督陳大人到！」真是說曹操曹操到。

「啓稟陛下，臣已全數剿滅冀國公叛軍，把人帶上來！」

隨著陳永嘉的號令，兩個身穿鎧甲的將軍把李信押進殿。

「這……怎麼會這樣？」李忠大驚，幾名附議的朝臣也開始議論紛紛。

「李忠，我已經以吏部尚書的職權，撤換原本的直隸巡撫了，官兵早已把直隸巡撫衙門圍得水洩不通，他就算是想要通風報信也無計可施，至於陳大人早在幾天前就從河廣起程，昨夜就已經到京郊了。」

「諸位大人聽好了，當今的皇上神武英明，文治武功樣樣精通，諸位大多都是讀過聖賢書的人，各位都忘記當時入仕的初衷了嗎？是要協助皇上建立太平盛世，『大丈夫生於天地之間，濟世安民，忠君報國。』這不正是我們讀書人所學過的嗎？子曰：『過而能改，善莫大焉。』為人君，止於仁；為人臣，止於敬，皇上心懷仁德，若是現在痛改前非，及時回頭，還來的及。」田文靖說道。

「臣知罪！」

「臣也知罪，請皇上饒命！」

聽聞田大人的一番話，原本附議彈劾的臣子，也低頭認罪了。

「稟皇上，臣有本要奏。」

「楊大人請說。」

「臣彈劾兵部尚書李忠，勾結前任吏部尚書翁大人、冀國公李信等人賣官鬻爵，上至巡撫、布政使，下至知縣、縣丞，甚至還有李信帳下的幾名將軍、游擊、千總，都是買來的，李忠還開了許多錢莊，發高利貸給百姓，其行為可謂罪不容赦，相關證據皆已呈上，還請皇上定奪。」

「把李忠、李信關入死牢，其餘黨羽就待在這座御極殿，明日早朝聽候發落。」

「臣遵旨。」

慶和十六年十月，大寧帝國發生了建國以來第一起謀逆案，主犯兵部尚書李信凌遲處死，夷其三族，冀國公李信斬立決，奪其爵位，家產充公，父母兄弟妻子俱流徙荊古塔，李太后為先帝正妻，李皇后侍君多年，免其牽連，直隸巡撫、禮部侍郎皆處絞刑，其餘涉案官員，重者罷官、輕者降級留用，大寧朝廷得以恢復安寧。

三日後，皇上在早朝對於平亂官員予以褒獎。

「今日早朝，朕要表彰朝廷忠臣，這些人忠君愛國，不避權貴，奉公守法，為天下人臣楷模，吏部尚書俞振國聽旨，自即日起，朕拜你為保和殿大學士，太師兼太傅，封秦國公，世襲罔替，食邑一千戶，賜紫龍朝袍、御前免跪之恩，配享太廟。」

「微臣謝皇上隆恩！」

「吏部侍郎田文靖，朕拜你為吏部尚書，仍兼翰林院掌院學士，少傅，封恪靖侯，食邑八百戶。」

「河廣總督陳永嘉，朕拜你為兵部尚書，太子太師，封北平侯，食邑八百戶。」

「漠北將軍邱孟翰，仍為直隸巡撫，加太子太傅，封果勇伯，食邑五百戶。」

「大理寺卿楊時芳，升任為刑部尚書，加太子太保，封勤襄伯，食邑五百戶。」

「內閣學士張善存，加太子太保，封忠信伯，食邑五百戶，追封其父張廷敬為太保、魏國公。」

「臣等謝皇上隆恩！」

「工部侍郎孫立人！」

「罪臣在。」

「你與李忠沆瀣一氣，其罪行堪比禮部侍郎，你可知朕為何免你一死？」

「回皇上，是因皇上仁德慈悲，罪臣才得以活命。」

「你看清楚這是什麼！」皇上把一個東西扔到孫立人面前，眾大臣看到後，全場譁然，因為這是寫著皇上生辰八字的紙紮小人。

「你把這東西塞在茶包裡，要你女兒放進安妃的宮殿，陷害安妃，竟敢詛咒朕，就是誅你九族都不為過！」

「罪臣該死！罪臣該死！」孫立人跪在地上哭著，把頭都快磕破了。

「要不是你女兒大義滅親，朕早就把你五馬分屍！你女兒嶔崎磊落，怎麼會有你這種父親？」

「罪臣知罪！求皇上饒命！」

「傳旨，孫盈欣正氣凜然、舉發有功，升為才人。孫立人，瓊州那邊缺個縣丞，你就去那辦差吧，限今日離京，回去好好謝謝你女兒。」

「罪臣謝皇上天恩，謝皇上不殺之恩。」

「啟稟皇上，該由誰出任新的工部侍郎呢？」田文靖問道。

「工部郎中莊大人已經待在這位子好多年了，就讓他升任吧。」

「微臣尊旨。」

❖ 第十七章　侃侃兒談 ❖

十月，天氣又漸漸寒了起來，在戶外說話時都會口吐白煙。

「姐姐，我們來找你了，還帶了好多花呢，我們好久沒插花了。」

「我也想插花，可是姐姐要照顧嚴禧，你們先自己插吧。」

「那好吧，巧萱我們先插，哈啾！」

「茉莉妳是不是會冷？秋月，幫我們泡杯熱茶。」

「奴婢這就去。」

「還好有你們織的衣服，禧兒都不會冷呢，對不對啊禧兒？」我握著禧兒的小手晃呀晃。

「咿呀！」禧兒依舊吃著手手，腳還在半空中亂踏。

「姐姐，不如我們讓小公主插花吧？」

「聽起來是好玩，不過這花朵會不會不乾淨？禧兒什麼東西都往嘴塞。」

「那我們就把花莖用水擦擦吧。」

巧萱和茉莉就把花一朵一朵的拿起來，用濕毛巾擦過一遍。

「禧兒，拿花花。」

「嗨呀！」禧兒拿起了一朵鬱金香，揮啊揮。

「你們把那塊海綿給我。」

我把海綿放在禧兒面前，她就順勢把花插了下去。

「公主殿下超可愛的。」巧萱說。

「來，我們再拿一朵花花喔。」禧兒又拿了一朵鬱金香。

「你這麼喜歡鬱金香啊？姐姐天天給你送來。」茉莉對禧兒說。

「咿呦！」

一連下來，嚴禧都拿了鬱金香，整塊海綿上都插滿斜斜的花。

「你怎麼這麼會插花？以後一定跟我一樣是個小天才。」茉莉也說。

「禧兒，以後我們不能像茉莉姐姐一樣這麼自戀喔。」

「姐姐你怎麼可以這麼說我？」

此時嚴禧把我的衣衫扯開，直接吸起了奶，還邊喝邊笑。

「你慢慢喝，小心嗆到。」

「公主殿下吃東西的樣子跟巧萱一模一樣，狼吞虎嚥。」

「田茉莉，你今天嘴巴特別毒喔，回去給我喝點花蜜，讓嘴巴甜一點。」

「你們兩個別鬥嘴了，小心嚇到我們家禧兒，她一哭起來可就沒完沒了。」

「嗚哇！」原本嚴平睡得好好的，卻突然哭了起來。

「嗚哇！嗚哇！」一聽到嚴平的哭聲，嚴禧也莫名哭了起來。

「秋月，你幫我哄哄嚴平，禧兒不要哭，乖喔。」兩個小孩一起哭，這可真是令人頭痛。

「茉莉，我看我還是不生孩子比較好。」巧萱說道。

「你也要有這個機會才行呀。」茉莉今天的嘴巴真的特毒呢。

中午，皇上把我帶到一個小閣，裡頭只有桌椅和一座屏風。

「皇上，您帶妾身來這裡是要做什麼？」

「芷若，你看看是誰來啦？」

這時有兩個人從屏風後走了出來。

「爹！娘！你們怎麼來了？」

「是皇上召我們進宮的。」父親說。

「俞愛卿，你們一家三口好好聊聊，朕就不打擾你們了。」

「謝皇上。」

「若兒，為娘的已經好久沒見著你了，都快兩年了，你可好？」母親抱著我。

「娘，因為有皇上的保護，女兒在宮裡很平安。」

「那就好，聽你這麼說，娘終於可以放心了。」

「爹、娘，趕快坐下來吧。」

「芷若，皇子和公主近來可好？」

「她們都很健康，禧兒活潑、平兒穩重，從不給女兒添麻煩。」

「孩子的爹，我們終於能抱孫了。」

「是啊，皇上之前託我擔任皇子教席，待他們長大，我一定好好教導他們。」

「若兒，你在宮裡吃穿用度都還好吧？娘帶了些銀子給你。」

「娘，您放心，女兒現在一個月有二百五十兩的月例，皇上也常賞賜金銀給女兒，娘就別操心了。」

「芷若，皇上待你可真是好，你也要為皇上分憂才行，我們俞家深受皇恩，必定要知恩圖報。」

「父親大人的話，女兒記住了。」

「若兒，娘做了些年糕，我們一起吃吧。」

「好啊，孩兒好久沒吃娘做的東西了，甚是懷念呢。」我吃起年糕，就是這個滋味，一點也沒變。

「芷若，這本《孟子》你帶回去看，你現在也是母親了，可要多培養些閱讀的習慣，才能好好教養孩子。」

「父親大人，您別擔心，這本我已經看過了。」

「什麼?你已經讀過《孟子》了?什麼時候讀的?」

「是田大人的女兒借給我的，她常常帶書來給我看，孩兒連《史記》也讀過了。」

「好，書中自有黃金屋，書中有女顏如玉。」

我和爹娘就在這小閣裡聊了一個時辰，才親自送他們出宮。

幾天後，皇上帶著我和孩子們去了建章宮。

「妾身給太后娘娘請安。」

「你來這裡幹什麼?」

「兒臣想說，母后似乎還沒親眼見過皇嗣，就抱來給您瞧瞧了。」

「哼!俞芷若生的孩子我可不想看。」

「李忠、李信兩人皆已伏法，母后究竟要倔強到何時呢?」

「嚴恆，守住了俞芷若，麗妃也死了，你還把朝廷給洗了一遍，現在你可得意了。」

「母后這是什麼話?俗話都說風水輪流轉，之前母后可說是叱吒風雲，如今換兒臣得意了也是應該的。」

「你們兩個今天來這裡就是要來侮弄我的嗎?滿月，送客!」

「既然母后不領情，那兒臣就離開了，但之後見不著孫子，母后可別後悔。」

「這樣的孫子我寧可不要，只要皇后還在，這東宮的位置就有機會是我們李家的。」

「這點母后可以放心，兒臣已經決定，要立嚴平為太子了。」

「皇上，您說的可是真的?」我也驚訝了，皇上從來都沒向我提過這件事。

「你說什麼?他還不到半歲，你就急著立他為太子?太子的生母還是一個名不見經傳的妃子，這可要讓天下人笑話了。」

「兒臣被立太子時也才一歲，如今大寧百姓還不是歡天喜地?」

「那也要看之後的皇上是否賢明了，禍國妖姬的兒子，只會帶給國家災難。」

「太后娘娘，請您慎言，這孩子可是皇上的骨肉，而且大寧帝國如今可是興旺繁榮，未來也是。」

「俞芷若，我就不相信你生的孩子會有什麼出息!」

「這件事母后也用不著操心，兒臣早已指定俞振國為東宮教席了，他的學識和品行可是比您還好上太多了。母后剛才說安妃是禍國妖姬，那些叛黨都是你的兄長們，究竟誰才是禍國妖姬，這點就不用兒臣親口說了，大寧史書上會有記載，後世也自有評論。」

「你!」太后怒火攻心，口中突然噴出鮮血。

「皇上，您就別說了。」滿月姑姑開口了。

「兒臣最後再送給母后一句話，當年純妃也是一個人在宮裡，孤單抑鬱而終的，母后如今可以體會了吧?芷若，跟朕回養心殿去商討立儲之事。」皇上撂下一句狠話就離開了。

「滿月，快……快把皇后叫來。」

聽聞太后的身子出狀況，李皇后急忙趕來了。

「母后，您沒事吧？宣太醫了沒？」

「思卉，母后接下來說的話你可要記住，你就算不能誕下皇子，只要……殺了俞芷若，這孩子也就是你的了……盡你所能除掉他，替母后……報……仇。」太后說完，嚥下了最後一口氣。

「母后！母后您醒醒！」

（養心殿）

「皇上，建章宮傳來消息，太后娘娘她……」

「她怎麼了？」

「太后娘娘崩駕了。」

「哦？是嗎？」皇上冷淡的回應道。

「皇上，奴才覺得，您還是替太后好好辦場喪事吧，畢竟大寧皇上以禮教治國，也好讓百姓們知道陛下的孝心，以此仿效。」

「唉！好吧，就依照禮制給太后治喪吧。」

慶和十六年十月二十五日，李太后崩駕，是為端裕儉勤皇太后，舉國服喪三年，止歌舞宴會。

（三年後）

「兒臣給父皇請安。」

「嚴平，今天俞先生都給你教些什麼啊？」

「回父皇，今日俞先生教兒臣《大學》。」

「那你能背幾句給父皇聽聽嗎？」

「是，大學之道，在明明德，在親民，止於至善。」

「那你可知道這些話是什麼意思嗎？」

「回父皇，兒臣知道，這段話的意思是說：大學的宗旨，在於彰顯光明的品德；在於反省提高自己的道德並推己及人，使人人都能改過自新、棄惡從善；在於讓整個社會都能達到完美的道德之境並長久地保持下去。」

「好！說的很好！都說虎父無犬子，真不愧是我的好兒子。」

「妾身給皇上請安。」

「芷若，剛才平兒在背書給朕聽呢，背得可真是好啊。」

「平兒這麼棒啊，那今天娘可要好好鼓勵你。」

「真的嗎？娘要給兒臣什麼呢？」

「來，這酸梅麥芽糖就當娘賞給你的，這邊還有一隻，分給姐姐一起吃。」

「謝謝娘。」嚴平說完，就開開心心地拿著糖果跑走了。

「芷若，朕覺得平兒的功課已經長進許多了，當初讓你父親教他，可真是選對人了。」

「是皇上不嫌棄，家父才有機會教導平兒，皇上，現在禧兒也會彈琴了，可以同妾身和慧美人他們合奏了。」

「真的嗎？改日你帶他過來，朕洗耳恭聽。」聽聞兒女傑出的表現，皇上非常得意。

「知道了，能在父皇面前獻藝，禧兒也會很開心的。」

「禧兒他喜歡慧美人嗎？」

「他可喜歡的不得了，插花、畫畫、棋藝，都是從慧美人和楊才人身上學來的，妾身平時則和他說一些文學經典、琴藝。」

「嗯，禧兒也逐漸懂事了，想當初，他還是個活潑好動的嬰兒，現在已經快學會琴棋書畫了。」

「就是啊，時間過的還真快，妾身入宮至今也快滿五年了。」

「你的竹葉酒，朕也喝五年了。」

「皇上是否喝膩了？妾身可以給您換換口味。」

「只要是愛妃釀的酒，朕永遠不會膩。」

「皇上嘴還真甜，妾身釀酒時可是沒有灑糖呢。」

「芷若，太后過世也滿三年了，明年新春大典，朕就立平兒為太子。」

「只要皇上覺得好就行了。」

隔天下午，茉莉、巧萱又來我宮裡了，自從平兒和禧兒會說話，他們就三天兩頭往我這裡跑。

「你們來啦，今天又想幹嘛？下棋還是插花？」

「都不是，今天是來跟姐姐分享好吃的。」

「哦？巧萱你又做了什麼東西？」

「白糖油膏、芝麻酥、綠豆椪，茉莉還帶了自己榨的金桔汁。」

「芷若姐姐，我們一起吃吧。」

「娘，我也想吃。」嚴禧拉著我的袖子。

「可以，但是你只能各吃一個，否則晚膳就吃不下了。」

「耶！」聽到我的許可，嚴禧開開心心地跑過去。

「禧兒想先吃哪個？」

「這個白白的。」禧兒用手指了白糖油糕。

「來，要拿好喔。」

「謝謝楊姨娘，楊姨娘做的東西真好吃。」

「真的啊？那姨娘問你，你比較喜歡我，還是田姨娘？」

「當然是我啊！禧兒可是從小跟我學棋呢，對不對，禧兒？」

「我……」嚴禧看著茉莉和巧萱，心中猶豫著，不知道該選誰。

「我比較喜歡娘！」說完，她就拿著白糖油糕跑到我身旁。

「你們看吧，就說是我親生的，眼光可真好。」我摸了摸她的頭。

「禧兒怎麼可以賴皮呢？」巧萱說。

「巧萱，禧兒有識人之明，這點你要向她多多學習。」

「瞧姐姐得意的。」

「禧兒，我們來喝金桔汁好不好？姨娘給你倒一杯。」茉莉說。

「金桔汁，我要喝。」聽聞有果汁喝，她又立馬跑到茉莉身邊了。

「來，慢點喝。」

「謝謝田姨娘，田姨娘真漂亮。」

「巧萱，你聽到了沒？禧兒有識人之明。」茉莉得意地看向巧萱。

「禧兒，娘問你，你覺得是田姨娘漂亮，還是娘比較漂亮。」

「娘比較漂亮，世界上最漂亮的就是娘。」

「說的真好，今天睡前，娘給你講兩個故事。」

「太好了。」

又有東西吃，又有故事聽，看來今天收穫最多的還是嚴禧。

（芳蘭宮西偏殿）

如今的王詩詩已經不再是那個雍容華貴的千金大小姐，爹爹過世了，他在京城也沒有任何親戚，每個月都靠七十兩月例過生活，這五年來，皇上也從未召他侍寢過，就連生日也沒有人送賀禮給他，當初和他交好的莊珮芸，如今也對他避之唯恐不及，就連他的靠山，太后娘娘也不在了，整座宮殿只剩下她和白芍兩人，淒涼無比。

「主子，您吃些東西吧。」

「我不吃，拿走吧。」

「主子，恕奴婢多言，您要不要試著融入安妃娘娘他們的生活圈，就像莊寶林一樣。」

「我累了，你下去吧。」王詩詩沒有回應剛才的問題，但她聽到安妃娘娘時，眉頭還是皺了一下。

不久後，皇后的一等女官翠兒來了。

「王寶林，皇后娘娘召您過去。」

「皇后娘娘？」

（坤寧宮）

「妾身給皇后娘娘請安。」

「王寶林請起，本宮今日召你來，是有件事想和你商討。」

「皇后娘娘請說。」

「你有沒有興趣當個美人啊？」

「美人？皇后娘娘在說笑吧？我已經當了快五年的寶林，皇上哪次晉過我的位份？」

「你若是願意配合本宮，每年新春大典，我都可以下懿旨提拔你。」

「皇后娘娘請吩咐，妾身定全力以赴。」聽到自己有翻身的機會，王詩詩突然有了精神。

「與我聯手，除掉俞芷若。」皇后這三年來一直記得太后當時的遺言。

「妾身非常樂意，皇后娘娘想要怎麼做呢？」

「這點本宮還沒想好，需要你一起出謀劃策。」

「皇后娘娘，妾身覺得，與其除掉俞芷若，不如讓她痛苦地活下去。」

「嗯？說來聽聽。」

「要想傷害一個人，就必須從她最愛的人下手。」父親的過世，讓王詩詩體會到這點。

「可是她的爹娘本宮也動不了，要說能下手的也只有後宮的人……喔！我懂你的意思了。」

「每天繞著她飛的兩隻蒼蠅，就打死吧。」

「你想要怎麼做？」

「新春大典後一周，皇后娘娘把俞芷若叫過去，剩下的就靠妾身了。」

「好，本宮相信你，你就趕快回宮收拾東西，準備遷殿吧。」

「妾身謝皇后娘娘恩典，妾身告退。」王詩詩離開了。

「娘娘？您為什麼想要用王詩詩呢？」

「翠兒，整個後宮只剩下她最恨安妃了，只是單靠她自己，也沒辦法除掉安妃，本宮只是幫襯她，畢竟也是她親自下手，非到緊要關頭，本宮不會弄髒自己的手。」

「娘娘明鑑。」

（養心殿）

「微臣參見皇上。」

「俞愛卿請起，今日來找朕，有什麼事。」

「皇上，經過多年的商議，月國國王終於簽下了花果茶貿易的協議，就連嵐國君王，也派使臣來了，他們也想跟大寧買花果茶。」

「嵐國的事情，就交由你和禮部尚書商議，給朕寫個條陳。」

「皇上，如今除了茶馬貿易之外，再加上這花果茶貿易，大寧國的國庫和軍力，都有了巨大的增益。」

「俞愛卿，今年的稅收如何？」

「回皇上，根據戶部的統計，今年共收稅六千萬兩白銀，各省、府、州、縣也無任何虧空，尤其是當初鬧旱災的宏州，近幾年水稻豐收，當地的知府還下令，開墾銅礦，發展工業，宏州今年的稅收是西北地區中最高的。」

「看來這楊序祥做事還真的有兩把刷子，才三年就把西北治理的這麼好，俞愛卿，你替朕擬旨，升任宏諒知府楊序祥為西北布政使，並勉勵他幾句。」

「微臣遵旨。」

「皇上，這裡還有一張萬民傘，是河廣的百姓製作的，這傘上簽滿了百姓的名字，特別要送給皇上，今年河廣的糧食也增加許多，糧倉都快堆滿了，糧價已經是一升一兩了，百姓吃得飽飽的。」

皇上接下傘，心中喜悅無比，如今大寧帝國的百姓，沒有一個挨餓，這也說明了大寧國的強盛。

這天傍晚，平兒上完課回來，跟我分享了今天先生說的故事。

「娘，今日俞先生說了唐太宗李世民的故事，他在魏徵、房玄齡、杜如晦的輔佐下，開創了貞觀之治，兒臣以後也要像唐太宗一樣，接受臣子的諫言，建立盛世。」

「娘相信你一定辦的到，但是除了接納諫言以外，你還必須任用賢臣，只有賢臣的諫言才是真正對國家有益的。」

「兒臣知道了。」

「你快去洗洗手，準備開飯了。」

此時皇上帶著一把傘走進來。

「妾身給皇上請安，皇上今晚要不要陪孩子們用膳呢？」

「當然沒問題，芷若，你看看這把傘，是河廣百姓送的，如今河廣的百姓安居樂業，每個人都能吃上便宜的水稻。」

我看著皇上的神情，想起了往事。

「皇上，妾身還記得，慶和十五年的夏天，您對妾身說過，您要讓大寧帝國更加富強，讓天下蒼生過上好日子，皇上完成了自己當初訂的目標，妾身恭喜皇上。」

「芷若，都是因為有你在身旁，朕才能專心處理政事，如今大寧已經達到空前盛世，朕的夢想也快要完成了。」

「皇上的夢想還差什麼呢？」

「你忘了嗎？朕曾經說過，要讓眾人都看見，朕牽著你的手。」

「皇上的好意，妾身一直知道，不過當今皇后娘娘還在，皇上也必須同皇后娘娘好好相處才是，這也是一個上行下效的好機會。」

「皇后雖在，但是朕的心中只有你，明代宗景泰七年八月，景泰帝冊封寵妃唐氏為皇貴妃，如今朕也打算立你為大寧國的皇貴妃，協理六宮。」

「皇上對妾身寵愛有加，妾身還是同一句話，只要皇上不離，妾身終身不棄。」

「好，那這事就這樣定了，我們來吃飯吧，今天有什麼好料的？」

「除了御膳房送來的，妾身還燉了牛骨湯，還有這道清蒸螃蟹，茉莉送來的烏梅汁。」

「父皇，兒臣肚子餓了。」嚴禧嚷嚷著。

「我們光顧著聊天，都忘記孩子也餓了，這就開飯吧，禧兒來，父皇幫你挑蟹肉。」

「父皇，兒臣也想吃蟹肉。」

「平兒別急，娘幫你挑，你先吃點別的，那盤滷牛肉味道也不錯。」

「謝謝娘，兒臣最喜歡娘了。」

「平兒，那你不喜歡父皇了嗎？」皇上裝出一副委屈巴巴的臉。

「好了皇上，別為難孩子了，您也知道孩子都是這樣，有美食吃最重要。」我笑道。

「平兒，父皇跟你開玩笑的，對父皇來說，你和禧兒都是父皇的寶貝，父皇永遠疼你們。」

「父皇，兒臣現在會彈琴了，父皇要不要聽聽看？」嚴禧說。

「父皇當然要聽，等我們吃完飯，你就彈彈看。」

「父皇，兒臣也會下棋了，父皇也陪兒臣下棋好不好？」嚴平也不甘示弱。

「好，父皇陪你下，若是你贏了，父皇就賞東西給你。」

「平兒來，吃吃螃蟹。」我把挑好的蟹肉放進他的碗裡。

這一晚，我們四人吃著美食，禧兒彈琴，平兒下棋，有子如斯，不亦樂乎？

（一周後，頤和園）

元月初一，舞龍舞獅，家家戶戶貼滿春聯，我也替平兒、禧兒換上新衣服。

「妾身向皇上、皇后娘娘道喜，祝皇上、皇后新春大吉、吉祥如意！」眾嬪妃下跪。

「平身！」

「謝皇上。」

「國喪期間，已經有三年沒舉辦新春大典了，在溫貴妃的帶領下，後宮可說是一片祥和，朕心甚慰，朕決定發放賞銀，就當作新年紅包，給諸位沾個喜氣，特賜皇后、溫貴妃白銀一千六百兩、安妃一千二百兩、德妃一千兩、美人以上八百兩、寶林以上六百兩、貼身宮女二十兩。」

每個嬪妃都喜出望外，以前神色黯淡的德妃，這三年來也有氣色多了，還主動向溫貴妃祝賀。

「謝皇上隆恩。」在場眾人齊身跪拜。

「宣皇后懿旨！」

「皇后有旨，寶林王詩詩性行溫良，虔恭中饋，淑德含章，著即晉為五品美人，賜居芳蘭宮東側殿，以示佳賞，慶和二十年元月元日。」

懿旨頒布，大家瞄向王詩詩，心裡都覺得有些疑惑，之前她把莊珮芸的宮裡搞的一團亂，還被禁足了半年，皇后竟然說她性行溫良？

「妾身謝皇后娘娘恩典。」王詩詩聽到懿旨，笑得可開心了。

「宣讀聖旨！」

「奉天承運，皇帝詔曰：『朕惟彤闈贊化，本敬順以揚庥；紫掖升名，表恪恭而錫慶。爰稽彝典，式播溫綸。諮爾安妃俞氏，夙嫻懿範，自膺冊命，益茂芳徽。隻事小心，克承歡於璿殿；含章明順，更流譽於椒庭。以冊、寶晉封爾為皇貴妃，協理六宮。慧美人田氏，端謹持躬，柔嘉表則。秉小心而有恪，供內職以無違，夙協箴規於女史，授以金冊、金印，冊封爾為慧昭儀，楊才人紫庭助德，彤史摛辭，早流蕙問，宜荷芳名，授以金冊、金印，晉為婕妤，賜封號，婉，欽此。』」

「妾身謝皇上恩典，吾皇萬歲萬歲萬萬歲！」

「授冊寶！」

我接下金冊、金寶，心裡有些沉重，皇貴妃等同於副后，皇上將協理六宮之權交給了我，這也意味著我肩負更多使命，要協助皇后治理好后宮，讓皇上能專心於前朝之事。楊巧萱、田茉莉接下金冊、金印時雖然也是喜形於色，但兩人心中恐怕也有些壓力吧。

「宣東宮冊文！」

幾名官員聽見皇上要立儲君，也開心了起來。

「奉天承運，皇帝詔曰：『自朕奉先帝登基以來，凡軍國重務，用人行政大端，未至倦勤，不敢自逸。

緒應鴻續，夙夜兢兢，仰為祖宗謨烈昭瑤，付託至重，承祧行慶，端在元良。皇長子嚴平，為宗室首嗣，天意所屬，茲恪遵初詔，載稽典禮，俯順輿情，謹告天地，宗廟，社稷，授以冊寶，立為皇太子，正位東宮，以重萬年之統，以繫四海之心。』」

「兒臣謝父皇隆恩。」

「宣立公主冊文！」

「鸞書光賚，彰淑範以揚徽；象服增崇，端內則以持身。載稽令典，用渙恩綸。諮爾嚴禧，乃朕之嫡女。天資清懿，性與賢明。能修《關雎》之德，克奉壺教之禮。宜登顯秩，以表令儀。是用封爾為安慶公主，賜之金冊。徽章載茂，永綏後祿。欽此！」

「兒臣謝父皇恩典。」

大典過後，我帶著孩子們慢慢走回宮裡，卻發現溫貴妃早已待在我的宮裡。

「妾身給溫貴妃娘……」

「妾身給安皇貴妃請安，安皇貴妃，新春吉祥。」我話說到一半，溫貴妃就先把話說完了，還向我行禮。

「姐姐，您快起身。」我急忙扶起了她。

「芷若，如今你已經是皇貴妃了，姐姐為你感到欣喜。」

「貴妃娘娘客氣了，這五年來都是您在幫助妾身，您始終是我的好姐姐。」

「芷若，以後你協理六宮若有什麼困難，記得來找姐姐，畢竟後宮之事複雜的很，一下要規劃慶生，還要叮嚀嬪妃的禮節，還有，你現在位份僅次於皇后，別再妾身妾身的自稱了，可以大氣一點，說『本宮。』」

「姐姐，我自從當了安妃後，都還沒這樣稱呼過自己，有點不習慣。」

「那你現在就試試看，叫秋月和春桃給你上茶。」

「秋月，春桃，給……本宮上茶。」我講到那兩個字時，聲音還是很小。

「是，娘娘。」

「看吧，沒有這麼難的，叫習慣就好，這也是種樹立威嚴的方式。」

「姐姐，這後宮的姐妹幾乎都相處得很好，應該不用我多操心吧？」

「除了王詩詩以外，其他人都還好，但是我比較疑惑，皇后怎麼突然晉了她的位份，她以前的囂張跋扈，皇后怎麼可能不知道？」

「姐姐，你的意思是皇后給了王詩詩甜頭，要她做一些事？」

「極有可能，皇后既然是找王詩詩，那就說明這事情只有王詩詩能辦。」

「只有王詩詩能辦的事？」

「是啊，但是究竟是什麼事情，我就不清楚了，但我肯定，這王詩詩幹的事絕對不會是好事。」的確，自從入宮後，王詩詩確實把後宮給攪混了，要說她做過什麼好事，我還真想不到。

「姐姐，王詩詩是不是看我們幾個不順眼，想要陷害我們？」

「是有這個可能，所以你自己也要多注意，能避開就避開，讓春桃和秋月跟在你身旁，別落單了，還有，嚴平已經是太子了，身為儲君，更要注意他的安全。」

「是，妹妹明白了。」

溫妃離開後，嚴平去東宮上課，兩名姨娘又不請自來了。

「唉唷，這不是慧昭儀和婉婕妤嗎？來找本宮又有什麼事啊？」

「妾身給安皇貴妃請安！」兩人邊笑邊說。

「來，禧兒，快去跟姨娘打聲招呼。」

「給楊姨娘、田姨娘請安！」

「禧兒，你現在已經是堂堂的安慶公主了，應該是我們給你請安。」茉莉說。

「田姨娘，你今天又帶了什麼給我玩？」

「姨娘今天帶了積木給你玩喔，你看，這裡有好多塊木頭，把他們堆起來，越高越好。」

田茉莉就和嚴禧兩人玩了起來。

「婉婕好，要吃點零嘴嗎？」

「姐姐，你還是叫我本名吧，突然成了婕妤，我一下子也不習慣。」

「巧萱，你這下子也風光了，一個月一百六十兩的銀子，你和瀟瀟可以常常吃大餐了。」

「我已經請瀟瀟去御膳房點菜了，今晚就換姐姐來我宮裡吃吧，茉莉也會來呢。」

「那平兒跟禧兒你也要一同請客喔！」

「當然沒問題，他們喜歡吃些什麼？我待會再去點。」

「什麼都可以啊，你愛吃的她們應該都愛，你應該也點了大蝦吧？」

「當然，既然是請客，怎麼可以少了奶油大蝦呢？」

「禧兒，今晚我們就去楊姨娘宮裡吃飯好不好？」嚴禧專心地疊著積木，似乎沒聽見我的聲音。

「啊，倒掉了，怎麼辦？」

「沒關係，我們再試一次好不好？做人要持之以恆，不能隨便放棄。」不愧是茉莉，寓教於樂。

（此時，東宮）

「殿下，你已經是名正言順的太子了，往後微臣會用更嚴格的標準來教書。」

「是，學生謹聽先生吩咐。」

「上次我們提過的孟子，你還記得嗎？」

「記得，民為貴，社稷次之，君為輕。」

「好，今天我們要上的是明朝時的一篇文章〈廉恥〉，你來唸唸。」

「禮、義、廉、恥，國之四維；四維不張，國乃滅亡。善乎管生之能言也！禮、義，治人之大法；廉、恥，立人之大節。」

「沒錯，我們之前讀孔孟的時候，已經講過禮義了，但是身為人，最重要的就是要有一顆羞恥心，身為一國之君，更是如此。」

「先生，什麼是羞恥心呢？」

「所謂的羞恥心，就是當一個人做錯事情後，他會覺得沒面子，感到自責，有了這種態度，他下次就不會再犯同樣的錯誤。」

「就是指顏回說的『不貳過』囉？」

「沒錯，沒錯，孺子可教也。」俞振國對於嚴平能舉一反三，感到相當欣慰。

「可是先生，歷朝歷代都有亡國之君，之所以亡國，是因為他們都沒有廉恥之心嗎？」

「可以這麼說，以往的亡國之君，大多都是喜歡玩樂，沉迷某事，不愛處理朝政的人，像是南唐後主李煜，還有宋徽宗都是，如果他們有廉恥心，就不會放任自己耽迷宴樂，國家也就不會亡了。」

「那要如何才能培養廉恥心呢？」

「廉恥心其實本來就存在於每個人心中，只是人有沒有注意到而已，就像是一個孩子不小心打破了雞蛋，他為什麼會想要埋起來呢？」

「因為他怕被爹娘罵。」

「沒錯，雖然把雞蛋埋起來是不對的，但是他知道自己做錯事，而產生了愧疚感，這就是一種羞恥心。太子殿下，請繼續唸下去。」

「蓋不廉則無所不取，不恥則無所不為。人而如此，則禍敗……」

傍晚，我帶著平兒和禧兒去玉瑤宮吃飯。

「給皇貴妃、太子殿下請安。」

「娘，姨娘他們為什麼要向我下跪呢？」

「平兒，你現在是儲君，以後是要像父皇一樣治理國家的，就像你見到父皇會行禮是同個道理。」

「原來是這樣，兒臣明白了，田姨娘，楊姨娘，你們快起身吧，我肚子已經餓了。」

「娘，今天也有螃蟹可以吃嗎？」禧兒看向我問道。

「禧兒，姨娘今天準備的是蝦蝦，很好吃的，趕快坐下來吧，姨娘給你倒果汁。」巧萱說。

「姨娘，我們能開始吃了嗎？我想吃蝦蝦。」平兒問。

「快點吃吧，這裡還有蒸蛋，很軟的，你多吃一些。」

「娘，我要吃蝦蝦，幫我剝。」平兒拉著我的手。

「好，娘這就幫你剝，你先吃蒸蛋好不好？」

「娘，我也要吃蝦蝦，您也幫我剝。」

「禧兒，娘只有一雙手，你先等一下好不好？先喝點果汁。」

「禧兒，姨娘幫你剝。」茉莉說道。

「這裡有烤豬肉，你先吃看看。」巧萱夾了肉給嚴禧。

「看來這一餐小孩吃的比大人還多呢。」我邊剝著蝦殼邊說。

「沒事的，吃的多才長的快，再說平兒讀了一整天的書，應該也累了。」茉莉說。

「田姨娘，您也讀過〈廉恥〉嗎？今天先生就教我這個。」

「姨娘當然讀過，禮、義、廉、恥，國之四維……媚於世者，能無愧哉！」茉莉流暢地背完了全文。

「姨娘你怎麼這麼厲害？全部都背起來了。」看來平兒還沒見識過茉莉的威力。

「平兒，田姨娘可是讀過很多書的，如果去考試，定是狀元，以後你也可以向他請教問題。」

「平兒，你可要認真讀書喔，這樣你娘會更開心的，知不知道？」嚴平點了頭。

「來，蝦子剝好了，平兒快吃吧。」我一連剝了三隻蝦給他，自己半口飯都還沒吃。

「楊姨娘，我還要喝果汁。」嚴禧拿著空杯子說道。

「禧兒，你先多吃點飯菜，果汁喝太多的話，晚上會尿床的。」我說。

「這裡有菜菜，禧兒多吃一點，來。」巧萱夾了青菜給他。

「我不喜歡吃菜菜……」禧兒看著碗裡的炒青菜，不開心地嘀咕著。

「禧兒，不能挑食，挑食的話就會像春桃姐姐一樣矮矮的，你想變成這樣嗎？」巧萱面目猙獰地說。

「我不要！我不要！」巧萱的話奏效了，嚴禧立馬吃起青菜。

「巧萱，你的話我會幫你轉達給春桃的。」我笑著看向他。

「芷若，以後你就靠這招讓他們乖乖吃菜，春桃知道了也會很榮幸的。」

「娘，我想要喝湯。」

「好，湯很燙，娘幫你盛，你吹涼了再喝。」

「芷若，你也吃一點吧，到現在一口都沒吃，妹妹餵你，啊！」巧萱夾了一塊蛋放在我嘴前。

「哦！還滿好吃的，感覺不是一般的蒸蛋。」

「姐姐舌頭真敏銳，這蒸蛋是加了魚湯下去蒸的，吃起來更鮮美。」

「好了，現在孩子們都有東西吃了，我們也開動吧。」茉莉說。

「茉莉，你那兒還有薰衣草嗎？他們睡覺時喜歡聞這個味道。」我邊吃邊說。

「很多啊，一朵五十兩，姐姐要買多少？」

「妳這個奸商，我一個月也才四百兩，去哪裡生這麼多錢？」

「跟你說笑的，明天我就叫楓兒給你送去，你拿去塞在香包裡，給他們戴上吧。」

「咳！咳！」嚴平嗆到了。

「平兒，你吃慢點，又沒有人跟你搶，先喝點水。」我輕輕拍著他的背。

「巧萱，這奶油大蝦不是你最愛的嗎？怎麼看你都不吃？」

「平兒和禧兒想吃，就多留些給他們，我吃別的也行。」

「茉莉，你聽見了沒？竟然為了孩子割捨美食，巧萱終於長大了，姐姐好感動，嗚……」我假哭。

「茉莉，其實我早就先偷吃過幾隻了，這麼好吃的東西，我怎麼可能錯過呢。」巧萱對茉莉耳語。

「姐姐，這桌全都給禧兒他們吃吧，巧萱說他已經不餓了。」

「嘖！我可是東主，都特別花銀子了，我當然要吃。」

這一晚，大家都吃得很開心，但要說誰吃的最飽，恐怕還是兩個孩子。

吃完飯，平兒和禧兒回宮後就睡著了，我還輕輕摸著他們的頭。

「芷若，孩子們睡了嗎？」皇上走進了我的臥室。

「早就睡著了，他們今天吃的可滿足了，一吃飽就呼呼大睡了。」

「都說一眠大一寸，就讓他們多睡點，你出來一下。」

「皇上，都亥時了，您怎麼來了？」

「朕有點嘴饞，想找你吃點消夜，朕帶了幾盤小菜，陪朕一起吃吧。」

「皇上，妾身替您泡杯茶。」

「芷若，當了皇貴妃，壓力會不會很大？」

「是有一些，但溫貴妃已經教過我一些了，只要大家都安分守己，應該不會出什麼亂子。」

「妳好像瘦了，是不是帶孩子太累了？」

「孩子都還小，需要母親的陪伴，妾身忍耐一點就行了。」

「這樣好了，平兒都在上課，禧兒就讓我們輪流帶，你覺得如何？」

「皇上，這樣會不會影響您處理朝政？」

「這倒是還好，如今天下太平，朝中又有你父親和田大人他們，大部分的事情，他們都能處理的很好，朕很放心，反倒是你太勞累，讓朕操心了。」

「那皇上如果有空，可以來宮裡看看禧兒，偶爾也去東宮看看平兒，兩個孩子都要顧到才行。」

「嗯，朕知道了。」

「皇上，今晚就讓妾身餵你。」我夾了一片香腸送到皇上口中。

「好吃，芷若餵的特別好吃，之前你不是煮過火鍋嗎？我們下周就和孩子們一同吃火鍋如何？」

「好啊，但是皇上要有吃不飽的準備，每次吃飯，妾身都要先幫孩子們夾食物，剝殼去骨，等他們吃完一輪才能換我們吃。」

「當然沒有問題，我也是他們的父親，也要盡到為父的責任。」

「既然如此，皇上就好好期待吧，妾身會好好準備的。」

這一晚，皇上就在我宮裡留下來睡了，四人擠一張大床，還能互相取暖。

幾天後，禧兒吵著要去御花園，無可奈何的我只好帶他去了。

「娘，有魚，有好多魚。」她興奮地拉著我走到鯉魚潭旁。

「對啊，你要不要餵牠們吃東西？」

「我要餵！」

我從袋子裡拿出一包豆子給她，禧兒開心地扔著豆子，但她畢竟還小，也扔不遠，很多魚兒也沒注意到有食物能吃。

「娘，有一隻魚游過來了，她吃掉了。」

「等你長大一點，把豆子撒遠一些，就會有更多魚游過來喔。」我蹲在地上，直視著她，和她說話。

「娘，那是什麼？」禧兒手指向不遠的草叢，草叢旁有一團白白的東西。

「我們過去看看就知道了。」於是禧兒很快地跑了過去。

「娘，我知道這個，這是兔子，姨娘他們有教過我。」

嚴禧正想伸手去摸兔子，就被我及時抱起來了。

「嚴禧，不行摸兔子，牠會咬你，你的手會痛痛喔。」我想起了小時候被兔子咬的經驗。

聽到我的話，嚴禧鼓著嘴，似乎很不開心。

「怎麼了?禧兒不開心呀?那我們回宮裡囉。」

就在這時，翠兒朝我走了過來。

「安皇貴妃，皇后娘娘召您過去。」

「禧兒，我們去見皇后娘娘好不好?」

「我不要，我還要玩!我還要玩!」嚴禧大聲嚷嚷著，看來再不答應她，這御花園就要傳遍哭聲了。

「這可怎麼辦才好?翠兒，你幫我跟皇后說一下，我待會就過去。」

我拉著禧兒離開了御花園，此時禧兒已經開始大哭了起來。

「巧萱，你在嗎?」

「姐姐您怎麼來了?禧兒為什麼一直哭鬧?」

「皇后娘娘召我過去，可是她一直吵著要去御花園玩，你可不可以帶她去，幫我顧一下她?」

「好啊，我帶些零嘴讓她去御花園吃。」

「多謝你了，這孩子平時都挺乖的，就是有時候固執了一些。」

「禧兒，姨娘帶你去御花園玩，那你先把眼淚擦一擦好不好?」巧萱也蹲下身和她說話。

聽到巧萱的話，嚴禧終於不哭了，我向巧萱叮囑了幾句話，就把禧兒交給她了。

（坤寧宮）

「妾身給皇后請安。」

「安皇貴妃請坐，本宮找你來，是想和你討論皇上的生日宴席，再過兩個月就是皇上的三十歲生日了，今年我想要辦的風光一點，你可有什麼好主意？」

「既然是三十歲，不如所有東西都以三十為基準下去準備？例如三十道菜，三十樣賀禮，三十把花束，放三十隻喜鵲，出席官員也設定在三百人。」

「這點子不錯，那你覺得今年要安排哪些節目呢？」

「妾身聽聞最近京城裡很多人愛看皮影戲，還有不少雜耍，可以邀請他們來表演。」

「可是這些表演皇上之前都看過了，皇上恐怕不會有什麼興趣。」

「這樣啊……聽聞月國那邊有種表演，好像叫魔術，聽說可以把東西變不見，或是從空盒子裡放出白鴿，要不要讓他們也來大寧帝國演出？畢竟當天各國使臣也會前來祝賀。」

「嗯，這倒是新奇，那你覺得今年要準備哪些菜？」

「除了御膳房準備的菜，妾身認為可以讓每位嬪妃都製作一道菜。」

「安皇貴妃如此機靈，難怪皇上喜歡你。」

「皇后娘娘過譽了，這後宮還是必須由您親自統領，皇上才能放心。」

❖ 第十八章　名垂后世 ❖

（此時，翠寧宮西側殿）

「主子，王美人來了。」

「她怎麼來了？讓她進來吧。」

「妾身給慧昭儀請安。」

「王美人，你來這裡有什麼事嗎？」

「之前妾身把您的花圃用壞了，今日妾身是來向慧昭儀賠罪的。」

「沒事，都已經過了五年了，我早就不放在心上了。」

「妾身熬了一鍋湯，想請慧昭儀嘗嘗。」

「王美人的好意我心領了，這湯你自己帶回去喝吧，或是請你家白芍喝也好。」

「難道慧昭儀就這麼不想喝妾身煮的湯嗎？」

「我只是不習慣吃別人的東西而已，沒有別的意思。」

「那可就由不得您了。」王詩詩一說完，就把整鍋湯朝向田茉莉潑了出去。

「主子小心！」楓兒即時推開了茉莉，自己卻被熱湯潑了一身。

「哇！」整座翠寧宮傳來了楓兒的慘叫，王詩詩眼看事情沒成功，便跑開了。

「楓兒！楓兒！你忍著點，我立刻去叫太醫。」

離開坤寧宮，我先去御花園接了嚴禧，回去後卻看見好幾名太醫，從茉莉的殿裡進進出出的，而茉莉則是焦急地站在殿外。

「茉莉，你怎麼了，你沒事吧？」我看著茉莉留著眼淚，心想她是不是受傷了。

「姐姐！嗚……」茉莉抱著我大哭了起來，她的哭聲好淒厲，比畫眉鳥的叫聲還悲傷，我只能輕輕拍著她的背，任她宣洩。

「茉莉，你發生什麼事了，告訴姐姐好嗎？」

「姐姐，王詩詩她朝著我潑熱湯，嗚……楓兒為了救我，就被潑到了……嗚……人還躺在裡面。」

「什麼！王詩詩朝著你潑熱湯？這王詩詩也太可惡了！」

「太醫大人，楓兒現在怎麼樣了？」茉莉問。

「慧昭儀，微臣已經盡力了，慧昭儀可要進去和她說些話？」

「她到底怎麼了？您快說啊！」

「她的臉和身子都被灼傷了，範圍太大了無法處理，微臣估計，不出幾日她就會休克了。」

我和茉莉趕進殿裡，楓兒躺在床上，面貌慘不忍睹，實在難以直視。

「楓兒！你怎麼這麼傻？為什麼要替我受罪？」茉莉邊哭邊大喊。

「主子，這五年來，奴婢吃您的用您的，您待奴婢好，該是奴婢知恩圖報的時候了，以後主子可要小心點，奴婢很高興可以服侍您。」楓兒虛弱地說著。

「你在說什麼！你一定可以好起來的！」

「奴婢知道自己的身子，主子，奴婢最後可以拜託您幫個忙嗎？」

「說什麼最後？你還要陪我好久好久，你有什麼願望，主子幫你實現，別說喪氣話！」

「奴婢的父母都還在荊古塔服役，請替奴婢寫封信，告訴他們我過得很好，叫他們不用擔心。」

「不行！你要自己寫！你快點好起來自己寫給他們！」茉莉撕心裂肺地哭著。

「皇貴妃娘娘，您試著讓奴婢的父母回京城好不好？那罪是我祖父犯的，和我爹娘完全無關，奴婢知道這事難辦，但您討皇上歡心，可否替奴婢求個恩典？」說完，楓兒就閉上眼睛，不再說話，只是不斷喘著氣。

「楓兒，你醒醒，楓兒。」

「茉莉，你好好陪著楓兒，我會替楓兒討個公道的。」我摸了摸她的頭，自己離開了。

我一回到主殿，立刻叫春桃和秋月把王詩詩押過來。

「跪下！」春桃用力地把王詩詩推在地上。

「王詩詩，你應該知道本宮召你來的原因，你給我好好說清楚，田茉莉她哪裡得罪你了？」我把茶杯用力扔出去，砸碎在她面前。

「皇貴妃，我可什麼都沒做，您隨便把我押過來，我都還不知道是怎麼回事呢？」

「來人！把王詩詩給我拉下去，杖責二十，用力打，狠狠打！」

「俞芷若，我什麼都沒做，你就不分青紅皂白的處罰我。」

「你朝田茉莉潑熱湯，還潑到了她的宮女，就憑這點，我就可以把你打昏。」

「你可別亂說話，你有證據嗎？」

「這種事情不需要證據，來人！快把她押走，出了什麼事，本宮親自向皇上交代。」

「慢！俞芷若，我可是皇后娘娘親自提拔的五品美人，都說打狗還得看主人，你這麼做就是同皇后娘娘過不去。」

「當年你欺負田茉莉的時候，我就說過了，我管你是美人才人，就算你是昭儀，我也照打不誤，何況你的良心連狗都不如，拉下去！給我打！」

「俞芷若，你不得好死！我要見皇后！」幾名太監把王詩詩拖走，還傳著她的叫罵聲。

（養心殿）

「妾身參見皇上。」

「愛妃快平身，你怎麼喘吁吁地跑來了？」

「皇上，王詩詩謀害妃嬪，朝慧昭儀潑熱湯，結果潑傷了宮女，妾身沒有證據，但我實在氣不過她的態度，還頂著皇后的名義咆哮著，我已經下令把她杖責二十了。」

「曹公公，去把皇后和王詩詩叫過來。」

沒多久，皇后趕來了，王詩詩也被宮人拖來了，她的屁股還留著血。

「王詩詩，你給我說清楚這是怎麼回事？」

「皇上！皇貴妃毫無證據就對妾身嚴刑逼供，她心腸惡毒，請皇上為妾身做主。」王詩詩大聲說著，用他那雙歹毒的眼睛瞪著我。

「你放肆！」皇上絲毫不理她的話，用力踢了她一腳。

「皇上，這事還是讓妾身來吧。」皇后開口。

「王詩詩，本宮問你，你為什麼要這麼做？你若從實招來，本宮會求皇上饒你一命。」

「皇后娘娘，這事可是你找我的，竟然還敢問我？」

「大膽！竟敢攀誣本宮，王美人不知悔改，還請皇上重懲。」

「你說謊，是妳看不慣俞芷若才找我……」王詩詩沒想到，皇后竟然當場賣了她，她也打算弄個魚死網破。

「來人！」王詩詩話都沒交代完，皇上就下令了。

「奴才在，皇上請吩咐。」

「王美人蓄意傷害慧昭儀，以下犯上，拉出去杖斃，傳旨，立刻把王從義的牌位撤出賢良祠。」

「不可能……我是忠臣之女，是受皇后威逼利誘，我是皇上的妻妾……」聽聞自己要被處死，王詩詩也瘋了，變的歇斯底里。

幾名宮人把王詩詩拖了出去，一刻鐘後，就傳來她一命嗚呼的消息。

「皇后，朕問你，剛才王詩詩的話是怎麼回事？」

「皇上，這都是王美人的構陷，此事與妾身無關。」

「我問你，這王美人是你親自提拔的，她平常就囂張乖謬，今天還惹出這種事，你卻在懿旨上寫她性行溫良，連嬪妃的品德都分不清，你這皇后是怎麼當的？傳旨，皇后識人不清，禁足三個月，後宮大小事暫時交由安皇貴妃決議，事後再行稟報。」

「皇上！」

「你給我出去。」

皇后心灰意冷離開了，我則待在皇上身旁。

「皇上，妾身……」

「朕知道你想說什麼，你別擔心，這王詩詩平日的言行我也看在眼裡，我早就想教訓她了。」

「不是這件事，是茉莉的宮女已經快不行了，她將遺願託付給了妾身，妾身想跟您求個恩典。」

「她說了些什麼？」

「她的祖父犯罪，父母受牽連被流放在外，她希望皇上能開恩，饒恕她的父母，讓他們回京城。」

「朕明白了，如此忠心護主的女子，本就該予以表揚，朕待會就傳旨給刑部，並追封她為采女。」

「謝皇上隆恩，皇上，如今您將皇后禁足了，您的生辰大典該怎麼辦？」

「生辰那天只要有芷若一個人幫朕慶祝就行了，不用大費周章。」

「皇上，這可是您的三十歲生辰，朝野上下都期待這日呢！」

「既然是朕的三十歲生辰，愛妃可要準備一個大禮物給朕。」

「皇上想要什麼？」

「這就要看你的心意了，朕期待著。好了，朕還有事，今晚不是要一起吃飯嗎？你也去準備吧。」

「妾身遵命。」

傍晚，我和春桃忙著準備食材，秋月則陪兩個孩子玩著德妃送的七巧板。

「秋月姐姐，這塊三角形要放哪裡呢？」

「你覺得是左邊這塊，還是右邊這塊？」

「平兒、禧兒，準備吃飯了。」

「我們先去吃飯，明天再跟你們玩。」秋月把兩個孩子帶到桌旁。

「上菜囉。」我把熱騰騰的鍋子端了出來。

「娘，這是什麼？」禧兒問。

「這叫火鍋，把很多食物放進湯裡面煮，食物就會變得很好吃，等父皇過來，我們再開動。」

一刻鐘後皇上趕來了。

「父皇您好慢喔！」平兒嚷嚷道。

「芷若，抱歉，剛才戶部的人吵了起來，朕幫他們調和，這才耽誤了。」

「不要緊，朝政最重要，我們開始吃吧。」

我打開鍋子，白煙冒了出來，香氣四溢，湯也滾了。

「芷若，這火鍋怎麼是白色的？」

「我在高湯裡加了牛乳，是婉婕好教我的，她說這湯配上雞肉最好吃了。」

「娘，我們可以吃了嗎？」禧兒問。

「好，你把碗拿來，娘幫你裝。」

「平兒，讓父皇幫你裝。」皇上一口氣就把平兒的碗給裝滿了。

「皇上，這碗給你，裡頭有你愛吃的香菇和豆腐。」

「娘，那個圓圓的東西是什麼？我也想吃。」禧兒指著一顆飄起來的貢丸。

「這是貢丸，娘先幫你切成小塊，免得噎著了。」

「芷若，來，啊。」皇上餵了我一塊蘿蔔，還很貼心地吹涼了。

「父皇，娘都已經是大人了，為什麼您還要餵她吃飯呢？」嚴平問了個尷尬的問題。

「因為……因為父皇喜歡你娘，所以沒關係。」

「呵，皇上還說的真是直白，待會孩子們又要吃醋了。」

「那父皇不是也很喜歡兒臣嗎？父皇怎麼不餵我？」

「我也要父皇餵我！」嚴禧也說。

「芷若，這下該怎麼辦才好，朕沒辦法一次餵這麼多人。」皇上無奈地看向我。

「真拿你們沒辦法，父皇今日上朝已經累了，娘餵你們吃。」

我分別餵了他們好幾口，自己才終於開始動筷。

「平兒，今日先生教你些什麼？說給父皇聽聽。」

「今天俞先生教的是〈訓儉示康〉，先生要兒臣生活盡量節儉。」

「嗯，先生說得很對，銀子不能隨便亂花，這點你們都要記住，你們現在吃的飯菜，都是百姓們的納稅銀子，不可以鋪張浪費。」

「兒臣知道了。」

「皇上，您換個話題嘛，別把氣氛搞得那麼嚴肅。」

「好吧，那父皇跟你說說〈三國志〉的故事如何？」

這一晚，我們吃著熱騰騰的火鍋，配上的是空城計、五仗原之戰、三顧茅廬。

隔天早上，我去了茉莉的宮裡，看著茉莉趴在床邊，楓兒的身子已經不在了。

「茉莉，茉莉。」

「姐姐……」茉莉被我叫醒，眼睛紅紅腫腫的。

「茉莉，你陪姐姐吃頓早膳好不好？」

茉莉搖了搖頭。

「茉莉，你從昨天中午就沒吃飯了，姐姐很擔心你。」

「姐姐，昨天半夜，楓兒走了。」

「我知道你現在心裡不好受，王詩詩已經被杖斃了，楓兒若是還在，她一定不希望你這麼沮喪。」

「我好想她，想到她以前會幫我澆花，幫我採茶，替我跑腿，晚膳只要有肉吃她就很開心。」

「姐姐何嘗不想念她呢？只是人已經走了，我們只能替她好好活下去。」

「姐姐，楓兒的遺願你同皇上說了嗎？」

「皇上已經下旨赦免她父母了，還將楓兒追贈為采女。」

「那就好，我人微言輕，還是只有姐姐開口才有用。」

「姐姐今早陪你禁食，悼念楓兒，但你答應姐姐，中午要好好吃飯，好嗎？」

「好，我知道了，謝謝姐姐。」

我們在床旁跪了一個早上，希望這祈禱能上達天聽，讓楓兒在天上過著快樂的日子。

（兩個月後）

這幾周我一直籌辦著皇上的生辰宴會，即使請溫貴妃幫忙，也是常常忙到子時才睡，再加上平日要照顧孩子，身體已經有些吃不消，然而禧兒這幾天一直吵著要來御花園，說有東西想給我看。

「禧兒，你到底想給娘看什麼東西啊？」我被嚴禧拉著手。

「到了，娘，你看這棵樹裡面有好多老鼠。」禧兒爬上旁邊的大石頭，指著一個洞。

「老鼠？」樹上怎麼會有老鼠呢？我疑惑地看了看裡頭，洞裡有一窩小生物。

「禧兒，那不是老鼠，那個是松鼠，牠是吃果實的。」

「哦，松鼠，我可以養牠嗎？」

「不可以，松鼠只適合住在樹洞裡，把牠帶回宮裡，牠會生病的。」

「好吧，松鼠再見！我明天再來找你。」

「禧兒，你要不要像弟弟一樣，跟先生學習唸書？」

「我不要。」她非常明確地拒絕了我。

「可是娘看你每天都在玩耶，不是畫畫就是吵著要逛御花園，這樣不太好喔。」

「娘，我想去看魚，帶我去看好不好？」

「禧兒，你知道田姨娘在你這麼小的時候，每天都在讀書嗎？娘請田姨娘教你唸書好不好？」

禧兒什麼都沒說就想走掉了，卻被我馬上拉了回來。

「走，你跟娘回宮裡！」

「我不要！我要看魚！我還要玩！我還要玩！嗚哇！」嚴禧哭鬧著，我還是硬把她帶回翠寧宮了。

「姐姐，你找我有什麼事情？禧兒怎麼一個人在角落哭？」

「茉莉，嚴禧都已經快要四歲了，卻整天只想著玩，我問他要不要唸書他也不肯，你說我該怎麼辦才好？」

「禧兒，你告訴姨娘，你為什麼要哭？」茉莉走到禧兒身邊。

「我想要去御花園玩，娘就把我帶回來了。」嚴禧淚眼婆娑地喊著。

「這樣啊，你覺得御花園有什麼好玩的？」

「有魚，有兔子，有貓咪，還有松鼠。」

「那姨娘再問你，如果有一天，你娘每天都跑去御花園玩，都不跟你說故事，你會不會很難過？」

「會。」嚴禧輕輕點了頭。

「對啊，所以你娘看你每天都在外面玩，她也會很傷心的，你想看到你娘哭哭嗎？」

「不想。」

「那你陪姨娘一起看故事好不好？平常都是姨娘念故事給你聽，換你自己看好不好？」

「好。」

「姐姐，嚴禧說她要陪我唸書了，教育小孩不能只是用說的，還要站在她的立場慢慢引導她。」

「也是，是我剛才太急了。禧兒，娘向你道歉，你之後乖乖跟田姨娘看書好不好？娘一周陪你去御花園玩一次。」

「好。」

在茉莉的循循善誘下，嚴禧也漸漸學會認字和背書了。

幾日後，迎來了皇上的生辰宴會，適逢而立之年，皇上下旨舉辦恩科考試，高掛金雞，大赦境內，民間一律免稅百日，文臣武將加官的加官，晉爵的晉爵，舉國歡慶。皇上在頤和園內舉辦宴會，端居高座，由於皇后還在禁足期間，我以副后的名義坐在皇上旁邊，坐在下位正中央的是朝中重臣，包含我爹、田大人、六部堂官、幾名地方總督、巡撫，後排則是溫貴妃、德妃等人。

隨著音樂響起，好幾名宮人端上菜餚，光是上菜就花了將近兩刻鐘。

「芷若，這菜到底還有有多少道？」

「適逢皇上三十歲，一共有三十道，每道菜前都有菜名，其中有六道菜是嬪妃們準備的，但皇上必須先吃過，才能知道這道菜是誰做的。」

「這麼有意思，就像摸彩似的，好，朕就先嘗嘗這道『煙燻鵝肉。』」皇上吃了一口，露出滿意的表情。

「這鵝肉鮮美，經過煙燻後毫無腥味，這道菜是誰做的？」

「皇上，這是御膳房做的。」

「這樣啊，那朕再試試這道『白菜燒鹿筋。』」

「嗯，這鹿筋有嚼勁，燉的也入味，好吃。」

「皇上，這『白菜燒鹿筋』是婉婕妤做的。」

「婉婕妤，這道菜該不會又是楊大人教你的吧？」

「回皇上，是的，這是東北的料理，是家父親自教妾身做的。」此話一出，眾官員皆看向楊時芳。

「好，傳旨，賞加婉婕妤俸祿半年。」

「妾身謝皇上恩典。」

一連下來，皇上把每道菜都吃遍了，溫貴妃做的「橙香萬福肉」，孫才人做的「桂花江米藕」都獲得皇上的好評和獎賞。

「皇上，接下來是官員和嬪妃獻禮，共有三十件，待會除了妾身的禮物，我還為您準備了秘密驚喜，晚上再送給您。」

「皇上，這是六部官員合送的黃金五爪雕龍，足以象徵陛下強大的龍氣。」禮部尚書說。

「諸位愛卿的禮物，朕就收下了，朕登基二十年，都是列位大小臣工在旁輔佐，朕相當欣慰。」

「皇上，這是西北布政使楊序祥送的銅器，楊大人說這是用西北第一批開採的銅礦製成的。」

「這銅器品質感覺不錯，俞愛卿，你過來看看。」

「臣尊旨，皇上，這銅礦應該是仿效微臣在天興的冶煉技術製成的，品質和當年一樣好。」

「嗯，原本西北四州是一片荒蕪，這幾年在楊大人的治理下，農業和工業都逐漸繁榮，俞愛卿，替朕擬旨，正式升任楊序祥為西北巡撫，官至二品。」

「臣領旨。」

「皇上，這是妾身送的大寧花盆，種的是龍膽、百合花，妾身播種時，就依照大寧帝國的旗幟灑種，藍色和白色的花，配上長方形的花盆，再次呈現了藍天白雲旗。」這禮物送上來，全場官員無不讚嘆，幾名尚書、侍郎也嘖嘖稱奇。

「慧昭儀，你的創意和栽種技巧，在大寧帝國可謂無出其右，這五年來你種的茶、花，都對大寧帝國有極大的貢獻，曹公公，傳旨，賞賜慧昭儀蜀錦玉鞋一雙、玫瑰簪子一支、螺子黛三盒、珊瑚擺件十樣、香雲紗十匹，另賜白銀六千兩，享受妃級待遇，待明年新春大典，正式晉封慧妃，以嘉其心。」皇上賞給田茉莉的東西，幾乎都是宮廷的高級貨，白銀六千兩也等同於皇后一年的俸銀。

「妾身謝皇上隆恩。」

官員和嬪妃陸續獻上賀禮，皇上也是賞賜有加。

「芷若，今年可有什麼特別的表演？」

「皇上，今年妾身安排月國使臣表演當地的雜耍，他們稱之為魔術。」

幾個人登上台，開始一連串的演出，有的從嘴巴裡噴出火，有的把整隻寶劍吞下肚，有的人甚至直接從台上憑空消失，這是大寧國第一次有這樣的戲碼，官員和皇上都很專心觀看，時不時地叫好。

「好，精彩絕倫，朕決定以後每年的生辰宴會都要看魔術。」

最後我還安排了禧兒和平兒演奏樂器，為這場慶宴畫下休止符。

晚上，皇上趁著孩子們都睡了來找我。

「芷若，你今天在宴會上送給朕的肖像畫，朕很喜歡。」

「那皇上待會看到另一個禮物，肯定會高興到說不出話來。」

我拿出一個小盒子，交給皇上，示意他打開。

「這是……」皇上笑著拿出裡頭的東西，是一串項鍊，上面掛著銀牌，牌上刻著「恆」字。

「這是妾身送您的回禮，嚴恆，生日快樂。」我把身子靠在皇上的肩膀上。

「芷若，你只有刻一個嗎？」皇上此時摟了我的腰。

「當然不是，妾身刻了一對，您看，妾身身上也掛著呢。」

「芷若，比起朕賞給田茉莉的寶物，這銀牌更是無價，朕會一輩子珍藏。」

「妾身還有一個禮物，皇上先把眼睛閉起來。」

皇上閉上眼睛，這次我主動吻了皇上，我的舌頭也輕輕碰到了皇上的舌頭。

「皇上，這禮物，您還滿意嗎？」

「滿意，滿意極了。」皇上突然站起身，一手撐著我的背，一手墊在我的膝窩，像是抱孩子一樣抱著我，還轉了好幾個圈。

「皇上，您別鬧了，妾身頭都暈了。」我邊笑邊喊著。

「今晚，朕必定讓你意亂情迷。」

「皇上，您輕一點。」

「芷若，你今晚是逃不出我的手掌心的。」

我們兩人在地上翻來覆去，我輕輕地叫著，上一秒是我壓著皇上，下一秒是皇上壓著我，今晚又是一陣歡娛、巫山雲雨。

（此時，坤寧宮）

「娘娘，都這麼晚了，您怎麼還不睡啊？」

皇后只是呆呆站在窗外，看著朦朧的月色。

「娘娘，您怎麼了？」

「翠兒，以前皇上雖說不寵愛我，卻仍然以禮待之，如今皇上連看都不看我一眼，還把我禁足在這座坤寧宮，甚至還把好多宮女都撤掉了，你說，一國之后淪落至此，還有什麼可期待的呢？」

聽到皇后這麼說，翠兒也不知道該怎麼回應，只是在旁靜靜待著，而皇后則是慢慢走向書桌，拿起一把小刀，把自己的頭髮放了下來。

「娘娘！您想要做什麼？」翠兒看見這場景，緊張地把刀從皇后手中拍掉了。

「我與皇上結髮為妻，但是這二十五年來，他從未愛過我，那我今日也與他恩斷義絕。」皇后的眼神空空的，冷冷說著。

「娘娘，您不能這樣做啊！這要是被皇上知道了，可就大難臨頭了。」

「反正皇上根本就不想見我，有什麼差別呢？」

「娘娘，您要是斷了髮，皇上可是連最後一點體面都不留給您了，恕奴婢無禮了。」翠兒立馬拿起小刀，往窗外扔了出去。

「知道了，翠兒，你快去睡吧。」

「娘娘，奴婢不能……」

「退下！」皇后一吼，翠兒也只能悻悻然地退下了。

隔天早上，曹公公帶著昨日宴會上，月國使臣送的禮物進到養心殿。

「皇上，這邊還有些禮物，您昨日還沒看呢。」

「哦？拿過來讓朕瞧瞧。」

「就是這個，聽月國使臣說，這好像是他們王族才會有的音樂盒。」

皇上打開盒子，轉了旁邊的把手，音樂就響了起來，裡頭的木頭小娃娃還會移動。

「這東西可稀奇了，還有什麼好玩的？」

「還有這個叫顯微鏡的，聽說能看見比芝麻還要更小的東西。」

「哦！這月國的東西可真是特別，你再選幾樣，同朕拿去送給安皇貴妃。」

「奴才知道了。」

今天早上禧兒去茉莉宮裡讀書了，平兒也在東宮學習，春桃辦差去了，秋月則是替我去御花園摘竹葉了，難得可以偷個閒，我倒了杯橙汁，看著幾幅皇上之前送我的山水畫。

「這山峰畫的可真是好，感覺像是在仙境似的。」我一個人自言自語地說著。

正當我沉醉在畫中的時候，門被拉開了。

「皇后娘娘？妾身給皇后娘娘請安。」我疑惑，皇后不是還在禁足嗎？怎麼突然跑來這裡了。

「安皇貴妃。」

「妾身在。」

「你有聽過玉石俱焚的故事嗎？」

「有，相傳夏帝征討羲、和氏時，要求士兵們只能殺壞人，不能濫殺百姓，否則，就會像烈火延燒昆岡，不管是玉還是石頭，全遭焚毀。」

「看來你比我還清楚呢。」

「皇后娘娘怎麼突然問起這個故事呢？」

皇后沒有說話，只是站在我身前好幾分鐘。

「皇后娘娘？」

此時皇后拔出了一支鳳尾金釵，突然就朝著我走過來，我往後退了幾步，卻不小心跌在地上。

「俞芷若，納命來！」那把金釵就這樣往我的胸口刺過來。

「芷若，你快來看看這些東西。」皇上這時提著禮物進來了，看到這個場面，先是呆滯，卻又立馬回過神來，上前把皇后推開。

「你做了什麼？你快說！你幹了什麼！」皇上看著躺在地上的我，頓時明白了這是怎麼回事，他用力扯著皇后的衣領，怒火中燒地吼著。

「你無情，我無義。」皇后說完，當場拿起小刀，把整束頭髮割斷了。

皇上看見皇后的行為，用力把皇后推倒在地上。

「芷若，你快醒醒，芷若！」

「芷若，你不是說好永遠不離開朕嗎？」皇上的眼淚一滴一滴落在了我的胸前。

「皇上……妾身沒事……妾身剛才只是暈了一下。」我睜開眼睛，看著皇上涕泗縱橫。

「太好了，你沒事！你沒事！」

「皇上，是您救了妾身一命，您看。」我把那隻金釵從衣服上拔了出來，再拿出皇上當時送給我的那枚「若」字玉珮。

「是這玉珮替妾身擋下金釵的。」

「沒事就好，沒事就好。」

「曹公公，皇后戕害妃嬪、親自在朕面前斷髮，朕決定廢后，把她關進冷宮裡，罷為庶人。」

（隔日，御極殿）

朝中大臣聽聞李皇后被廢的消息，皆是議論紛紛，有官員說皇后肆意虐待宮人，也有人說這是皇上為了將李氏斬草除根的手段，更有甚者，說皇后與侍衛私相授受，但沒有人知道詳情。

「皇上駕到！」

「吾皇萬歲萬歲萬萬歲。」

「眾愛卿平身。」

「謝皇上。」

「皇上，臣有言要奏。」

「田愛卿是想問廢后的事吧。」

「是，皇上，廢后一事事關重大，再說大寧帝國從未有過廢后的先例，臣請皇上三思。」

「諸位愛卿的疑慮朕都知道，皇后昨日戕害安皇貴妃未遂，還在朕面前斷髮，德不配位，諸位愛卿認為，朕該如何處置李皇后？」

「什麼？皇后斷髮了？」

「不是只有在皇帝駕崩後才能斷髮嗎？」

「這可是大不敬。」

「就是啊，就是啊。」御極殿裡一片譁然，紛紛指責李皇后言行。

「肅靜，朕已決定將李皇后罷為庶人、幽居冷宮，諸位愛卿可還有異議？」

「臣等無異！」

「皇上，國不可一日無后，還請皇上盡早擇立新后，以安朝野上下。」兵部尚書說道。

「此事朕已決定，命保和殿大學士俞振國為正使，兵部尚書陳永嘉為副使，持金冊、金寶，於五月一日冊立安皇貴妃為新后。」

「皇上聖明。」

自從皇上要冊立新后的消息傳來，好幾個嬪妃都來翠寧宮找我了。

「芷若，再過不久你就是大寧帝國的皇后了，以後我們就要每日給你請安了，要找你也不是那麼容易了，姐姐捨不得啊。」

「姐姐這是什麼話，只要姐姐想來，妹妹隨時歡迎，您還要教平兒、禧兒玩葉子牌呢。」

「啊，對，我好像真的有這麼說過，既然是跟太子和公主玩牌，那我就要大展身手了。」

「娘娘，您還是放個水吧，不然他們之後也不找您玩牌了。」荷花在旁說道。

「也是，畢竟大家都說前事不忘，後事之師啊。」溫貴妃笑了。

「姐姐，已經午時了，您要不要先回去用午膳？」

「芷若姐姐，我們來了。」這聲音一聽就是茉莉。

「妾身給溫貴妃娘娘請安。」

「你們快起來吧，我們正好在聊天呢，要不要一起聊？」

「娘娘，我們是打算找芷若吃飯的。」

「這樣啊，那讓姐姐一塊參加好不好？」

「不如這樣好了，明天晚上我們找德妃娘娘一起吃飯如何？」我提議。

「這個點子不錯，以後要一起吃飯的機會就少了。」

「巧萱，怎麼連你也這樣說，想吃的話隨時來找姐姐，我的櫥櫃裡永遠為你預備好零嘴。」

「姐姐，聽聞皇后的膳食都很好吃呢，妹妹……」

「知道了，分你吃就是了，不過我們早就已經吃過很多次山珍海味了不是嗎？」

「巧萱，你可別忘了你生日那頓餐，花了我們二百兩。」茉莉說道。

「我記得，改日我再請禧兒他們吃一頓不就打平了？」

「田姨娘，這個給你。」禧兒突然從我房裡走出來，手上還拿著一張紙。

「禧兒，這畫上畫的是誰啊？」茉莉問。

「是田姨娘。」

「禧兒，你畫得不錯呦，臉小小的，眼睛小小的，嘴巴大大的，身體胖胖的，一看就是田姨娘，哈哈哈！」巧萱在旁捧腹大笑，茉莉瞪了他一眼。

「楊姨娘也有喔！」

「我來看看，禧兒，你畫得不錯呦，眉毛粗粗的，鼻子塌塌的，身體圓滾滾的，手上還拿著一隻蝦子，一看就是楊姨娘，哈哈哈！」這次換茉莉報仇了。

「禧兒，你只給姨娘他們畫嗎？娘有沒有？」

「有，娘的是這個。」此時大家都湊上來看了。

畫上是一個大人牽著小孩，旁邊還有很多的花，還有很多魚、兔子。

「禧兒，你畫的是不是娘帶你去御花園玩？」我問。

「對，背面還有喔！」

我把畫翻到背面，上面寫著大大的「謝謝娘」，看到這字，我的心深深受到感動。

「禧兒，這些字是誰教你寫的？」

「是田姨娘教過我的。」

「茉莉，你教的真好。」我拍了拍茉莉的肩膀。

「禧兒畫的真是好，想當年……」

「疑？你們怎麼不接話了？」溫貴妃說。

「姐姐，我們不知道該接什麼。」巧萱說。

「想當年我也常常幫皇上畫畫，皇上看了都直說讚呢！」

「喔，我想起來了，姐姐，之前去行宮時，你不是趁巧萱睡覺時幫他畫了一張嗎？」我說。

「你們什麼時候畫的？我怎麼從沒聽你們說過？」

「改日帶來給你看，我放在宮裡，記得收好當作傳家之寶，說不定百年後，一張要價一萬兩呢。」

我和巧萱、茉莉同時笑了，原來在我們當中，最大的奸商是溫貴妃。

（今晚　冷宮）

昔日端坐高位的皇后，如今已經失去了威嚴，神色黯淡，猶如凋零的鮮花……

「思卉，從今日起你就是皇后了，是大寧帝國最富貴的女人。」

「姑母，當皇后是要做什麼的？」

「姑母告訴你，皇后就是幫助皇上一同治理天下，討皇上喜歡，然後生下孩子。」

「姪兒知道了。」

「皇上，讓妾身替您更衣吧。」

「沒關係，朕自己來就行了。」

「皇上，妾身陪您一同用膳好不好？」

「你先吃吧，朕還有事要忙。」

「思卉，你已經二十了，該替皇上生個娃了。」

「思卉，李家的光榮都掌握在你手中了，你可要加把勁。」

「殺了俞芷若，這孩子也就是你的了……盡你所能除掉他，替母后……報……仇。」

「啊！」皇后想起以前的點點滴滴，心亂如麻，在冷宮裡大聲吼叫著，她已經付出了全心，為李家拚盡全力，卻始終得不到皇上的心，誕不了子嗣，甚至連憎恨的人都沒殺成功。

就在這一夜，李思卉脫下外衣，把衣服綁在樑柱上，椅子一踢，結束了她看似絢麗，實則空虛的一生，她不必再沉受家族給她的壓力，也不必再用熱臉貼著冷屁股，或許對她而言，這才是最輕鬆的結局。

立后前一夜，後宮的姐妹們都聚在我宮裡吃著飯。

「巧萱，這蜀葵花環是姐姐昨日做的，現在送給你。」

「姐姐，這是我們剛認識時，你教我做的對吧，我還記得呢。」
「茉莉，姐姐知道你最喜歡下棋了，這套水晶棋盤是姐姐特別訂製的，送給你。」
「謝謝姐姐，以後我會繼續找你對決的，記得準備好賭注喔！」
「貴妃姐姐，這隻鼠鬚筆是家父送給我的，妹妹知道您愛作畫，以後就用這筆繼續畫畫吧。」
「那我就收下了，芷若，謝謝你。」
「德妃姐姐，這碗龜苓膏是娘以前教我做的，對肺有益，希望您喜歡。」
「謝謝妹妹，姐姐立馬就嘗嘗。」
「芷若，你在後宮這五年有沒有什麼事情是讓你印象深刻的，說來聽聽。」溫貴妃說。
「這個嘛……太多了，一整夜都講不完。」
「那在座的各位姐妹，你就各自挑一個講吧。」
「好啊，首先是巧萱，你可是有好多有趣的故事能說呢，做了鹹的桂花糕、玩捉迷藏爬上樹、還有曾經因為端午節的賞賜跟我嘔氣、玩地主棋替我洗碗盤……」
「停，姐姐，怎麼盡都是一些丟臉的事情，不能說些好聽的嗎？」
「但是，你是我在後宮第一個認識的好姐妹，在麗妃和太后面前替我出頭，每次我出事，第一個跳出來護著我的，永遠都是你，你是我最疼愛的妹妹。」
「茉莉，我永遠都記得你包的無餡粽子，我們一起在溫室採茶葉，還有你送我的那些盆栽，我輸給你的那支桃花簪，以及你那顆總是替人著想、溫暖的心，在所有妹妹當中，姐姐最以你為傲，也替你明年晉升妃位感到與有榮焉。」
「德妃姐姐，謝謝你在五年前的七夕替我洗刷冤屈，否則我可能早就不在宮裡了，還有姐姐送的那組七巧板，禧兒他們很愛玩呢，看到姐姐現在能常常走出戶外曬太陽，妹妹覺得很感動。」

「芷若，我才要謝謝你，要不是你當年即時發現我昏在宮裡，那後果可就不堪設想了。」

「溫貴妃姐姐，打從我進宮那天，你就一直很照顧我，是你替我避開了危險和陰謀，也謝謝你在我懷孕期間晝夜陪著我，我才能生下平兒和禧兒。」我說著，流下了眼淚。

「芷若，以後也要加油喔！大寧帝國就靠你和皇上撐起來了，姐姐相信你一定可以做得很好。」

吃完飯後，每個姐妹都給了我一個擁抱。

慶和二十年五月一日，大寧帝國舉行立后大典。

我穿上正紅色朝服，朝服上面繡八隻彩鳳，彩鳳中間穿插數朵牡丹，頭戴鳳冠，金髮釵上戴著明黃色的鳳凰狀步搖，掛著一百零八顆珍珠項鍊，耳掛三顆東珠耳墜，在隆重的音樂下，我登上台階，跪在毯上，副使開始宣讀著冊封詔文。

「宣冊！」

「朕惟乾坤德合、式隆化育之功。內外治成、聿懋雍和之用。典禮於斯而備。教化所由以興。諮爾安皇貴妃俞氏。乃太師太傅保和殿大學士光祿大夫秦國公俞振國之女也。世德鐘祥。崇勳啟秀。柔嘉成性、宜昭女教於六宮。貞靜持躬、應正母儀於萬國。以冊寶立爾為皇后。其尚弘資孝養。克贊恭勤。茂本支奕葉之休。佐宗廟維馨之祀。欽此。」

「授冊！」

我接下十頁的金冊、沉重的金寶，站起身子，牽著皇上的手，望著台下的百官嬪妃。

「吾皇萬歲萬歲萬萬歲！皇后娘娘千歲千歲千千歲！」

「吾皇萬歲萬歲萬萬歲！皇后娘娘千歲千歲千千歲！」

「吾皇萬歲萬歲萬萬歲！皇后娘娘千歲千歲千千歲！」

祝賀聲不斷從四面八方傳來，響徹雲霄。

大典后，我隨著眾人的帶領走進坤寧宮。

「皇后娘娘，根據禮制，坤寧宮必須有十名宮女，其中需要一名一等女官。」曹公公說。

「知道了，我明日將名單給你。」

「那奴才就先告辭了，恭喜皇后娘娘晉封。」

「曹公公，這五年來您也辛苦了，這五十兩銀子您就收下吧。」

「哎呀！謝謝皇后娘娘，娘娘以後有事儘管吩咐奴才。」

「春桃。」

「皇后娘娘有什麼吩咐？」

「你最大的夢想不是要和爹娘住在一起嗎？我跟皇上商量過了，這五百兩銀子你拿著，現在你可以出宮，回鄉找爹娘了。」

「主子，您說的是真的嗎？」春桃不可置信，自己竟然可以提早出宮回鄉。

「當然。」

「奴婢謝皇后娘娘！奴婢謝皇后娘娘！」

「秋月。」

「奴婢在。」

「你當年說想要永遠服侍我，我這就任命你為一等女官，你可願意？」
「奴婢願意，謝皇后娘娘恩典。」
「芷若！」皇上開開心心地跑過來。
「如今朕的願望已經全部實現了。」
「皇上，您聽城外的鞭炮聲。」
「看來連京城的百姓都在為你慶賀呢。」皇上對我說。
「皇上您看，現在的大寧，已經像今天的天空一樣，如日中天了。」

晚上，皇上召了我侍寢。
「妾身能與皇上相識，這輩子已無任何遺憾。」
「既然這樣，那你是不是要給那個將來伴你終身的男人一些獎勵呢？」
「皇上，不如我們就回到最初的起點，在睡前喝杯竹葉酒吧。」
「乾杯！」

（三十年後）
「兒臣給父皇請安。」
「嚴平，父皇已經六十歲了，你經過二十幾年的學習和磨練，已經是個好儲君了，父皇可以放心將皇位交給你了，記得俞先生以前教導你的『民為重，社稷次之，君為輕。』」
「是，兒臣謹遵父皇教誨。」

「平兒，還記得母后當年叮囑過你的話嗎？除了察納諫言之外，還有一個前提。」

「兒臣記得，要先任用賢臣，賢臣的諫言才能真正帶給國家幫助。」

「好，芷若，看來我們可以放心了。」

「是啊，皇上，您將朝政交給平兒後，就能放鬆了，平兒，以後你要擔起重責大任，如果有疑慮，可以請教臣子，再不行，就來找父皇和母后商討。」

「對了，父皇問你，你和皇后相處得如何？」

「回父皇，兒臣今日正要告訴您和母后，張王妃已經有孕了，已經三個月了。」

「太好了，皇上，我們可以抱孫了。」

「是啊，芷若，接下來的每一天，都還要你在身旁陪著朕呢！」

今晚又是一輪明月，三十五年前，掛在那盆虎尾蘭上的願望終於實現了——我要永遠和皇上在一起。

（後記）

慶和二十年：俞芷若被立為安皇后。

慶和三十年：安慶公主下嫁西北總督楊序祥之子。

慶和三十二年：皇太子嚴平娶文華殿大學士張善存之女為太子妃。

慶和四十六年：保和殿大學士俞振國逝世，年六十六，諡號文正，配享太廟。

慶和五十年：皇帝嚴恆禪位，稱太上皇，皇后俞芷若為皇太后，太子嚴平繼位，改年號祥平。

祥平十五年：太上皇嚴恆駕崩，年七十五，廟號高宗，諡號文武睿哲孝敬誠信功德大成仁皇帝。

祥平十七年：皇太后俞芷若崩駕，年六十九，諡號孝淑端和仁莊慈懿皇后。

清朝官職簡介：

大學士：正一品，內閣重臣，位高權重，甚至可堪比宰相，會加上某殿某閣之銜（如武英殿、文淵閣等）。

內閣學士：從二品，為大學士輔官，負責傳達正式詔命及章奏。

尚書：從一品，行政機構共有吏、戶、禮、兵、刑、工六部，六部首長稱為尚書。

侍郎：從二品，尚書的輔官，即六部副長官。

郎中：正五品，六部轄下各分四司，共二十四司，司長官稱為郎中。

員外郎：從五品，郎中的輔官，即六部轄下各司副長官。

大理寺卿：正三品，大理寺負責刑案之覆核，其長官稱大里寺卿，副官稱少卿。

太常寺卿：正三品，太常寺掌管宗廟祭祀，其長官稱太常寺卿，副官稱少卿。

光祿寺卿：從三品，光祿寺負責管理皇室的膳食，其長官稱光祿寺卿，副官稱少卿。

國子監祭酒：從四品，國子監為古代最高學府，祭酒相當於國立大學校長。

翰林院編修：正七品，進士的學子會授予該官職，翰林院是儲備人才的單位，負責編修典簿記載。

翰林院修撰：從六品，僅有狀元的進士會授予該官職，負責典簿編修，檢討，校注。

翰林院侍講：從五品，協助典籍纂修、撰述，起擬祝文、祭文、冊文、碑文等。

翰林院侍讀學士：從四品，掌修國史、記載皇帝言行、進講經史，以及草擬有關典禮的文稿。

翰林院掌院學士：從二品，翰林院最高長官。

給事中：正五品，負責稽查在京各部院公事，可直接面聖彈劾百官。
三公：正一品，即太師、太傅、太保，作為蒙受聖寵的榮譽職，單純為高級虛銜。
三少：從一品，即少師、少傅、少保，作為蒙受聖寵的榮譽職，單純為高級虛銜。
東宮三師：從一品，即太子太師、太子太傅、太子太保，亦是虛銜，東宮指的是太子所居之宮。
東宮三少：正二品，即太子少師、太子少傅、太子少保，亦是虛銜。
監察御史：從五品，隸屬都察院，負責監察百官、糾正刑獄、肅整朝儀，位同今日監察委員。
左都御史：從一品，都察院最高長官，位同今日監察院長。
總督：正二品，統轄一省或數省行政、經濟及軍事的地方封疆大吏，非巡撫的上司，而是互相監督。
巡撫：從二品，負責掌管一省的行政、軍事、司法，為封疆大吏，非轄下於總督，而是互相監督。
布政使：從二品，巡撫的下屬，負責省內行政事務，如民政、財政、田土、戶籍、錢糧。
知府：從四品，是府級行政區的地方官。
知州：從五品，州為一府的轄下地區單位，長官稱知州。
州判：從七品，是輔佐地方衙門主官的基層官員。
知縣：正七品，一縣的最高長官，又稱縣令。
縣丞：正八品，知縣的副官。
欽天監正：正五品，欽天監掌管國家的天文、曆法，欽天監長官稱為監正。

鑾儀衛鑾儀使：正二品，負責皇室車駕儀仗等禮儀方面的最高指揮官。

鹽運使：從三品，古代的食鹽只能由政府專賣，該官職負責統轄地方鹽務。

宣撫使：從四品，是負責巡按地方事務的武官。

千總：從五品至從六品，統轄十數名至一百名兵力，位階約為當今國軍少尉。

守備：正五品，統轄六百至兩百名兵力，位階約為當今國軍中尉。

游擊將軍：從三品，屬於最初階的將軍稱號，統轄六百至兩百兵力，位階約為當今國軍少校。

太醫院使：正五品，太醫院最高長官。

太醫院判：正六品，太醫院副長官，主要為太醫院實際院務運作，研究供應宮廷醫藥與御醫配置。

光祿大夫：正一品，文臣最高階官，階官指的是不理事，僅拿俸祿的官員，也可作為加銜提升俸祿。

本書妃嬪制度：

品秩	位份	俸銀
	皇后	五百
非常設	皇貴妃	四百
一品	貴妃	三百
二品	妃	二百五
三品	昭儀	二百
四品	婕妤	百六十
五品	美人	百三十
六品	才人	一百
七品	寶林	七十
八品	御女	五十
九品	采女	三十

國家圖書館出版品預行編目（CIP）資料
天上宮闕 / 陳祈安著. -- 初版. -- 高雄市：藍海文化事業股份有限公司, 2024.06
面； 公分
ISBN 978-626-98655-0-5(平裝)
863.57 113006518

天上宮闕

作　　者　陳祈安
發 行 人　楊宏文
封面設計　陳品瑜
內文排版　陳祈安

出 版 者　藍海文化事業股份有限公司
802019 高雄市苓雅區五福一路 57 號 2 樓之 2
電話：07-2265267
傳真：07-2233073
購書專線：07-2265267 轉 236
E-mail：order1@liwen.com.tw
LINE ID：@sxs1780d
線上購書：https://www.chuliu.com.tw/
臺北分公司　100003 臺北市中正區重慶南路一段 57 號 10 樓之 12
電話：02-29222396
傳真：02-29220464
法律顧問　林廷隆律師
電話：02-29658212

刷　　次　初版一刷・2024 年 6 月
定　　價　480 元
I S B N　978-626-98655-0-5（平裝）